新潮文庫

氷壁

井上靖著

JN262656

1611

商務印書館

氷壁

一　章

魚津恭太《うおづきようた》は、列車がもうすぐ新宿駅の構内へはいろうという時眼を覚ました。周囲の乗客はみな席から立ち上がって、棚の荷物を降ろしたり、合オーバーを着込んだりしている。松本でこの列車に乗り込むと、魚津はすぐ寝込んでしまい、途中二、三回眼を覚ましたが、あとはほとんどここまで眠りづめであった。

時計を見ると八時三十七分、あと二分で新宿へ着く。魚津は大きい伸びをして、セーターの上に羽織っているジャンパーのポケットに手を突込むと、ピースの箱を取り出し、一本くわえ、窓の方へ眼をやった。おびただしいネオンサインが明滅し、新宿の空は赤くただれている。いつも山から帰って来て、東京の夜景を眼にした時感ずる戸惑いに似た気持が、この時もまた魚津の心をとらえた。暫《しばら》く山の静けさの中に浸っていた精神が、再び都会の喧噪《けんそう》の中に引き戻される時の、それはいわば一種の身もだえのようなものだ。ただそれが今日は特にひどかった。

魚津は列車が停まると、リュックを左肩にかけ、黒のハンチングベレーを少し横っちょに頭にのせると、煙草《たばこ》をくわえたままで、五尺五寸の、肩幅の広いがっちりとした身体《からだ》を、ホームへ降り立たせた。そしてそこに立ったまま、すぐには歩き出さなかった。

さあ、歩いて行け、人のむらがっている方へ。さあ、踏み出せ、大勢の人間が生き、うごめいている世俗の渦巻きの中へ。魚津は何も口に出して言ったわけではなかった。心の中でそのようにつぶやいたのだ。魚津は人嫌いでもないし、別段孤独癖を持っているわけでもなかったが、山から降りて来た時はいつも自分にこのように言いきかせるのだ。ただいつもならこのように自分を納得させる作業を、ホームへ降りたつまでに、車中で片付けてしまうのだが、今日はいつもより少し山でかけられた呪文《じゅもん》が強いのだ。

魚津は新宿駅の表口へ出ると、そこからタクシーに乗った。歩かないである地点からある地点へ運ばれて行く都会生活者の慣習に従ったわけだが、山の夜の暗さと静けさは、まだ彼と一緒に東京の灯の海の中を運ばれて行く。

魚津は数寄屋橋《すきやばし》を渡ったところで車を棄《す》てると、そこから銀座の裏通りへはいって行った。銀座はまだにぎわっている。魚津はD通信社のビルの横手の「浜岸」と書いてある小料理屋ののれんをくぐった。銀座へ出て来たのは、この来つけている店で、少しまともな物を腹へ詰め込もうと思ったからである。

「いらっしゃい。また山ですか」

正面の調理場から白い割烹着《かっぽうぎ》を着た肥《ふと》った主人が声をかけて来た。客は居なかった。

「奥穂へ登ったんだ」

「もう余り人は居ないでしょう」

「二組しか会わなかった」

魚津はザックを出て来た女中に預けると、調理場に一番近い卓に就いた。

「紅葉がきれいでしょうな」

「それより星がきれいだった。涸沢《からさわ》の――」

昨夜涸沢のヒュッテで仰いだ星の冷たいきらめきが、まだ魚津の瞼《まぶた》にくっきりと捺《お》されている。

松茸《まつたけ》の焼いたので酒を一本飲み、鯛《たい》のあら煮とあかだしで飯を食べ終ると、丁度そこへ主人の弟でやはりこの店を手伝っている紋さんが、やはり白い割烹着姿で、どこからか帰って来た。魚津の姿を見ると、紋さんは、

「いらっしゃい」

と声をかけて、すぐ、

「先刻まで小坂さんが来てましたよ」

と言った。すると調理場の中から主人が、

「そうそう、小坂さんが来てました。珍らしく飲まないで、飯を食べて帰りました」

「久しく会っていない。会いたかったな」

魚津が言うと、

「なんでも、ときわ会館の二階でだれかと会うんだって言ってましたよ。まだ居るでしょう。あの人のことだから」

「そうかな」

魚津は先月二人で谷川岳へ行って以来顔を合せていない小坂乙彦《おとひこ》に会えたら会いたいと思った。

魚津は勘定を払うと浜岸を出て、そこから半町程のところにあるときわ会館の二階の喫茶室へと出掛けて行った。階段を上がったところに勘定場があるが、魚津はそこから十五、六の卓が散らばっている明るい広い店内を見渡した。山登りの服装のままではいって行くには、ちょっとためらいを感じる雰囲気である。客は大部分が若いアベックだった。

魚津はすぐ小坂の姿をとらえることはできなかった。小坂乙彦は窓際《まどぎわ》の席で、一人でこちらに背を見せて坐《すわ》っていた。長身の身体がちょっと落着かない形で前屈《まえかが》みになっている。

魚津は卓と卓の間を縫って、小坂のところに近付いて行くと、

「おい」

と、その肩をたたいた。小坂は驚いてふり向くと、「よう」と声を出して、

「お前か」

と言った。

「そんなあいさつがあるかい」

魚津が傍の椅子《いす》に腰を降ろすと、

「いや、ここで人を待ってるんだ」

それから魚津の眼を見入るようにして、

「どこだ?」

「穂高だ」

「一人か」

「うむ」

それから魚津は、

「人を待ってるって誰だい? もうずいぶん長く待ってるんだろう」

その時小坂乙彦の精悍《せいかん》な感じの顔に、ふと暗い影の走るのを魚津は見た。

「待ちぼけか」

そう言った時、魚津は向うから卓の間をこちらに歩いて来る和服の女の姿を見た。黒っぽい着物に朱の帯をしめて、黒いエナメルの大きいハンドバッグを右手に抱えている。

魚津はその女性が間違いなくこちらにやって来るのを知った時、小坂がいつかその女性に対するひそかな愛情を打ち明けたことのある八代美那子《やしろみなこ》ではないかと思った。そうすれば、これはとんだところへ割り込んで来たものだ。山から降りて、どれ程もしないうちに、早くも人事関係の渦の中へ足を一歩踏み入れてしまったといった感じだった。

女は近付いて来ると、

「すみませんでした。大変お待たせしまして」

そう小坂の方に声をかけた。

「魚津君です。山の友達の」

小坂が言うと、相手は、

「あら」

と、いかにも驚いたように小さい叫びを上げ、

「八代でございます」

そう言って、魚津の方へ丁寧に頭を下げた。

魚津は相手の眼がちらっと自分に当てられた時、初めてわれに返った気持だった。相手の女性がこの店へはいって来た時から、この席へやって来て、いま自分の方へ頭を下げるまで、魚津は相手からずっと視線を外さないでいた。視線を外さないというより外すことができなかったといった方がいい。しかし、魚津はそうした自分に気付いても、

その不作法を恥じる気持はなかった。こうしたことにはすぐ照れるはずの魚津にしたらふしぎな現象であった。魚津は自分の視線が無抵抗に相手に吸い寄せられたのだといった、そんな自然なものを感じていた。

しかし、八代美那子が空いている席に腰を降ろした時から、別なものが魚津の心の中へはいり込んだ。彼はもう自分と小坂の中間に坐った贅沢《ぜいたく》な感じのものの方へ眼を向けることはできなかった。魚津は眼を窓の方へ向けていた。

「何でもない会ですので、途中でらくに脱《ぬ》けられると思ってましたの。それが始まるのが一時間遅れて、――こちらでお呼び出ししておいて、ほんとにすみませんでした」

「いいや、構わんですよ」

「ずっとここにいらして？」

「こんなところで半時間や一時間ねばるのは慣れてます。一体、急用って何ですか」

「お渡ししたいものがありますの」

「なんです？」

「あとで差し上げますわ」

いったんそう言ったが、すぐ思い返したらしく、ハンドバッグを開けて、

「これなんです」

「何でしょう」

「あら、だめ！　お家《うち》へお帰りになってからお開けになって」

その時だけ、ちょっと八代美那子の声は魚津にはきびしく聞えた。

魚津は二人の方へ顔を向けた。商店の包み紙らしいもので包まれた小さい包みを小坂は自分のカバンの中へ入れようとしている。すると、

「じゃ、わたしの用事はこれですみましたから、失礼いたします」

八代美那子は言った。ただそれだけの用事のために来たといった感じであった。

「まあ、いいじゃないですか、お茶でも上がって下さいよ」

小坂が言うと、

「もう、わたし、何もいただけませんの」

魚津はそんな二人の会話をきくと、すぐ立ち上がって、

「僕は失敬する。疲れてるんだ」

そう小坂に言った。座を外そうと思った。

「あら、どうぞ、わたしの方こそ失礼いたしますわ」

それから八代美那子は、自分の方が立ち上がって、なおも「どうぞ」と言って、魚津を再び席に就かせようとした。魚津はそんな美那子に、少し大げさに言えば必死といったものを感じ、相手のすすめを無視して、このまま座を外してしまうこともどうかという気がした。しかし、自分が居残り、八代美那子を帰らせてしまうことは、いかに友達

とはいえ、それは小坂乙彦に対しては心ない仕打ちであるに違いなかった。

「まあ、そうあわてなくてもいいじゃないですか。魚津すわれよ。奥さんもいいでしょう。五分か十分」

小坂は言った。

「じゃ、そういたしましょう」

八代美那子が再び席に就いたので、魚津も腰を降ろした。

「わたし、アイスクリームをいただきますわ。魚津さんは」

「僕ですか。僕は珈琲《コーヒー》もらいましょう。三、四日珈琲を飲んでいませんからね」

「何日、山に行ってらっしゃいましたの」

「山小屋で三泊しました」

小坂は女給仕を呼んで、アイスクリーム二つと珈琲を註文《ちゅうもん》した。

「小坂さんは最近いらっしゃいませんのね」

「なかなか休暇が取れないんです。でも、これから暫く勤めの方をサボッても出掛けますよ。暮から正月にかけて、魚津と奥又白《おくまたしろ》をやることになっているんで、身体の調子を整えておかないといけないんです」

二人が話している間、魚津は一つのことを考えていた。それはいま自分の横にすわっている女性が、先刻の小坂の「奥さん」と言った言葉から判断して人妻であるに違いないということであった。小坂はこの前この女性のことをなんとなく語ったことがあったが、その時は人の細君であるとは言わなかったと思った。

しかし、魚津の持っている戸惑いは、小坂がそうしたことに触れなくて、いま初めてそれを知ったために生じたといった、そんなものではなかった。それよりもっと直接的であった。魚津には、八代美那子という女性がどうしても嫁いでいる女に見えなかった。なるほど未婚の女性としたら、これだけの落着きは持たないかも知れない。言葉づかいや物腰にも落着きがあったし、それよりも彼女の美貌《びぼう》そのものにも一種の落着きがあった。

相手が人妻であることで、魚津は多少落胆している自分を感じた。そしてその落胆の気持の中に小坂という親しい友人の立場が全く無視されていることに気付くと、おれはどうかしているなと思った。自分だけが見た穂高の星の美しさがまだその呪文から完全に自分を解いていないと思う。

窓から薬品の広告のネオンが、遠くで赤と青の文字を交互に暗い中に浮き上がらせては消えているのが見えるが、魚津はその単調で空虚な繰り返しに、ずっと眼を当て続けていた。小坂乙彦と八代美那子は、第三者に聞かれてもいっこうに差しつかえのない会話を交わしていたが、やがて美那子の、

「では、わたし」

と、帰り支度をする気配が、魚津には感じられた。

「いや、僕の方が失礼します。なんの用事もないんです。小坂の顔をちょっと見ておこうと思ってやって来ただけですから」

魚津は先きに立ち上がると、

「じゃあ」

と言って、挨拶《あいさつ》もそそくさとして、傍の椅子からザックを取り上げた。

「でも、私ももう帰りませんと」

美那子も立ち上がった。小坂だけが腰を降ろしている。魚津はその小坂の顔に、先刻と同様にまた暗いものが走るのを見た。そしてその小坂から眼を美那子に転じると、美那子の顔にも先刻と同様、必死とでも言いたいようなものが多少彼女の頬の筋肉をきびしくしている感じだった。

先刻立ち上がった時と全く同じ状態であった。魚津は珈琲を、美那子はアイスクリームを飲んだが、そのために十分程の時間が間に置かれただけのことであった。

しかし、魚津は構わずリュックを片方の肩にかけると、

「それじゃ、また」

二人のいずれへともなく言って、その席を外した。階段を降り、鋪道《ほどう》へ出た。魚津は、タクシーがかたまって身動きつかなくなっているところを縫って、新橋の方へ向かって

歩き出した。

魚津は自分が少し興奮しているのを知った。一人の美貌の女性に会ったというだけで、多少いつもと違った自分にさせられたということが、その女から離れてみると奇妙な気持だった。美貌な女と思い込んでいるが、その美貌ということも実ははなはだ当てにならないのだ。山から降りた人間は、だれでも多少人に飢えて、人懐《なつ》っこくなっているものだ。

それにしても、事情は知らないが、相手は小坂乙彦がなんらかの特殊な関係を持っている女性である。それに心の平静さを破られるという見境いのなさは、どう考えても余り感心した話ではない。おれの心は少しいま淫《みだ》らになっていると、魚津は思った。そう言えば、昨夜、深夜に眼を覚まし、ヒュッテを出て、寒さに震えながら仰いだあの星空の美しさに対する陶酔は、やはりある意味では淫らであったかも知れない。美しいものを自分一人のものにするということは、どっち道どこかに淫らさがあるようだ。

「やっと追いつきましたわ」

その声で魚津は振り返った。八代美那子が少し息をはずませて近付いて来た。

美那子の顔はひどく青く見えた。二人の立っているすぐ横手のキャバレーのネオンが、鋪道をも青く染めているので、美那子の顔の青いのもそのために違いなかったが、魚津には、しかし、それればかりとは思えなかった。八代美那子は、何か彼女自身にとって大切な用件でも持って来ているかのように、表情を固くしていた。

「どちらの方へお帰りでございましょう」

「大森です」

「わたしは田園調布でございますの。同じ方向ですので、もし、御迷惑でなかったら、自動車で御一緒して、お宅の方へ送らせていただけませんでしょうか」

「それは構いませんが」

そう言ってから、

「小坂はどうしました？」

と魚津は訊《き》いた。

「いま、あそこでお別れしました。実はちょっと御相談にのっていただきたいことがございます。先刻お目にかかるまでそんな気持はなかったんですけど、お目にかかった時、ふとその気になりました。小坂さんと一番お親しい方でございましょう。いつも小坂さんからそう承っておりますわ」

「まあ、親しいと言えば一番親しいかも知れません。学生時代からの山の仲間ですから」

魚津は八代美那子と並んで土橋の方へ出ると、そこでタクシーを物色した。車体の新しそうな中型が来たので、それを停めて、美那子を先に乗り込ませ、あとから自分が乗った。

「田園調布へやってくれ」

魚津が運転手に命じると、

「あら、それでは」

美那子は言ったが、あとは口をつぐんでしまった。自動車が走り出すと、

「なんのお話でしょう」

魚津は少し改まった口調できいた。

「小坂さんの一番のお友達だと思って御相談するんですけど」

魚津は小坂と親しいということには補足的な説明が要ると思ったが、それについては言わなかった。

自分が小坂の一番親しい友であるかどうかは、改めて考えてみなければならぬ問題であった。登山家として二人は固く結びつけられている。もし自分が誰かと一緒に死ぬとしたら、恐らくそれは小坂乙彦だろうと思う。しかし、登山家というものの結びつきは、山という特定の場所だけだと魚津は信じている。山における結びつきを、山を離れてもなお持ち続けなければならぬとしたら、なんと煩《わずら》わしいことであろう。山は決してそんなことは教えはしなかった。自分は山における以外の小坂の何を知っているだろう。何も知ってはいないのだ。

「小坂さんとわたしとのこと、何かお聞きになっていましょうか」

美那子は言った。膝《ひざ》の上に軽く組んで載せてある美那子の白い手を、魚津は見るともなく見ていたが、

「いや」

と、首を振るようにして言った。知っていると言えるほど何も知ってはいなかったので、魚津の返事は嘘《うそ》とは言えなかった。

「実は、さっき、小坂さんにお手紙をお返しいたしました。この三年程の間に小坂さんからいただいたものなんです」

魚津は暗い窓外に眼を当てていた。自動車は浜松町付近を通っている。品川から五反田へ出て田園調布へ向うつもりらしい。山の暗さと静けさが、この時またふいに魚津には思い出された。八代美那子がいま自分に持ちかけようとしている相談がどんなものか知らないが、魚津はそれに耳を傾ける何の準備もまだ自分の心にできていないことを感じた。

「わたし、小坂さんのお気持は有難いんですけど、はっきり申し上げると、困るんです。主人もありますし」

「なるほど」

「それで、魚津さんから小坂さんにちゃんとおっしゃっていただけないかと思いまし

て」

「どう言うんです」

「あら」

そう言って、美那子は口をつぐんだ。明らかに自分の予想とは違った言葉が魚津の口から飛び出したので、それに対して戸惑っている風であった。

「お厭《いや》でしょうか」

「厭なことはありません」

「こんなことお願いすれば、お願いされた方が御迷惑なことはよく存じているんですけど」

「ただ、僕には小坂と貴女《あなた》とのことがよく判《わか》っていないんです。いつかどこかの小屋で、小坂の口から貴女のお名前をちらっと聞いたことがあると思うんですが、それだけの話です。何といっても、何日か山にはいっていると気持はたかぶりますし、誰でもあることとないこと尾ひれをつけて話したくなるものです。架空な物語を造り、それに仮託する以外、その時の自分の気持を表現する方法はないんですね。だから、小坂の話も、僕はそんな話として、いい加減に聞いていたんじゃないかと思うんです。実際のところ、ほとんど何も覚えていないんです」

実際その通りであった。山ではよく自分を主人公にしたてた恋物語をするが、その物語の筋立てなんか大抵いい加減なものなのだ。しかし、そこにのぞいているその人間の人を恋うる気持だけは、その瞬間においては、これは疑うべからざる一つの真実であった。そうした経験を魚津は自分も持っていたし、人にも感じていた。

小坂との関係を説明しなければならぬ立場に立つと、さすがに美那子は困った様子であった。

「じゃ、くるまを降りて、どこかでお話いたしましょうか」

「そうですね」

美那子の方は自動車の運転手が邪魔になって話しにくいらしかったが、しかし、魚津の方は自動車を降りて、またそこらの喫茶店にはいるのはおっくうな気持だった。

「いっそ、お宅の近くまで行ってしまいましょうか。お宅は田園調布の駅から遠いんですか」

「六、七分のところでございます」

「それじゃ、その間、歩きながらお話を伺いましょう」

この頃になって魚津は体の疲労を感じ始めていた。二日や三日山へはいったぐらいではめったに疲れることはなかったが、今日は松本からの列車に乗り遅れないために、涸沢のヒュッテから上高地まで四時間半かかるところを、三時間程で降りて来ていた。それがなんといっても応《こた》えているらしかった。

「穂高ってよく存じませんけど、今頃はもうずいぶん寒いんでしょうね」

「山は新雪がありました」

「あら、もう雪が！」

「例年より遅いんです」

二人は、小坂のことからは全く離れた話題を選んでいた。自動車は大小のくるまが次々にヘッドライトを照らしてひっきりなしに往《ゆ》き来する国道線を、長いこと走った。

田園調布の駅前で自動車を棄《す》てると、その広場を横切って、だらだら坂になった並木の鋪道を上って行った。人通りがなくて、二人の足もとで落葉が鳴った。

魚津は相手が話し出すのを待っていたが、なかなか口を開かないので、坂の途中まで来た時、

「小坂とはいつ頃からのおつきあいです」

と、自分の方から口を切った。

「もう、五年ほどになりますかしら。わたしが八代へ嫁ぐ前からです。嫁いでから暫《しばら》くはお会いしなかったんですけれど、さきおととしのクリスマスの晩、銀座でお目にかかったんです。それからまた、何となくお会いしたりお手紙をいただいたり」

「手紙って、どんな手紙なんです」

魚津は口に出してから、我ながら不粋な質問をしたものだと思った。相手はふと困っ

たように返事を考えあぐんでいる様子であった。暗闇《くらやみ》の中で息を殺しているのが、魚津に感じられた。

暫くして、美那子は口を開いた。

「愛情を打ちあけた手紙ですの」

「愛情を打ちあけてもどうにもならんじゃないですか」

「はあ」

「人の細君に愛情を打ちあけて、どうしようと言うんです？　どだい、むりな註文ですな。一体、小坂はどういう気持なんです？」

「私に離婚して、一緒になってくれとおっしゃるんです」

「ほう。――それで、貴女の方は？」

「もちろん、困りますわ」

「そりゃ、困るでしょう」

「それで、貴方からはっきりおっしゃってみていただきたいんです。わたしとしましては、そんなこと考えられませんし、そんなこと出来ようはずのものでもありません」

「そのことを、はっきりと御自分でおっしゃるわけには行かないんですか」

「もちろん、わたし、何回も何回も自分の気持をお伝えしてあります。でも、どうしても――」

「それが、小坂には判らんのですか」

「はあ」

「それは、いかんですな、小坂のやつ」

魚津は岩壁から身を反らせるようにして、上をうかがっている時の小坂の、息を詰めたような一種独特な精悍《せいかん》な顔を思い出していた。あるいは小坂の性格にはそうした常人ではちょっと考えられないような、一途《いちず》といえば一途といえる面があるかも知れないと思った。

「それにしてもですな」

魚津は、どうしてそうした小坂の態度を八代美那子がこれまで許していたかということがちょっと解《げ》せない気持であった。自分の方で、迷惑なら迷惑だとはっきり言い切ってしまえば、いくら小坂でもそう無茶苦茶な要求を強引に押しつけようとは思われなかった。

「一体、貴女自身の小坂に対する気持はどうなんですか」

相手はちょっと口をつぐんだ。どう言おうかと考えている風であったが、

「わたし、小坂さんに対しては、いまは別にどうとも」

「いまは何でもないんですな」

その魚津の〝いまは〟と言った言葉が強く感じられたのか、それにつけ加えるように、

「前も」

と美那子は言った。

「前も、わたし、別に、特別にどうって――」

「いまも、以前も、貴女は小坂に対しては別に特別な感情は持っていない――」

「ええ」

「それに間違いありませんね」

わずかだが、短い時間を置いてから、

「はあ」

「じゃ、小坂には、一応僕から話しましょう。小坂のやっていることは、多少常軌を逸していると思いますね」

「ですけど」

美那子は足を停めて言った。

「あの、でも、あまり強くおっしゃらないでいただきたいんです。ただわたしの方に、小坂さんの愛情にお応えする気持がないから、わたしのことはきれいに諦《あきら》めていただくようにっておっしゃっていただきたいんです」

美那子は立ち停まったまま、顔を魚津の方へ真直《まっす》ぐに向けていた。

「承知しました。もちろん、難詰《なんきつ》するような言い方はしませんよ。僕は、こうした他人の問題に介入することは、実際はこれまで避けていたんです。大体、こうした問題は当事者同士で片付ける問題で、第三者がはいってもどうなるというものではないと思いますからね。ただこの問題の場合、小坂に一応、友達として忠告することだけはできると思うんです。貴女のおっしゃる通りだとすれば、小坂の態度は非常識ですからね」

「はあ」

あまり浮かない返事だった。それが、魚津にはまた新しい疑念を抱かせた。

「そうじゃないですか」

「はあ」

「まだ貴女は二人の関係で、僕に言ってないことはありませんか。――貴女が本当は小坂が好きだとか――」

「いいえ」

こんどははっきりと美那子は否定した。

「そんなことありません。――でも」

「でも、なんですか」

「小坂さんの方は、誤解してらっしゃるかも知れませんわ。わたしが小坂さんに愛情を持っているといった風に」

「どうしてです。御自分の気持をはっきりとおっしゃってはないんですか」

「何回もお伝えしてあります」

「じゃ、小坂もそのことを知ってるでしょう」

「はあ」

「それならいい」

「でも」

美那子はまた言った。こんどは魚津の方が足を停めた。そして、美那子の立ち停まるのを待って、その顔に眼を当てた。かなり大きい邸宅の石塀のところに二人は差しかかっていた。庭内燈の光が植込み越しに美那子の横顔を照らしている。

「僕には、よくお二人のことが判らないですね」

魚津が言うと、相手は明らかに狼狽《ろうばい》した様子だったが、「あの」と口ごもってから、

「愛情といったものはございませんけれど、わたし、小坂さんと一度だけ」

あとは急に声を低くして、

「体の関係を持ったことございますの」

と言った。美那子は顔を深くうつむけたまま、両手の指を組合せ、その手に力を入れるように真直ぐに下に伸ばして、その組合せた手を見詰めるようにしていた。そしてもう言いかけてしまったのだから、何もかも言ってしまおうといった風に、

「わたし愚かだったんです。とんでもないあやまちをいたしました。――そうしたこと

のために、どうしても強くお断りできないんです。わたし、――」

それから、八代美那子は顔を上げると、顔を苦しそうにゆがめた。

魚津は黙って立っていた。八代美那子の告白は魚津にとっても一つの衝撃であった。聞くべからざることを聞いてしまった気持であった。そのうちに美那子の表情に微《かす》かながら変化が感じられた。魚津は美那子が改めて何か話し出そうとしているのを知ると、

「よく判りました。わたしから小坂には、それとなくよく話しましょう」

そう相手を遮《さえぎ》るように言った。そして自分から先に立って歩き出した。八代美那子を彼女の家まで送って別れようと思った。すると、二、三間行った時、

「あの、宅、ここでございますの」

その美那子の声で魚津は立ち停まった。石の門柱と門柱との間に、頑丈《がんじょう》な扉がしまっている。ちょっとやそっと押しても動きそうもない感じで、貝がらでも固くふたを鎖しているのに似ていた。

「じゃ、失礼いたしましょう」

「でも、まあ、ちょっと」

美那子は門の横の小門のベルに指を当てて言った。

「いや、もう遅いですから」

「そうでございましょうか」

それではといった風に、

「本当にお疲れのところをこんなところまで来ていただきまして」

美那子の言葉を背にして、魚津はもと来た道を引き返し始めた。その魚津の眼には、〝八代教之助《きょうのすけ》〟という白い瀬戸物の門札の文字がはっきりと捺《お》されてあった。八代教之助という名はもちろんこれまでも見たことも聞いたこともなかったが、しかし、これだけの家を構えるところからすると、ある程度の社会的地位を持つ人物ではないかと思われた。

小門の鈴の音がして、邸内で犬がけたたましく鳴くのを背後に聞いたまま、魚津は八代家のかなり長く続いている石の塀を外れた。

魚津は途中で街燈の光で腕時計を見た。十一時近くなっている。

田園調布の駅へ引き返すと、魚津はそこにあったタクシーに乗った。穂高の夜の暗さと静けさが再び魚津のところへ戻って来た。するとそれと一緒に、思いがけず一つのスキャンダルの渦中《かちゅう》に引張り込まれ、小坂に対してある役割を背負わされたことの重さが、うっとうしく感じられて来た。

＊

魚津恭太は眼を覚ました。

眼を覚ますと、いきなり腹ばいになり、枕許《まくらもと》に置いてある腕時計を見た。八時である。まだ三十分は床を離れなくていいと思うと、再び仰向《あおむ》けになって、そのまま右手を伸ばして枕許のピースの箱を取り上げた。

魚津は平生は寝床の中で煙草《たばこ》を喫《す》うことを自分に禁じているが、山から帰った翌朝は例外である。起きられないような烈しい疲労を感ずることはめったにないが、ところどころの筋肉が多少肉離れした感じで、疲労が軽く全身を覆《おお》っているのが普通だ。

この山から帰った翌日の、けだるさの中に身を任せている特殊な時間に、魚津の頭の中へはいり込んで来るものは、いつも決まって三つあった。

一つは金の問題であった。それでなくてさえ贅沢《ぜいたく》好きで浪費癖のあるところへ山登りをしているので、金には苦しかった。会社から借り出した金で、清算できないものが大分かさんでいる。それからもう一つは、奥又白のことだった。ここはこの暮から正月へかけて小坂と二人で登ろうと計画している。過去に二回やって失敗しているので、こんどこそ是が非でも、征服しなければならない。雪と氷で覆われた岩場が魚津の頭の中でちらちらする。

それから残りの一つは、若い魚津の体が当然のこととして彼を落ちこませる女体に関する妄想《もうそう》だった。山から帰って来た翌朝はいつも性的な欲望が強かった。疲労に刺戟《しげき》された欲望が赤い舌をひらめかせて、追い払っても追い払っても、一つの息苦しい想念となって魚津にまといついて来た。

もちろん、金と岩場と妄想という全く違った三つのものが、順序立てて次々に彼を襲って来るわけではなかった。一つのものを追い払うと、他の一つのものが顔を出し、それを向うへ押しやると、また他のものが割り込んで来るという具合で、三つのものは交互に、あるいは同時に若い登山家の頭脳を襲撃して来た。

しかし、この波状攻撃がこの朝はいつもと少し異っていた。金も、奥又白も、妄想も、そうしたものは、いってみれば現在の魚津恭太の精神が、あるいは肉体が、ある状態からある状態になりたいという烈《はげ》しい願望を意味するものであったが、この朝の魚津の頭を占領しているものは全く違っていた。

はっきり言えばこの朝魚津は、金のことも考えなかったし、奥又白のことも考えなかった。もちろん、妄想も彼を苦しめなかった。魚津は布団《ふとん》の中へはいったまま、二本の煙草を飲んで、ゆっくりと、昨夜初めて会った八代美那子のいろいろな場合の白い面輪《おもわ》を頭に描いていた。ひどく静かな清潔な眼覚めの時間であった。

魚津は八時半に床を離れた。カーテンを開けると、曇っている初冬の空と、その下に拡《ひろ》がっている大森の街衢《がいく》が見えた。窓を開けると、国電とバスとタクシーの音がいっせいにこの高台にあるアパートをめがけて立ち上って来た。

部屋は四畳半と八畳のふたま続きの角部屋《かどべや》で、この中級サラリーマン向きのアパートの中では一番上等な部屋で、従って部屋代も一番高い。

魚津は奥の部屋についている小さな洗面所で顔を洗うと、入口の扉を開けて、その前に置いてある牛乳瓶を取って来て、それをコップにつぎ、窓際《まどぎわ》で立ったまま飲んだ。朝食とは言えないが、しかし、朝出勤前に胃の腑《ふ》の中へ落し込むものはこれだけである。

それから彼は洗濯屋の包み紙のまま、洋服箪笥《だんす》の中へ入れてあるワイシャツを取り出すと、それを着て、洋服はハンガーにかけられてある三着の冬服からグレイのダブルをえらび、合外套《あいがいとう》はやめて、代りにレーンコートを抱えると、大急ぎで部屋を出た。

魚津は玄関へ出るまでに三人の同じこのアパートの居住者に会った。二人は細君らしい若い女で、一人は学生である。魚津は軽く頭を下げる程度で、挨拶《あいさつ》は交わさなかった。魚津は同宿者の誰にも、ある距離をもって接していた。向うが近寄って来ることもあるが、その場合は魚津の方が一歩退《さ》がった。目礼はするが、なるべく口をきくことは避けた。

だから、魚津は隣室の学生とも言葉を交わしたことはなかった。廊下一つ隔てて前の部屋には若い温和《おとな》しい勤め人の夫婦者が居たが、これとも同様だった。魚津がアパート生活を選んだのは、誰とも交渉を持たないで生活をすることができるからであった。

魚津は坂を下って大森駅前の鋪道《ほどう》へ出ると、そこを駅の方へ歩いて行った。歩きながら靴の汚れが気になったので、駅前で靴をみがかせた。そして駅の売店で新聞を買うと、それを持って改札口を入った。新聞は大抵車内で読む。魚津の出勤はラッシュアワーを少し外れていたので、坐《すわ》るというわけには行かないにしても、つり革にぶら下がって、新聞を読むくらいのゆとりはあった。

電車は新橋で降りる。そして田村町の方へ歩いて行き、交叉点《こうさてん》を右に折れ、日比《ひび》谷公園と反対側の鋪道を半町程行って、南方ビルの、ビルの建物に比しては大きい入口へとはいって行く。そして突き当りのエレベーターに乗って三階で降りると、「新東亜商事」と表戸の曇硝子《くもりガラス》に記してある部屋へはいって行く。

「お早う」

ここで初めて、魚津は自分から誰にともなく朝の挨拶の言葉を投げる。十五、六の卓があって、そこで執務している十人程の男女が、それに応《こた》えて、魚津の方へ黙って会釈《えしやく》する。一つの頭だけが動かない。支社長の常盤《ときわ》大作である。

部屋の時計は魚津が四十分ほど遅刻していることを示している。魚津が机の前に腰を降ろすと、対《むか》い合っている清水が、

「山か？」

と声を掛けて来た。「うん」と、魚津は多少気難しい顔で答えた。もう登山家の顔ではなかった。

「いつ帰って来た？　今朝か」

「いいや、昨夜だ」

魚津が答えると、支社長の常盤大作が、それを聞いて、

「なぜ山に登る？　山がそこにあるから——か」

と、そんな自問自答するようなことを、持ち前の大声で言いながら、ゆうに二十貫はある大きな体を自分の椅子《いす》から立ち上がらせて来た。

「一日休ませてもらいました」

魚津は言った。昨日一日が無断欠勤になっているので、それを言いに一応常盤の席へ出向くつもりだったが、常盤の方からやって来たので、何となく先を越された形だった。しかし、常盤の方はそんな魚津の言葉はいっこうに受け付けない表情で、

「山へ登る。一歩一歩高処へ登って行く。重いものを背負って、うんうん言いながら山へ登って行く。結構なことだ。このちっぽけな会社からもらうたいした金額ではない月給の大半を、山のために費《つか》い果す。御苦労なことだ。郷里では老いた両親が大学を出した息子に嫁をもらわせたがっている。ところが息子の方は嫁どころではない。暇さえあ

れば山に登る。山にうつつを抜かしている」

叱責《しっせき》でもなければ訓戒でもない。一番正しい言い方をすると、演説であった。

常盤大作は、ここでちょっと言葉をきり、坊主《ぼうず》刈りの精力的な顔をまっすぐに魚津の方に向け、魚津の眼を見入りながら、次に自分が自分の口から出す言葉を頭の中で選択している風だった。

が、やがて彼はふうっと鼻で大きく息をした。満足の行く言葉が頭にひらめいた時のくせである。

「僕は君と違って、高処から一歩一歩、低いところへ降りるのが好きだ。一歩足を運ぶ度に、自分の体がそれだけ低くなる。不安定なところから安定なところへ降りる。この方が少なくとも、君、自然だよ」

「そりゃあ、年齢と体重のせいですよ」

魚津は言った。言ってから、言わないでもいいことを言ったと思った。黙って聞いていれば、颱風《たいふう》が荒れるだけ荒れて、どこかへ行ってしまうように、常盤大作の饒舌《じょうぜつ》もやがて自然に静まるはずであった。ところが、一言でも受け応えすることは、彼の饒舌をあおり立てる以外の何ものでもなかった。と、果して支社長という役に退屈しきっている坊主刈りの大入道の顔は、みるみるうちに生気を取り戻し、意欲的な表情になった。

「体重と年齢だ？　冗談言ってはいかんよ、君。——若い時は高いところへ登りたがり、老いて肥満すると低いところへ降りたがるとでも言うのか！　問題はそんなところにはない。要するに人間が好きか嫌いかということだよ。僕は人間のいるところから一歩一歩遠ざかって高処へ登って行くやつの気が知れんね。それより一歩一歩低処へ降りて行くのが好きだ。僕は小さい時から坂道を降りるのが好きだった。坂道を降りて行く時の感情の中には、君、――」

そんなに人間が好きですかと、魚津は口のさきまで出かかったが、危くそれを飲み込んでしまった。これ以上常盤大作の相手になっていたら仕事ができないと思った。常盤大作は自分の演説の反応を待つように、魚津に眼を当てていたが、魚津が口を開かないで机の上の書類をごそごそ動かし出したのを知ると、ゆっくりと向きを変え、

「なぜ山に登る？　山がそこにあるから――か」

また先刻と同じそんな言葉をうそぶくように言いながら、そのまま窓際の自分の机のところへ戻って行った。

魚津は支社長の常盤大作が嫌いではなかった。忙しい時に傍でおしゃべりの相手をさせられることはやり切れなかったが、忙しくない時は他の連中とだべっているより、ずっと彼の饒舌の相手になっている方がたのしかった。人を煙《けむ》にまくようなところはあったが、しかし、底に必ず他の何ものでもない彼自身が坐っていた。

常盤は社員からは万年支社長と陰口をたたかれていた。確かに万年支社長の観があっ

た。本来なら大阪に本社を持つ新東亜商事では、経歴においても、識見においても、とうに重役になっていい人物であったが、社長だろうが誰だろうが、お構いなしにまくし立て、自説を持して譲らないのがたたって、何となく東京支社長という名前ばかりの、実は実権のないポストに置かれている形だった。幹部にはけむたがられていたが、社員の一部には人気があった。

大体、この新東亜商事の東京支社というのが変な存在であった。新東亜商事そのものは全国的に名前の通っている会社であったが、東京支社の事業内容となると、これは全く本社とは違っていた。現在やっていることは、一種の広告代理店のような仕事であった。日本の会社が外国の新聞や雑誌に商品の広告を出す場合、その交渉やら実際の事務一切を引き受けてやって、そのコミッションを取ることがこの会社の仕事であった。従って新東亜商事東京支社という入口の曇硝子の扉に書いてある名称は変なものであった。商事会社というより通信社と言うべきであった。

初めは確かに新東亜商事の支社として設けられ、その仕事もやっていたのであるが、いつか肝腎《かんじん》のその本業の方はお留守になり、内職の広告代理店のような仕事が母屋《おもや》をのっ取ってしまった形になっていた。こうしたことに立ち到った原因のすべては支社長の常盤大作に責任があるようであった。

幹部が常盤から本業を取り上げてしまったのだとも言われ、常盤の方が幹部の命令を無視して自分のやりたいことだけをやっているのだとも言われていた。

ここには常盤のほかに十四人の内勤社員と十五人の外勤社員がいた。内勤は、調査二人、翻訳二人、タイピスト三人、庶務二人、経理三人、それにデスクの魚津と清水。外勤十五人のうち常に外廻《そとまわ》りをしているのは八人で、あとの七人はその時々に顔を出すアルバイトだった。

デスクは魚津と清水の二人が受け持っていたが、忙しい時はひどく忙しく、暇な時はひどく暇だった。仕事は雑多で、常盤大作が何もかも二人に任せきりだったので、二人は仕事全般に眼を通し、その采配《さいはい》を振らなければならなかった。

しかし、自然に清水と魚津の受持は別れていた。清水は魚津より三つ年上の三十五歳で、もともと新東亜商事本来の仕事をやるつもりで入社したのであるが、入社早々常盤の下に配されたことが、彼のそもそもの不運であった。その風貌《ふうぼう》と同様に性格も、胆汁質のむっつりとした男で、才走ったところはなかったが、仕事はちゃんとしていた。大学の専攻は経済だったが、語学が達者だったので、自然に外国の新聞社や雑誌社との連絡や交渉が彼の受持ちになり、彼の机の上にはいつも三人のタイピストからまわって来る英文タイプの書類の束が絶えない。彼は終日机に対《むか》ったままでそれらの書類に丹念に眼を通している。また時折大蔵省に外貨のことで出掛けて行くのも彼の仕事になっていた。日本の会社からの入金は円だったので、それをポンドやドルに替えなければならなかった。

魚津は内勤の方は清水に任せ、専《もっぱ》ら外勤関係のデスクを受け持っていた。めざとく景気のよさそうな会社に眼をつけて、そこへ外勤社員を派遣するのも彼の仕事だったし、予《あらかじ》めそれぞれの会社がとびつきそうなそれぞれの広告のプランを作って、外勤に渡すのも彼の仕事だった。そうしたことには魚津は一種の才能を持っていた。魚津がこれと思った会社では大抵広告を出した。

「どうだ。うまく行ってるか」

常盤の仕事と言えば、時々何日めかに一度思い出したように、魚津と清水にそれぞれ同じ言葉をかけることであった。

魚津に言う時は、広告がうまく取れているかとか、大きなものがつかめているかとか、そうした意味で、清水に言う時は、魚津の方から清水の方へまわされた仕事が、うまく順調に運んでいるかということであった。

魚津は清水と同様に、新東亜商事の社員として入社したのであったが、清水のように、現在の自分の配されているポストに不満は持っていなかった。常盤から仕事を任されているので忙しい時もあったが、それだけに自由もきけば、のんきな面もあった。本社にいたら魚津の若さではこうした立場は望めなかった。課長の眼の色をうかがって、終日、無味乾燥な数字を弄《いじ》っていなければならなかった。山登りなどとんでもないことだったろう。

この日、魚津は片付けなければならぬ仕事がかなり机の上にたまっていたが、それは後廻しとして、さきに一つの小さい調べごとにかかった。魚津はむかいの清水の机の方に手を伸ばし、その上にあった人名録を取り上げると、ばらばらとページをくっていたが、やがて一カ所に視線を落着かせた。

八代教之助という小さい活字が組まれ、その下にさらに小さい活字で三行ほどの説明が付けられてある。昨夜、八代美那子の姿を吸い込んだ田園調布の石塀をめぐらせた邸宅の門札に、いかめしい書体で書きつけられてあった名前である。

——明治三十一年生、東大工学部、工博、専攻応用物理学、東邦化工専務。

これに依《よ》ると、八代教之助は五十七歳の実業家ということになる。工博となっているからエンジニア上がりの重役か、でなければ大学の教授でもしていて、定年後実業界に入った人物であろうと思われる。ただ、魚津にはその五十七歳という年齢が少し奇異に感じられた。美那子の夫にしては年齢が開きすぎているし、この人物を彼女の夫の父とすると、こんどは逆に少し若すぎるようだ。

魚津は別のもう少し詳しく載っている人名録を、入口の横手の書棚から取り出して来ると、それをめくってみた。前と同様な紹介のほかに、そこには（妻、美那子、大正十四年生）という一行が付加されてあった。紛れもなく教之助氏夫人である。大正十四年生というと三十歳である。夫の教之助とは二十七歳違っている。

　魚津は極く短い時間、その小さい活字を見詰めていたが、やがてその部厚い人名録を閉じた。そしてちょっと理由のない割り切れない気持にぶつかった。どうして美那子はこのような年齢の開きのある夫のもとに嫁いだのであろう。後妻かも知れないが、後妻にしても、なぜあの美那子のような女性が後妻にゆかなければならなかったのか。

　魚津は、しかし、すぐそうした思念を向うへ押しやってしまわなければならなかった。常盤大作の傍若無人な声が執務している誰の耳にもとどく大きさで聞えて来たからである。

「大体だね」

　常盤は自分の席から立ち上がって、体操でもするように二本の手を左右に屈伸していた。

「幹部の言うことなら、どこへ行っても通るという考え方はやめた方がいい。そう帰ってよく時岡君に言うんだね」

　時岡というのは大阪本社の専務であった。

「君はいつ入社した？」

「二十五年です」

「二十五年ならもうそろそろ社の中堅じゃないか。それが無批判に重役の命令を持ち込んで来るようじゃいかんな」

「はあ」

油をしぼられて、常盤の机の前にすっかり固くなって立っているのは、大阪から出張して来た社員であった。

「僕の考えはいま言ったようなものだ。折角の本社の御命令だが、お断りする。しかし、これを実際に取り扱っているのは魚津君だ。魚津君のところへ行って、まあ、相談してみたまえ。僕はお断りするが、魚津君には魚津君の考え方があるかも知れん」

それから常盤はそのまま部屋を出て行った。別に憤《いきどお》っているわけではなかった。本社から出張して来る社員は、ここへ顔を出すと、一応支社長からこのような取扱いを受けた。多少常盤の本社に対するいやがらせもないことはなかったが、しかし、大抵の場合、常盤の言うことの方に理があった。

本社から来た社員は、

「とうとうやられました」

頭をかきながら魚津のところへやって来た。

「なんです、問題は」

「専務の時岡さんが、大和レンズの広告を、アメリカの大新聞の一月十五日までの紙面に載せてもらいたいというんです。専務も大和レンズから頼まれたらしいんですが、それを言うのに僕がつい〝優先的に〟という言葉をつかいましてね。それがゲキリンに触れたというわけです」

「実際にいまからじゃ、ちょっと難しいですね」

「それはそうでしょう」

「しかし、まあ、何とか交渉するだけはしてみましょう」

「大丈夫ですか」

相手は言った。そんなことをして常盤を憤らせないかという意味らしかった。

「大丈夫ですよ。常盤さんという人は、根はいい人なんです。一応本社へのレジスタンスであういう言い方はしますがね」

魚津はそんな風に言った。常盤大作も、もともとそんなつもりで、問題を自分の方へ廻して寄越したのに違いないと思われた。

本社の社員がほうほうの態《てい》で引きあげて行くと、魚津は、神田の登高出版社へ電話をかけて、小坂乙彦を呼び出した。小坂は他の電話に出ていて、誰かと話をしている声は聞えていたが、本人はなかなか電話口へ出て来なかった。魚津がいい加減受話器を置きたくなっているところへ、

「すまん、すまん」

と、小坂の声が飛び込んで来た。

「ちょっといま会いたいんだが」

魚津が言うと、

「来るか、それともおれの方から行こうか」

と、小坂は訊《き》いて来た。

「おれの方から行く」

魚津が答えると、

「珍しいことだな、腰の重い君が。――何か用事かい」

「ちょっとね」

「金か」

「冗談じゃないよ。金ならうなってる」

「じゃ、夜にするか」

「夜は用事があるんだ」

他の用件なら、もちろん、夜、食事でもしながら話すのだったが、魚津は今日は昼間会う方がいいと思った。用件の内容が内容だったので、昼間の明るい光線のもとで、特殊なじめじめした感情や感傷をいっさい寄せつけないで、小坂乙彦と仕事の打合せでもするようにドライに話したかった。

「よし、おれの方から行こう。三十分程したら行く」

その小坂の言葉で電話は切れた。小坂の最後の言葉には、多少いつもの彼とは違って、妙に真剣なものが感じられた。

小坂はその言葉通り、三十分後に社へ訪ねて来た。小坂が事務所の入口から顔をのぞかせるのを見ると、魚津は、

「ちょっと出て来る」

と、清水の方に言って、自分の席から立ち上がった。エレベーターの横手で小坂と一緒になり、それから二人は肩を並べて、エレベーターの箱へはいって行った。

「話って、何だい？」

気になるのか、小坂は訊いた。

「ゆうべ、君と別れてから、また八代夫人に会ったんだ」

魚津ははっきりと言った。エレベーターの内部が混んでいたので、魚津は自分の横の小坂の方へ顔を向けることはできなかった。従って、友の顔にどんな変化があったか、それを眼にすることはできなかった。

二人は南方ビルの建物から鋪道《ほどう》へ出ると、言い合せたように日比谷の方へ足を向けた。空は幾らか曇っていて、急に冬らしくなった薄ら陽が鋪道の上に散っている。風が少しあった。小坂は合オーバーを着ていたが、魚津は何もひっかけて来なかったので、両手をズボンのポケットに突込んで歩いた。

「それで、用事というのは何だい」

小坂は促すように言った。魚津は長身の小坂と歩きながら話す時、いつもそうするように、ちょっと小坂の顔を横から仰ぐようにしながら、

「八代夫人からの言伝《ことづ》てがあるんだ。実はゆうべ、あの夫人に会ってから、ちょっとまわり道だったが、タクシーで彼女を家へ送り届けた」

「ふうむ、そりゃ、御苦労だったな」

小坂は少し不機嫌に言った。

「その時、彼女からの言伝てを頼まれた」

「そんなことだろうと思った。あの時、あの人の帰り方があわただしかったので、もしかすると、君を追いかけるんじゃないかと思った。やっぱりそうだったんだな。で、何だって言うんだ。——大抵は判《わか》ってるが」

「判ってるか？」

魚津は言った。判ってるなら、判っていることとして、小坂の考えだけをきけばいいと思った。何も小坂にとっては厭《いや》であるに違いない言葉を、改めて自分の口から出すには及ばないと思った。すると、

「判ってるけど、まあ、言ってみてくれ」

「じゃ、聞いたことをありのまま言うが、要するに君の要求に応じられないと言うんだ

な」

それに対して小坂乙彦は黙っていた。そして暫《しばら》くしてから、

「向う側へ行って、公園のなかをぶらつくか」

と言った。二人はいつか日比谷の交叉点《こうさてん》近くに来ていた。

電車通りを横切ると、二人は派出所の横から公園の中へはいって行った。魚津は小坂が何か言葉を出すのを待っていたが、小坂がいっこうに口をきらないので、

「一体、君はどういう考えだ」

と言って、小坂の方を見た。

「だめだ。おれはだめなんだ」

小坂は突然、そんなことを力をこめて言った。大きな体に似合わず、小坂は時々こんなだだっ子のような言い方をする。

「彼女は、君にどういうことを言ったか知らないが、おれの方はだめなんだ」

「だめって、どういう意味だい」

「あの夫人と何らかの繋《つな》がりがあるということで、おれは生きていられると思うんだ。あの人となんの関係もなくなった自分はちょっと考えられない。生きて行かれなくなるんじゃないかな」

「おどかすなよ」

実際、魚津は多少不気味な気持で小坂を見た。

「いや、本当だ」

「それにしても、少し君の考え方には筋の通らないところがあると思うんだが」

「筋は初めから通っていない」

「むちゃくちゃだな」

「そうなんだ」

「そう素直に肯定されると困るな。しかし、愛情というものは、そんなものでいいのかな」

「よかあないさ」

小坂は言って、

「おれの場合はなってないんだ。社会の秩序も道徳も断ち切れてる。要するに横恋慕というやつさ。初めから理窟《りくつ》もへったくれもあったものじゃない。——ただ、おれたちの場合——」

小坂はおれたちと複数で言った。

「ただ一つ救われる道があると思うんだ。それは彼女がもっと自分の気持を大切にすることだ。自分の気持を大切にして、いろんな障碍《しょうがい》を踏み越えてくれることだ。もし彼女が愛情も何もない家庭というものを、世間態だけで尊重して、自分の気持をねじ曲げてしまうと、おれの立場はなくなる」

「彼女は自分の気持をねじ曲げているだろうか」

「ねじ曲げてる」

「あの人はそうは言わなかった」

「それはそうだろう。おれにもそう言わないからな」

「彼女は、君が自分を誤解しているというようなことを言っていた」

「――――」

「おれの思うところでは、彼女は君に対して――」

ここで魚津は口をつぐんだ。さすがに美那子の方は愛情を持っていないぞとは言いにくかった。すると、小坂はその言葉を取って、

「愛していないと言うんだな」

「そう」

少し残酷だったが、魚津ははっきりと言った。

「そうだろう。そう言うだろう。おれにもそう言うから、君にはなおそう言うだろう。しかし、それは嘘《うそ》だ」

「嘘だということがどうして判る？」

すると、小坂乙彦は足を停めて、いきなり、

「一体、君はどっちの味方だ？」

ちょっと開き直るような言い方だった。

「どっちの味方でもないさ」

「おれを八代夫人から引き離したいか」

魚津はすぐには返事をしなかったが、やがて、

「そうできるならそうしたい」

「俘囚《とりこ》になったか」

毒のある言い方だった。

「え」

と魚津は顔を上げた。さすがに小坂も自分の言い方のヒステリックなことに気付いたのか、

「いや、失敬。いまのは失言だ」

少し顔が蒼白《あおじろ》んでいる。

「ともかく、彼女の言っていることは嘘なんだ。心にもないことを言っているんだ。と言うのは、彼女はおれを愛していると、はっきり自分の言葉で言ったことがあるからな」

切札を出すような小坂の言い方だった。それに対して魚津が黙っていると、小坂は、

「彼女はおれに、自分の口ではっきりと、おれを愛していると言ったことがあるんだ。愛情を持っていない女が愛しているというようなことを言うだろうか。愛情を持っていたからこそ、そう言ったんだろうと思うな。愛情というものが、一人の人間の心の中で、そう簡単に跡形もなく消えてしまうということがあり得るだろうか」

それから、

「とにかく、どこかへ坐《すわ》ろうや」

と言った。魚津も言われるままに辺りを見廻《みまわ》して、池の畔《ほと》りのきれいなベンチを物色して、その方へ自分から歩き出した。

二人は並んで腰を降ろした。

「あの人は、主人とは大分年齢が違うな」

やや間をおいてから魚津は言った。

「そんなことも言ったのか」

逆にきかれて、魚津ははっとした。まさか調べたとも言えなかった。

「年齢は違うんだ。三十近く違うんじゃないかな」

「どうして、そんな結婚をしたんだ？　後妻だろう」

「そうだ」

「どうして、後妻などに行ったのかな」

「それについては知らんな。どういう理由で彼女が嫁ぐ気になったにせよ、相手はそれを断るべきじゃなかったのか。自分の年齢も考えないで、若い娘が結婚すると言えば、よしとすぐそれに応じるというのは一種の罪悪だと思うね」

「そうかな」

「彼女は親子のような生活をしているというようなことを言ったことがある」

小坂は言った。先刻小坂は美那子が自分を愛していると言ったことがあると打明けたが、それを聞いた時と同様に、魚津は美那子が夫婦生活のことまで小坂に話したということに、軽い嫉妬《しっと》に似た感情を味わった。

魚津は、小坂乙彦を呼び出して、美那子から依頼された通りに一応言うべきことを言ったわけだったが、しかし、言ったというだけで、問題はいっこうに美那子の欲するようには進行していなかった。

「やめようや、こんな話」

突然、小坂は口調を変えて、

「暮は大丈夫だろうな」

と言った。暮の穂高行きのことだった。

「大丈夫だ」

魚津もまた今までとは別の口調で言った。

「金は？」

「おれの方は何とかなる。君は？」

「おれか、おれはボーナスを当てにしている」

奥又白の東壁がふいに、きびしい白さで魚津の眼の前に立ち現われて来た。

「おれの方は二十七日で一応仕事が片付く。二十八日なら朝からでも発《た》てるよ」

小坂は、この日初めて小坂らしい顔で言った。魚津は山の話をする時の小坂の顔が好きである。平生小坂の整った精悍《せいかん》な顔はどちらかと言えば気難しく暗いが、山の話をする時の眉《まゆ》を上げた感じは意欲的で明るい。

自分は何年かこの明るい顔をする方の小坂乙彦とつき合って来た。登山家としての小坂以外の面に触れたのは今日が初めてである。そんなことを魚津は思いながら、

「おれの方は二十八日の夜まで仕事があると思うんだ。二十九日の午後なら多分大丈夫だ」

「じゃ、二十九日の夜行にするか。そして三十日の朝松本に着き、沢渡《さわんど》まで自動車で行き、その日のうちに坂巻まで行ってしまうんだな。そうすれば三十一日に徳沢小屋まで行けるだろう」

「元旦《がんたん》に奥又でキャンプか」

「二日の朝壁に取りつく」

「よかろう。だが、もう一日早く発てるかも知れない。そうすれば元日に岩壁にかかれる」

去年の歳末から判断すると二十八日までは仕事がある。が、それを二十七日までに切り上げられないものでもないと思う。どうせやるなら元日の朝やりたい。

その時、小坂は小さいライターのふたを開いてくわえている煙草《たばこ》に火を点じた。魚津はふと、その小坂の持っているライターが女持ちの赤いものであることに気付いた。

魚津は手を伸ばして、黙って、小坂の手からライターを取り上げると、自分の手で二、三回ぱちぱちと点火してから、

「いやに可愛《かわい》らしいのを持ってるんだな」

すると、小坂は、

「もらったんだ」

と言った。そして、そう言った瞬間にやにやした。誰にもらったか訊くだけ野暮だったが、

「彼女からか？」

魚津は訊いた。

「そう」

言いながら、小坂はライターを自分の手に受け取ると、それをさも大切なもののよう

にポケットに仕舞った。

　魚津はそんな小坂に、妙に女性的な厭な面を見たような気がした。長く自分に課して来た掟《おきて》を破って、友達と立ち入った面でつき合うと、すぐこういうことになる。それからまた小坂にライターなどを与えておいて、自分に彼との問題の処理を頼むなど、八代美那子もいい加減なものだという気がする。

「こんどの日曜に荷作りをするか」

　魚津は言った。

「よし」

　小坂は応じた。

　登攀《とうはん》するための天幕や食糧や登攀用具などを前以《まえもっ》て、沢渡の知人あてに送り、上高地まで上げておいてもらわなければならない。

「トレーニングも始めておけよ」

　魚津は言った。少し言い方は命令的だった。

「よし」

　また小坂は応じた。しかし、まだ言い足りない気持で、

「その赤いライターは置いて行った方がいい」

　言うと、魚津は小坂と別れるために立ち上がった。

二章

　十二月の第一日曜の朝であった。美那子は台所で女中の春枝《はるえ》と一緒に朝食の支度をしていたが、手があいたので、二、三日掃いてない庭を掃こうと思って、縁側から降りた。

その時、二階の書斎で夫の教之助が手を鳴らしている音が聞えて来た。

　美那子は芝生の方に歩き出した足をとめて、耳をすましたが、その時は手をたたく音は聞えなかった。美那子はそら耳かも知れないと思った。夫の手をたたく音にはひどく神経質になっている。時々、教之助が呼びもしないのに二階に出向くことがあるくらいである。美那子は暫《しばら》く立ち停まって、聞耳を立てていたが、その後何も音がしないので、そのまま二、三歩歩き出した。そしてすぐまた足を停めた。こんどははっきりと手をたたく音が聞えたからである。

　美那子は急いで縁側から上がって、台所との間にある廊下へ出ると、そこで、

「はーい」

と、二階へ聞えるくらいの返事をしておいて、そのまま台所へはいり、そこで番茶を大ぶりの湯飲茶碗《ぢゃわん》に入れた。教之助は茶が好きで、一日家にいる時は、美那子は何回となく二階の書斎へ茶を運ばなければならない。それも煎茶《せんちゃ》の濃いのである。よくもこんな濃いのが飲めるものだと思うくらい濃くいれないと気に入らない。しかし、いまの場合は番茶である。朝食前だけはさすがに煎茶はきつすぎると見えて番茶を飲んでいる。番茶でない時はこんぶ茶である。

美那子は小さい盆に湯飲を一つのせて、階段を上って行った。階段は普通の家の階段より広くできていて、二人並んで上り降りできるくらいのゆとりを持っている。大きな洋館からそこの階段だけを持って来て、日本式の家へくっつけたような多少ちぐはぐな感じである。

階段を上りきり、左へ行くとすぐ夫の書斎の扉に突き当り、右へ行くと夫婦の寝室にはいる。美那子は階段をもう二、三段で上りきるところで、ちょっと立ち停まって、茶碗の内部を上からのぞいた。大きな茶柱が一本立っている。

美那子は茶碗から茶柱を除くには、階段の突き当りの硝子窓《ガラスまど》を開け、そこから内容物の一部をこぼせばいいことは知っていたが、それよりもっと簡単にそれを除去する方法のあることを知っていた。とっさに美那子は右手の親指と中指をそろえると、それで茶碗の中の液体の表面から一本の茶柱をつまみ出した。

美那子はぬれた指先を白い前掛けでふくと階段を上り、この家で応接室以外では、ひとまだけ洋室になっている夫の書斎へとはいって行った。

「お茶でしょう？」

窓際《まどぎわ》に立って窓から庭を見降ろしている夫の背に美那子は声をかけた。やせぎすの体をグレイのセーターで包んでいる教之助はゆっくりと振り返ると、

「今朝は霜が降りていないかい」

とおだやかな口調で言った。

「さあ。——見てみましょうか。いま庭へ降りかけたんですけど、お呼びになったので」

「わざわざ見るには及ばんよ」

教之助は笑った。なんでもなく言ったのに、美那子がすぐ真面目《まじめ》に受けたことがおかしくもあり、またそんな妻の稚《おさな》さに満足でもあるといった風であった。

「お茶、ここへ置きますわよ」

美那子は湯飲み茶碗を、部屋の中央に陣取っている大きな机の端に置いた。

「トマトジュースが欲しかったんだ」

「あら、お茶じゃありませんの」

「お茶でもいい」

「じゃ、持って参りますわ。トマトジュース」

「いいよ、お茶で。——それに、もう朝飯になるだろう」

「ええ。——でも、まだ十分ぐらいはかかりますかしら」

教之助が机の上の茶碗を取り上げたので、お茶で我慢してもらうことにして、美那子は書斎を退《さ》ろうとした。

「少し葱《ねぎ》臭いな。このお茶」

その声で、美那子ははっとして振り向いた。教之助は茶碗を鼻先に持って行って、においを嗅《か》ぐようにしていたが、やがてそれを口に持って行こうとした。

「においます？」

「うん」

「かえて来ましょう」

「いや、よろしい」

教之助はひと口飲んでから、

「指に葱のにおいがついていたんだな」

と言った。

「そうかしら」

あいまいに美那子は言った。そんなことはないと言いたかったが、さすがにそうは言えなかった。もしかすると、書斎の扉が半開きになっていたので、自分が指で茶柱をつまみ出したことを見られたかも知れないと思った。どうもそうらしいという気がする。

「見てらした？」

「何を」

「じゃ、いいんです」

美那子は悪戯《いたずら》をとがめられた子供の表情で笑って言った。教之助の方はそんな美那子を何とも思わない風で、

「折角の日曜だけど、今日も出なければならない」

と話題を転じると、また茶をすすった。

「会社ですか？」

「うん」

美那子はこんどこそ本当に書斎を出た。そして階段を降りながら、夫は自分が茶柱をつまみ出したことを見ていたに違いないと思った。

十時に会社の自動車が来た。いつも自動車が迎えに来るのは九時であるが、今日は日曜なのでゆっくりしている。夫を送り出してから、美那子は暫く台所で立ち働いていたが、何となく気分がさっぱりしなかった。何か重大なことでも忘れているような気持である。

それから一時間ほどして、美那子は新聞を持って縁側に出たが、それには眼を通さないで、冬枯れた芝生に視線を投げたままぼんやりしていた。

が、そのうちに美那子は自分の気持が、朝食前の小さい一つの事件にこだわっていることに気付いた。自分が指で茶碗の中から茶柱を取り除いていることを夫は見ていたに違いないと思う。それでなくて、指に葱のにおいがついていたのだろうというようなことは言わないはずである。もし、教之助が見ていたとすれば、たとえ自分の妻であれ、潔癖症の彼にしたら、指を入れた茶を飲むことは耐えられないことであったに違いない。しかし、夫はそのことを知っていても、それを明らさまには指摘しなかった。何となく、それに触れながら、あくまで表面は知らん顔をしていた。

夫がこうした面を持っていることに気付いたのは今日初めてであるが、他の場合にもこうしたことはあるかも知れない。夫のこうした態度は若い妻の自分に対する労《いたわ》りというものであろう。いろいろな欠点はあるが、まあ、見て見ない振りをしていよう。夫はそんな考えを持っているかも知れない。しかし、茶柱の場合はいいが――。

ここで美那子はちょっと息をのむような顔をした。自分でも自分の顔の硬《こわ》ばるのが判《わか》った。小坂乙彦との間に犯した過失を、教之助が感づいていないとは断言できないではないか。もし知っていて、知らん顔をしているとしたら！

美那子は過去のいろいろの場合の教之助の言葉や表情を改めて眼に浮かべてみた。小坂から手紙が来ていることも夫は知っているはずである。夫が郵便受から小坂からの手紙を取り出して、それを自分でわざわざ持って来てくれたこともあった。

いつか小坂が訪ねて来た時、

「ゆっくりしてらっしゃい。美那子もさびしがってますから」

教之助は確かにそう言った。そして彼はすうっと座を外して書斎へ上がって行った。まだ、いろいろある。美那子はその時々の夫の態度や顔色を探るように一つ一つ思い出してみた。

美那子はいつか立ち上がっていた。そんな自分に気付くと、手をたたいて女中の春枝を呼び、

「旦那《だんな》さまにお電話して」

と言った。教之助と言葉を交わさないと不安な気持だった。美那子は八代家へ嫁いで五年になるが、今ほど不安な思いに駆られたことはなかった。美那子は単に労り深いと思っていた夫の眼差《まなざ》しの中に、自分が気付かなかったもう一つの眼がひそんでいるような気がした。

春枝が電話をかけてくれたが、教之助は席を外しているということなので、十分ほどしてから、美那子はもう一度、こんどは自分で夫のところへ電話をかけた。

美那子は夫の会社である東邦化工という会社が、いかなるものを造っている会社であ

るかよくは知らなかった。ナイロンを造っている会社であるぐらいの知識しか持ち合せていない。

工場が幾棟《むね》かあって、そこで二千人ほどの従業員が働いており、ある棟では絶えず異様な臭気が立ちこめ、ある棟では幾つかの釜《かま》の中で絶えずどろどろした茶褐色の液体が煮沸《しゃふつ》されている。そんなところを美那子は想像している。実際に見たわけではないから判らないが、何となくそうした場所を、夫の職場と決め込んでいる。

判らないと言えば、もっと判らないことがある。それは今日のように、夫が日曜でも出勤した場合の、夫の居る場所である。秘書課に電話をかけると、夫の居る場所へ電話を繋《つな》いでくれるが、そこがまたいかなる状態の場所であるかいもく見当がつかない。ある時は周囲の何人かの男たちの声が聞えているところから判断して、工場の一劃《いっかく》であるらしいが、ある時は受話器の中から料理の皿の音や食器の触れ合う音が聞えていたりする。どうみてもどこかのクラブあたりで開かれている会議の席上のようである。

美那子は何回か夫にたずねたことがあるが、その度に、教之助は、

「今日は会社の原子力研究委員会があってね」

とか、

「今日は原子力産業研究会議なんだ」

とか、また時には、

「アイソトープの集まりだよ」

とか簡単に言う。会社の内部に原子力研究委員会というものが作られてあり、教之助はその会の主事ということになっているらしい。原子力とかアイソトープとかいう言葉がとび出すと、もう美那子の手には負えなくなる。教之助の顔までが、急に理解しがたい難解なものに見えて来る。

しかし、今日は教之助は重役室に居た。いつも出てくる可愛らしい秘書の声に代って、すぐ夫の渋みのある低声が聞えて来た。

「え、なんだい？」

机の上の書類に眼を当て、その方へ気を取られながら、受話器を耳に当てている教之助の姿が眼に見えるようだ。

「お机から眼をおはなしになって！」

美那子は笑いながら言った。すると、「え」とか「うむ」とか、短いあいまいな言葉をもらしてから、

「僕だがね、何だい？」

初めて、こちらに向き直った様子である。

「心配になりましたの」

「なにが」

「今朝、茶柱を指でつまんだことご存じだったんでしょう」

暫く間をおいてから「うーむ」と、教之助の肯定する声が聞えて来た。

「見てらしたんなら、叱《しか》って下さればよろしいのに。——いやだわ、あんなおっしゃり方！　葱くさいなんて」

美那子は言った。美那子としては珍しくとげとげした口調だった。すると、相手は驚いたのか暫く黙っていたが、やがて低い笑い声が美那子の耳にはいって来た。

「いいじゃないか、そんなこと。どっち道悪意があってしたことじゃない。茶柱だかゴミだか知らんが、そんなものを取ろうとしたんだろう。そのために指さきがちょっと湯に触れた。——まあ、仕方のないことだろうね」

「そうでしょうか」

「別段、そこに悪意は認められない。咎《とが》むべきことでもなさそうだ」

「そりゃ、悪意なんてないでしょうけど」

へんてこな会話だった。第三者が聞いていたら、茶碗の中に指をいれたのが教之助の方で、美那子がそれに文句でもつけているといった風に受け取ったかも知れない。

「用事はなんだい」

「用事って、別に——。ただ、あんな時、ちゃんと口に出しておっしゃっていただこうと思って——」

「ほう、そのことで電話をくれたのか」

「ええ」

するとなあんだというように、半ば笑いながら、

「よろしい。承知した」

それから何か急ぎの仕事でもしているのか、

「電話をきるよ」

と、教之助は言った。

「ほかにありません？」

「何が」

「茶柱のほかに」

美那子はこのことが訊《き》きたかったのである。美那子がこう言ったからといって、相手が「ある」と言えようはずのものではなかったが、しかし、一応訊くだけは訊いておかないと気がすまなかった。

「茶柱のほかに？　一体、なんのことだい？」

本当に、教之助には質問の意味が判らないらしかった。

「わたしのしていることで、気に入らないのに黙ってらっしゃること」

「君のしていることでか？」

「ええ」

「ないだろうな」

ちょっと考えるような言い方だった。

「ほんとにございませんか？」

「ない」

「それならよろしいんですけど」

「どうして、また、急にそんなこと言い出したんだい」

「気になったんです。茶柱のことから」

電話をきると、美那子は再び陽の当っている縁側に出た。夫はおそらく小坂乙彦との事件に気付いてはいないだろう。こうは思ってみたものの美那子の心の中のしこりが、必ずしもとけたというわけではなかった。

三時ごろ春枝が電話を知らせて来た。

「魚津さんという方からお電話です」

その時、美那子は茶の間で、夫の冬外套《ふゆがいとう》や冬服を箱から取り出して、それをハンガーにかけて、縁側の陽当りに吊《つる》していたが、魚津と言われても、それがすぐには判らなかった。

「女の方？」

「いいえ、男の方です」

「だれかしら、出てみるわ」

美那子は電話口の方へ歩きかけたが、すぐ途中で、魚津という人物が誰であるかに気付いた。一カ月程前いっしょに自動車に乗り、田園調布の駅前で降りて、それから家の前まで送ってもらった、長身の小坂とは違ってがっちりした体の魚津の姿が、ふいにある不安を伴って思い出されて来た。

美那子は、あの晩、小坂とのことを初めて会った魚津などに打ち明けてしまった軽率さを悔いていた。あの時は、小坂との関係をはっきりしてしまいたいばかりに、小坂の親しい友達だというだけで、熱に浮かされたようにしゃべってしまったのである。

美那子は受話器を取り上げると、それを少し耳から離すような位置にとめて、

「わたし、美那子でございます」

と言った。

「奥さんですか。いつぞやは失礼いたしました」

紛れもない魚津恭太の声が耳にはいって来た。

「わたしの方こそ。——お疲れのところを」

「御返事おそくなっていますが、今日小坂とお伺いしてよろしいでしょうか」

いきなり相手は言った。その言葉で、美那子は震え上がった。

「小坂さんとお二人でいらっしゃいますの？」

「二人がいいと思うんです」

「でも、——一体、どういうようなお話でございましょう」

「二、三回、小坂と会って、いろいろ話しあいましてね。小坂も今日最後にちょっとお目にかかって、これでもうお目にかからないと言っています」

「——」

「とにかく、そう決心したんです。彼としてはやはり一大決心だと思うんです。で、最後に彼の希望を入れて、一度お会いしていただきたいんです。僕が立ち会ってますから、御不快になるようなことはめったに口から出させないつもりです」

「ほんとに、そういう決心なさったんでしょうか」

「そうです」

「じゃ、お目にかかりましょう」

「すぐお伺いしてよろしいですか。お宅へお訪ねしてもいいし、どこか田園調布の近くででも」

「宅の方がよろしゅうございますわ」

美那子は言った。一応安心して、電話を切ったものの、すぐまた不安な思いが美那子に大きくおおいかぶさって来た。純情と言えば純情だが、やや異常な思いつめ方をする小坂乙彦の顔が思い出されて来た。整った顔だが、美那子にはいまは世の中で一番うっとうしいものになっている。

美那子にとっては、三年前のクリスマス・イブのことが、どうもはっきりと現実感を持っては思い出されない。自分で不始末なことを仕出かしておいて、その責任をとらないというのではないが、なんとなく責任を持つことができないような、そんな奇妙なその夜の出来事だったのである。美那子はいつもその夜の自分を思うと、どうしても自分だとは思えない。

その日、教之助は関西に出張していて留守で、美那子は折角のクリスマスの夜を、家で一人で食事をしなければならないのにうんざりしていた。そこへたまたま小坂から電話があったのである。

二人は銀座へ出て、レストランで食事をした。酒も少し飲んで多少赤い顔をしていたが、酔っていたというほどではなかった。レストランを出て、物すごいクリスマスの人出の中を歩いているうちに、美那子はいつか正常の美那子ではなくなって行ったのだ。それまでに小坂にそうした気持を一度でも感じたことはなかったのだが、その時は妙に小坂から離れられない気持になったのである。

「もっとお酒飲んでみましょうか」

そう言ったのは美那子の方だった。このことはいまもはっきり憶《おぼ》えている。が、これが結局は間違いのもとだったのである。十時ごろ、家へ帰るつもりで自動車に乗ったが、その時、美那子は生れて初めて何杯かすごした洋酒で酔っていた。ひどく眼がまわっていた。自動車を降りて、どこかで暫《しばら》く横になりたいと思った。どこでもよかった。

自動車が停まったところは、まだ都心に近い区域の、一応ちゃんと体裁を整えた小さいホテルの前であった。そこの一室にはいった時、彼女をそこへ休ませて帰ろうとした小坂乙彦を引きとめたのは美那子の方であった。このことも、美那子はいまはっきり覚えている。

そして、唇を合せたのと、ベッドに倒れたのは、どちらが積極的だったとも言えない。その時、二人の心と体とは、同時にそれを求めていたのである。

十二時近く、美那子は汚辱と、悔恨と、罪の意識にまみれて、そのホテルを出た。クリスマス・イブの夜の鋪道《ほどう》とは思われぬ暗い鋪道に出ると、美那子はそこで小坂と別れて、一人で電柱の陰に立ってタクシーを待った。体も心も冷え込んでいた。衣類に手をやると湿っていた。衣類の濡《ぬ》れているのは靄《もや》が流れているためであった。

それから今日まで、八代美那子には小坂乙彦がこの世の中で一番気になる青年になっていた。小坂の真面目《まじめ》さも、小坂の純真さも、小坂の一途《いちず》さも、みんな却《かえ》って美那子には恐ろしいものに感じられる。小坂乙彦の恋情に火を点《つ》けたのは彼女自身であった。それだけに美那子にとっては、この彼女が仕出かした不始末の処理は難しかった。

せた。——玄関のベルが鳴った時、美那子は春枝を玄関に出し、二人の客を応接間に案内させた。そして自分は鏡に向って緊張で少し蒼《あお》ざめている顔をパフでたたいた。

美那子が応接室へはいって行くと、魚津はすぐ立ち上がったが、小坂乙彦はソファの端の方に腰掛けたまま、長身を二つに折って、じっと顔をうつむけたままにしていた。

「いらっしゃいませ」

美那子は、自分の声が硬ばっているのを感じていた。すると、小坂は顔を上げて、

「いろいろ御迷惑をおかけしました。が、こんどは僕も決心しました。今日上がったのは、あのままずるずるに会わないでそのままになってしまうのが、なんですか厭《いや》だったからです」

と言った。静かな口調だった。

「すみません」

美那子が言うと、

「すまないという言葉は変ですよ。貴女《あなた》一人がすまないんじゃなくて、僕もすまないんです。しかし、すむとかすまないとかいうのはやめましょう。お互いが惨《みじ》めですから」

美那子は黙っていた。いかなる言葉を出しても、現在の小坂乙彦を満足させるものはないと思ったからである。すると、小坂はまた言った。

「一つだけお願いがあるんです」

　すると、魚津が、

「変なことを言うなよ。言わない約束だったからな」

　と、横から口を出した。

「大丈夫だ」

　小坂は魚津の方へ言ってから、

「貴女の気持は、本当に魚津にお話しになったようなものですか、つまり――」

　美那子は押し黙っていた。いくら言えといっても、自分の本当の気持を口から出せるものではなかった。過失だとは言いにくかった。美那子は黙っている以外仕方がなかった。この際黙っていることが、まだしも唯一《ゆいいつ》の意思表示のようなものであった。

「僕に対して少しぐらい愛情を持っていて下さったんでしょうか。それだけを教えていただきたいんです」

　それから、少し間をおいてから、

「イエスですか、ノーですか」

　小坂は言った。追いつめられた気持で、美那子はきっと顔を上げると、

「こんなこと申し上げるのは厭なんですけど、あの夜は、わたし愛情を持っていたと思います。でも、そのほかの時は――」

「持っていないと言うんですね」

「はあ」

思いきって、美那子はうなずいた。すると小坂は少し開き直った口調で、

「よく判《わか》りました。しかし、そういうことだとすると、人間の心というものはあまり信用できないということになりますね」

美那子はなんと言われても仕方がない気持だった。全くその通りであった。あの晩、自分は確かに心でも体でも小坂乙彦を求めていたのだ。やはりそれは愛情と言っていいものだ。しかしそれはあのうっすらと靄の流れている夜更《よふけ》の鋪道へ立った時にはすでに消えていたのだ。

「そういうことだとすると、僕は大変な誤算をしでかしていたということですね。そういうものですかね、人間の心というものは。——貴女は自分の口でちゃんと僕を愛しているとおっしゃった——」

小坂が言うのを、

「よせよ」

と、魚津は横からとめた。それには構わず小坂乙彦は興奮で額を白くしたまま続けた。

「そう貴女がおっしゃったので、僕は素直にそれを信じたんです。まさか、その時の貴女の気持が、ただその時だけのものだとは考えられませんからね。——しかし、僕はいまの貴女の言葉もそのままには信じませんよ。かつて一度でも貴女の心の中で燃え上が

ったものが、すぐ消えて跡形もなくなるなんてことがあるでしょうか。——魚津、どう思う?」

「おれか」

魚津はそう言ったが、それには応《こた》えないで、

「もうやめろ。約束が違うよ。ゆうべあれだけ話し合って、君もよく納得したじゃないか」

すると、小坂は少し憤然とした顔付きで、

「君は監視人か」

と、吐き棄《す》てるように言うと、

「いや、とにかく、一応判ったことにしましょう。貴女が僕という人間と無関係な人間に、つまり、道で会っても知らん顔をしてすれ違う人間になることを希望していることだけは判りました。貴女の立場からすればそうした気持になることは当然なことですし、よく判りますよ。ただ、貴女が愛情についておっしゃったことは、僕は信じませんね。貴女には自分の愛情より、家庭や世間体というものが少しだけ大切に感じられるだけの話です」

そう言うと、小坂乙彦は立ち上がって、

「魚津、僕は先に帰る」

と言った。

「いや、僕も帰る」

魚津が言うと、

「一人で帰りたいんだ。帰らしてくれ」

こんなところは、小坂のわがままがむき出しにされた感じだった。

美那子は黙っていた。黙っていることは、いかにもずうずうしい態度であることは判っていたが、うっかり口をきくと、折角どうにか収まりかけた状態が再び混乱しかねなかった。それがいまの美那子には怖かった。

「じゃ、君、一人で先に帰れ」

魚津は言った。小坂は美那子の方へちらっと眼を向けると、

「じゃあ」

そう言って、応接間の扉に体をぶっつけるようにして、その部屋を出て行った。美那子は小坂を玄関まで送って行った。小坂が靴を履いて土間に立ち上がった時、

「失礼いたしました」

美那子は頭を下げた。小坂は何か言いたそうにしていたが、やがて思いきったように、頬のあたりに悲しそうなものを走らせたまま、玄関の扉を開けて出て行った。

美那子は小坂が出て行っても、暫く玄関の上がり框《かまち》に立っていた。

美那子は小坂を送り出すと、その足で台所へ行き、春枝にお茶を応接間に運んで来るように命じた。いつもなら直《す》ぐお茶を持って来るのだが、春枝にも、何となく二人の訪問者の持ち込んで来た空気が、異様なものに感じられていたのかも知れなかった。

応接間に戻ると、魚津は窓際《まどぎわ》に立って庭の方をながめていた。

「お待たせいたしました」

美那子は言った。魚津は自分の席に戻ると、いきなり、

「僕にはもちろん立ち入った事情は判らないんですが、小坂の態度はともかくとして、彼のいま言ったことは一応もっともに思えるんです。——彼の言うように貴女の方に嘘《うそ》があるんじゃないですか」

と言った。いかにも、今まで、そのことを庭をながめながら考えてでもいたという風であった。

美那子はまた顔をうつむけていたが、やがて少し烈《はげ》しい感じで顔を上げると、

「では、申します」

と言った。魚津には話せると思った。魚津が小坂とは違って、当事者でないということもあったが、そればかりでなかった。自分の言うことが、あるいはこのいかにも気位の高そうな登山家には判ってもらえるかも知れないと思ったのであった。

「以前、自分の恥を申し上げましたので、もう何でもお話してしまいますが、私は嘘は

言っていないつもりです。間違いを起しました夜、私はあの方に愛情を持っていたと思います。でも極くわずかの間のことです。お別れする時はもう厭でした。そしてそれからずっと今まで厭でした」

先刻言ったことを、多少自分の感情を現わした表情ではっきり言ったに過ぎなかったが、その美那子の言葉は魚津恭太を驚かせた。魚津は、本当ですかといった顔をすると、

「実際にそうしたことがあるもんですか」

「あると思いますわ」

「そうですかね」

それから真顔で、

「厄介ですね。一体、それはどういうことですかね」

魚津のぶしつけなきき方が、美那子をその時どぎまぎさせた。美那子は少し顔を赤くすると、

「魔がさしたということがありますわ。そんなものではないでしょうか」

しかし、美那子は決して魔がさしたというような、そんなものではないことを知っていた。自分は本当にあの時は小坂を欲しかったのだ。あとで後悔することも判っていた。あとで厄介な問題がおこることも判っていた。そして夫を持っている女として、それがいかに非難さるべきことであるかも知っていた。

酔いが彼女の心の抑制を麻痺《まひ》させていたことは確かだが、美那子の体の中には、はっきりとこの過失を引き起すものは存在していたのである。ただ、それを押えつけ得なかった自分を、美那子はいま信じることはできない気持である。

「いや、判りました」

先刻小坂が言ったと同じことを、魚津は言った。そして小坂の時と同じように、その言葉には、すっかり納得したわけではないが、納得したと言うより仕方がないといったような響きがあった。

「まあ、とにかく小坂もこれで、自分のとんでもない考えを撤回することと思います。多少当分は苦しみましょうが、あとは時間が解決してくれると思います」

「いろいろ本当にすみませんでした」

「それにこの暮に、僕たちは穂高の東壁をやることになっています。小坂のためにも、これはいいことだと思います」

そう言いながら、魚津恭太は立ち上がった。

「いま、お茶がはいると思いますが」

美那子が言うと、

「いや、失礼いたしましょう。小坂のやつ電車にも乗らないで歩いていると思うんです。小坂が歩いているのに、ここでお茶を飲んでいては、あいつが可哀《かわい》そうですからね」

「お歩きになっているでしょうか」

「歩いていますよ。家まで歩いて行くでしょう」

「家まで?!」

美那子は驚いて言った。

「二時間や三時間歩くことは平気です。学生時代から山を歩いていますからね。今頃むきになって歩いていると思うんです」

美那子の眼に、むきになって足を運んでいる小坂の姿が浮かんで来ると、さすがに彼女の心に痛みが走った。

「お山へいらっしゃるっていつごろからですの?」

魚津を玄関まで送りながら、美那子は訊《き》いた。魚津は靴ベラを使わないで、履きにくそうに靴に足を突込みながら、

「二十八日頃東京を発《た》つつもりです」

「お正月はお山ですのね」

「元日は多分壁にとっついていると思うんです」

「大変ですのね。危いんでしょう?」

「全然、危険がないということはありませんが、まあ、大丈夫でしょう。それが商売みたいなものですから」

「お帰りになったら、お葉書下さいません？　小坂さんのこと、心配ですから」

美那子は言った。

「おそらく大丈夫ですよ。何年かぶりで東壁をやったら、多少世の中が違ってみえると思うんです。小坂にしても、こんな時のために、今まで山登りをして来たかも知れませんからね」

それからちょっと会釈《えしやく》すると、魚津は出て行った。

美那子が応接間にはいった時、春枝が紅茶を運んで来た。

「あら、もうお帰りですか」

「わたし、いただくわ、ここで」

春枝が卓の上に紅茶茶碗《ぢやわん》を置いた。美那子はひどく空虚な気持で、スプーンで紅茶茶碗の中をかきまわした。春枝が驚いたほどいつまでも、美那子の白い華奢《きやしや》な手はスプーンを小さく動かし続けていた。

＊

仕事で外を廻《まわ》っていた魚津が夕方会社へ戻ると、机の上に沢渡《さわんど》の上条信一からの封書が置かれてあった。

上条は魚津たちが学生の頃から知っている山案内人である。年齢はもう六十近いが、まだ矍鑠《かくしゃく》として、夏場は登山者たちの案内をしたり、荷物を運んだりしている穂高の主といっていい男である。こんども魚津と小坂はこの上条あてに荷物を送って、雪が深くならないうちに、上高地か、あるいは事情が許すなら、上高地から二里程はいった徳沢小屋まで先に持って行ってもらうように頼んであった。手紙はその返事であった。

——御依頼の梱包《こんぽう》は十日程前に徳沢小屋まで持って行きましたから、御休心下さい。小屋へ入れて鍵《かぎ》をかけておきましたから大丈夫だろうと思います。現在のところでは雪は毎日ちらちらしていますが、まだたいしたことはありません。坂巻まではどうにかトラックが通っています。坂巻のトンネルを越えると一尺五寸程あります。しかし、こちらへお越しの頃には雪はかなり積っていると思います。きっときっと、今年は雪が多いです。バスも沢渡までは来ず、稲核《いねこき》どまりになるだろうと思います。そのおつもりでいて下さい。小坂様にもよろしくお伝え下さるようお願いいたします。

手紙にはこう認《したた》められてあった。文字は薄いインキで書かれ、何字か誤字があった。魚津は上条信一の手紙を読むのが好きである。いつも上条から手紙をもらうと、それにじっと眼を当てている。するとなんとも言えない素朴なものがこちらに暖く伝わって来る。

いつも沢渡に行くと、上条の家に立ち寄って、暗い土間で、つけ菜でお茶を御馳走《ごちそう》になるが、いまもその歯にしみるつけ菜の冷たさと、他の土地のつけ物から味わえない一種独特の風味とが、金釘《かなくぎ》流の文字の並んでいる便箋《びんせん》から立ち上って来るようである。

魚津は「きっときっと、今年は雪が多いです」という一行の文字に繰返して眼を当てた。この一行だけに穂高を誰よりも知っている上条の知識がでんと坐《すわ》っている。上条が雪が多いというのだから、今年は必ず雪が多いだろうと思う。しかし、とにかく上条が荷物を徳沢小屋まで届けてくれたということで、魚津は安心した。これで一応いつでも出発できる態勢は整ったわけである。

あとは金だけである。金のことを考えると少し憂鬱《ゆううつ》だった。ボーナスを当てにしていたが、ボーナスは既に二日の間に消えていた。別に飲み食いして費《つか》ったわけでもないし、買物をしたわけでもない。年末なので借出分の清算をしなければならず、清算してみたら千二百円程手許《てもと》に残っただけである。これには魚津も自分ながら驚いた。これでは穂高行きの汽車賃にも足りない。

登山費用を作り出す方法は一つしかなかった。それは月給を前借りすることである。これまでに何回も魚津は月給の前借りをしており、今更、それを躊躇《ちゅうちょ》する柄ではなかったが、こんどは休暇を早くもらうこととダブっていて、なんとなく具合が悪かった。

会社は例年暮は二十八日で一応仕事は打切りということになっていたが、今年はいろいろな仕事が十二月になってから押し寄せて来ていて、全社員が二十九日まで出勤することになっていた。しかし、魚津はどうしても二十八日の夜に東京を発ちたかった。それには休暇を一日早くしてもらわなければならなかった。

来月分の月給を先渡ししてもらい、その上休みを自分だけ一日繰り上げてもらうということを申し出るのは、どう考えても虫のいい話であった。魚津は昨日から思い切って常盤大作に話してみようと思っていたが、さすがにそれを言い出しそびれていた。

魚津は上条からの手紙を机の引出しに入れると、思いきって、立ち上がり、書類に眼を通している常盤大作の席へ行った。

「支社長」

魚津が声をかけると、常盤は顔を上げて、なんだというように魚津を見た。

「先借りのはんをお願いしたいんですが」

すると、常盤は眼を再び自分の机の上の書類に落し、そのページを一枚めくってから、右手で洋服のチョッキのポケットを探り、小さい印鑑のケースを取り出すと、黙って机の端に置いた。

魚津はそれを持って自分の机のところへ戻り、「月給前借」と書いた伝票に常盤の印を押し、それからそれを一応常盤のところへ持って行った。

「ありがとうございました」

印を机の上に置き、伝票を事務的に常盤の方へ見せ、すぐそれを手許に戻した。

「先借りだね」

「そうです」

常盤は相変らず眼を書類に当てたまま、自分の印をチョッキのポケットに仕舞い込んだ。

「支社長」

魚津は言うと、

「休みか」

と常盤は言った。みごとに先をこされた感じだった。

「そうです」

「山だね」

「はあ、どうしても二十八日夜発ちたいんです」

すると、常盤は書類から眼を放し、書類を机の中に仕舞い込むと、

「一日のことだ。仕事さえ支障がないんなら行って来たらいい」

そう言ってから、

「大体だね、君」

と、常盤は魚津の方へ向き直った。この際相手になる以外仕方なかったので、魚津は煙草《たばこ》に火を点《つ》けて、常盤の饒舌《じょうぜつ》を迎える態勢を取った。

常盤は席から立ち上がると、両手でズボンのバンドをずり上げるようにしながら、精力的な顔を魚津の方へ向けて、

「冬山は危険だと言うが、本当かい」

と訊いた。

「一応危険でしょうな」

魚津は答えた。

「こんどはどこへ行く？」

「穂高です」

「岩へ攀《よ》じ登るんだね」

「そういうことになります」

「一体、岩へ攀じ登る年齢は幾つぐらいまでだ？」

「決まっていません。しかし、大体、若い連中が多いようです。各大学の山岳部員が主でしょうな」

「そりゃ、そうだろう。君、大学を出てからもそんなことをしている見上げた心掛けのやつはそう沢山はいまい」

魚津はうっかり返事できない気持で、ちょっとここで口をつぐんだ。常盤大作の論旨が何をめざしているか見当がつかなかったからである。

「人間だれでも生命を張ることだけに生甲斐《いきがい》を感ずる時期がある。十八、九から二十七、八までの期間だね。冒険というのは自分の能力を限界ぎりぎりまで費ってみようという意欲だがね。しかし二十八、九を過ぎると、冒険がばからしくなる。人間の能力なんて知れたものだということに気付くからだ。つまり人間というものが、人間がたいしたものではないということが、この時期に判《わか》るんだ。もう冒険の栄光は消える。青年は漸《ようや》く一人前の大人になる」

「と言うと、僕はまだ一人前にならんというわけですか」

「君はこんど幾つになる？」

「いま三十二歳ですから、来年の誕生日が来ると三十三歳になります」

「ふうむ。——大分晩成《おく》だな」

「だが、支社長」

魚津は言った。

「つまり、貴方《あなた》の言い方だと、僕は二十八、九のところで成長が停まったことになりますね。しかし、ここで停まってもいいじゃないですか。何も一人前の人間になる必要はないと思うんですが」

「そりゃそうだ。なにも一人前にならねばならんという規則はないからね。結構だ、そこで停まっていて。——多少、会社は迷惑だがね」

ここで常盤大作は毒のない声で笑うと、

「僕の言おうとしていることは、二十八、九で冒険の栄光が消えるということは、そのお蔭《かげ》でむだに生命を棄《す》てないですむということさ。登山家というものも、いい加減なところでやめないと、いつかは生命を棄てることになると思うんだ。登山家というものは、君、結局はみんな最後は山で生命を棄てているだろう。そうじゃないか。危険な場所へ自分をさらすんだからね。確率の上から言ったって、そういうことになると思うんだ」

そう言って、ちょっと口をつぐんで、魚津の眼を見入るようにした。

「しかし、考えようですが、僕などはこういう考え方をしていますよ。——登山というものは自然との闘いなんです。いつ雪崩《なだれ》があるかも判らない、いつ天候が変るかも判らない、いつ岩がかけないとも限らない。そういうことは初めから予定に入れての上のことなんです。それに対して万全の注意を払っています。先刻貴方のおっしゃった言葉ですが、冒険というのは登山する者には禁物なんです。僕たちは絶対に冒険はしませんよ。少しでも天候が危いと思えば登山は中止しますし、少しでも体が疲労していれば、山頂がそこに見えていても、それ以上登りません」

「なるほど」

「先刻おっしゃった冒険が高貴に見えるという時期は、まだ一人前の登山家にはなっていない時期なんです。一応登山の玄人《くろうと》になると、冒険というものはいっこうに高貴には見えませんよ。愚劣な行為に見えて来ます」

「ふうむ。もしそれが本当だとすれば確かに、それはたいしたものだ。しかし、なかなかそうは行くまい。君の言うことを聞いていると、登山というのは、自然という場を選んでそこへ自分を置き、そしてそこにおける自己との闘いということになる。恐らく登山というものはそういうものだろう。それに間違いはあるまい。山頂がそこに見えている。もうほんのわずかの努力で登れる。体は疲れている。その時、問題は自制できるか、できないかということだ。自制できれば問題はない。しかし、自制しなければならぬ時自制できないのが人間というものだ。自分というものは実はあまり信用できないものだ。自然との闘いということを、君は自分との闘いに置き替えた。それはそれでいい。しかし、危険の確率は、いっこうにそのために、いささかも小さくなりはしない」

「要するに、支社長はいい加減で山登りはやめろとおっしゃりたいんですね」

「やめろとは言わん。やめろと言っても、君の場合、やめる相手ではないからね。ただ、登山というものは、ある時期にやめるべきものであろうと言ったまでのことだ。冒険の栄光とか、自分の能力の限界を知るとかいう言葉がいけないなら、それは撤回して、こう言い直そう。——人間はある時期に、自分というものを信用しなくなる」

「そりゃ、違いますよ」

魚津は言った。

「自分が信用できるから登山をやり、自分が信用できなくなったから登山をやめる。そんな馬鹿《ばか》なことはありませんよ。登山というものはそんなものじゃない」

魚津の言葉が熱して来ると、それにつれて常盤大作の眼は生き生きとして来た。

「まあ、待て」

彼は深呼吸でもするように胸を反《そ》らせると、

「じゃ、言うがね、君は登山を自己との闘いだと言った。山頂がそこに見えている。しかし、霧が出かかっている。感情は進めという。理性は停まれという。君は感情を押えつけ、理性に従うだろう」

「もちろん、そうです。だから自分との闘いだと言ったんです」

「残念だが、そこで僕と意見がわかれる。僕は、どうしてもそこに賭《か》けがなければならぬと思う。一か八《ばち》か、よしやってみようというところがなければ、所詮《しよせん》登山の歴史は書けないだろう」

「そういう考え方もあります。第一次のマナスル遠征隊が引き揚げたのに対して、そういう批判がありますね。乗るか反るか、やってみるところがなければいけなかったと――」

魚津が言うと、

「僕はその説に賛成だ。世界の登山史に一ページを記録するためには、そのくらいのことは仕方がないじゃないか。誰も登っていない山に初めて登るんだ。多少の生命の危険はあるかも知れない。しかし、ここまでやって来たのだ。よし、思いきってやってやろう——」

「しかし、近代的な登山家というものは、もう少し冷静ですよ。最後まで僥倖《ぎょうこう》には自分を賭けないでしょう。理性と正確な判断が勝利を収めて、初めて勝利には価値があるんです。一か八か、よし、やってみろ。それでたまたま成功しても、たいしたことはありませんよ」

「いや、勝利とか、成功とかいうものは、常にそうしたものなのだ。八分までは理性の受持ちだ。しかし、あとの二分は常に賭けだよ」

「そうでしょうか」

「そうだ。大体スポーツというものの根柢《こんてい》にあるものは、知性とは無関係な精神だよ。ザトペックのことを人間機関車といったが、あれは確かに機関車だった。機関車だからあのレコードが生れたんだ。登山家だってそうだ。炭焼きだって、樵《きこり》だっていいじゃないか。武器は強健な体と不屈の意志だ。それ以外のものはたいして重大ではない」

「登山は単なるスポーツではありませんよ」

「じゃ、なんだ」

「スポーツ、プラス、アルファです」

「アルファとはなんだ」

「アルファですか。フェアプレーの精神の非常に純粋なものとでも言いましょうか。山頂を極めたか極めないかは誰も見てはいないんです」

「ふうむ」

常盤大作は首に巻きつけてあるネクタイを両手で少しゆるめた。そして体操でもするように両手を左右に伸ばしながら、いっきに相手の死命を制する言葉を探すように、大きく息を吐いた。

丁度いいあんばいに、その時訪問者がやって来て、常盤大作の机の上に名刺を置いた。常盤はその名刺を取り上げ、ちょっとそれに眼を当てたが、すぐ魚津の方へ眼を向け、

「残念だが、一時休戦だな」

それから、

「まあ、とにかく、注意して行って来たまえ」

と言った。魚津も少し興奮している自分を感じていた。いつも常盤大作とは討論になったが、いまの場合、取り上げた問題が登山だけに、熱の入れ方がいつもとは少し違っていた。門外漢のくせに大きな口をききゃあがると思った。

しかし、ふしぎに不快感はなかった。常盤の主張には一理あった。その一理を徹底的にやっつけてしまわねばならぬのが、登山家としての魚津恭太の立場であった。山登り

は絶対に賭けであってはならぬのだ。

魚津が常盤大作との討論を打ち切って、自分の席へ戻ると、机の上の電話のベルが鳴った。受話器を取り上げると、今まで常盤のたたみかけて来るような大声を聞いていた魚津の耳には、いやにかぼそく聞える女の声がはいって来た。

「あの、魚津さまでいらっしゃいますか。八代でございます。こちら、八代美那子でございますが」

魚津は受話器を耳に当てたまま、机の上に腰を降ろした。魚津は机の上になどめったに腰を降ろすことはなかったが、この場合どういうものか、ふいに自分でも知らないうちにそんな態度を取ったのであった。

「僕、魚津です」

魚津はむっつりと言った。美那子は、先日小坂のことで、わざわざ訪ねて来てくれた礼を述べてから、

「またお手紙いただきましたの」

と、息を詰めるような言い方をした。

「手紙?!　小坂からですか」

「そうでございます」

「そりゃ、いかんですね。あの時はっきりしたはずだったんですがね。一体なんと書い

てあるんです」

「あの」

ちょっと言いにくそうだったが、

「なんと言いますか、ひどく興奮していらっしゃると思いますの。会って話したいことがあるから六時に出て来てくれって、――そしてその場所が書いてございます」

「いつ来たんです」

「たったいま、速達でございます」

速達を受け取って開封するや、すぐこの電話をかけて来たものらしかった。

「一体、どこへ来いと書いてあるんです？」

「西銀座の浜岸というところです。地図が書いてございます」

「浜岸ですか」

「ご存じでいらっしゃいますか」

「知ってます。よく僕たちが行く小さい料亭なんです」

「どういたしましょう。出ようと思えば出られるんですが」

行くべきか、行くべきでないか、そのことを魚津に決めてもらいたいといった言い方であった。魚津は小坂乙彦に腹立たしいものを感じた。男のくせに、あきらめの悪いやつだなと思った。

「行かなくていいですよ。僕がそこへ出向いてよく話しましょう」

魚津はそう言って、美那子からの電話を切った。このことがなくても、魚津は今夜あたり最後の打合せに小坂と会うつもりだった。

五時半頃、魚津は会社を出ると、浜岸で小坂乙彦に会うために西銀座の方へ歩いて行った。街は歳暮のにぎわいを見せているが、ひところのクリスマスまでの気狂《きちが》いじみた混雑さはなかった。魚津はクリスマスが終ってから正月までの短い期間の、なんとなく憑物《つきもの》が落ちたような表情をしている師走《しわす》の街が好きだった。

もっとも魚津の場合、毎年この期間に冬山へ出掛けて行くので、歳暮の東京というものに特別の感慨を持っているのかも知れない。去年は二十五日に出発して、北穂へ登っているし、一昨年はこんどと同様に、前穂の東壁をやるために二十七日に東京を発《た》っている。ここ五年程、下界で正月を迎えたことはない。

浜岸の店へはいって行くと、正面のかぶりつきに向うむきに坐《すわ》って、調理場の主人と話している小坂の姿が見えた。ほかの客はいなかった。

小坂は魚津がはいって来たのを知ると、さすがにはっとしたらしく、

「よう」

と振り返って言った。

「飲んでるのか」

魚津が外套《がいとう》を脱ぎながら言うと、

「いや」

と小坂は言った。見ると、なるほど小坂の前には大ぶりの湯呑《ゆの》み一つ出されているだけである。小坂は魚津が来た以上、どうせばれると思ったのか、

「客を待っているんだ」

と言った。

「八代夫人だろう」

魚津の言葉と一緒に、小坂の眼が光った。魚津は小坂が口を開かない前に、

「知ってるよ。彼女から電話があったんだ」

と言った。先に事情を知らせておく方が友に対する礼儀というものであった。

「彼女は来ないよ。断りの電話があったんだ」

小坂は魚津の顔をじっと見入るようにしていたが、八代美那子が来ないのならといった風に、

「おっさん、酒をくれよ」

と言った。さすがにその横顔の線が硬《こわ》ばっている。魚津は小坂の横に腰を降ろすと、

「まだ気持の整理がつかないのか」

と、非難とも労《いたわ》りともつかない口調で言った。小坂は黙っていた。

「苦しいことは苦しいだろうが、しかし、もう呼び出しをかけたりしてはいかんな」

すると、小坂は顔を上げて、

「おれはだめなんだ」

ただそれだけ言って、また黙った。魚津はそんな小坂に甘ったれたようなものを感じて、

「しっかりしろよ。男ならあきらめろ。相手は人の細君じゃないか」

こんどは幾らか冷淡な口調だった。銚子《ちょうし》と突き出しを持って来た内儀《かみ》さんが、

「二十八日にお発ちですって？」

と言ったが、それだけで言葉をきって、すぐそそくさと帰って行った。その帰り方に、やや不自然なものを感じたが、やがて魚津はその理由を了解した。小坂乙彦は両手で頬を押え、軽く唇をかむ表情で、いかにも内心の苦痛に耐えるように眼をつむっていたが、その頰を涙が一、二滴伝わり落ちている。確かに涙である。

魚津は学生時代から十年近くつき合っているが、小坂乙彦の涙を見たのは、これが最初のことである。小坂と涙とは凡《およ》そ無縁なものだと思っていた。どんなことがあっても、小坂はそれに反抗的に立ち向ってこそ行け、彼は自分の胸を悲歎《ひたん》の感情が吹き上げるままに任せておくような男ではない。この間から、魚津は小坂の「だめだ」という小坂らしからぬ言葉を二回聞いているが、「だめだ」の方には、多少感情を誇張しているもの

が感じられ、「だめだ」と口では言っていても、その実、そこには絶対に小坂乙彦の〝だめ〟になっている心的状態は感じられなかった。

しかし、涙の方は意外だった。小坂が女のことで涙を流そうなどとは全く想像しないことだった。

「泣いてるのか」

魚津が言うと、

「いや、泣いてはおらん。ただ、涙が出やあがる！」

小坂は、はっきりしない声で言った。そして、濡《ぬ》れている顔をおおっぴらに魚津に見せたまま、

「悲しいんじゃない。苦しいんだ。おれはよほど馬鹿に出来ているんだ。君の言うように相手は他人の細君だ。何も他人の細君とごちゃごちゃするてはないんだ。世の中に女は幾らでもある。掃いて捨てるほどある。もっと若くて、もっときれいな、独身の女がいっぱいいる。——それでいて、気持が一人にひっかかっていやあがる」

魚津は、小坂の言い方が一応素直に自分を出してあったので、うっかり合槌《あいづち》を打てないものを感じた。

「がまんしろ、二十八日まで。二十九日からは否《いや》でも応でも雪の上を歩くんだ。大晦日《おおみそか》は又白《またしろ》の池だ。元日の朝は東壁にとっつき、夕方はAフェースだ。女のことなんか吹っ

とぶだろう」

魚津が言うと、

「いや、山へ行ってもどうかな」

小坂は低い声で言って、

「おれは、はっきり言うと、これまで山へ行く度に、自分の相手に対する気持の深さを確めて来ているようなものだからな。——君は誰か女と一緒に山へ登る自分を想像したことはないか。ないことはあるまい。必ず一度ぐらいあると思うんだ。実際には山へ女は連れて行けない。行けようはずはない。夢さ。空想だよ。ただ山へ登るやつがそうした空想をする時、そこへ現われて来る女はその山登りにとっては普通の関係じゃないと思うな。その時のその女に対する愛情は純粋だよ。おれはいつも、何年か、八代美那子と一緒に山へ行けたらと思って来たんだ。いつもおれの空想の中には、あの女性が現われて来るんだ。君だって、一番好きな女ができたら、山へ連れて行きたいと思うだろう」

魚津は黙っていた。山へ行った時、魚津はこれまでに女のことなんか一度も考えたことはなかった。その意味では、ないと言いきれるはずだった。

しかし、魚津は全く別のことを考えていた。もし山へ連れて行くとすれば、なるほど八代美那子を連れて行ったらいいだろうな、と魚津は思った。思ってからはっとした。

自分の友達が美那子に対する執着を絶ち切ろうとして苦しんでいる時、人もあろうに、その同じ相手を自分もまた山へ連れて行く相手として選ぼうとしていたことは、友に対する不信のうちでこれほど大きいものはないわけだった。魚津は自分で、そんな自分が厭《いや》だった。

「山で考える女は、本当の意味で自分にとっては、ただ一人の女ではないのかな」

小坂は言った。

「そうかも知れない」

「じゃ、おれの気持が判《わか》るだろう。八代美那子はなるほどひとの細君だ。どうすることもできない女だ。だが、おれにとっては恐らくこの世の中で本当のたった一人の女なんだ。いつかはあの雪のついた大岩壁を仰がせてみたいと思っていた女だ」

「岩壁って？」

「東壁だ」

「そりゃあ、無理だ」

思わず魚津は言った。

「だから夢だと言っているじゃないか。夢だよ。夢ならいいだろう。夢なら、それを持っていてもいいだろう」

「しかし、君は呼び出しの手紙を出したじゃないか」

魚津は話題をもとに引き戻した。

「会いたかったんだ。最後にもう一度だけ会いたいと思ったんだ」

それから急に小坂は語調を変えると、

「だがいい。もう、おれの気持はおさまったよ。君としゃべっているうちに冷静になって来た。手紙を出したことはまずかったな。ここへ呼び出そうとしたこともいけない。おれはどうかしていたんだ」

小坂は言った。

魚津は黙っていた。そして、小坂が雪のついた東壁を美那子に仰がせたいと言った時、魚津は自分が頭の中で全く別の場所へ八代美那子を立たせていたことを思った。樹林地帯である。トウヒ、ブナ、マカンバ、シラビ、カツラなどの林の中の冷んやりした道。そこには秋の陽がこぼれ、梓川《あずさがわ》の流れの澄んだ音が絶えず聞えている。そしてそこに上半身を反らせ気味に、すっくりと立っている和装の八代美那子。

冬山へ彼女を連れて行く小坂の想像は、彼の言う通り所詮夢でしかなかったが、魚津の場合は必ずしも夢とは言いきれなかった。どこかで現実と結びついていた。樹林地帯へ彼女を立たせることなら、それは企てできないことではなかった。それだけに魚津はその自分の想像にやりきれないものを感じた。小坂に対しても、当の美那子に対しても、その魚津の空想には不逞《ふてい》な、許すべからざるものがあった。

魚津はその想《おも》いを追い払うように、

「上条からの手紙だと、今年は雪が多いそうだ、今晩あたりから降るんじゃないかな」

「そう、降ってるだろう、今頃」

小坂は初めて自分の声で静かに言った。興奮がさめて小坂は次第に登山家の顔になりつつあった。

三　章

魚津と小坂とは、予定通り二十八日に、新宿発二十二時四十五分の夜行で発《た》った。松本に着いたのは四時五十七分で、まだ夜は明けていず、ホームに降り立つとひどく寒かった。ブリッジを登って行く時、

「眠れたか」

魚津は小坂にきいた。

「五時間は眠ってる」

「じゃ、大丈夫だ。おれもそのくらい眠っているだろう」

二人はそれ以外言葉は交わさなかった。寒くもあり、寝不足でもあったが、山での無口の習慣が松本駅へ着くともう二人に取りついている。

一時間程待って島々《しましま》行きの電車に乗り、四十分で島々に着く。そこの待合室で沢渡《さわんど》行きのバスを待つ間に、漸《ようや》く夜は明けて来た。

魚津も小坂も、いずれもカッターシャツにセーター、スキーズボンのいでたちで東京を発って来ていた。魚津は寒かったので、松本駅に着いた時アノラックを取り出して着たが、小坂は白のトックリ首のセーターをまとった。

荷物は、二人ともサブ・ルックとスキーだけである。サブ・ルックは申し合せて一切余分のものは入れないで、できるだけ軽くしてある。内容品は道中の弁当と肌着類のほかは、魔法壜《まほうびん》、懐中電燈《でんとう》、山日記、メデ帽、雪眼鏡、手袋、オーバー手袋、靴下、こういったものだけである。

テント、ツェルト・ザック（小型テント）、ザイル、三ツ道具、アブミ、捨て綱といった登攀《とうはん》用具一切は先きに上条に頼んで徳沢小屋まで運んでもらってあった。ピッケルもこんどは梱包《こんぽう》の箱の中へ入れてある。食糧も、コッヘル、ラジウス（石油コンロ）等の炊事道具も、みな先送りの梱包の口である。

二人とも、上条の手紙でバスは稲核《いねこき》までしか行かないものとあきらめて来たが、島々に来て訊《き》いてみると、沢渡まで通じているということだった。

「一日もうかったな」

小坂は言ったが、実際、稲核から沢渡まで歩くとなると一日行程で、その場合は一晩沢渡で泊らなければならなかった。

「今日中に上高地まで行ってしまうんだな」

魚津が言うと、

「そうだな。うまく行く時は、万事こうしたものだ」

すでに成功が既定の事実であるような言い方を小坂はした。

少数の客を乗せたバスは沢渡に向けて走った。駅から少し離れたところにある島々の部落を抜けるあたりから、細かい雪が舞い落ち出した。

バスは時々木材のトラックとすれ違いながら走った。二十分程で稲核橋を渡り、梓川の右岸に出る。家の屋根に石をのせた稲核の部落は、寒さにちぢこまってでもいるように、ひっそりとしている。人の姿は見えず、稲核菜とつるし柿《がき》が傾きかかった家々の羽目に吊《つる》されてある。

「山はひでえ雪ずら」

運転手が土地の人らしい乗客と話している。

バスが終点の沢渡の部落に着いたのは十時である。雪は一尺近く積っている。バスを降りたすぐ傍にある西岡屋の店内へ飛び込む。

二人はザックとスキーをここに預けておいて、少し離れたところにある上条信一の家へ出掛けるつもりだったが、奥から出て来たこの店の内儀《かみ》さんが、上条からの言伝《ことづ》てを伝えてくれた。

それによると、上条は今日は稲核まで出掛けなければならぬ用事があって留守だが、帰りにぜひ立寄ってくれということだった。そして上条から預ってあるといって、内儀さんは新聞紙に包んだものを、木炭ストーブの傍の卓の上に置いた。魚津が手紙で頼んでおいてあった餅《もち》である。

二人はここでザックから弁当を取り出すと、朝食とも昼食ともつかない食事をとった。この店は、乾物も果物も駄菓子も、荒物も、雑貨もごちゃごちゃと並んでいる、よく田舎に見受けるよろず屋であるが、木炭ストーブの傍には粗末な卓と腰掛けが置かれてあって、飲食店といった格好でもある。実際にうどんとか蕎麦《そば》がきとかは、頼めばすぐ作ってくれる。

さらにここは旅館でもある。土間のすぐ突き当りに六畳程の炬燵《こたつ》のある部屋があって、現に土地の人らしい老人が一人炬燵にあたっているが、冬山の登山者たちは誰も一度や二度はここに厄介になった経験を持っているはずである。魚津たちは上条信一と知り合になってから大抵上条の家へ泊めてもらうが、その前はやはりこの西岡屋の厄介になったものである。

店には多少正月向きの商品が並べられてある。右手の方には、数の子と蜜柑《みかん》の箱が肩を並べ、その横に昆布とスルメの束が積まれてある。左手の方には長靴と地下足袋と木綿の手袋のほかに、幼児用の赤い毛糸のセーターが三枚吊り下げられてある。やがて、部落の女の子の誰かがこのセーターを着て正月を迎えることであろう。

雪を仕事着の肩につけた五十年配の村の人が一人店へはいって来た。

「お寒いこってす」

彼は魚津たちの方へ挨拶《あいさつ》して、

「神主さん、仕事は休みかい」

と、炬燵へはいっている老人の方へ声をかけた。

「神さまも寒くてちぢんでなさるでな」

老人は言った。どこかこの近くの神社の神主さんらしい。みると炬燵の上には銚子《ちょうし》が一本置かれてある。

魚津と小坂は勘定して店の戸をあけると、ここでスキーを履いた。雪は依然として舞っている。

「行こう」

小坂が先きに雪の中に出た。


――十一時に沢渡の西岡屋出発。坂巻一時、中ノ湯二時。釜《かま》トンネルまでの間の吹だまり雪深し。二時半釜トンネル。トンネルを脱《ぬ》けるのに十五分かかる。ツララ予想外に少なし。出口はいつものように雪でふさがっている。この辺から雪やみ、薄ら陽射《さ》す。焼岳《やけだけ》見え出す。白煙真直《まっす》ぐに上がっている。大正池三時四十五分。穂高の一部見える。

大正池の売店四時五分。ここからの林の中の道で、多少疲労を感ずる。ホテルの番小屋到着五時、いつものことだが真暗い中に番小屋の電燈が見えて来た時は有難かった。夜はホテルのTさんとストーブを囲んで歓談。十時に二階に寝る。

――三十日、八時ホテルの番小屋出発。雪一尺位。河童橋《かっぱ》まで三十分。徳本峠《とくごう》への岐《わか》れ道付近までは梓川流れているが、上は凍っていて流れなし。この辺り、磧《かわら》の吹き通しのため雪の少ないこと例年の如《ごと》し。川幅もほとんど変りなし。河童橋より明神《みょうじん》まで一時間かかる。更に徳沢小屋まで一時間半。十一時徳沢小屋にはいる。

――徳沢小屋の主人は山を降《くだ》っているが、番人のKさん居る。一休みして昼食後すぐ荷物の整理。偵察を兼ね、ここに届けられてあった荷物の一部（テント及び登攀用具）を松高ルンゼの入口まで運んでおくことにする。片道三時間の予定で、一時に徳沢小屋を出発。梱包の箱一個ずつザックの上に背負う。ほかに荷物少々。林の中の道を抜けて、磧にはいる。新村橋の下をくぐる。この辺より次第に、雪深し、押し出しで北尾根を仰ぐ。ここまで一時間。奥又の本谷にはいると急に雪深くなる。雪の詰まった河底沿いに行くこと一時間。両側の林なくなり、視野開け、北尾根全体神々《こうごう》しく見える。付近白一色、立枯れの樹木点々と見ゆ。間もなく右岸に上がりダケカンバの林を横断、松高ルンゼの入口に出る。雪崩れの危険のない地点を選んで荷物をデポする。梱包は一個を解き一個はそのまま。目印しに赤旗立てる。煙草《たばこ》を一本喫《の》んですぐ帰途に就く。七時、徳沢小屋に帰る。

——三十一日、朝七時出発。昨日歩いた雪の上の足跡を踏んで行く。昨日に較《くら》べれば大分らくなり。十時に荷物を置いてある松高ルンゼ入口の地点につく。ここでスキーを脱ぎ、荷物を仕分け、身ごしらえして、いよいよ出発、雪崩の危険を避けて、松高ルンゼの左岸の尾根沿いに中畠新道を行く。急坂。尾根の背すじに出たところでワカン（かんじきの一種）を履く。ここで昼食、十二時なり。尾根をぬけると急斜面、雪胸のあたりの深さ。奥又白の全貌《ぜんぼう》を大きく仰ぐ。左斜めのコル（鞍部《あんぶ》）のタカラの木、ひどく近く見える。しかし、それから一時間かかる。奥又の池畔に三時到着。タカラの木の根もとにテント張る。雪落ち始める。夜になってから風出る。

魚津はペンを置いてウイスキーの空びんの口に立ててある蠟燭《ろうそく》の火を消すと、真暗い中で、

「風が出ているな」

と言った。二人用のテントの裾《すそ》が風に鳴っている。

「明日になればおさまるだろう」

小坂は答えた。昭和三十年の大晦日《おおみそか》の夜を、二人はいま雪に埋もれた奥又白の中腹の、タカラの木と呼ばれている一本の大きなダケカンバの根もとで過していた。

現在二人がテントを張っている地点は奥又の池の付近では唯一《ゆいいつ》の安全な場所であった。タカラの木の根もと以外は、どこも雪崩でやられる危険があった。

二人はこの地点に三時に到着すると、すぐ雪をかき、足で地ならしし、長さ一間、高さ四尺ぐらいの二人用のテントを張ったのである。荷物の一部はテント内に入れ、他は外に置いた。雪が落ちていたので夕食の支度もテントの内部でした。コッヘルに雪を入れて、ラジウスにかけ、水を作って、それで徳沢小屋から持って来た握り飯と豚肉で雑炊を作った。

五時に雪の山には夜が来た。それから魚津は一時間程かかって蠟燭の光で日記を認《したた》めた。魚津はどんなに疲れていても、いつもその日の行動は簡単にノートに書き込むことにしていた。

蠟燭を吹消すと、急に風の音が強く聞えて来た。津浪《つなみ》のようにごうごうと鳴っている。

「明日、雪がやんでいたら、三時半起床、五時出発だな。――とにかく風のやつ、やんでくれねえかな」

小坂が言った。

「大丈夫だろう。今夜吹くだけ吹けば。――寝るか」

それで二人は黙った。

魚津は寝袋の中へもぐり込むと、体をのばして眼をつむった。相変らず風の音が鳴っている。魚津は何も考えようとしなかった。考えるとなると、考えることは沢山あった。明日は元日であった。元日ということに繋《つな》がって、家で今頃せっせと正月を迎えるために立ち働いている母親の姿、年越の酒を飲んでいるにちがいない父親のこと。丁度一年会っていない二人の弟妹《きょうだい》。それから会社のこと。下宿のこと。

しかし魚津は、冬山へ登っている時、いつもそうであるようになるべく何も考えないようにしていた。そんなことを考えるために、山に登って来たのではなかった。何も考えず、山へ登るために山へやって来たのである。

魚津と小坂のこんどの計画は前穂の東壁を征服することであった。東壁といっても幾つかの壁から成り立っていた。Ａフェース、Ｂフェース、Ｃフェースの三つの大岩壁とその側面の北壁とを総称して、東壁とよんでいる。

東壁にも幾つかのコースがあるが、こんど二人が選んだのは、北壁よりＡフェースを経て、前穂の頂上へ登ることであった。冬期にはまだこのコースでの完登の記録はなかった。北壁だけなら今までに三パーティーがいずれも十二時間前後の時間を費して登っている記録があるが、二人は一日でこの北壁とＡフェースを同時にやる予定だった。

魚津も小坂も一日で完登できる自信があった。何回も夏期に下調べのために登っていたし、前穂東壁に関する記録の研究もしつくしていた。秋、新雪の頃撮《うつ》した写真だけでも厖大《ぼうだい》な量になっている。

もし、二人にとって解決しない問題があるとすれば、それは先人たちのパーティーが北壁を登るだけにどうして十二時間も費したかということであった。夏登っただけの知識ではちょっと考えられないことだった。

魚津は眼覚めた。寝袋から這出《はいだ》して、マッチをすると三時である。風はやんでいる。テントの外部へ顔を出してみると、星のちらちらしているのが見える。凍りつくような寒気をへばりつけたまま魚津は顔をテントの内部へ引込めると、小坂の寝袋を揺すぶった。

「起きろ、星が出ている」

「うむ」

と言うや否《いな》や、小坂も起き上がって来た。そして魚津の言葉を確めるように、彼もまたテントの外へ顔を出した。

「豪勢だな」

それからテントの内部へ引込めると、すぐラジウスの前にかがみ込んで火をつけた。昨夜コッヘルに作っておいた水は厚い氷となっていた。魚津はそれを火にかけておいて、上条が寄越した餅をザックの中から取り出した。

「雑煮は毎年おれの役だな」

魚津が言うと、

「なんの因果か知らんが、お前の雑煮ばかり五年食ってる」

そう言いながら小坂は屠蘇《とそ》の支度をしている。

ラジウスの火で、テントの内部は幾分暖かくなった。二人はウイスキーを一杯ずつ飲み、雑煮とは名ばかりの餅を三きれずつ食べ、それからチョコレートを二かけらほどかじった。昭和三十一年元旦《がんたん》の食事は四時半に始まり五時に終った。

いよいよ出発準備。――魔法壜に紅茶を入れ、クラッカー、チーズ、チョコレート、乾葡萄《ほしぶどう》、羊羹《ようかん》等の食糧をそれぞれザックに詰める。ザイル、ハーケン、カラビナ、ハンマー、アブミ、ツェルト・ザックも一応点検してこれもザックに入れる。

アノラックを着、オーバー・ズボンを履く。靴にはもちろんオーバー・シューズ、その上にアイゼンを履く。手の方は毛糸の手袋の上からオーバー・手袋。

五時半、ザックを背負い、ピッケルを持って、テントを出る。そとはまだ暗い。

二人は奥又の本谷へ降り、そこを横切り、B沢へはいる。B沢は急な坂だが、幸い雪はさほど柔らかくない。それでも一歩一歩膝《ひざ》までもぐる。

「一時間かかってる」

背後で小坂が言った。

「あと一時間で行けるだろう」

魚津は答えた。二人の目指しているところは北壁のとっつきである。そこまでに七時半には着きたいものである。

B沢を上り切ったところで丁度七時。背後より元旦の陽が出て、あたりは急に明るく、暖くなった。両岸の岩は露出しているが、あとは白一色、樹木も一本も見えない。

B沢のどんづまりに北壁の百五十メートルの岩壁がそそり立っている。その根本に雪の斜面を登ってたどり着いたのは、予定通り七時半。

斜面の雪をかき、平坦《へいたん》にして、そこにザックを降ろす。二人はそこで大仕事を始める前の、あの妙にあんのんな気持で煙草を喫んだ。雪のついた岩壁は、向うから自分たちに挑《いど》んでいる。魚津はそんなことを思いながら、自分たちがこれから登る百五十メートルの大岩壁を仰いでいた。また雪がちらちらし始めた。

——八時きっかりに、魔法壜の口より茶を一杯ずつ飲んでザイルをつける。長さ三十メートル。ナイロン・ザイルは初めてなり。トップ魚津。壁の裾を登り出す。急な雪の斜面で、雪をかくと体も一緒に下がる。ピッケルを突きさして、体をせり上げるのが精いっぱい。最初の雪のリッジ（岩稜《がんりよう》）に上がるのに苦労する。それからワンピッチいっぱい伸ばして岩場にぶつかる。そこを登り始めると、間もなくチムニー（煙突のような割れ目）状の岩場あり。上の方がかぶり気味なので、ハーケンを打ってカラビナをかけ、それにアブミをかけて乗り越す。

――そのあとは岩と雪まじりの場所。

――次に雪のリッジ続く。

――そのあとに最後の岩場あり。非常に急なり。ここで左右二つのルートをとれることを知る。右の方がらくらしいが時間がかかる。思いきって真直ぐに突き上げることにする。二ピッチで抜ける。しかし、ここだけで一時間半くわれる。

――三時、北壁を登りきって、漸くにして第二テラス（岩棚）に出る。結局これまでの所要時間は七時間。ここで昼食。

――三時半、Ａフェースに取りつく。このころより陽かげり、風が出て、吹雪《ふぶき》模様となる。登攀苦難。

――五時半、全く暗くなり、登攀不可能。Ａフェースの上部でビバーク（露営）する。露営地の発見は全くの天佑《てんゆう》なり。魚津ジッヘル（確保）するためにピッケルで岩の窪《くぼ》みの雪をかき出すと、岩と岩とのかなりひろい間隙《かんげき》が現われる。丁度二人並んで坐《すわ》れるくらいの場所。ビレー・ピン（確保支点）を打ち、二人の体をザイルで結び合う。ツェルト・ザックを頭からかぶる。

――吹雪前面より吹きつける。暖を取りたいが蠟燭の芯《しん》に雪がつき、どうしても火がつかぬ。ライターを持っていないことを悔む。疲労相当なり。

魚津は真暗い中でペンをノートの上に走らせた。自分でも文字になっているかどうか判《わか》らなかった。

魚津はそれから何回もうとうとし、何回も眼を覚ました。眼を覚ます度に、最初に思うことは、いま自分たちがAフェースの上部に居るということであった。おそらく岩場はあと三十メートルほどで尽きるはずであった。頂上はもうすぐそこである。ここで寒さに参らなければ、もうあとわずかの時間で目的は達せられるわけである。

「ひでえ目にあってるな」

小坂が言った。表情は判らないが苦笑している口調であった。

「眠ったか」

魚津が訊《き》くと、

「ううん。全然。——とにかく雪がやんだら登りきっちゃうんだな。こんどはトップを交替するよ」

小坂は言った。魚津は自分より小坂の方がまだ元気そうなので、彼の言う通り、こんどは彼に先に立ってもらう方がいいかも知れないと思った。

「とにかく凍傷に気をつけろよ」

魚津は言ったが、小坂の返事はなかった。小坂は眠っていた。魚津はツェルト・ザックの雪を払ったが、小坂は眠りつづけていた。

そのうちにいつか魚津も眠りに落ちた。どれだけ経《た》ったか、こんどは小坂の何か話しかけている声が、魚津の耳に、ひどく遠くから聞えて来た。

「大丈夫か。——おい、大丈夫だろうな」

小坂の声が急に大きく聞えて来たと思うと、魚津は眼を開けた。

「大丈夫だ」

魚津が答えると、

「眠るなよ、眠らん方がいい」

小坂は言った。魚津の右にぴったりくっついている小坂の体は大きく震えている。おかしいほどがくがく震えている。

「余り震えて落ちるなよ。ここは畳の上じゃないんだぞ」

魚津が精いっぱいの冗談を言うと、

「お前が震えてるんだ。お前の体が震えてるんで、おれの方が伴振れしてるんだ」

小坂も負けずに言った。どっちの方が伴振れか判らないが、とにかく二人の体ががくがく震えていることは事実だった。

風は少し静まっているが、雪の方は相変らず舞い落ちているらしい。凍ったツェルト・ザックが雪で重くなっている。

「何時ごろだ」

「四時ごろじゃないのかな」

小坂はマッチをすった。一瞬ツェルト・ザックの内部が明るくなった。

「四時だ」

「じゃ、あと三時間の辛抱だな。七時にはここを出られるだろう」

それから二人は何度目かのウイスキーを口に含んで、手探りでザックの中からビスケットとチーズをつまみ出して口に入れた。寒気はその頃からますます烈《はげ》しくなった。明方の寒さが二人を凍りつかせるために襲って来た。

魚津は両腕で胸を抱き、体を縮めるだけ縮めた姿勢で、小坂に言われたように、眠らないために眼を大きく見開いていた。雪はまだ手袋の中にも、衣類の中にもしみ込んではいない。疲労もこのくらいならそれほどひどいとは言えない。充分に食糧もある。三千メートルの高処で、岩壁の岩の隙間《すきま》にいま自分たちが張りついているということだけを除けば、必ずしも悪い状態とは言えない。魚津はそんなことを考えていた。しかし、それでいて、彼はツェルト・ザック一枚向うの虚空《こくう》に死が充満しているような気がした。二人が隙を見せれば、死はいつでも二人をつまみ出そうとしている。

「小坂、何を考えている」

魚津は言った。

「早く明るくならないかということだ。明るくなったらすぐ登り出すんだな」

「もうそうひどくなることはあるまい」

そして験《ため》すように、小坂はツェルト・ザックの裾をめくった。とたんに雪片と凍りつくような風が下から烈しく吹き上げて来た。

「吹雪《ふぶ》いていてもか」

「大丈夫だよ。朝になったらやむよ」

小坂は自分にとも、魚津にともなく言った。

六時半に明るくなった。相変らず吹雪いていて、視野はほとんどきかない。二人は吹雪が少しでも静まる時を待っていた。少しでも静まったら登り出すつもりだった。ここに長く留《とど》まっていることはできなかった。降《くだ》ることは考えなかった。あと三十メートル程で登攀《とうはん》完了だったし、それに、ここまで来てしまえば登る方がらくなことは判りきっていた。

七時半に、雪はやみはしなかったが小やみになり、登ろうと思えば登れぬこともないと思われた。

「やるか」

小坂は言った。

「よし」

魚津は応じた。雪で覆《おお》われた岩の隙間に一晩中じっと身をひそめて来た二人は、たまらなく現在の状態から抜け出したくなっていた。いかなる状態もこれ以上悪いとは思われなかった。三十メートル程で岩場は尽きるはずであった。どんなに多くみても、三時間程岩と雪と格闘すれば穂高の頂上に立てるだろう。それからあとはA沢を下って、昨日の朝そのままにして来たタカラの木のテントまで戻るわけだが、それは、今までの仕事に較《くら》べれば嘘《うそ》のようにらくな仕事であった。

もちろん帰路も雪崩《なだれ》のおそれもあるし、吹雪のために一歩も動けなくなる心配もあったが、しかし、昨夜一晩悪場で過した二人には、それはたいしたことには思えなかった。雪崩は慎重に注意さえすれば避けられるものだったし、吹雪の方は雪洞を掘ってもぐり込めばいい。昨夜のビバークにくらべれば、雪の中の住居は金殿玉楼みたいなものである。

二人はツェルト・ザックをたたみ、雪の中で登攀準備に二十分程の時間をかけた。

「いよいよ最後のピッチだな」

ザイルの点検を終えると、「さあ、出発するぞ」というように、顔全部を包んでいるメデ帽の中で、小坂の眼が笑った。今朝は小坂がトップである。魚津も登攀準備を整えると、すっかり元気が回復しているのを感じた。これならトップを小坂に譲らなくてもよかったと思った。

小坂は長身を少し前屈《まえかが》みにして、一歩一歩足場を確めながら、雪に覆われた岩の斜面を登り始めた。

一時間半程かかって二十メートル程登った。あとわずか十メートル程で登攀終了地点へ達するだろう。

小坂が確保し、魚津が小坂の立っている地点へたどり着いた時、

「一服するか」

雪だるまのように、全身に雪をへばりつけた小坂は言った。そしてシガレットケースを取り出し、一本くわえると、魚津の方へ差し出して寄越した。魚津はそれから一本抜いた。二人はそれぞれ自分のマッチで煙草《たばこ》に火を点《つ》けた。

下から吹き上げる風のため、時々雪煙りが二人を襲っていたが、雪の落ちるのは先刻よりずっと少なくなっていた。この分だと、雪も間もなくやむのではないかと思われた。

「こんど失敗したのはライターを持って来なかったことだな」

魚津が言うと、

「おれは一度ザックの中に入れたんだが、また出しちゃった」

小坂は言った。魚津ははっとした。いつか小坂が持っていた赤い女持ちのライターが、その時魚津の眼に浮かんで来た。

小坂はそれ以上ライターのことには触れず、飲みさしの煙草を棄《す》てると、

「行くぞ」

と言って、ちょっと魚津の眼を見入るようにすると、すぐ背を向けた。

魚津は岩と岩との間にピッケルをさし込むようにして立てて、そこで確保していた。こんどは最後の難場であった。雪をへばりつけた岩が屏風《びょうぶ》のように前面にそそり立っている。四、五間程隔ったところで、小坂は長いことかかって足場を探していた。

落雪による雪煙りが二回、小坂の姿を魚津の視野から匿《かく》した。雪煙りが去って行くと、相変らず岩壁にはりついている小坂の姿が見えた。小坂は徐々に登り始めていた。が、やがて、

「よし、――来い」

小坂の合図で、魚津はピッケルを岩の間から抜くと、小坂の立っている岩角へ向けて登り始めた。

雪の積っている個処と、全然雪をつけず灰褐色の岩肌を露出しているところが入り混っている。魚津は、そこを小坂がやったように一歩一歩足場を確めて登って行った。

やっとのことで、魚津が小坂の立っているところから半間程下の地点へ着くと、代って、小坂はすぐ登り始めた。二人は言葉を交わす気持の余裕はなかった。苦しい危険な作業が二人から言葉を奪《と》り上げていた。

魚津はピッケルを岩の間に立てたまま、友の姿に眼をやっていた。風は斜面の左手から吹きつけて、絶えず雪煙りが下方の空間を埋めている。時々落雪が不気味な音をたて

て魚津の足場に散った。

その時小坂は魚津より五メートル程斜め横の壁に取りついて、ザイルを頭上に突き出している岩に掛ける作業に従事していた。ふしぎにその小坂乙彦の姿は魚津には一枚の絵のようにくっきりと澄んで見えた。小坂を取り巻いているわずかの空間だけが、きれいに洗いぬぐわれ、あたかも硝子《ガラス》越しにでも見るように、岩も、雪も、小坂の体も、微《かす》かな冷たい光沢を持って見えた。

事件はこの時起ったのだ。魚津は、突然小坂の体が急にずるずると岩の斜面を下降するのを見た。次の瞬間、魚津の耳は、小坂の口から出た短い烈しい叫び声を聞いた。

魚津はそんな小坂に眼を当てたまま、ピッケルにしがみついた。その時、小坂の体は、何ものかの大きな力に作用されたように岩壁の垂直の面から離れた。そして落下する一個の物体となって、雪煙の海の中へ落ちて行った。

魚津はピッケルにしがみついていた。そして、小坂乙彦の体が彼の視野のどこにもないと気付いた時、魚津は初めて、事件の本当の意味を知った。小坂は落ちたのだ。

魚津は、無我夢中で、

「コ、サ、カ」

と、最後のカの音を長く引いて、ありったけの声を振りしぼって叫んだ。そして再び、同じ絶叫を繰り返そうとして、それをやめた。小坂乙彦の名をいくら大声で呼んでみても、それがどうなるものでもないことに気付いたからである。

魚津は足許《あしもと》の下の方に視線を落した。相変らず風が岩壁の雪をさらって、それを吹き上げており、視野は全く利《き》かなかった。もっとも雪煙がそこを鎖《とざ》していなくても、この前ピッケルを立てた地点から下方の岩は、そっくり大きく削りとられていて、その下への見透しは利かないはずであった。二人はその絶壁をさけて、横手の方からここまで登攀してきていた。

魚津はザイルをたぐった。ザイルはそれ自身の重さだけを持ってずるずる高処から岩肌を伝わって彼の手許にたぐり寄せられて来た。ショックを全然感じなかったことは不思議であったが、魚津はそんなことを考えているゆとりはなかった。ザイルはなんらかの理由で、小坂がスリップし、その体重がかかると同時に途中で断ち切られたのである。ザイルの全部が手許に来て、すり切れたように切断されているその切口を眼にした時、魚津の心を改めて、言い知れぬ恐怖が襲いかかって来た。小坂乙彦は落ちたのである。どこへ落ちたか判らなかったが、とにかくAフェースの上部から渓谷の深処へ墜落したのである。

「コ、サ、カ」

夢中で、魚津はまた友の名を絶叫した。その自分の声が恐怖を倍にして彼の許へ返って来た。

魚津は、とにかく、降りなければならないと思った。いま、彼が神に祈っていることは、小坂乙彦の体が第二テラスのどこかに横たわっていてくれということだった。普通の状態では小坂の体は第二テラスにはとまらず、そこの雪の急斜面を落ちて更に深い奈《な》落《らく》の底へ沈んで行くはずであった。しかし、なんらかの偶然の力が働いて、小坂の体が第二テラスの雪の中に埋まっていないものでもなかった。

しかし、そうした僥倖《ぎょうこう》があり得たとしても、この地点から第二テラスまで百メートル近い垂直距離のあることを思うと、絶望が再び魚津をとらえた。

魚津は、いま自分は何をすべきであろうかと思った。彼は自分がこれから取るべき行動について考えた。そして一分後に、魚津は自分がなすべきことが、降りること以外にないことを知った。第二テラスに向かって降りなければならない。

しかし、降りることは容易なことではなかった。今や彼は一人であった。自分一人の力でAフェースを降りなければならない。呆然《ぼうぜん》と突立っている魚津をめがけて、立てつづけに落雪が見舞っている。魚津は身をかがめた。小坂の体が横たわっているかも知れない第二テラスに降りるために。

雪がまた横なぐりに魚津の顔を打ち始めていた。

魚津は第二テラスに降りるまで、全く何も考えなかった。一刻も早く第二テラスに降りるというただ一つの目的のために全力を投入していた。

その間に、雪は降ったり、やんだりしたが、そしてまた全身に落雪をかぶったり、横なぐりに吹きつけて来る吹雪のつぶてにじっと蹲《うずくま》ったりしたが、しかし、魚津はその間も何も考えず、アップザイレン（懸垂下降）の慎重を要する技術に全力を費《つか》っていた。岩のはだにハーケンを打ち、すて綱をかけ、それに切れ残りのザイルを通し、それにすがって降りるのである。そしてザイルが無くなる地点で、ザイルを抜きとると、また同じことを繰り返す。ハーケンを打ち、すて綱をかけ、それにザイルを通し、それにすがって体を降下させて行く。

魚津は全く時間の観念というものを失っていた。どのくらいの時間が経ったか判らなかった。Aフェースを降り切って、第二テラスの雪の斜面に出た時、魚津はふらふらになっていた。岩の壁は一応ここでつき、四十メートル程の雪の斜面がかなりの急傾斜でひろがっている。

魚津は第二テラスに降りたところで、

「コ、サ、カ」

と、大声で友の名を呼んだ。二、三回、たてつづけにどなった。雪の面は昨日魚津と小坂が踏み荒した足跡を消してすっかり化粧直しされている。どこにも小坂乙彦の姿は見えず、彼がここを滑り落ちて行ったらしい形跡すら見えない。美しい一枚の雪の板である。

その雪の板の上を、魚津はわずかな期待にすがって、ピッケルを雪の中に突きさしながら歩き廻《まわ》った。

やがて、魚津はへとへとに疲れて、その悲しい作業を打ちきると、呆然とその場に立ちつくした。そしていま自分が立っている地点が、昨日三時に小坂と立ったままで昼食を摂《と》ったところであることに気付くと、いきなりその場に坐《すわ》り込んで仕舞いたいような気持に襲われた。

「コ、サ、カ」

こんどは低く口から出して辺りを見廻した。小坂乙彦が自分の傍にいないことが不思議であった。小坂がいず、自分一人が今ここに立っていることが信じられなかった。

魚津は時計を見た。十二時である。二時間かかっている。魚津はこれから自分がやらなければならぬ仕事を一応頭に描いてみた。これからV字状雪渓を横切り、松高第二尾根を越す。それからA沢にはいり、踏みかえ点を通って、奥又白のテントへもどる。普通なら二時間程の仕事であるが、体がひどく疲れているので倍の時間を要するとみなければならない。それにしても、四時か四時半にはテントのところへ到着できるだろう。それからすぐ徳沢へ下らなければならない。テントから徳沢までやはり五、六時間みなければなるまい。

第二テラスに小坂の姿が見えない以上、これから魚津の為《な》すべきことは、一刻も早く徳沢にかえり、救援隊を組織することである。

魚津は這《は》うようにして体を運びはじめた。ひどく疲れてはいたが、それより第二テラスに小坂の姿を発見できなかったことが、魚津から僅《わず》かに残っていた気力を奪っていた。第二テラスからV字状雪渓への降り口は急傾斜をなしていた。魚津は腰まで埋まる雪の中にピッケルを深く突きさして、それにすがって、一歩一歩足を運んでいた。自分でも、いま自分がひどくのろのろと動いているのが判《わか》った。

ザイルはどうして切れたのであろうか。確かにザイルはショックなしに切れたのだ。小坂がスリップして、彼の体が岩壁から離れた時、自分はピッケルにしがみついていた。しかし、なんのショックも感じられなかった。ザイルには小坂の体の重みはかからなかったのである。

どうしてショックがなかったのか。ショックがないということは、小坂の体の重みがザイルにかかった瞬間、ザイルが切れたということになる。ザイルが切れるなどということがあり得るだろうか？

魚津は同じ命題と、繰り返し、繰り返し、取り組みながら、体を運んでいた。そして、何かの拍子にザイルに関する思念がとぎれると、今どこかに横たわっているに違いない小坂の姿が眼に浮かんで来た。

魚津の瞼《まぶた》に浮かぶ小坂は、なぜかいつも雪の上に仰向《あおむ》けに倒れていた。仰向けに倒れるという場合は非常に少いはずで、俯伏《うつぶ》せに倒れている小坂の姿を想像することの方が自然であったが、どういうものか、魚津の瞼には、真直《まっす》ぐに体を伸ばし仰向けに横たわって、顔を空に向けている小坂の姿ばかりが浮かんで来た。

魚津はそんな小坂の姿を想像することから、小坂はまだどこかに生きているに違いないと思った。小坂を死と結びつけて考えることはできなかった。

小坂、待っていろ、待っててくれ！　小坂、生きてろ、生きててくれ！　魚津は一刻も早く徳沢小屋へ降《くだ》ろうと思った。実際は、徳沢小屋に降る代りに、自分で小坂が転落したと思われる場所を捜索したかったが、この天候と、現在の彼の体の状態では、それは望めないことだった。

魚津の瞼から仰向けに倒れている小坂の姿が消えると、それに代って、決まってザイルの問題が彼の頭へ登場して来た。ザイルはどうして切れたのか？

その間、雪は吹雪いたり、やんだりしていたが、魚津はそうした自然の変化には鈍感になっていた。雪が吹雪こうが、やもうが、そうしたことには無関心になっていた。ザイルのことと、小坂の仰向けに倒れている姿が交互に魚津をとらえていた。

タカラの木の根本にたどり着いた時、魚津はほとんど一歩一歩足を運ぶことがやっとだった。疲れは烈《はげ》しかった。テントは雪明りの中に、雪を重くかぶっていた。いつかすっかり夜になっている。

魚津はテントへはいり、ザックの中へ食糧を補給すると、そこへは腰も降ろさないで、徳沢小屋へ下るために再び外へ出た。テントを出た時、長く忘れていた雪の夜の、高山の死のような静寂が自分を取り巻いているのを、初めて魚津は感じた。

＊

美那子は朝食の後片付けを終ると、縁側の籐椅子《とういす》で新聞を読んでいる教之助のために、珈琲《コーヒー》を、パーコレーターから、葡萄色《ぶどういろ》の小さい硬質陶器の珈琲茶碗《ぢゃわん》に移した。

教之助は珈琲が好きである。毎朝のように食後に濃い珈琲を二杯飲まないと承知しない。最初の一杯を飲み終ると、必ず手をたたいて二杯目を要求する。家で飲むだけならいいが、会社へ出掛けてから、会議だとか、訪問者の応接だとかで、やはり何杯かのこの刺戟《しげき》性の茶褐色の液体を、胃の腑《ふ》へ落し込んでいるようである。

美那子は以前から、教之助の珈琲の量を少なくしようと思っていた。濃いお茶の方はまあ仕方がないとして、珈琲の方だけは何とかしたかった。この二、三年、教之助の体はめっきり衰えている。別にどこが悪いというのではないが、食事はひどく少量である。朝など、半熟の卵一個に、パンは半きれ、それにトマトジュースを小さいコップに半分と、生の野菜を極く少量。毎朝、ママゴトのような朝食の膳《ぜん》をつくってひどく情けなくなる。

それでいて珈琲だけは飲む。食慾《しよくよく》の減退の主な理由は珈琲にあるのではないかと、美那子は思っている。それで、朝の珈琲だけでも一杯にさせようと思っているが、それがどうも実行できない。

美那子は暮に小さい珈琲茶碗を買って来てあった。洋式の食事のあとに出るあの小型のものである。これなら二杯飲まれても、今までの一杯分である。年が改まったら、これを使うつもりでいたが、正月早々ごたごたして、五日の今日がこの小さい珈琲茶碗の使い初めである。

美那子は夫の分と自分の分と二つの茶碗を盆の上に載せて、縁側へ運んで行った。教之助は硝子《ガラス》戸越しの朝の弱い陽を浴びて、ぼんやりした表情で体を籐椅子の背にもたせかけていた。

美那子は盆をテーブルの上に置いて、自分も夫と対《むか》い合って腰を降ろした。教之助は珈琲茶碗を取り上げて、その形と色を確めるように、暫《しばら》くの間視線をそれに注いだ。

「きれいでしょう、これ」

実際に濃い葡萄色の陶器は陽の光の中で見ると美しかった。

「いやに、ちいちゃいのになったな」

「これなら二杯差し上げますわ」

美那子は、夫が手に持っている茶碗をすぐそのまま口に持って行くものと思っていたが、教之助はそうしなかった。茶碗を置くと、こんどは同じように、これもこの日が初使いの銀のスプーンを取り上げて、それを点検するように、引っくり返して見ていたが、やがて、突然教之助は口を開いた。

「小坂君という人と、君とはどういう関係なんだい？」

美那子は顔を上げて、夫の方を見た。夫が突然小坂の名前を口に出した意図が判らなかった。

教之助は顔を上げないで、それからなおも銀のスプーンを弄《いじ》っていたが、それを皿の上に戻すと、

「きれいだよ、なかなか」

そう言って、初めて美那子の方へ顔を向けた。

「どういう関係って言いますと――？」

美那子は言った。さすがに脛《すね》に傷持つ身で不安な気持だった。

「単なる友達か、それとも多少――」

「もちろん、お友達ですわ」

「いや、友達なことは友達だろう。だが、そこに多少、好きだとか、何とか――」

教之助は曖昧《あいまい》に言って、

「僕は、気持の上のことを言っているんだがね」

とつけ加えた。美那子は自分の顔の色が蒼《あお》ざめているのではないかと思って、そのことが気になった。

美那子は、こんな質問をした夫の気持をはかりかねていた。一体、どういうつもりで、こんなことを言い出したのだろう。この場合、とっさに考えられることは、小坂が手紙でも寄越して、それを夫が読んだかも知れないということだった。ありそうなことである。

美那子はスプーンで小さい珈琲茶碗の中をかきまわしていた。スプーンが少し大きすぎたようである。よほど静かにスプーンを動かさないことには、珈琲が茶碗からこぼれてしまう。

美那子は夫への返事は保留しておいて、心を落着かせるために、茶碗を取り上げて珈琲をすすった。そしてそれを皿の上に戻した時、美那子は、一応、ここで自分の小坂に対する気持を夫に披露《ひろう》しておく方がいいだろうと思った。

美那子は顔を上げて夫の方を見た。こんどは教之助の方がスプーンを茶碗の中で動かしていた。

「わたし、本当を言いますと、小坂さんに少し困っておりますの。いい人なんですけど、見境いのないようなところがありますわ。純粋っていえば純粋なんでしょうけど。――で、わたし、あの人にもうおつきあいを断ちたいと申しましたの」

「ふうむ。見境いないって?! 君が好きだとでも言うのかい」

「ええ、――まあ」

「君の方は?」

「いやですわ。そんな――」

「いや、君の方を訊《き》きたいんだ。あの青年の方は、大体、そんなことではないかぐらい判っている」

「わたしの方って?! わたし、どんな気持も持ちようもないじゃありませんか。変にうたぐっていらっしゃるのかしら」

「うたぐりはせんよ」

「じゃ、なぜ、そんなことをお訊きになりますの。――じゃ、わたし、はっきり申しますわ、あの方、嫌いなんです。厭《いや》なんです。だから、おつきあいしたくないんです」

「判った。それだけ聞けばいい」

「どうして、また」

「いや、いいんだよ」

教之助は、少し気色ばんで来た美那子を制すると、

「珈琲をもう一杯もらおう。それから茶の間に朝刊があるから持っておいで。――君が小坂君に対して特別な感情を持っていなければ、それでいい。新聞を見てごらん」

教之助は言った。

美那子は、新聞を見てごらんという夫の言葉を不安な思いで聞いた。何か小坂に関することが新聞に出ているらしいことは予想されたが、それがどんなことであるか見当がつかなかった。

「何かありましたの？」

「まあ、見てごらん」

美那子は、教之助に二杯目の珈琲を持って来るために空の茶碗を持って立ち上がると、茶の間へはいり、珈琲の方はあとまわしにしておいて、新聞を取り上げてみた。社会面を開いて、主な記事の見出しを見て行ったが、「穂高で初の遭難」という文字を見ると、ああこれだと思った。美那子は、小坂と魚津が暮から前穂へ行くと言っていたことを、この時思い出したのであった。

――一部に新鋭登山家として知られている魚津恭太氏と小坂乙彦氏の二人は、去月三十日前穂の東壁を登るために、上高地を出発、奥又白に向ったが、二日にAフェースで、ザイルが切れ小坂氏は壁より落下、事件は徳沢小屋に下山した魚津氏によって伝えられ、直ちに徳沢小屋にいたM大山岳部員六名が救援のため現場へ向っている。現場は雪の深い場所で捜索は難航を極める模様で、小坂氏の救援は半ば絶望視されている。

美那子は読み終ると、思わず、あーっと声を立てそうになったが、危くそれに耐えた。岩の間にはさまって倒れている小坂乙彦の姿が眼に浮かんだ。小坂は顔を上げている。小坂はあの精悍《せいかん》な顔を上げて、その岩の間から抜け出そうともがいている。美那子は冬の山がどんなところか、岩登りということがどんなことをするものか、全然そうした方面の知識の持ち合せはなかったので、小坂の遭難を何となくそのようなものとして想像した。

美那子は、台所へ行くと、夫のために二杯目の珈琲をパーコレーターの口から移したが、手が震えてなかなかうまく行かなかった。

縁側へ戻ると、教之助は、

「冬山というものは危険なものらしいな」

と言った。その話題を変えるように、美那子は、

「同じことでございましょう、この小さいのでも」

珈琲茶碗について、美那子はそんなことを言ったが、たまらなく夫の前から離れて一人になりたくなっていた。つい二、三分前に小坂乙彦を嫌いだと言ったことも、厭だと言ったことも決して嘘《うそ》ではなかった。それでいて、相手が遭難したことを知ると、やはり平静ではいられなかった。小坂にずっと冷たい態度を取って来ていたので、こういう

ことになってみると、心に咎《とが》めるものもあったし、小坂が可哀《かわい》そうでもあった。

「君、ひどく顔が蒼いよ」

教之助は言ったが、言われない前から、美那子はそのことを知っていた。貧血の前触れの、あの一種独特の気の遠くなるようなじいんとした思いが、彼女を襲っていた。

美那子には、夫がいつもよりぐずぐずしているように思われた。教之助はいつもなら、珈琲を飲むと、一刻も惜しいといった風に椅子から立ち上がるのだが、今日はいやにゆっくりと構えている。

「シュークリームか何か甘いものはないかい」

「それが、あいにくありませんの。お羊羹《ようかん》があったんですが、昨夜、わたしがいただいちゃいました」

「果物は？」

「お林檎《りんご》なら」

「じゃ、それをもらおう」

いつもなら林檎の冷たいのは歯にしみると言って食べないのに、と美那子は思った。

それでも、その林檎のために、美那子は夫の前から離れることができた。美那子は林檎をすって、夫のところへ持って行くように女中に言いつけると、自分が先刻見たのとは別の新聞二種類を持って来て、台所でそれを立ったまま開いた。

遭難記事は社会面の同じようなところに、同じような大きさで載っている。内容も大体同じであった。ただ一つ違っていることは、こんどの二種の新聞の記事では、小坂乙彦の死がすでに確定的なものとして取り扱われてあり、結局はこの一両日で捜索は打ち切られ、五月まで待たなければならないものと見られている。そういったことが書かれてあった。

「旦那《だんな》さまがお出掛けでございます」

その言葉で美那子は新聞から眼をはなした。

「着替えなすったの？」

「はい」

「自動車は？」

「いま、参りました」

「そう、知らなかったわ、わたし」

美那子が玄関へ行くと、教之助は靴を履いていた。背を曲げて、前へ屈《かが》んでいるところは、老人の感じである。美那子には、時々何かの拍子に、夫の老いが目につくことがある。

夫を送り出すと、美那子は玄関の上がり口のところに立っていたが、ふと先刻の夫の言葉を思い出して腹立たしい感情に襲われた。

わたしが小坂乙彦に特別の愛情を持っていたら、あの人は新聞に遭難記事の載っていることを知らせないでおこうと思ったのであろうか。自分の前でわたしが取り乱すのを見るのが厭だったのかも知れない。あるいはまた、そんなわたしを、かばってくれる気持だったのであろうか。

いずれにしても、それは年の違いすぎる若い妻を持った夫の、特別な感情に違いなかった。取り乱す妻の態度を見たくないというのは自分本位の冷酷さだし、妻を自分の前でそのようにさせまいとする労《いたわ》りなら、それは若い妻に対する卑屈さというものだ。そんな夫がふいに美那子には厭《いと》わしく感じられた。

そしてその反動で、かつて自分を息苦しい程しめつけた小坂乙彦の若い肉体が、ふいに思い出されて来た。そしてその小坂の肉体がいま岩と岩との間に雪を浴びて横たわっていると思った時、美那子はがくがくと体が震えて来るのを感じた。

小坂の勤めている会社へ電話をかけるためダイヤルを廻《まわ》している時の美那子の顔は、全く恋人の生死を心配している女の真剣さを持っていた。

小坂の勤めている登高出版社は、お話中ばかりで、なかなか掛らなかった。美那子は短い時間をおいては、何回かダイヤルを廻した。

そのうちにやっと掛ったが、ひどく不愛想な男の社員の声が聞えて来た。美那子が、

「ただいま、小坂さんの遭難の記事を新聞で見ましたが、何か詳しいこと、そちらにお

判《わか》りでしょうか」

と言うと、相手はそれには答えず、

「あなた、どなたですか」

と、反対に質問して来た。

「わたし、小坂さんの知合いの者ですが」

「御親戚《ごしんせき》ですか」

「親戚じゃありませんが、親戚同様の関係ですが」

美那子は答えた。すると、それではといった風に、

「まだこっちへも、遭難したという電報が一本はいっているだけで、なんの通知も来ていません。こっちでも新聞社へ訊いているくらいです」

小坂の事件で、社内もごたごたしているのか、電話はすぐ向うから切れた。全く取りつく島のない感じだった。

美那子は仕方がないので、自分もまた新聞社へ問い合せてみようと思った。美那子はB新聞社へ電話をかけたが、どこへ取次いでもらったらいいか判らなかったので、交換手に用件の趣を伝えた。

暫く待っていると、電話口へ出て来たのは、社会部の記者だった。

「さあ、判りませんなあ」

ひどく面倒臭そうだったが、それでも、

「待って下さい。ほかにつなぎますから」

と、その若いらしい記者は言った。次に出て来たのは、地方部の記者だった。美那子が用件を話すと、

「さあ、判りませんなあ」

先刻と同じような返事だったが、これも、

「ちょっと待って下さい」

と言って、別の記者に代った。こんどは今までよりも年配の人の声で、

「こっちにも、新聞に出ただけのニュースしかはいっていません。御親戚の方ですか」

と言った。

「はあ」

と、美那子が返事すると、

「御心配なことですな。冬山は危いですよ。何かニュースがはいったら、お知らせしましょうか」

そう言って、美那子の方の電話番号を訊いた。

美那子は言われるままに、電話番号を伝えておいて、電話を切った。そして、その時、ふと、小坂乙彦に妹が一人あり、小坂がその妹と二人で、住んでいたことを思い出した。

美那子はもう一度小坂の勤め先の出版社のダイヤルを廻した。小坂の住居を訊くためだった。

美那子は小坂の勤め先の会社へ二度目の電話をかけながら、今さらのように自分が小坂乙彦について何も知らないことに驚いた。彼の住所が三田であることは、彼からの手紙で知っていたが、三田のどの辺であるかは手紙を全部返してしまってあったので知ることができなかった。また彼の話から、彼がどこかへ勤めている妹と二人で住んでいることは知っていたが、もちろんその妹に会ってもいなかったし、彼がその妹と二人でどのような生活をしているかということに思いを馳《は》せたことさえもなかった。

そうした小坂乙彦に対する自分の無関心さに対して、このような場合になってみると、あるひんやりとした感慨があった。

こんど電話口へ出て来たのは、先刻とは別の社員だった。美那子が小坂の住所を訊くと、相手は親切に教えてくれた。

「三田警察の横の道を上って行き、丁度坂を上りきって、これからまた下りになろうとするところを左に折れると、原田という家があります。大きな家です。もっともその辺は大きな家ばかりですが、とにかく、その原田家の門に、小坂さんの表札も出ていますから、すぐ判りますよ」

「確か、妹さんと御一緒にお住まいのはずでしたわね」

「そうです。妹さんはつい今まで社の方に見えていたんですが、いま帰ったところです」

受話器を置くと、美那子はとにかく小坂の住居を訪ねて行ってみようと思った。家の方へは何か別の報《しら》せがはいっているかも知れない。

美那子が外出の支度をして家を出たのは十時だった。

電車で目黒駅へ出て、それから初めて行くところなのでタクシーに乗った。昨日あたりから気温が下がって、雪にでもなりそうな曇天が拡《ひろ》がっている。しかし、街はまだ正月のよそおいである。どの店鋪《てんぽ》にも門松が立っていて、人通りも幾らか少ないようである。

三田警察の横手を曲ると、なるほどかなり急な坂になっていて、右側はどこかの大使館とでも言いたい大きな洋風建築が二つ三つ広い地面を取っており、反対の左側の方は、住宅とも料亭とも見分けのつかない家が、やはり二つ三ついかめしい玄関の構えをのぞかせている。

坂を上りきったところを左に折れ、美那子は運転手に原田という家を探してもらった。くるまの停まったところで、門の表札を見ると、原田という表札の横に、いかにも離れの住居人にふさわしく、小坂という小さい表札が出ていた。

美那子はそこでくるまを返した。表札の出ている門はかなり古びたものだが、庭は相当広いようである。門をはいると、すぐ母屋《おもや》の玄関に突き当る。この母屋の建物も古びている。呼鈴を押すと、女中らしい若い女が出て来て、建物を右手の方へ廻ると、すぐ別棟《むね》の離れがあり、そこが小坂の住居であることを教えてくれた。

言われた通り建物に沿って廻って行くと、以前は庭番でも住んでいたのであろうか、二部屋程の小さい家があった。そして丁度その家から、黄色いセーターに黒いスラックス姿の二十二、三の娘が下駄をつっかけて出て来るところだった。

娘はかけ出すつもりらしかったが、自分のところへの訪問者に気付くと、そこに立ち停まったままで、美那子の近付いて行くのを待った。

「小坂さんの妹さんでいらっしゃいましょうか」

美那子は言った。

「そうでございます」

多少いぶかしそうな表情だったが、すぐ眼をいきいきとさせると、

「八代さんでいらっしゃいますか？」

と訊いた。いかにもそれに違いあるまいといった言い方だった。美那子は相手が自分を知っていることも意外だったが、それより自分に向けられている上気した相手の顔の若い美しさに、はっと射すくめられたような思いだった。じっと見詰めるような眼付は、兄の小坂に似ていた。

「はあ、八代でございます。お兄さま、御心配なことになってしまって——」

美那子が言うと、

「今までのところ遭難したという電報一本だけですので、詳しいことがわかりませんけれど、多分、もう兄はだめだろうと覚悟しております」

そう言ってから、

「どうぞお上りになってらして下さい。わたし、電話がかかって来ておりますので、行って参ります。すぐ戻って参りますから」

それから、

「狭いところですが、どうぞ、お上がりになっていて下さいませ」

重ねて言ったので、

「じゃあ、失礼して上がらせていただいております」

美那子が言うと、小坂の妹は、母屋の方へ小走りに走って行った。美那子は小さい玄関から部屋の中へ上がった。縁側に向って、小坂のものらしい坐《すわ》り机が置かれてあり、その横に天井まで届きそうな書棚が、部屋に不似合な大きさを見せている。そのほかには、部屋の中には一物もなく、こざっぱりした感じであった。隣りにもう一部屋があり、そこが妹の部屋兼茶の間にでもなっているらしかった。

五分程すると、小坂の妹は、相変らず上気した顔で戻って来ると、美那子と向かい合

って坐り、

「御心配おかけしてすみません。いま会社の方へ電報がはいったそうでございますが、やはり、捜索中だというだけの報せだそうでございます。――今日会社からも現場へ二人行って下さるそうですので、わたしも一緒に行こうと思います」

「何時にお発《た》ちですの」

「十二時二十五分の準急だそうです」

「じゃ、もう時間ございませんわね」

　時計は十一時近くをさしていた。

「それじゃ、お邪魔になりますから」

　美那子が腰を上げかけると、

「いいえ、どうぞ。――支度って別にありませんの。暮からお正月へかけて奥日光へスキーに行っておりまして、実は昨日帰って来たところなんです。まだリュックも解かないでありますから、それに二、三枚着替を入れれば、それでいいんです。いま、お茶を入れますわ」

　そう言って、彼女は奥へ立って行った。暫《しばら》くして、煎茶茶碗《せんちゃぢゃわん》を二つ盆の上にのせて来ると、それを盆ごと美那子と自分との間へ置いてから、

「いつか、兄はすぐれた登山家で山で遭難した人のことを雑誌に書いたことがありまし

た。大部分が外国の登山家でしたが、日本の登山家も何人かはいっておりました。兄も、こんどは自分でその中にはいってしまいましたわ」

小坂の妹が言葉を口から出している間、美那子は少し固い感じのその横顔を見守っていた。兄の遭難事件でこの娘の顔の線は固くなっているに違いないが、普通はもっとやわらかい感じであろうと思われた。

「でも、小坂さんは――」

美那子は言いかけて口をつぐんだ。美那子は小坂の生死がまだ判ってはいないと言おうとしたのであったが、急にそんな言葉の空虚さが感じられて、危いところで、その言葉を飲み込んで、

「わたしのこと、お兄さんからお聞きになっていましたの」

美那子は訊《き》いてみた。すると、

「わたし、八代さんがどういう方か存じませんの。ただいつか兄が封筒へ書いてましたので、お名前を覚えていたんです」

そう言うと、相手は少し顔を赤くした。

結局美那子は、小坂の妹と一緒に家を出ることにして、彼女が支度をする間、一人で小坂の部屋に坐っていた。火がなかったので寒かった。

「お待たせしました」

小坂の妹が顔を出したのは、彼女が支度をするために美那子の前から立って行ってから、ほんの五分か十分してからだった。美那子は自分の外出の場合を思って、少なくとも三十分はかかると思っていたが、全くあっという間のことだった。

二人は玄関を出た。小坂の妹は戸締りしてから、母屋の方へ顔を出しに行ったが、すぐ戻って来ると、玄関の前の三和土《たたき》の上に置いてあったリュックサックを背負うと、

「さ、これで参れますわ」

と言った。二人は広い道へ出ると、丁度折よくそこへ来たタクシーを拾った。

「新宿駅へ行って下さい」

美那子が運転手に言うと、

「わたし、どこか途中で降ろしていただいたら結構です」

と小坂の妹は言った。

「新宿までお送りいたしますわ」

「でも」

「いいんです。別に用事はありませんもの」

美那子は小坂の妹を駅まで送るつもりだった。小坂の妹に会うまではそうでもなかったが、会ってからあとは、なぜか小坂に関する吉報はもはや望めないのではないかという気持になっていた。

それに考えてみれば、事件は二日の朝起っていた。今日は五日である。すでに三日経《た》っているのに、先刻小坂の会社へはいって来た報せでは、小坂は未《いま》だに救出されていないのである。

美那子は車の動揺に体を任せながら、岩と岩との間に倒れて薄く雪をかぶっている小坂の姿をまた眼に浮かべていた。

「山へ登れるんでしたら、わたしも行くんですけど」

美那子はふとそんな言葉を口に出した。するとその言葉を真に受けて、

「まあ、でしたら御一緒に行っていただくんでしたのに。わたしもスキーはやりますが、冬山へ登ったことはございませんの。だから、どうせ、どこかずっと下の方の部落で待っていることになります。それにしても、もし、行っていただけるんでしたら、兄はどんなに喜ぶでしょう」

小坂の妹は言った。美那子はあわてて、

「でも、それができませんの。家《うち》もありますし」

「お家って？」

反射的に訊いたが、暫くしてから美那子の言葉の意味に気付いたのか、

「あら、わたし、どうしましょう」

と、どぎまぎして言うと、あとは黙り込んでしまった。そして新宿駅がすぐそこにな

ってから、

「帰りましたら、すぐ御報告いたしますわ。お名刺いただけませんかしら」

と、ひどく生真面目《きまじめ》な表情で若い娘は言った。

美那子は名刺を持っていなかったので、住所と電話番号を小坂の妹に書き取ってもらった。

新宿駅でくるまを降りると、小坂の妹はもうここまでで結構だからと断ったが、美那子は入場券を買ってホームまで見送ることにした。

二人が改札口を入って、松本行の列車が着いているホームへの階段を上って行くと、ホームには大勢の乗客がひしめいていた。間もなく小坂の妹が右手を高くあげたが、美那子にはその合図をした相手がどこに居るのか、すぐには見わけがつかなかった。

美那子は小坂の妹について人波をかき分けてその相手の方へ近付いて行くと、会社の若い青年が二人、登山姿に身を固めて列車の窓近くに立っていた。

「本当にすみません。お忙しいところを皆様にまで御迷惑をかけてしまって——」

小坂の妹が頭を下げると、大柄な方の青年が、

「小坂さんのことですから、めったなことはないと思うんですがね」

と言った。

「雪洞でも掘ってもぐっているんじゃないかな」

もう一人が言った。うしろで聞いている美那子の耳には、その二人の言葉は虚《うつ》ろな響きを持って聞えた。

「でも、ザイルが切れて落ちたと言うんですから」

小坂の妹の方がむしろ冷静な口調で、断定的な言い方をした。

「ザイルが切れるなんてことは、ちょっと考えられんがな」

大柄な方がまた言った。

「お席は取れました？」

美那子が横から列車の中を見透かすようにして言うと、

「いやあ、満員なんですよ。しかし甲府あたりまで立つ積りでしたら何とかなると思うんです。荷物の棚だけは確保しておきました」

一人が言った。ホームには登山姿の青年たちが何人か見えた。ピッケルを持っている者も居た。美那子は冬山へ登ろうとしているそうした若者たちを、生れて初めてある関心をもって眺めた。

小坂の妹はいったん車内にはいって荷物を網棚に納めて来ると、またホームに出て来て、美那子に改めて見送りの礼を言った。

発車のベルが鳴り渡った時、デッキに立った小坂の妹は心持ち蒼《あお》い顔を真直《まっす》ぐに美那子の方に向けて、その頰にわずかだが微笑を浮かべていた。列車が動き出すと、暫くの間小坂の妹は手を振っていた。ホームに一人になると美那子はひどく疲れている自分を感じた。

＊

小坂の事件の起った日、魚津が疲れきった体をひきずるようにして徳沢小屋へたどり着いたのは十時であった。幸いその時、徳沢小屋にはM大学の山岳部員が六名泊っていた。

五名の学生と小屋番のSさんの六名で編成された捜索隊が徳沢小屋を出たのはそれから幾許《いくばく》もしない三日の午前二時であった。学生の一人は、遭難を報せるために、捜索隊とは小屋の前で別れて、上高地へと向った。魚津が徳沢小屋へはいってから四時間とは経っていなかった。

捜索隊が出発してから、魚津は正午まで死んだように眠った。そして午後は、眼を開けたまま布団《ふとん》の上に横たわっていた。

魚津は時々布団から脱《ぬ》け出して、ストーブのある土間に降り、入口の扉にはめ込まれてある硝子《ガラス》から戸外をのぞいた。いつも青空は見えていたが、重さというものの全く感じられない羽毛のような軽い雪が空間を舞っていた。

た。魚津は時々時計を見ては、捜索隊がいまどの辺にいるかということに思いを馳《は》せていた。魚津は捜索隊の取るべき行動を、あらかじめ学生たちと打合せてあった。

魚津の考えでは、自分自身が第二テラスを通って来ていたので、そこは探す必要はなかった。それから第一テラスの方もこの際オミットすべきであると思った。ここは非常に狭いところで、テラスというよりもむしろBフェースとCフェースとを分けているバンド（帯状地帯）にすぎなかった。ここに小坂の体が停まることはまずあるまいと思われた。

従って探すならまずCフェースの下である。捜索隊はB沢を見ながらCフェースの下へ出て、その辺一帯に捜索の主力を注ぐべきである。それから次に奥又の本谷へもどる。本谷はかつて、松高生のV字状雪渓における遭難の時、遭難者がここに流れ込んで、五峰のあたりに停まっていたことがあった。小坂ももしここまで流れ込んだと仮定すれば、五峰あたりに停まっていないものでもない。ここにも捜索の主眼は置かれねばならない。

以上のようなスケジュールを、魚津は学生たちと話し合ってあった。

三日の日は魚津にはひどく早く暮れたように思われた。ことに午後の時間は短く、夕暮がやって来たと思っていると、小屋を取り巻く白い静かな世界にはあっという間に夜がやって来た。

救援隊は夜八時に小屋へはいって来た。一人一人雪にまみれた男たちは、魚津がストーブをたいて暖かくしてあった部屋へはいって来た。誰も一言も口をきかなかった。

六人目がはいって来て扉を背後にしめた時、魚津は、重い絶望の思いにゆられながら、

「御苦労さま！」

と言った。

「だめでした」

一人が言った。

「御苦労さま！」

「全く休みなしに動いたんですがね」

他の一人が言った。

「御苦労さま！」

魚津は同じ言葉を口から出していた。

六人の捜索隊が空《むな》しく帰って来てから一時間程すると、思いがけず七人のパーティーが小屋へはいって来た。これはこの日の午後上高地のホテルの冬期小屋に着いた第一山岳会のメンバーで、遭難の報《しら》せで北穂へ登るために明朝出発して横尾まで行く予定であったのを変更して、直ぐ捜索隊を編成して出向いて来てくれたものであった。この方は一番年少者が十八、九、年長者が三十ぐらいの一団であった。

この上高地から来たパーティーは第二回の捜索隊として、やはり夜半二時に徳沢小屋

を出発して行った。

四日は朝から雪が落ちていた。学生たちは昨日の疲れで午頃《ひるごろ》まで眠っており、午前中に起きているのは魚津一人だった。魚津はストーブを燃し、学生たちのために炊事の仕事を受け持っていたが、時々昨日と同じように扉の傍に立って戸外をのぞいた。いつも雪はしんしんと降っていた。昨日とは違って大粒の雪がこやみなく、いかにも重たそうに落ちていた。午近くなると、一層ひどくなった。

「大雪だな！」

起きて来た学生の一人が言ったが、確かに大雪になる降り方であった。

三時に、昨夜半出発した第二回の捜索隊が、これもついに小坂の姿を発見できず、空しく引き揚げて来た。雪崩《なだれ》の危険が出て来たので捜索を続けることはできなかったということだった。

雪は翌五日になってもやまなかった。こうなると、もう捜索隊は打ち切る以外仕方がなかった。いくらじだんだ踏んでもほどこす術《すべ》はなかった。大勢の若い登山家たちは、狭い小屋の中にごちゃごちゃに詰め込まれていた。

魚津はなるべく小坂のことは考えまいとしていた。小坂のことを考えると、気が狂いそうだった。小坂の仰向《あおむ》けに倒れている（そう魚津は思い込んでいた）体の上に、おそらく雪はもう一尺も二尺も降り積っていることだろうと思う。

魚津は、ほかの連中と一緒にストーブを囲んでいたが、いつも彼は黙り込んでいた。他の連中も、遠慮して魚津には話しかけなかった。いかなる言葉も、友を喪《うしな》った登山家の気持を癒《いや》すものでないことを、よく知っていたからである。

魚津は黙り込んでいたが、彼の眼や耳や口は活潑《かっぱつ》に活動していた。眼は小坂の顔を見詰めていたし、耳は小坂の声を聞いていた。そして口は絶えず小坂としゃべりづめにしゃべっていた。たとえばこんな風に——。

——トップを交替したのがいけなかったな。おれがやるべきだった。なぜ、あの時、小坂、お前はトップを交替するなどと言い出したんだ？　トップさえ交替していなければ、こんな事件は起っていなかったはずだ！　それにしても、あのAフェースの岩のすき間にはさまっていた時は辛《つら》かったな。吹雪が真正面から吹きつけて来やがった。やけに寒かったな。あの時、お前はマッチをすった。ツェルト・ザックの中が急に明るくなった。そしてすぐまた暗くなった。その時、小坂、お前はあの呪《のろ》うべき言葉を口から出したのだ。明日はおれがトップをやるよ、と。

魚津はまたこんな風に、小坂と話していた。

——小坂、お前は好きだったな、デュブラの詩が。酔っぱらうと、いつでもデュブラの〝モシカアル日〟を朗読したな。

モシカアル日、
モシカアル日、私ガ山デ死ンダラ、
古イ山友達ノオ前ニダ、
コノ書置ヲ残スノハ。

オフクロニ会イニ行ッテクレ。

ソシテ言ッテクレ、オレハシアワセニ死ンダト。オレハオ母サンノソバニイタカラ、
チットモ苦シミハシナカッタト。

親父《おやじ》ニ言ッテクレ、オレハ男ダッタト。

弟ニ言ッテクレ、サアオ前ニバトンヲ渡スゾト。

女房ニ言ッテクレ、オレガイナクテモ生キルヨウニト。オ前ガイナクテモオレガ生キタヨウニト。

息子タチヘノ伝言ハ、オ前タチハ「エタンソン」ノ岩場デ、オレノ爪《つめ》ノ跡ヲ見ツケルダロウト。

ソシテオレノ友、オ前ニハコウダ――

オレノピッケルヲ取リ上ゲテクレ。

ピッケルガ恥辱デ死ヌヨウナコトヲオレハ望マヌ。

ドコカ美シイフェースへ持ッテ行ッテクレ。

ソシテピッケルノタメダケノ小サイケルンヲ作ッテ、ソノ上ニ差シコンデクレ。

小坂、デュブラが望んだように、おれもお前のピッケルを取り上げてやる。ピッケルが恥辱で死ぬようなことのないためにな。そしてそのお前のピッケルを、おれたちがビバークしたあの小さい岩のすき間に運んで行く。あそこにケルンを作る。そしてお前のピッケルを差し込む。

実際に魚津は小坂のためにそうしようと思った。魚津は時々涙で頬をぬらしていたが、いつも自分ではそれに気付いていなかった。そんなことに気付く暇はなかった。魚津は身動きもしないで、ひっきりなしに小坂乙彦と話していた。――小坂、お前は、と。

それでも、魚津は夜が来ると早く眠ることができた。昼間ひっきりなしに小坂と話していることが、すっかり彼を疲らせていた。

六日も、雪は降り続いていた。M大学の学生たちも、第一山岳会のメンバーも、小坂の捜索を打ち切らざるを得ない今、何もここに居なければならぬことはなかったが、この雪では次の行動に移ることはできなかった。天気さえ回復すれば、二つのパーティーはそれぞれ本来の目的地である北穂と奥穂をめざして出発するはずであった。

六日の夜、このすし詰めの小屋へさらに二人の訪問者があった。二人は雪だるまのような格好で入口からはいって来ると、

「小坂さんはどうでした？　小坂さんは！」

同じような言葉を同時に口から出した。小坂の会社の若い社員だった。

雪は七日になっても、まだやまなかった。M大学の学生たちと、第一山岳会のメンバーは、なんとなくお互いに相談するような格好になって、この日、十時に雪の中を横尾の小屋まで出掛けることになった。学生たちの方は奥穂、第一山岳会の方は北穂で、それぞれめざすところは違っていたが、ここで無為に雪のやむのを待っていても仕方がないので、ひとまず横尾の小屋まで前進しておこうというわけであった。

十三人の若者たちは、それぞれスキーをはき、ザックを背負って、口々に、魚津に短い慰めの言葉をかけて、徳沢小屋から出て行った。魚津は小屋の戸口に立って、彼等を見送った。小屋の前をすぐ右手に折れて林の中へはいるまで、若者たちの元気な話し声があたりに響いていたが、やがて一人一人木々の間に姿を消して行った。あとには、雪の細片だけが小止《こや》みなく空間を埋めていた。

魚津は、その日も一日、急にひっそりした小屋の中で、ストーブの傍に腰かけて、黙り込んでいた。今日はもう昨日までのように、小坂乙彦に話しかけることはなかった。気持は昨日よりもっと参っていた。

小屋番のSさんと、小坂の会社の二人の青年が小声で話す声が、時々、魚津の耳にはいって来た。この小屋では、小坂の遭難の話題は禁句になっているらしく、彼等の話も小坂とは無関係なことばかりだった。

しかし、夜になって、この日初めて小坂に関することが、彼等の話題に上った。

「とにかく、明日、晴れたら、おれたちでもう一度捜してみるんだな」

そう言ったのは二十八、九の枝松という青年だった。

「本谷を丹念に捜すんだな」

宮川という、これも同年配の青年が応じた。二人とも山関係の書物の出版社に勤めているだけあって、登山には相当の経験があるらしかった。

その二人の話を耳にすると、それまで黙っていた魚津は、

「おれも行くよ。しかし、天気は大丈夫かな」

と言った。

「多分やむと思うんです。幾らか明るくなってますからね」

宮川は言ってから、

「雪は大丈夫でしょうが、それより魚津さんの方は大丈夫ですか」

と訊《き》いた。その時、小屋番のSさんが、炊事をしていた手をとめて、

「雪がやもうが、やむまいが、本谷あたりに出て行ってみなさい。すぐ雪崩《なだれ》でやられますよ」

そう少しきびしい口調で言った。雪崩の危険のあることは魚津も充分知っていたが、

しかし、これきり小坂を捜索しないで帰ることは、魚津には耐え難いことだった。

「多少、危ないかも知れないが——」

枝松が言いかけると、

「危ないか、危なくないか、誰ぞに訊いてみなされ」

Sさんは言った。

「心配しなくてもいいよ、おれが行くから」

魚津が言うと、

「だめですよ。だめ、だめ！」

Sさんは、魚津の言葉を取り上げないような言い方をした。あまり風采《ふうさい》の上がらない、どちらかと言えば、ぐずとしか見えないお人よしのSさんだったが、この時のSさんの言葉には強いものがあった。

二人の青年は、魚津とSさんの間に立って、困ったような表情をしていたが、Sさんがまた重ねて、

「魚津さんという人は絶対にむりを押さない人でしたのに、——いかんですよ。気持は判《わか》りますが、いかんですよ」

と言った。それを聞くと、

「魚津さん、やめましょう。僕たちが言い出していけなかったですが、小坂さんだって

喜ばんと思います。やめましょう」

と、枝松が言った。

「そうさ。それが当り前ですよ」

Sさんがとどめを刺した。魚津は黙って、ストーブの火を見詰めていた。

これで自分までが捜索を打ち切ると、小坂の体は春まで雪の中に放置されることになる。四月か五月になって、雪が融《と》けるまで、小坂は仰向けの姿をそのまま、雪に包まれていることになる！ 顔も、手も、足も、その上に積る三、四尺の雪でどんなに重いことだろう。その重さの実感が、ふと心に感じられると、魚津は顔を上げた。その魚津の眼を、Sさんは見返しながら、

「小坂さんの体は、わしがここで春まで番をしてるから大丈夫ですよ。それより早く山を降りて、小坂さんの遺族の人たちを慰めた方がいいですよ」

と言った。そのSさんの素朴な言葉が、魚津からそれまでの妙にこじれていた気持を取り除いてくれた。

「よし、小坂はSさんに任せて、おれたちは明日山を降りよう」

と、魚津は言った。

翌日起きると、雪はほとんどやんでいた。小屋を出てみると、ふかぶかとした雪が、小屋をも、広場をも、木々をも押し包んでいた。陽は出ていなかったが、空は明るかっ

た。魚津と、二人の青年は、午前中に徳沢小屋を発《た》つことにした。朝食はSさんを混えた四人で一緒にストーブの傍で食べた。朝食がすむと、煙草《たばこ》を一本喫《の》んでから、魚津はすぐ出立の準備にかかった。この小屋を出るや否《いな》や、自分を襲って来るに違いない淋《さび》しさを心の中で計算しながら、魚津はザックの紐《ひも》をしめた。

これからここで冬を越すSさんに別れを告げて、魚津が二人の青年と徳沢小屋を出たのは十時だった。小屋の前の広場を突っきった時、魚津は背後を振り返って見た。小屋の入口のところに、Sさんはまだじっとこちらを見ていた。魚津はSさんの方へちょっと手をあげ、それから体をひるがえすようにSさんの視野から抜け出した。

魚津はSさんの眼から完全に自分の姿が見えなくなったと思った時、立ち停まって、前穂を仰いだ。陽は照っていなかったが、全山雪に覆《おお》われた山は、すぐそこに、まるで手の届きそうな近さで聳《そび》えていた。東壁も雪を落してそこだけ黒っぽく小さく見えている。

魚津は、これからもう間もなく前穂が見えなくなってしまうことを知っていた。それを思うと、おいそれと、この場を立ち去ることができない気持だった。

「ウオヅサーン」

枝松の自分を呼んでいる声が聞える。

「オーイ」

魚津はそれに応《こた》えたが、なおもそのままそこに立っていた。すると、魚津のことを心配して引返して来たらしい枝松の姿が、はるか前方から現われて来た。

それを機に、魚津は雪の上を動き出した。小坂、ひとまず帰るが、またすぐやって来る！

あとは遮二無二《しやにむに》滑った。二人の若者に追いついた時、三人はそこで小休止した。梓川《あずさがわ》は凍っている。梓川を隔てて、向う側に明神連峰の幾つかの峰が鋸《のこぎり》の刃のようなきびしい姿を現わしている。もはや小坂の眠っている前穂は魚津たちの視野の中にはなかった。

三人は十二時半にホテルの冬期小屋に到着した。ホテルのTさんにいろいろ厄介になった礼を述べ、それからTさんに、松本から沢渡《さわんど》まで自動車をまわす電話の手配を頼んで、すぐそこを出発した。

魚津たちが沢渡にはいった時は、もう六時近くになっていた。部落は全村雪をかぶって、ひっそりと静まり返っている。すでに夜になってはいたが、雪の路面は明るく、部落の人たちが通った道が一本あけられてあった。

魚津が一人遅れて西岡屋の前に着いた時、その店の前に内部の電燈《でんとう》の明りを背にして、ひとつの影がすっくりと立っているのを見た。魚津がスキーを脱ぐ間も、迎えに出ているらしいその姿は、ただ黙って見下ろしていた。

最初魚津はそれが部落の娘であろうと思っていたが、店の内部へはいろうとした時、魚津はふと香料の匂《にお》いを感じて、初めて小坂の妹であることに気付いた。小坂の妹のかおるが沢渡まで来て待っているということは、二人の青年から聞いて知っていたはずであるが、魚津はその時初めて知ったような驚きを覚えた。

魚津は相手を小坂の妹と知っても、すぐには口がきけなかった。小坂の死について、どのような言葉を口から出してよいか判らなかった。魚津は、相手が真直《まっす》ぐに自分の方へ顔を向け、自分の眼を見入っているのを感じた。店の内部の電燈の光が相手の顔半分をくっきりとそこに浮き出している。極く短い時間が、むかい合って立った二人の間を流れると、魚津は相手の体がふいに二、三歩自分の方に近付いて来るのを感じた。

魚津は、かおるが二つの掌《てのひら》を自分の胸に当てるようなそんな格好で、自分の方に倒れかかって来たのを知った。魚津は相手の体を支えながら、

「許して下さい」

そう口から出した。極く自然に口から出て来た言葉だった。すると、かおるは、雪でぬれている魚津の胸にぴたりと頰を当てたまま、ううっというような嗚咽《おえつ》の声をあげた。

「疲れている僕をかばうつもりで、トップを代ったんです」

「――――」

「それがいけなかった！」

「――――」

「もう十メートル程で岩場がつきるというところなんです」

魚津が口をきく度に、相手はしがみつくようにして、顔を魚津の胸に押しつけて来た。

そして暫《しばら》くしてから、

「わたし」

初めて、小坂の妹は口を開いた。

「今だけ泣かせて下さい。あとではもう決して泣きませんわ。今だけ！」

そう言うと、いかにも許可でも得たように、改めて嗚咽で羚羊《かもしか》のように細く緊《し》まった体を震わせた。魚津は相手のするままに任せていた。

そこへ西岡屋の内儀《かみ》さんが顔を出して、

「とにかくおはいんなさいよ」

と言った。その言葉で、かおるは弾《はじ》かれたように魚津の胸から離れると、二、三歩退《さが》って、丁度先刻と同じように魚津とむかい合って立った。

「とにかく、許して下さい、兄さんをとんでもないことにしちゃった！」

魚津がまた言うと、こんどは相手は子供がいやいやでもするように、ゆっくりと首を左右に振った。依然としてその二つの眼は魚津の眼に当てられたままだった。そしてやがて、手で眼をぬぐうと、

「兄は魚津さんと一緒の時で、きっと喜んでいたと思いますわ。いろいろお世話かけま

した。有難うございました。兄に代ってお礼申します」

泣いたあととは思われない確《しっか》りした口調だった。

魚津は西岡屋の店内へはいった。

「えらいことでしたな」

内儀さんが言った。

「この間、あんなに元気でここでお茶を飲みなされたのに」

魚津たちは、西岡屋の土間で、ストーブの傍に腰かけて夕食を摂《と》った。魚津にとっては、久しぶりの夕食らしい夕食であった。

夕食が終らないうちに、松本から自動車がやって来た。上高地のホテルのTさんが電話を松本へかけて頼んでくれた自動車であった。若い運転手も店内へはいって来て、うどんを食べた。

「途中、雪がひどいし、夜道ですから、少し時間を余分にみておいて下さいよ」

運転手がそう言うので、魚津たちはすぐここを発つことにした。ここからはもうスキーの必要はなかった。歩く必要もなかった。魚津は着替えをし、最後のザックの整理をしながら、いつもならこうした場合、ひと仕事終えたというほっとした気持があるのにと思った。いま魚津にあるものは烈《はげ》しい疲労と、友を山で喪《うしな》い、その友をそのまま山へ残して来たという、何とも言えないやり切れない気持だけであった。中学時代から十何年か山へ登って来たが、このような気持のめいりそうな淋しい帰り方は初めてであった。支度を終えて、西岡屋の店を出た時、魚津は、こんどここへ来る時は一人だなと思った。もう誰と一緒に来るという当てはなかった。小坂さえ生きていたら、小坂とこれからも長いこと山へ登ったろうと思う。それが、小坂が居なくなってしまったのだから、これからはもう一人で来る以外仕方がない。

魚津は雪の路面に立っていた。なんとなく、自動車の内部へはいる気持にはなれなかった。昼間、徳沢小屋を出て暫く来たところで、もう前穂が見えなくなると思った時、その場を離れるのが堪まらなく苦痛だったが、その時と同じ思いが、いま再び魚津のところへやって来ていた。

魚津は運転手が路上に屈《かが》み込んで、タイヤに巻いてあるチェーンを点検している間、雪の道を上手の方へ向けて歩いて行った。そして歩きながら、ああ、ここを離れるのはいやだなと思った。おれは、いま、ここから雪のないところへ行こうとしているのだ。一片の雪も載せていない鋪道《ほどう》が続き、電気が点《とも》り、ネオンが輝き、この事件となんの関係もない人々がいっぱい群っている場所へ行こうとしているのだ。

「魚津さん、お乗りになりません？」

魚津は背後を振り向いた。かおるが立っていた。

「でも、まだ少しぐらいなら大丈夫ですわ」

魚津は自分の耳を疑った。しかし、かおるは確かにそう言ったのだ。魚津は思わず相手を見詰めるようにした。もちろん、雪明りだけでは相手の表情は判らなかったが、魚津はじっと視線を相手の顔に当てていた。この娘は、いま自分がここを去りたがらないでいることを知っている。そしてそうした自分の気持をかばってくれているのだ。

「乗りましょう」

短い時間を置いて、魚津は言った。そしてかおるのあとから、ズボンに雪をくっつけたままで、自動車の方へ歩いて行った。

自動車は雪の夜道をゆっくりと走った。時々、くるまが空廻《からまわ》りすると、その度に少しあとずさりして、こんどは少し勢いをつけて、そこを乗り切って行った。

魚津は、崖《がけ》の下を梓川が流れている左側の窓の方へ席を取っていた。そして真ん中が小坂の妹で、右側が枝松だった。宮川は運転手の横に腰かけている。長い間、だれも言葉を口から出さなかった。小坂乙彦を山に残して、その山から刻一刻遠ざかって行くやり切れない思いは、誰の胸の中にもあった。

雪明りか、それとも月でも出かかっているのか窓外にはにぶい光が漂っていて、物の形がぼんやりと浮き上がって見えている。魚津は時々、窓硝子《まどガラス》を通して窓外をのぞいたが、いつのぞいても、そこには小坂乙彦を思い出す何かがあった。煙草に火をつけている小坂の横顔や、黙々と足を動かしている小坂の背後姿《うしろすがた》や、長身を二つに折って、靴の紐を直している小坂の姿が、どこからでもすぐ現われて来た。小坂が居る！　小坂がどこにも居る！　魚津はそんなことを心の中で言っていた。そして、その小坂の姿が辛《つら》くなると、もう窓から外は見まいと思った。

「お疲れになってますわね」

かおるが言った。

「いや、僕はもうたいしたことはないんです」

「でも、先刻から煙草に火をお点《つ》けになりづめ！」

「そうですかね」

そうかも知れないと思う。無意識に煙草に火を点けているのであろうか。なるほど神経は疲れているかも知れない。

前川渡《まえかわど》の一軒家は深い雪の中に埋もれている。自動車はずっと山裾《やますそ》の道を走って行く。やがて奈川渡《ながわど》の部落を過ぎ、稲核《いねこき》の部落に入る。細長い部落が、ここもひっそりと雪の中に息をひそめて眠っている。上条信一の家の前を通過する時、魚津はよほど声をかけようと思ったが、それをやめた。胸の傷口が上条と話すことに依《よ》って、また大きく口を開きそうな気がする。

島々の部落へはいった時、魚津は派出所の前で、自動車を止めて、自分だけ降りて、派出所の中へはいって行った。そして小坂の遭難のことを正式に届けた。

島々の駅の前を過ぎると、そこから道は平坦《へいたん》になった。小坂の眠っている前穂はもう遠くなっている。いまは夜で見えないが、雪を頂いた遠い山脈の中の一部分としてしか見えないだろう。

「兄の死を一番悲しむのは母で、次は魚津さんで、三番目がわたしですわ、きっと」

かおるは言った。

自動車の前方に松本市の燈《ひ》が見えて来た時、魚津は急に胸が熱くつまって来るのを感じた。燈がたくさんある！　雪とも、山とも、岩場とも無関係に、都会の燈がたくさん固まってまたたいている！

やがて自動車は松本市の繁華地区へはいり、そこを抜けて、駅へ到着した。枝松が降り、かおるが降り、最後に魚津が降りた。雪のない地面だった。駅の待合室には大勢の人が群っていた。四人はそこの一劃《いっかく》へ荷物を置いた。枝松が一行の四人の乗車券を買いに行くと、かおるが自分が買うつもりなのか、小走りにそのあとを追った。

魚津は、駅の時計を見て、まだ自分たちの乗る十時三十何分かの準急の発車時刻まで三十分以上あることを知ると、荷物の番を宮川に頼んでおいて待合室を抜け、駅前の広場へ出た。天鵞絨《ビロード》のように黒い夜空には、無数の星が散らばっていた。ここの空には星が出ていると、魚津は思った。

魚津はまた一人で駅前の広場を歩いた。次々に、自動車は広場へ集まって来つつあった。人もひっきりなしに広場を横切っていた。魚津はゆっくりと足を運んでいた。もし人々が魚津を見たら、列車の発車するまでの時間を持てあまし、駅前の広場を歩いている屈託ない山帰りの青年と思っただろう。

しかし、魚津はその時、彼が三十二年の生涯で、今までに一度も感じなかった孤独の時間の中にいたのである。周囲のだれにも理解されない時間の中に身を置いていたのである。魚津は思う。いま自分の周囲に居る人たちに事件を報告したら、人々は誰も小坂の死を理解しないに違いない。人々は言うだろう。なぜそんな雪に覆われた高い山の中へ出掛けて行ったのだ。そして、なぜ夜中起きして、ザイルを体にまきつけ、そんな絶壁を攀《よ》じ登ろうとしたのだ。危険なことは初めから判《わか》っているじゃないか。

しかし、おれたちはそれをしなければならなかったのだと、魚津は思う。人々は生きている間、どのようなことをしてもいいじゃないか。おれたちは誰もあの前穂の東壁を登っていなかったから、そこを登ろうとしたまでのことだ。それが一文にもならないことだから、それが生命を賭《か》けるような危険を伴う仕事だったから、それが雪と岩と自分の意志との闘いだったから、おれたちはそれを敢《あえ》てしようとしたのだ。ダンスをする代りに、マージャンをやる代りに、映画を見る代りに、おれたちは雪の岩場を攀じ登ろうとしたのだ。

そして、小坂は落ちた！　その冷たい思いと一緒に、魚津は足を停めた。そこは待合室の入口だった。魚津は周囲を見廻した。小坂の死とは無縁な、それを理解しないに違いない人々が、大勢動いていた。

魚津は、自分の荷物の置いてあった待合室の向うの隅へ眼を遣《や》った。枝松と、宮川と、小坂の妹の三人が、一枚の新聞を熱心にのぞき込んでいる姿が眼にはいった。

魚津は待合室の三人の方へ歩いて行って、

「何か出てますか」

と声を掛けた。すると、かおるはこちらを振り向いたが、すぐ、

「いいえ」

と言いながら、新聞をたたむと、鞄《かばん》の中へ入れ、

「もうすぐ改札しますわ、列《なら》びましょう」

と言った。魚津はその時、何となく、その場の空気に異様なものを感じたが、たいして心にもとめなかった。三人は改札口の前に作られている何本かの列のうしろの方に並んだ。

ホームへ出ると、かおるは二等の着くところを駅員に聞いて、

「向うですって」

と言って、先に立って歩き出した。魚津は乗車券も何もかもみな人任せになっており、誰が払ったか知っていなかったが、あとで清算すればいいと思った。いまはそうした一

切のことが煩《わずら》わしかった。

列車は二つ三つ席を残して、あとは全部乗客が占めていた。魚津はかおると並んで腰を降ろし、枝松と宮川は少し離れたところに、やはり二人並んで席を取った。

魚津は列車に乗ってもまたいつか一人になっていた。隣りにかおるが坐《すわ》っていても、かおるが居るということが、どうしても頭に来なかった。自分一人でそこに坐っているように、自分だけの思いの中にはいっていた。

かおるがお茶を買って来たが、いつ彼女がそれを運んで来たか、魚津は気付いていなかった。いつか列車は走っていた。東京へ刻一刻近づきつつあるという思いが、また魚津を苦しめ始めていた。小坂はまだ山の雪の中に眠っているのだ。それなのに自分はいま列車に乗って、東京へ帰ろうとしている。なんのために、東京へ帰ろうとしているのであるか。

列車が動き出して三十分程してから、魚津は、

「新聞を見せて下さい」

と、かおるに言った。新聞でも拡《ひろ》げていたら、いまの小坂にひっかかっている気持が横にそらされるかと思った。

「新聞ですか」

かおるは言って、

「新聞はありますけれど」

と、ちょっと困ったような顔をした。その時初めて、魚津は新聞に何かこんどの事件のことが書かれてあるのではないかと思った。

「何か書いてあるんですか」

魚津が訊《き》くと、かおるはちょっと悲しげな表情をして魚津の目を見入った。

「見せて下さい」

「でも、お読みにならない方が」

「どうして」

「ずいぶん興奮してらっしゃるんですもの」

かおるは言った。その新聞を出しそうもない態度が、少し魚津の目にはかたくなな感じに映った。

「大丈夫ですよ。何か出ているんなら、やはり読みたいですね」

「じゃ」

かおるは立ち上がって、網棚に載せてあった小型の鞄を降ろすと、その外側のポケットに入れてあった新聞を取り出して、また席へ坐った。そして、
魚津が言うと、

「きっと不愉快になられると思いますわ。でも、気になさらない方がいいと思います」

そう言って、魚津に新聞を渡した。魚津には自分が不愉快になるという記事の内容が見当つかなかった。

魚津はすぐ社会面をあけた。そしてその見出しにざっと目を通したが、そこには何もそれらしい記事は見当らなかった。次に視線をその右のページに持って行ったが、その時、魚津は思わず息をのんだ。それは小さい箱ものの記事であったが、そこに、

「ナイロン・ザイルは果して切れたか」

という見出しがついていたからである。

――こんど前穂東壁の登攀《とうはん》を試みて、犠牲者を一名出す事件があった。まだ生存者の魚津恭太氏が帰らないので真相は判らないが、ナイロン・ザイルが切れて犠牲者小坂乙彦氏は墜落したと言われている。ただ、ここで問題になることは、果して、ナイロン・ザイルが実際に切れたのであるかどうかということである。ナイロン・ザイルは普通の麻ザイルより強靱《きょうじん》で、絶対に切れないとされ、現在世界各国の登山者に使用されており、日本でもぼつぼつ使用され始めている。ナイロン・ザイルが切れるということが果してあり得るものかどうか、登山家の意見を聞いてみよう。

こうした前書きがあって、次に三人の、魚津もその名を知っている登山家たちの意見が掲載されてあった。一人は、ナイロン・ザイルが切れるということはあり得ないから、技術的に何か失敗があったのではないかと述べており、一人は、ナイロン・ザイルが切

れたという話は今までに聞いたことがない。何かの間違いではないか、と言っている。そしてもう一人は、ナイロン・ザイルが切れたことが事実とするなら、いつか知らないうちに、アイゼンででも踏んで、傷をつけていたのではあるまいかと述べている。

魚津はその三人の先輩登山家たちの意見を読み終ると、新聞をたたんで、小坂の妹に返し、

「ザイルが切れたんですよ」

と静かな口調で言った。

「そんなこと、もちろん判ってますわ。でも、どうして、こんなことを言うんでしょう」

「さあ」

魚津にも判らなかった。なるほどナイロン・ザイルは普通のザイルより強いということは定説になっている。それだからこそ、自分たちもこんど、わざわざ麻ザイルをよして、そのかわりにナイロン・ザイルを使ったのである。しかし、そのナイロン・ザイルは切れたのである。確かにザイルは切れたのだ。

魚津は新聞記事を読んで、どうしてもその記事が、小坂乙彦が死んだこんどの事件を取り扱っているものとは思われなかった。どこにも小坂という一人の人間の死については語られていなかった。それについてのひときれの悲しみもなかった。そこで問題にな

っているのは全くほかのことであった。

なるほど事故の原因はザイルが切れたことである。ザイルを切れないものとして考え、そのザイルに生命を託していたのであるが、それが切れたのである。切れないはずのザイルは、どうして切れたのであろう。新聞記者は、この事件をそうした観点から取り上げ、三人の高名な登山家に意見を聞いているのである。そして、三人の登山家はそれについて、それぞれ自分の考えを述べている。

切れないはずのザイルが切れた！　確かに、それは問題であるだろう。しかし、いまの魚津にしたら、そんな論議はどうでもよかった。とにかくザイルは切れ、小坂は落ちたのである。そして、小坂乙彦はもうこの世に居ないのである。この記事を読んで魚津はまた、自分がひとりであるという思いを新たにした。

「気になさらない方がいいですわ。そんなこと！」

かおるは言ったが、その言葉さえも、魚津には不思議であった。

「気になんてしてませんよ、少しも」

実際に、魚津は気にしていなかった。心は小坂がいま自分と一緒に居ないということでいっぱいであった。

「僕は、こんなことより、もう少し徳沢の小屋に居るべきではなかったかと、いま思っています。僕があそこにいるだけで、小坂は安心していたのではないかと思う。小坂はきっと今頃ひとりにされたことを怒っていると思うんです」

自分の言葉に刺戟《しげき》されて、ほとんど涙があふれるほど、悲しみが魚津の心に押し寄せて来た。

魚津はいつか眠った。──吹きつける雪煙りの中で、魚津はピッケルを岩の隙間《すきま》にさし込む仕事をやっていた。小さい雪の固まりが、絶えず上から落ちて来る。手はこごえている。ピッケルはどこにも安定しない。

魚津は眼をさました。かおるが、通路に立っている枝松と話しており、その声が魚津の耳にはいって来る。

──下宿では、もちろんお一人なんでしょうね。

──そうだと思いますね。

──誰かついていないと心配ですわ。ひどく疲れてますもの。わたし自身、兄のことを悲しむ余地がないくらいですのよ。わたしの分まで取り上げて、魚津さんが悲しんでるんですもの。

そんな会話が聞えている。自分のことを喋《しゃべ》ってるなと思いながら魚津はまたすぐ眠りの中へはいって行った。──雪が左手から吹きつけている。落雪が滝のように落ちている。魚津は雪煙の静まるのを待って、小坂の姿を探そうとする。小坂の姿は見えない。そのうちに小坂はもうこの世の中に居ないのだという冷んやりした思いにつき当って、はっとした。

魚津はここで、また苦しい眠りから眼を覚ました。

四　章

常盤大作は、事務所の中へ魚津恭太がはいって来るのを見ていた。魚津は雪やけして赤黒くなっている顔を、幾らかうつむけるようにして部屋へはいると、外套《がいとう》を脱いで隅の壁にかけた。そして大勢の同僚たちの方へ「やあ、どうも」というように軽く頭を下げ、自分の机の前へ行くと、立ったままで、その上に置かれてあった郵便物を隅の方へ押しやった。

同僚たちは誰も魚津に声を掛けなかった。普通なら、「よかったですな」とか「大変だったでしょう」とか、大勢の声がどっと彼に浴びせられて当り前であったが、いまの魚津は誰にもそんなことをさせないような気難しいものを身に着けていた。

魚津は彼の前の席の清水と、何か二言三言低い声で話していたが、すぐ自分の席を離れた。常盤は魚津が自分のところへ来るのを知った。

「どうも長い間勝手しました」

魚津は机の前へ来ると言った。

「勝手より何より、君、心配したよ。でも君の方はよかったな。とにかく死なないで帰れて——」

「はあ。すみませんでした」

「いつ帰った？」

「昨夜です」

「ひどく疲れてるな」

「友達を山へ、そのまま置いて来たので、そのことで気持が参っています」

「そりゃ、そうだろう」

それから常盤大作は、

「まあ、かけたまえ」

と言って椅子《いす》を勧め、魚津が腰を降ろすと、

「冬山というものは怖いものだな。しかし、怖いのは承知で出掛けたんだから、これも仕方がない！　犠牲者の君の友達には気の毒だったが、まあ、どっちかはこうならなければならなかったんだろう。たまたま、君でなく、君の友達の方が悪い籤《くじ》を引いたというわけだ。いや、もしかしたら二人一緒にやられたかも知れない。それが、まあ、君だけでも帰れて仕合せというものだ」

常盤大作は、実のところは、とかく世話をやかせるこの若い山好きの社員に腹を立てていた。頭ごなしにこっぴどくやっつけてやりたかったが、それは少し先きの楽しみに取って置いてある気持だった。山から命からがら帰って来た男を、顔を合せるなりいきなりやっつけるわけには行かなかった。

それに、一文にもならないのに生命《いのち》がけで岩などへ登りに行ったこの青年に、常盤大作は、はっきり言えば他の社員より頼もしいものを感じていた。世話をやかせて腹の立つやつには違いなかったが、そんなことをしないやつよりも、どこか気が利《き》いているといった気持だった。

「山というものは怖いものだ。自分で事故を引き起して、初めて判ったろう」

多少の労《いたわ》りをこめて、常盤は言ったつもりだった。すると、魚津恭太は顔を上げて、

「ザイルが切れたんです」

と言った。いかにも、ザイルさえ切れなければ、山なんて怖くないといった言い方だった。

「ザイルが切れた?! そう、ザイルが切れたということは聞いて知っている。しかし、ザイルに一切の責任を負わせることはできまい」

常盤は言った。

「もちろん、そうです。しかし、あの場合、ザイルさえ切れなかったら、どうにかなっ

たと思うんです。それが残念です」

魚津はいかにも残念そうに言った。まだ少なからず魚津の眼に興奮の色が残っているのを見ると、常盤は、

「まあ、いいよ。とにかく、そのザイルが切れたということが、君たちの不運だったところだ」

と、言って、それから、

「二、三日休んだ方がいいね」

と言った。

「はあ、勝手ですが、もう四、五日休ませていただきましょう。――友達の郷里へ行って、母親に会って一切を報告しなければなりませんし」

「ふうむ、どこだい、郷里というのは」

「山形県です」

「行くんだね」

「はあ」

「香典もいる。汽車賃もいる。――大変だろう」

常盤は給仕を呼んで、借出しの伝票を持って来させると、

「他の場合でないから、――特別だよ」

そう言って、魚津の前へ伝票を押しやった。

「すみません」

魚津はさすがに助かるといった顔をして、常盤の顔に眼を当てると、すぐポケットから万年筆を取り出し、金額を書く欄に一〇〇、〇〇〇と書いた。

常盤は机のひき出しから印鑑を取り出したが、伝票に眼を当てると、

「多いね」

と言った。ひとが親切にしてやるとつけ上がると思った。

「せいぜい半分だよ、君」

「いけませんか」

「十万円は多いよ、一体、これだけ要るんかね」

「要ります。汽車賃や雑費の方はどうにかする当てがあるんです。この十万円は友達の母親にやりたいんです。僕は生きて帰ったんですが、向うは死んじゃったんです。これだけやったから、どうってことはないんですが、僕としてはないところを、無理してやるわけです。友達も僕の気持が判ってくれるでしょうし、母親も喜んでくれると思うんです」

「ふうむ」

常盤大作は考える風にしていたが、やがて多少気難しい顔で、伝票の上に印鑑をおす

と、

「持って行き給え」

と言って、それから、

「君が死んだとすると、会社の迷惑はもっと大きい。それを助かって来たんだから、いいだろう。——一体山形へはいつ発《た》つんだ？」

「一両日中に発ちます。実は、今夜にでも発ちたいところですが、なにしろ」

言いかけた時、

「常盤君」

という声が聞えて来た。見ると、大阪本社の専務の時岡が、事務所の入口に立ってこちらへ顔を向けていた。

常盤は時岡の方へ「よう！」と同僚への応対の調子で言うと、あとはそれでも、

「こっちへ来ませんか」

と、幾らか丁寧な言葉で言った。常盤としては大勢の社員の手前、相手の重役としての面子《メンツ》を立ててやっているつもりだった。

「お茶を御馳走《ごちそう》するよ。十分程顔をかしてくれんかね」

時岡は貧弱な体を少し反らすようにして、部屋の入口に立ったままで言った。この部屋の内部へはいって来ないのは、常盤大作の机のところへ釘《くぎ》づけにされることを用心し

たからである。これは時岡ばかりでなく、他の重役たちも同じであった。彼等は決して常盤の地盤であるこの東京支社の事務所の内部へははいって来なかった。常盤という人物がいつ彼一流の弁舌でまくし立て、重役の尊厳を傷つけるか判《わか》らぬ危険な相手であったからである。

常盤は立ち上がると、まだ机を隔てて前に立っている魚津の方に、「欠勤届だけは出しておき給え」と言い置いて、それから時岡の方へ肥満した体をゆったりした態度で運んで行った。

常盤と時岡の二人はエレベーターで一階へ降りると、いったん南方ビルから鋪道《ほどう》へ出て、それから隣りのビルの一階にある明るい喫茶店へとはいって行った。

二人は空いている真ん中の卓に就いた。時岡は女給仕に珈琲《コーヒー》を註文《ちゆうもん》すると、いきなり、

「困るよ、君、君んとこのザイル事件は」

と言った。これが常盤を呼び出した用件らしかった。常盤は驚いたように時岡の顔を見た。

「なんと言ったかな。魚津だったかな、——とにかく、あの青年の穂高の遭難事件は困るね。彼はザイルが切れたと言ってるが、ああいう言い方は、君、差し障《さわ》りがあるよ」

常盤は黙っていた。なるほど言われてみれば差し障りがあるかも知れない。ナイロン・ザイルを造っている佐倉製綱の社長の佐倉はこの新東亜商事の大株主でもある。資

本的に見れば二つの会社は兄弟会社みたいなものである。その佐倉製綱の製品であるナイロン・ザイルが登攀《とうはん》中切れたということを、新東亜商事の東京支社員が言い出したのだから、なるほどこれは具合が悪いことには違いなかった。

「佐倉製綱ではひどく憤慨しているらしい」

時岡は少しのしかかるように言った。その口調が常盤を刺戟《しげき》した。

「憤慨するんならさせておけばいいじゃないか。なるほど佐倉製綱は兄弟会社かも知れん。しかし、いちいち気をつかっていてはやって行けないよ。われわれは新東亜商事の社員で、佐倉製綱の社員ではないんだからな。そんなことは社長にまかせておけばいい」

「いや、社長がひどく困ってるんだ」

「少しは困るのもいいだろう」

「そうはいかん」

「そう言ったって、ザイルが切れたのを切れたと言われたんだから、仕方がないじゃないか。大体、僕は佐倉製綱という会社があまり好きでない。こんどのことばかりでなく、少しでしゃばるよ。なんだい、あの佐倉という人物は」

常盤は太い低声《バス》で言った。

「まあ、君、佐倉氏の問題はこの際切り放すべきだよ」

時岡は言って、

「とにかく、佐倉製綱では、絶対にナイロン・ザイルが切れることなんかないと言っているがね」

「だって、切れたじゃないか」

「本当に切れたか、どうかは、君、そりゃ判らんよ」

時岡は言った。すると常盤大作は暫《しばら》く大きな眼をむいて時岡を見詰めていたが、やがて、うーむと唸《うな》り声を出すと、

「いや、ザイルは切れたんだよ。魚津は嘘《うそ》を言う男ではない。それは、僕が多年下で使っているからよく知っとる」

断定的な言い方だった。すると、時岡はこれ以上常盤を刺戟しては大変と思ったのか、

「いや、何も、あの青年が嘘を言ったと言ってるんじゃない。しかし、誰も見ていたわけじゃないんでね」

「誰も見ていないと言うが、誰も見ていないところで嘘を言わんのが、本当に嘘を言わないということだ。魚津というのはそういうやつだよ」

それから常盤大作は女給仕に水を註文し、そのコップの水を飲みほすと、

「そもそもだね、時岡君！」

と、いまは彼にとって獲物以外の何ものでもない相手へ意欲的な眼を向けた。世話を

やかす部下だが、ともかく部下である以上常盤は魚津のために一席弁じ立てずばなるまいと思った。

「本社の連中がみんな嘘を言うからといって、本社と支社とをチャンポンにしてもらっては困る。なるほど本社はピンからキリまで、まあ、君一人は例外にしておいていいが、とにかく嘘と術策とおべんちゃらで終始しとる。そして課長になり、部長になり、重役になろうとしている。見給《みたま》え、現在幹部になっている連中全部がその手合だ。本当のことは言わん。心にもない嘘ばかり言っとる」

「まあ、君、この場合、本社のことはいいじゃないか」

と、時岡が遮《さえぎ》ると、

「いや、本社というところはそういうところだと言ったまでだ。本社はそうだが、東京支社は違う」

「判ってるよ。支社とは言い条、こちらは君が絶対の権限を持ってる一大王国だからな」

「うまいことを言ってはいかん。重役になると口がうまくなるな」

常盤大作はにこりともしないで言って、

「とにかく、魚津という青年は嘘は言わん。彼がザイルは切れたというからには、ザイルは切れたんだ。ザイルが切れたということは僕はいいことだと思っている。佐倉製綱は謙虚にこの事実を認め、こんどこそ絶対に切れないザイルを造るために努力すべきだよ。憤るなんて以《もっ》てのほかだ。自社の製品の欠点をはからずも指摘してくれた魚津に、佐倉製綱としては金一封を送ってもいいだろう」

「かなわんよ、君には」

時岡はうんざりした言い方で言った。

「よし、判った。ザイルは切れたとしよう。しかし、ザイルがただぽつんと切れるわけがない。何かある力が物理的な条件のもとにそこに加わるとか、化学的変化が起ったとか、何かザイルが切れなければならぬ状態のもとに、ザイルは置かれたに違いない」

時岡は言った。

「そりゃ、そうだろう」

常盤大作も合槌《あいづち》を打った。

「そうだということを判ってもらったら、ひとつ相談があるんだがね」

「どういうことだ」

「断っておくが、僕は何も右を左だと言ってもらいたいと言うんではない」

「右を左だとは言えと言っても言わんよ」

「だから、そうじゃないと言っているんだ。まあ、しまいまで聞けよ。ナイロン・ザイルは一般に切れないものとされている。だから現在各国で使われているんだろう。それが切れた！」

「うん」

「何か操作上に越度《おちど》があったかも知れない」

「うむ」

「あるいはまた前の晩、知らないうちにアイゼンで踏んで傷をつけていたかも知れない」

「うむ」

「ひどく尖《とが》った岩へかけたかも知れぬ」

「うむ」

「そういうことは幾らもあり得るだろう」

「そりゃ、あるだろう」

「何も右を左だと言えと言うんではない。――ザイルは切れた。切れた原因はまだ判らないが、よく調べてみよう。――こういうように、魚津君に新聞に発表してもらいたい」

「切れた原因はザイルの方にはないと言うんだな」

「そういうわけじゃない。ザイルの操作上に欠陥があったかも知れないということを幾らか素直に認める立場を取ってもらいたいんだ」

「うむ」

「どうだろう。これならいいだろう」

「魚津が新聞に書くのか」

「談話でもいい、今までのように、ただナイロン・ザイルが切れましたでは、君、佐倉製綱だってたまらんさ。ナイロン・ザイルなんて使うやつはなくなる。ナイロン・ザイルそのものはたいしたことではない。一年に売れる数量だって知れたものだろう。しかし、このために佐倉製綱に対する信用はがた落ちだ。他の製品にひびくよ。その程度のことは、君の力でやってもいいんじゃないか。何といっても、君だって会社から結局は月給を取っているんだよ」

「月給はもらっているが、それが正当な額であるかどうかとなると別問題だな」

「すぐ、そういうことを言い出すから困る。——とにかく、いまのことをその青年に言ってもらえないか」

「よし、他ならぬ君のことだ。そのくらいのことなら話さんでもない」

常盤大作は言うと、立ち上がって、受話器の置いてあるカウンターの方へ歩いて行った。確かにこれは右を左と言うことではなさそうであった。

常盤大作は受話器を取り上げると、会社を呼び出し、魚津恭太がまだ居るかどうかを訊《き》いてみた。暫くすると、魚津の声が聞えて来た。

「いま、帰ろうとしていたところです。何か御用ですか」

「いや、用事というほどのことじゃないが、ザイルが切れたという問題だがね、特に尖った岩角へかけたというようなことはないのかい」

常盤は言った。

「そりゃ、あるかも知れません」

「すると、かならずしもザイルが弱かったんではなくて——」

全部言わないうちに、

「いや、ザイルが弱かったんですよ。岩が尖っていたから切れるなんて、そんなザイルはありませんよ。ザイルというものは山登りに使う綱ですからね。切れないのが普通です」

「ふうむ、そりゃそうだな……前の晩、アイゼンで踏んだというようなこともなかったかい」

「ありませんね。初歩者なら考えられますが、僕と小坂では」

「ふうむ、そんなことはないんだね」

「絶対にありませんね」

「そりゃ困ったな」

それから、

「よし、――じゃ」

そう言って、常盤は受話器を置いた。そして再び時岡のところへ帰って来ると、

「だめだよ、君」

と言った。

「岩角へ置いたから切れるというような、そんなものならザイルじゃないと言うんだ。なるほど、それはそうだろう。そんなものがザイルだったら、高根仁吉だって優秀な人物ということになる」

高根仁吉というのは重役の一人の名前である。そんなことを言ってから、常盤はまた続けた。

「ザイルをアイゼンで踏むというようなことは、初歩者ならいざ知らず、玄人《くろうと》の場合はどうも考えられないらしい」

「ふうむ」

時岡は黙って、その表情を次第に苦りきったものにして行ったが、

「とにかくだね、この問題は、君も一応考えておいた方がいいよ。――うるさくなるよ」

と、幾らか威《おど》すように言った。その口調が、また常盤大作を刺戟した。

「うるさくなるって、どううるさくなるんだ？」

「そりゃ、知らん」

「うるさくなったら、うるさくなった時のことだな。佐倉製綱の製品の責任を、いちいちこっちが背負う必要はないだろう」

常盤の声が急に大きくなると、時岡は逆に再びまた穏やかな口調を取戻して、

「まあ、この問題はこれだけにしておこうよ。——君も損な性分だな。まるで社長をわざわざ困らせ、憤らせているみたいだ」

「そんなことはない」

常盤大作は言ったが、幾らかは時岡の言うようなところが自分にはあると思った。自分は社長より多少、あの世話のやける山登りの青年の方の肩を持ちたいだけなのである。

常盤は時岡と別れて、事務所へ帰ると、新聞記者らしい人物が、机の前へ腰かけて待っているのを見た。彼は常盤の顔を見ると、立ち上がって名刺を出した。R新聞社の社会部の肩書がついている。

「なんですか」

先に常盤は口を開いた。

「ほかでもありませんが、実は前穂遭難の魚津さんに会いに来たんですが、いま家へお帰りになったと言うんで、それでちょっと貴方《あなた》からお話を伺いたいんです」

若い新聞記者はシガレットケースから煙草《たばこ》を取り出した。

「僕から話を聞くといっても、僕は、君、遭難してはいない」

常盤大作は言った。

「それはそうですが、御存じのことだけをちょっと伺いたいんです。他の方に訊いたら、魚津さんが事件を報告したのは貴方だけだと言うんです」

「なるほど。魚津君は僕にしか喋《しゃべ》らなかったかも知れない。しかし、僕にも詳しいことは話さない。金を借り出して、欠勤届を書いて、家へ帰っちゃった。――魚津君のところへ行って訊いたらどうです」

「そうなんです。そうなんですが、わざわざ魚津さんのところまで行くほどのこともないんです。ちょっと伺えばいいんですから」

それから新聞記者は、

「一体、ザイルは切れたんでしょうか。切れたとすると、ちょっと、これは問題だと思うんです。何しろ登山家はザイルを信用して生命を託しますからね」

「うむ」

「どうでしょう？　やはり、ザイルは切れたんですか」

常盤大作は少し相手をねめつけるようにすると、

「知らんね」

と、突き離して言った。

「魚津さんはおっしゃいませんでしたか、切れたとか、切れないとか」

「そりゃ、言ってた。言ってたが、僕は聞いていなかった」

常盤大作は言った。意地悪い言い方だった。

「お聞きにならなかったんですか」

「聞かなかった。君のために、聞いておくべきだったな。惜しいことをした」

それから常盤大作は立ち上がると、

「もし、それを知りたいんなら、魚津君のところへ行き給え。たいした時間ではない。自動車で三十分ほどで行ける。三十分の時間をかけることで、君の書く記事は正確になるだろう。読者は正確なことを知りたがってる」

若い新聞記者は、この時になって、常盤大作が何を言おうとしているか知ったらしく、苦笑して立ち上がると、

「そうしましょう」

と言った。新聞記者が出て行くと、常盤大作は、事務所の隅で電話をかけている女社員の言葉に聞き耳を立てた。

「切れたんだそうです。——でも、そうおっしゃってましたもの」

女事務員はそんなことを言っている。常盤大作はその方へ歩いて行った。

常盤は女社員の肩をたたくと、その電話に代って自分が出るということを、眼で合図

した。

「ちょっとお待ち下さいませ」

女社員は受話器を常盤の方へ手渡した。

「もしもし、どういう御用件ですか」

常盤は訊き直した。すると、受話器の奥からきんきんした男の声が聞えて来た。

「新聞社ですが、お忙しい中を、ちょっとお邪魔します。実は魚津さんの事件ですが
この方が先刻の若い新聞記者より丁寧ではあるが、用件は同じことらしい。

「実際にザイルは切れたんでしょうか。お判《わか》りになりませんか」

「判っています」

常盤大作は答えた。

「判っていらっしゃる。なるほど、そうですか。それではひとつ――」

紙と鉛筆でも取り上げているらしい気配が、相手の言葉から感じられた。

「じゃ、お願いします。一体ザイルは――？」

「切れました」

「切れた?! なるほど、しかし、ザイルは普通切れないことになっていますな」

「ところが切れた！」

「どういう事情で？」

「それは判らん。とにかく切れた！　ぷつんと」

「ほう」

「――――」

「岩角でもひどく尖ってたんですか」

「それは判らん。とにかく切れた。切れたことは確かです」

「そこが問題なんですが、ただでは切れんと思うんです」

「いや、切れた！　本人が言ったんだから、これ以上正確なことはない」

それから常盤大作は急に大きな声を出すと、

「もし、ザイルが切れたと本人が言っている以上のことを知りたいんなら、電話では無理ですよ、電話では。――やはり、魚津君を捉えるとか――」

「はあ」

「そうなさい。そうした方がいい！」

それで、常盤大作は受話器をがちゃりと置くと、いきなり体操でもするように、腕を左右に屈伸しながら、

「骨惜みはいかん、骨惜みは！　仕事には誠実でなければいかん」

その常盤の声で事務所の中はしんとした。二十人程の社員が居たが、みんな自分たちが叱《しか》られているような気になった。すると、こんどは常盤の机の上の電話が鳴った。常

盤は自分の机のところへ戻ると、受話器を取り上げた。

「八代美那子さんという方が魚津さんのお宅を知りたいとおっしゃって来ているんですが、お教えしてよろしいでしょうか」

交換嬢の声である。

「疲れているから教えない方がいいだろう」

「でも、どうしてもとおっしゃるんです」

常盤はちょっと考えていたが、

「通してくれ。代りに僕が会う」

と言った。

常盤は八代美那子が事務所の入口に姿を現わした時、はっとした。掃溜《はきだめ》に鶴《つる》がおりたという言葉があるが、まさにこういう場合の形容ではないかと思った。

美那子は女事務員に案内されて、常盤大作の大きい卓の前までやって来ると、そこで右手に抱えていたコートを傍の椅子《いす》の上に置き、ちょっと着物の襟をそろえるようにして、

「初めまして――八代と申します」

と言って、丁寧に頭を下げた。

常盤は椅子から立ち上がると、

「やあ」

と、ぶっきら棒に言って、

「どうぞ」

と、椅子に坐《すわ》るようにすすめた。美那子は言われたように腰を降ろすと、少し身を固くして、

「魚津さんにどうしてもお目にかかりたいのですが」

と言った。

「貴女《あなた》は魚津君とのお知合ですか、それとも山で亡《な》くなった方の――」

「魚津さんにもお目にかかっておりますが、亡くなった小坂さんの方を以前から存じ上げておりました」

「ふうむ。とすると、遭難の状況でもお知りになりたいんですな。しかし、魚津君はひどく疲れております」

常盤は言って、

「日を改めて、会っていただくわけには行きませんか」

「でも」

相手は明らかに不服そうであった。

「どういう御関係か知りませんが、私としましては魚津君を二、三日静かにさせておい

てやりたいと思います」

すると相手は、顔を上げて、

「お電話おかけするのでしたら、よろしゅうございましょうか」

と、多少切口上で訊いた。

「電話ですか」

電話もいけないとは言えなかった。

「電話ならいいでしょう。ただし、短くお願いします」

「わかりました。電話番号を伺わせていただきたいのですが」

常盤は女事務員を呼んで、魚津のアパートの電話番号を訪問者にひかえさせた。美那子はハンドバッグから取り出した手帳にそれを書き取ると、

「お忙しい中をお邪魔いたしました。魚津さんには、お言葉通り短くお電話いたします」

そう言って、立ち上がった。気のせいか、その言葉が幾らか皮肉に常盤には聞えた。

八代美那子が出て行くと、常盤は魚津のやつ柄にもなく美人を知っていやあがると思った。もともと常盤は美人というものにあまり好感を持たないようにできていたが、この場合も結果から見るとやはりそうであった。電話番号を教えたことが、何となくしてやられた感じで、いまいましい気持だった。

＊

東京の二日間、魚津はアパートの一室に閉じこもったまま誰にも会わなかった。何人かの訪問者があったが、管理人の夫婦に頼んで病気を理由にして断わってもらった。訪問者は、全部新聞記者か雑誌記者だった。

電話も沢山かかって来たが、かおるからの電話以外は、魚津は電話口へは出なかった。魚津が訪問者や電話を避けるのは、事件を小坂の母に伝えるまでは、それについて一切黙っていたかったからである。小坂の母に彼女の息子の死を報ずるまでは、世間に対して黙ってそうっとしておいてくれと言いたかった。

魚津はアパートの二日を、今度の小坂との前穂行きを詳細にノートする仕事で埋めた。山で認《したた》めた走り書きのノートをもとにして、毎日毎日のことをできるだけ正確に記述した。二人がお互いに交わした会話も、思い出したものは全部挿入した。この仕事は小坂のためにも、小坂の母親のためにも、是非やっておかなければならぬことであった。

酒田へ出発する日の午頃《ひるごろ》に、かおるから電話がかかって来た。事務所へ降りて行って、受話器を受取ると、

「かおるです」

という言葉が最初に飛び込んで来た。彼女自身の口から出ると、かおるという名前は独特の響きを持っていた。かおる——なるほど小坂の妹らしい名前であると魚津は思った。まだ一人前の女になり切っていないような細い肢体も、兄譲りの、どちらかといえば色の黒い精悍《せいかん》な顔だちも、かおるという男性にも女性にも両方に通用しそうな名前にぴったりと合っている感じだった。

「いろんな方が大勢押しかけません？　わたしの方へも参りますが、わたしでは用をなさないんで、みんな魚津さんの方へ行くと思うんです」

「会いませんよ。病気にしてあるんです」

　魚津が言うと、

「でも、お会いになっておいた方がいいんじゃありませんかしら、でないと、変に誤解されたりして、却《かえ》っていけないと思いますわ」

　かおるは言った。心配している口振りだった。

「いや、構わんですよ。一応お母さんにお目にかかるまでは、ばからしいことをつべこべしゃべるのは厭《いや》なんですよ。みんなが、ザイルが切れたかどうかということを問題にしているんでしょう」

「そうらしいですわ」

「でも、切れたから仕方がない。いずれ、いかにしてザイルが切れたかは、詳細に発表しますよ」

「ですけど、わたし、なんですか、心配なんです。魚津さんが黙っていらっしゃる間に、勝手に臆測《おくそく》されたらつまらないと思いますわ。一人一人会って誤解を解いた方がよくはありません？」

「大丈夫ですよ」

魚津はそんなことはいっこうに気にしていなかった。

「汽車は今夜の九時でしたね」

「十分か十五分前に、改札口のところで待っていていただきますわ。三等ですけど寝台券買ってあります」

かおるの電話をかけて来た用件は、これを伝えることらしかった。

言われたように、魚津はその夜、発車時刻九時二十分前に、上野駅の改札口付近に出向いて行った。駅へ来て初めて知ったのであるが、自分が乗るはずになっている九時発の秋田行の急行には「羽黒」という名がついていた。山の名がついていることで、魚津は何ということなしに、はっとした。山の名を耳にしたり、眼にしたりすることだけで、妙に胸に痛みの走るのを感じる。ノイローゼ気味だと思う。

それにもう一つ、上野駅でいけないことは、東北各地のスキー場へ出掛けて行くスキーを持った若い男女がたくさん眼につくことであった。スキーも、ザックも、スキー靴も、みんなそれに眼を当てると、その度に古傷に触れられる思いだった。この分だと、車窓から雪山でも見ると大変なことになりそうである。まだしも昼の列車を選ばないで、夜汽車にしてよかったと思う。ともかく列車に乗り込んだら、寝台に仰向《あおむ》けに寝ころんで、すぐ眠ってしまうことだ。

魚津がそんなことを考えている時、彼は突然横合から声を掛けられた。

「魚津さん！」

振り向くと、八代美那子がいままで会ったいかなる場合とも違った、少しきびしい顔をして立っていた。

「ああ、八代さんですか」

「一度アパートへお電話したんですが、御病気でどなたにもお会いにならないということでしたので、御遠慮いたしましたの。今朝小坂さんの妹さんのところへお電話しまして、この列車でお発《た》ちだと伺いましたので——。よろしいんですの？　御病気」

「病気はたいしたことないんです」

「お疲れなんでございましょう」

それから、ちょっと表情を改めると、

「いけませんでした、こんどは！」

と、急に悲しさで顔を曇らせて言った。

魚津はいまこの瞬間この女性に会うまで、何かと取り紛れて、全くこの女性のことを忘れていたことに気付いた。そして自分は、ひどく大きい手落ちをしたのではないかという気持に襲われた。考えてみれば、小坂乙彦にとっては、あるいは八代美那子こそこの世で一番深い関係を持った女性であったかも知れなかった。

八代美那子は小坂との過失から逃れようとしていた。そして自分もまたそれを応援して、小坂を引き離すことに多少の力をかしていた。そしてそのことには何の非難すべき点はないだろう。

しかし、小坂乙彦に死なれてみると、何か自分はひどくむごいおせっかいをして来たような気がする。こうした気持の変化は、八代美那子の心にも、もちろん形は違っているが、やはり同じように生れて来ているのではないかと思われた。それでなくて、美那子がこのようなきびしい顔をしているはずはないと思った。

「あの、――」

美那子は息を詰めるような表情をすると、

「ザイルは切れたんでございましょうねえ、本当に切れたんで――」

魚津の眼を見入ったまま言った。魚津ははっとした。

ザイルが本当に切れたのであるかどうかという質問は、美那子においては、他の人の場合とは全く意味が違っていた。思わず魚津もまた美那子の眼を見詰めた。

魚津はこれまで、小坂乙彦が自らの生命を断つためにザイルを切ったというような想定は、一度も頭に浮かべたことはなかった。たった今、美那子から、それを確めるような訊《き》き方をされて、初めてそうした仮定の設定ができることに気付いたのであった。

「ザイルは切れましたのね」

まばたきもしないで、美那子はもう一度念を押した。

「大丈夫です。御心配要りませんよ」

魚津はそんな言い方で、相手の妄想《もうそう》を一掃しようとした。そしてそう言いながら、あの事件が起った瞬間にピッケルにしがみついている自分の体になんのショックもなかったことを思い出した。そしてその時自分を襲った小さい疑惑がもう一度こんどはもう少しはっきりした形で魚津の頭の中へ蘇《よみがえ》って来るのを感じた。しかし、

「ザイルは切れたんですよ」

魚津は力をこめて言い切った。こう言い切ったのは、小坂乙彦が絶対にそのような形で自殺をする男ではないということを、この短い時間の間に改めて信じたからであった。小坂は登山家ではないか。登山家である以上、友達と岩壁を登攀《とうはん》している最中、その行動のさなかに、自殺しようなどという了見を起してたまるかと思った。どうしてもそんなことは考えられなかった。

もし、そんなことをすれば、山を汚《けが》し、登山という行動の神聖さを冒すことになる。

いかなる登山家でも、登山家という肩書を持つからには、そんなばかなことはしないはずであった。登山家はいくらでも山のために山で生命を棄《す》てるが、下界のごたごたした人間関係のために、決して山で生命を棄てることはないだろう。

「わたし、ずいぶん苦しみましたわ。もしそんなことでしたら、どうしようかと思いました」

美那子は言った。その言葉だけが魚津の耳にはいった。もっとほかの沢山のことを、美那子は言っていたかも知れなかったが、魚津の耳はこれだけしか受付けなかった。

「小坂に限って、貴女の御心配になるようなことはしませんよ。間違いなくザイルが切れたんです」

「それなら、よろしいんですけれど」

しかし、美那子の顔には、そのために少しの変化も見られなかった。

「小坂さんの妹さんがいらっしゃいましたわ」

美那子が言ったので、美那子が視線を投げている方へ眼を遣《や》ると、人々の間を縫って、大股《おおまた》にこちらに近付いて来るかおるの姿が見えた。

「いまのお話は、これで打ち切りましょう。御心配になることは絶対にありませんよ」

魚津は言った。美那子は軽くうなずくと、ちらっと魚津の眼を見上げてから、何か言おうとしたが、そのまま口をつぐんでしまった。

かおるは、魚津と美那子の立っているところへやって来ると、美那子の方へ、

「今朝ほどはお電話をどうも。お忙しい中をわざわざ恐れ入ります」

と、見送りの礼を言ってから、魚津の方へ、

「お待たせいたしました。あとからあとから用事ができまして」

と、上気した赤い顔を見せて言った。

もう発車時刻が迫っていたので、三人はホームへ出た。魚津は自分の荷物とかおるの荷物を寝台車の自分の席へ置いて来ると、ホームで話している美那子とかおるのところへ戻って来た。

「こんど一度、是非、酒田へもいらして下さいませ。きっと、兄も喜ぶと思いますわ」

「ええ、お伺いしたいと思います。わたし、東北の方は全然存じませんの。酒田辺は、今頃雪が大変なんでしょう」

「雪は毎日降りますが、海岸ですので、その割に積りませんの」

二人の女たちはそんな会話を取り交わしていた。

魚津がホームへ降りて来たので、かおるは、

「荷物は大丈夫でしょうか」

と言った。

「大丈夫ですよ」

魚津は言ったが、それでもかおるは気になると見えて、

「わたし、車内へはいっておりますわ」

そう言って、美那子に挨拶《あいさつ》すると、二人をホームへ残して、自分だけ車内へはいって行った。

「わたし、小坂さんの妹さんと話していますと辛《つら》くなりますわ。わたしと小坂さんとのことを誤って受けとってらっしゃるんですもの。思いきって本当のことを話してしまおうかという気になってしまいますのよ」

美那子は、いかにも辛そうな顔で言った。

「そんなこと話さん方がいいですよ」

「そうでしょうか。——でも、わたし、妹さんに全く違った見方で見られていると思いますわ」

「違った見方をされたって、いっこうに構わないじゃないですか」

「でも、ひどく悪いことをして、それを匿《かく》しているような気がするんです」

美那子が言った時、発車のベルが鳴り響いた。魚津はいま話題になっている問題について、なお自分の考えを述べたい気持だったが、

「じゃあ」

と言うと、列車に乗り込んだ。

「とにかく、話すことは不賛成ですね。貴女と小坂とのことは、僕と貴女以外、誰も知らないんです。小坂のためにも、御自分のためにも、それを口外することはよくないでしょう。それを話したいというのは、貴女のエゴイズムですよ。貴女の気持はそれでおさまるでしょうが、誰も、そのことを喜びはしないでしょう」

列車は動き出していた。魚津の言葉が強かったためか、美那子の表情は急に悲しげなものになったが、すぐそのままの顔で、彼女は魚津とは違った方へ体を向けて、その方へ手を上げた。かおるが窓をあけて、顔を見せているらしかった。

列車が鶴岡《つるおか》を過ぎるころから、夜は明けかかった。魚津は寝台を降りると、通路へ出て、窓から車外をのぞいてみた。薄く雪を置かれた平原を、列車は走っている。洗面所で簡単に洗面して席へ戻ると、かおるも対《むか》い合っている下段の寝台の上で体を起した。

「眠れましたか」

魚津が声をかけると、

「ぐっすり眠りました。一時間ほど前に眼を覚まして、それからは眠れそうもありませんので、顔を洗って、あとは横になっておりましたの」

かおるは言った。言われてみると、なるほど、かおるは洗面をすませたらしく、さっぱりした顔をして、口紅を昨夜より少し濃くつけていた。

「もう一時間足らずで着きますわ。母が駅へ出ているだろうと思います」

かおるはそんなことを言った。

六時半に列車は酒田駅へ着いた。ホームへ降り立つと、早朝の凍った空気が頬にしみた。改札口の付近が混んでいるので、魚津とかおるは、少し人がすくまで傍らに立っていた。

「母が来ておりますわ。お判《わか》りになります？」

かおるに言われて、魚津は改札口の向うに立っている人々の中から小坂の母の姿を探した。二十歳ぐらいの頬の赤い娘に付き添われるようにして、こちらに顔を向けている六十年配の女性の姿が、すぐ魚津の眼に留まった。

「あの方でしょう？　若い娘さんと一緒の――」

「そうです。一緒に居るのは女中に使ってる子なんです。でも、子供たちが傍にいませんので、母はあの子を子供のように可愛《かわい》がっていますわ。母はわたしより、兄に似てません？」

そう言われても、小坂の母が息子と娘のどちらに似ているかは、遠くからでは魚津には判らなかった。

改札口を出ると、小坂の母は笑顔を見せて近付いて来ると、

「遠いところをようこそ——。あとでゆっくり御挨拶いたしますが、この度は本当にいろいろ有難うございました」

と言って、軽く頭を下げた。息子の死の報告に来た者を迎える顔ではなかった。悲しいには違いなかったろうが、そうした悲しさも、深刻さも少しも顔には出していなかった。普通の遠来の客でも迎えるような淡々とした表情であり、態度であった。

「自動車は？」

かおるが訊くと、

「そこに待っておりますよ。——では、どうぞ」

母は先に立って、自動車の方へ歩き出した。駅前の広場には、こまかい雪がみじんに舞っている。しかし、地面には雪は積っていなかった。

魚津、かおる、母の順で自動車に乗った。頬の赤い娘は運転台の横に坐《すわ》った。

小坂の家は駅から自動車で五、六分のところにあった。日和山公園とかの上り口で、駅付近からみると、かなり土地は高くなっている。酒田の市内でも一番静かな山手の一《いっ》劃《かく》だということであった。

家の前で自動車を降りる。黒塀《くろべい》の廻《まわ》ったかなり大きな構えの家で、外観からは、母と女中だけが住んでいる家とは思えない。

「ここでございますのよ。田舎の古い家ですから、変な家ですわ」

かおるは、予《あらかじ》め知らせておくといった言い方をして、先に母と女中をはいらせ、それから魚津を案内するような格好で、自分は魚津と並んで、門の中へはいって行った。

玄関の扉を開けると、まっすぐに奥に向って土間が走っていた。魚津はかおるについて、その土間を奥へ歩いて行った。土間は鉤《かぎ》の手に左に曲り、そしてその曲った土間の突き当りは台所になっている様子であった。

突然、土間に面して並んでいる幾つかの部屋の一つの障子が開いて、小坂の母が顔を出し、

「どうぞ」

と言った。

「御立派な家ですね」

思わず魚津は言った。そして土間に立ったまま、むき出しになっている天井の木組を見た。東京あたりでは見られない大きながっちりした材木が使われている。いかにも旧家らしい家の造りである。しかし、土間が広いだけに寒そうであった。

魚津は靴を脱いで茶の間らしい炬燵《こたつ》の置いてある部屋へ上がった。

台所の方から上がったかおるが、

「隣りの部屋に兄の写真が置いてありますから」

と言った。小坂の生家であるこの家で、まず先に兄に会ってくれという意味らしかっ

た。

魚津は小坂の母と、かおると三人で隣室へはいって行った。採光が悪いのでここも暗かったが、眼が慣れると、魚津は部屋のすみの四角な卓の上に、小坂乙彦の登山服を着て、ピッケルを持った写真が大きく引き伸ばされて置かれ、その前にバラが二、三輪、花壜《かびん》に投げ込まれてあるのを見た。

普通なら仏壇が使われるところであろうが、小坂の死体がまだ発見されていないので、こうした飾り方をしたのであろうか。そこに置かれてある写真も死者の写真といった暗い感じは少しもなかった。魚津には、小坂の写真は見覚えがあった。確か二人が大学三年の夏、槍《やり》ケ岳《たけ》へ登った時の写真である。小坂の写真機で魚津が撮ったものである。

「かおるに、魚津さんがいらしったら、決して泣顔を見せてはいけないと言われましたの。でも、わたし独りでも泣きはしませんわ。乙彦は自分の好きなことをやって、それで生命を棄てたんですから、本望だと思うんです。ほんとに、長い間、魚津さんにはお世話になりました。魚津、魚津って、魚津さんのお名前を、一体何千回聞きましたことでしょう」

小坂の母はしっかりした口調で言った。

一同が茶の間へ戻ると、魚津は少し改まった態度で小坂の母に悔みをのべ、遭難前後の模様を、母の気持を刺戟《しげき》しないように注意しながら、一応詳しく報告した。小坂の母

はいちいち頷《うなず》きながら聞いていたが、話を聞き終ると、

「死ぬんなら畳の上では死なないよ、母さん、と中学時代から冗談半分に言っておりましたが、それが本当になりました。でも、わたし思うんです。男の子は自分のやりたいと思うことをやればよろしい。どうせ一つしかない一生ですもの。——乙彦はその自分のやりたいことをやって、それで生命を落したんですから満足だと思います」

小坂の母はさすがに眼には涙を浮かべていたが、話す口調ははっきりしていた。傍に坐っているかおるが、母の頬を流れ落ちている涙を見ると、

「母さん、泣いてはだめよ」

と、横から注意した。すると母は、

「泣いてはいませんよ。ちょっとも泣いてはいないでしょう。涙が出るのは、これは仕方がありません。自然に出て来るんですから」

母はそんなことを言って笑った。そして笑いながら、ハンケチで眼を押え、

「お二人とも、お腹《なか》がすいたでしょう」

そう言うと、愁嘆場にピリオドを打つように、六十の年配とは思われないきびきびした動作で立ち上がった。

かおるが言ったように、小坂の母は、かおるよりも小坂に似ているように、魚津には見えた。顔形も生き写しだったし、性格も似ているようであった。かおるの方は、十年

程前に亡《な》くなったこの土地の銀行の頭取をしていたという父親の方に似ているらしく、母や兄よりも、もっと自分の感情を押し殺して表情に出さない強いところを持っているようであった。

朝食を摂《と》ってから、魚津は十万円の香典のことを思い出し、それを母と娘の前に出したが、

「なにをなさるんです。乙彦がびっくりしますわ」

母は辞退したが、魚津の方は受け取ってもらわなくては気持がすまなかった。すると、母は、

「じゃ、そのお香典は、乙彦の遺骸《いがい》を発掘に行く時の費用の一部に費《つか》っていただきましょう。どうせ、乙彦のことでは、まだ魚津さんに度々お山へ行っていただかなければなりませんから」

と言った。

「大丈夫ですよ、そんな旅費は、会社から幾らでも引き出せるんです」

「そんな銀行を背負っているようなことをおっしゃるものではありません」

「いや、本当なんです。支社長に話の判るのが居ましてね」

魚津はそんなことを言って、むりやりに香典を小坂の母に押しつけた。

「そんなにおっしゃるんでしたら、一応お預りしておきましょう」

母は隣室へ入って行って、それを乙彦の写真の前へ置いた。

午後、魚津はかおるに案内されて、裏の丘陵の上の公園に出掛けて行った。朝と同じように、戸外には羽毛のようなこまかい雪が舞っていた。

家の前のゆるやかな勾配《こうばい》を上って行くと、右手に石段道があり、そこを上ると、丘陵の上に出た。

「春先は気持がいいんですが、いまは寒いだけですわね」

かおるは言ったが、実際に寒いだけだった。公園からは港湾一帯が見渡せたが、海は雪にけむっていて見渡すことはできなかった。

「最上川《もがみがわ》の河口も見えるんですけど」

かおるは、その最上川の河口を見渡せる地点へ魚津を引張って行ったが、やはり雪にけむっていて視野が利《き》かなかった。ただ河口の河洲《かわす》らしいものが、灰色の暗澹《あんたん》たる空の下に、わずかに顔をのぞかせて見えているだけだった。

風が海から吹きつけているので、ひどく寒かった。丘陵には松が多く、松の幹の海と反対側の面にだけ雪が白くくっついている。

二人は丘陵の上を斜めにつっ切って、日枝《ひえ》神社の境内へとはいって行った。公園にも人の姿は見えなかったが、土地の人が山王さんと呼ぶこの神社の境内にも、人の姿は見えなかった。境内にはいると地面には雪が積っていた。

二人は靴の裏に雪をくっつけながら楼門の方へと歩いて行った。

「ここは兄の遊び場でしたの」

かおるは言ったが、なるほど小坂は幼いころ毎日のように、ここに来て遊んだのに違いないと思った。そこらを飛び廻っている眼をきらきらさせた敏捷《びんしょう》な少年の姿が眼に見えるようであった。

本殿は雪除《ゆきよ》けの簀《す》がこいをされ、正面の一部だけが、簀の間から顔を出していた。

「兄があの狛犬《こまいぬ》に乗ったことを覚えていますわ。あんなことをしたから罰が当ったのかも知れませんわ」

その狛犬の上にも、いまは雪が積っていた。

「明日、晴れたら、ほかにお見せするところがあります」

かおるが言った時、

「いや、明日は帰らなけりゃなりません」

魚津は言った。

「あら、明日もうお帰りになるんですか」

「勤めがありますから、ゆっくりできないんです」

「でも、一晩だけでは――。どういたしましょう。わたしも、母も、魚津さんがお帰りになったら、きっと淋《さび》しくて泣き出してしまいますわ。お願い！　もう一晩だけ居て下さいません？」

そう言ったかおるの表情には真剣なものがあった。魚津は、実際に自分が居なくなったら、母と娘には本当の淋しさがやってくるのではないかと、そんな気がした。

魚津は小坂の家に一泊して、翌日午後の列車で酒田を発《た》つことにした。かおるも、小坂の母も、折角来たのだからもう一晩泊って行くように勧めたが、魚津は小坂の居ない小坂の家に泊っていることは、たまらなく辛かった。それに小坂の母に会って、一応自分の果さなければならぬことを果してしまったと思うと、急に事件以来の疲れが魚津を襲って来た。魚津はいま一人になりたくなっていた。

魚津はひとまず山形に向い、山形で下車して、そこに一泊し、小坂も仲のよかった大学時代の友達で、高等学校の教師をしている寺田に会いたいと思った。寺田にも一応小坂の死について話すべきであろうし、故人もそのことを喜ぶだろうと思った。

出発の時は、駅までかおると母親が送って来た。かおるは、

「わたしも一週間ほどしたら東京へ帰ります。その上でお礼にお伺いいたします」

と言った。小坂の母は、魚津が来た時は涙を見せなかったが、魚津が帰る時は泣いた。

魚津が窓から顔を出すと、その窓のそばへ体を押しつけるようにして、

「昨日の朝、魚津さんがかおると一緒にホームへ姿をお見せになった時は、私は本当に乙彦とかおるとが帰って来たのではないかと思いましたの。真実、そんな気持がいたし

ました。——これで、魚津さんがお帰りになると、あと急に淋しくなってたまらないと思います」

と言った。

「母さん、大丈夫よ。わたし、また魚津さんをお連れして一緒に来ますよ」

かおるは、横からそんなことを母に言った。

「まだ、僕も何回も来ますよ」

魚津も言った。何回も来るかどうかは判らなかったが、実際に小坂の死体が発見された時は来なければならなかったし、それ以外にも、この友の母を見舞ってやらなければなるまいと思った。

列車がホームを滑り出すと、見はるかす庄内《しょうない》平野の上には小さい雪片が縦横に舞っていた。幾つもの駅を過ぎる間、平野は尽きなかった。

山が近くなって来た頃から、それまで羽毛としか見えなかったこまかい雪は、本格的な湿気を持った雪片に変った。窓硝子《まどガラス》にも雪は吹きつけて来た。

狩川《かりかわ》駅をすぎるあたりから、庄内平野は漸《ようや》くせばまって来て、それまで平原の果に見えていた雪の山々は近づき、やがて車窓の左手に、最上川の青い流れが見えて来た。

次の駅を出ると間もなく、列車は最上川に沿って走り出した。雪に覆《おお》われた雑木山は美しい銀鼠色《ぎんねずいろ》を呈しており、その山裾《やますそ》を洗って、青い流れは川波ひとつ立てず、どんよりと流れている。

その最上川の流れを見ているうちに、魚津の心を小坂の死の意味が、本当に心を抉《えぐ》るような淋しさで浸して来た。事件以来十日以上経過していたが、魚津は登山家としてでもなく、遭難の片割れとしてでもなく、単なる親しい友人として、初めて小坂乙彦がもうこの世にいないことの悲しさを知った気持だった。津谷《つや》という駅の付近で、列車が最上川と離れるまで、魚津は青い川の流れだけを見ていた。

沿線の小さい駅々は半ば雪に埋まっていた。そしてどの駅の近くにも、橇《そり》をひいているいかにも寒そうな馬の姿が見られた。

酒田を出る時電報を打っておいてあったので、山形の駅には寺田が迎えに来ていた。

「こんどはひどい目にあったな。小坂のやつも可哀《かわい》そうなことをしたが、まあこれも寿命というもんだろう。――だから、おれは昔から山は嫌いだと言っているんだ」

五尺七、八寸あるのっぽな寺田は、改札口を出たところで、魚津の顔を見ると、すぐ気心の知れた親しい友達の言葉で言って、

「くたばっているか」

「いや、もう大丈夫だ。だが、小坂のやつの居なくなったことが、初めてここへ来る汽車の中で、実感としてやって来やがった」

「まあ、とにかく、宿へ行ってから話そう」

二人は自動車に乗って、街なかの、山形では一、二といわれる古い旅館へ向った。街には雪がなかったが、やはり北の都市らしく、ここでも細かい雪片が暮色の迫っている巷《ちまた》に舞っていた。

　その晩、旅館の一室で、魚津は二年ぶりで、大学時代の友達と酒を飲んだ。

「小坂も酒が好きだったから、酒を飲む分には、彼も喜んでくれるだろう」

　そんなことを言って、寺田は早いピッチで魚津の杯に酒をみたした。事件以来酒を飲むのはこの夜が初めてだった。小坂の家で、夕食の時銚子《ちょうし》を出されたが、魚津は遠慮して杯を取り上げなかった。

　銚子が卓の上に、三、四本並ぶ頃から、魚津は酔いが全身にまわって来るのを感じた。寺田の方も、自分では酒が強くなったようなことを言っていたが、口ほどでもなく、早くも顔を真赤にして、大声で喋《しゃべ》り出していた。

「なんとか製綱という会社では、ザイルが切れるかどうか実験すると言っているらしいな。——厭《いや》なことをしやあがるな」

　その寺田の言葉で、魚津は口に運びかけた杯を卓の上に置いた。そして、

「新聞にそんなことが載ってたのか」

　と、ゆっくりした口調できいた。

「まだ君は読んでいないのか。今朝の新聞に載っていたよ。君の使ったナイロン・ザイ

ルを造った会社の社長だか専務だか知らんが、なんでもそうした格のやつが、ナイロン・ザイルは絶対に切れるはずはない。切れたというのは、恐らく間違いだろうと言っているんだ。そして事情をよく調査した上で、必要とあらばザイルが切れるか切れないか、公開実験するつもりだと言っていた」

寺田は言った。

「うむ」

魚津は思わず呻《うめ》き声を口から出した。

「読むか。この旅館にも新聞はあるだろう」

寺田が女中を呼びそうにしたので、

「いいよ。東京へ帰ってからゆっくり読む」

魚津は言って、再び、

「うむ」

と、呻いた。自分が小坂の死の後始末をし、その悲しみの中から脱《ぬ》けきらないでいる間に、事件は全く予想していなかった方向へ展開しようとしていた。こうした気配は、すでに山を降りて松本から東京へ帰る汽車の中で読んだ新聞にも現われ始めていたが、しかし、魚津はさして気には留めていなかった。気に留めなかったと言うより、小坂の死から受けた打撃の方が大きくて、そうしたほかのことをまともに受け取るだけの余裕を持っていなかったのである。

「しかしだな」

寺田は魚津の杯に酒を注ぎながら言った。

「ザイルが切れることはないと言われると、君の立場は変なことになって来ると思うんだ。ザイルは切れないということは、とりも直さず君がザイルを切ったということじゃないのか」

「そういうことになるだろう」

「しっかりしろよ。君はこんど東京へ帰ったら、はっきりと、いかにしてザイルが切れたかを、詳細に発表すべきだよ」

「もちろん発表する」

「そうしないと、いろいろな臆測《おくそく》を生むことになる。新聞でも、雑誌でもいい、一刻も早く遭難の模様を公表しろよ」

「大丈夫だ」

魚津は寺田の言葉に対して、短い返事をしていたが、頭の中では全く別のことを考えていた。

ザイルは切れたのだ。これは誰が何と言っても、事実だから仕方がない。問題はどうしてザイルが切れたかである。切れた原因はザイルそのものの性能にあるか、でなければ外的なものにそれを求めなければならぬだろう。原因が外的なものにあるとすれば、その原因を作ったものは自分か、小坂かである。

魚津はまずその一つを口に出して否定した。

「おれは切らない！」

魚津は寺田が前に居ることを忘れて言った。

「当りまえじゃないか。君が切ったなどとは思っていない」

「君は思わないだろう。しかし、世間一般は、ザイルが切れないものとすれば、おれが切ったと思うだろう」

「だから、一刻も早く君は主張すべきだと言っているんだ」

「俺が切ったのではないということをか！」

魚津は悲しげな顔で言った。

「君はおれが自分でザイルを切ったのではないということを主張しろと言う。一体、どうしておれがザイルを切るというようなことがあり得るのか？」

それに対して、寺田は黙っていた。すると、魚津はそれに代って自分が答えるような言い方をした。

「助かりたかった！　生命《いのち》が惜しかった！　それでおれは友人の体がぶら下がっているザイルを切ったと言うのか！　なるほど、誰も見てはいない。見ているのは雪をかぶった岩だけだ」

言うや否《いな》や、魚津は少しヒステリックに声を出して笑った。そして、

「寺田、心配するな。おれは切りはしないよ。小坂と一緒に死ぬことは望んでも、自分だけ助かろうとは思わないだろう」

「まあ、飲め。君はまだ疲れている」

魚津の言葉に異常なものを感じたのか、寺田はその魚津の言葉には取りあわないで言った。

「おれが切ったのでないとすると、あとには技術的な問題が残る。ザイルの取扱いに欠陥があったということだ。たとえば、自分たちも気付かないうちにアイゼンでザイルを踏んでいたのだろうとか、炊事でもしている時ザイルをコッヘルの火で焦《こ》がしたのだろうとか。——しかし、おれと小坂に限ってそんな越度《おちど》はない。そんな想像をされたら、登山家として小坂は死んでも死に切れんだろう」

「判《わか》ってるよ」

「おれが切ったのでもない。ザイルの取扱いにも欠陥はない。とすると、あとに残る問題は——」

魚津は口をつぐんだ。最後に残された一つの場合は、寺田の前では口に出せなかった。小坂自身が故意にザイルに傷をつけて自殺を遂げた場合である。自殺する原因は必ずし

もないとは言えない。その間の事情を知っているものは、この世の中で自分と八代美那子だけである。現に八代美那子はそうした疑念を持っていたではないか！

「しかし」

魚津はこの言葉だけを声に出して言った。声には出したが、魚津は自分一人の思念の中で、自分自身に向って発した言葉であった。

——しかし、小坂が自殺をあのような方法で遂行しようとは、どうしても考えられないことだ。おれは小坂という人間をよく知っている。いかに血迷っていたとしても、いかに突発的に自殺の意志が小坂を襲ったとしても、あのような方法で死を選ぶ男ではない。彼は登山家なのだ。そんなことで山を汚《けが》してたまるか！

「ザイルは切れたんだよ。ザイルそれ自身の持っている弱点が、いかなる理由によるか判らないが、とにかくあの時出たんだ。ザイルを架けた岩角の問題もあるだろう。ある特定の角度の岩に対してはナイロン・ザイルがひどく弱いということも考えられる」

魚津は初めて結論めいたことを力をこめて言うと、

「まあ、いい、何もかも東京へ帰ってからだ。それにしても小坂のやつの居ないのは淋しいな」

魚津は寺田のために銚子を取り上げた。

五　章

「前穂東壁に友をうしなう」という題で、魚津恭太の随筆風の文章が、大新聞の一つであるK新聞の朝刊学芸欄に掲載されたのは、魚津が酒田から帰って来て十日ほど経《た》ってからであった。

この随筆は上、中、下と三日にわたって掲載されたが、その第一回が載った日、魚津は会社へ出ると直《す》ぐ、常盤大作から声を掛けられた。

「君、なかなか名文じゃないか。近頃の言葉で言えばドライな文章だ。じめじめしていなくていい。君の文才というものを見直したよ」

常盤大作は上機嫌で言った。めったに人のことを褒《ほ》めることのない常盤にしては珍しいことであった。

「君は、小坂の墓に、〝生れた。山に登った。死んだ〟と書きたいと書いていたが、あれは〝生れた。登った。死んだ〟でいいじゃないか。――いや、〝生れた。登攀《とうはん》した。

死んだ〃の方がいいかな。いずれにしても、山に登ったとわざわざ山と断る必要はないだろう」

「じゃ、そうしましょう」

魚津は苦笑して答えた。

「それから、もう一つ希望を述べれば、犠牲者に対する愛惜の情は、なかなか切々たるものがあるが、あそこにもう少し記録的なものがはいっていてほしかったと思う。あれでは文学者の文章だ。君は文学者ではないから、文学者と競争したら、幾ら君が徹夜して書いたって、君の方が負けるだろう」

「徹夜してなんか書きませんよ」

魚津は抗議したが、それは受け付けないで、

「登山家としての眼で、他の何物でもない、登山家の眼で、あの事件を冷静に記述すべきだった。君は〃事件の意味が私を震え上らせた。雪よりも冷たい事件の意味が〃と名文を揮《ふる》っているが、それこそ雪よりも冷たく事件を記述すべきだった」

「だんだん点が悪くなりますね。しかし、明日載るのを読んで下さい。雪よりも冷たく記述してありますよ」

魚津が言うと、

「明日も載るのか」

と常盤はちょっと驚いたように言った。

「今日のは一回です。〝上〟と断ってありますよ」

「そうだったかな」

それから常盤は、

「そりゃ大作なんだな」

と言ったが、魚津は明日になると多少常盤は、自分の文章に対して困惑するのではないかと思った。

ナイロン・ザイルの性能に触れる以上、多かれ少なかれ、佐倉製綱に対してけちをつけることになるのはやむを得ないことだった。佐倉製綱とこの新東亜商事の関係を魚津とて満更知らないわけではなかったが、小坂のためにも、自分のためにも、それからもっと大きい意味で登山界のためにも、やはりそれは書かなければならぬことだった。

翌日、魚津は会社へ来る途中、大森駅の売店で朝刊を買って、自分の書いた「前穂東壁に友をうしなう」の二回目を、電車の中で読んだ。

——私たちはこんど使用したザイルを新宿の某運動具店から購入した。私たちにとっては、ナイロン・ザイルの使用は、こんどが初めてであった。購入した品は東邦化工の原糸を使用して、佐倉製綱において製綱した八ミリザイルで、保証ずみの判の捺《お》してある説明書に依《よ》ると、この八ミリザイルの抗張力は、従来のマニラ麻十二ミリに匹敵するものとされてあった。

もちろん私たちもナイロン・ザイルを使用する以上それについての一応の知識は持っていた。寒さに対しては、他社の製品ではあるが、すでにマナスル登山にも使われ、南氷洋の捕鯨にも使用されているので心配なかった。ただナイロンの繊維の間に水がはいって凍った場合のテストについては聞いていなかった。

次に一般にナイロンは紫外線に弱いと言われている。私たちは紫外線をさけるためと、同時に判別しやすいことのために、オレンジ色に着色した。もちろんこの着色はナイロンの表面のみで、染料が内部に及ぶことは避けるようにした。しかも私たちはアンザイレン（ザイルで結び合うこと）の時以外は、紫外線にふれさせないために、そしてまたその他の損傷を防ぐために、綿防水布で袋を作って、これに入れて携行した。

私たちはザイルを購入したあとも、出発までの間に、何回かナイロン・ザイルの使用可否について協議した。習慣上八ミリザイルということに不安を感じないでもなかったが、しかし、これを敢《あえ》て使ってみようとしたのは、各方面におけるナイロン科学の劃期《かっき》的進展を見ていたし、それを信じていたからである。

私たちはかくして、購入した八十メートルのナイロン・ザイルを使用して、冬期における前穂東面の削壁の完登をめざしたのであった。ここは高距約二百メートルの岩壁で、私たちは普通前穂東壁と呼んでいる。——

魚津は新橋駅で下車するまでに、ここまでの文章を二回読んだ。会社の扉を開けた時、魚津はちらっと正面の常盤大作の机の方へ眼を遣《や》った。常盤大作は椅子《いす》に背をもたせるような格好で、新聞を両手で顔の前へ拡《ひろ》げていた。魚津は自分の眼が常盤大作のそれとぶつかったのを感じた。常盤はすぐ眼を新聞に戻すと、そのまま姿勢を崩さないでいたが、魚津が自分の机の前へ行った時、常盤は不作法に大きい欠伸《あくび》をした。魚津は常盤の方へ顔を向けた。

常盤大作はゆっくりした動作で立ち上がると、いつものぶらりぶらりと事務所の中を歩き廻《まわ》る態度で、魚津の机の方へ歩いて来たが、途中でくるりと廻れ右をすると、自分の机の前を通り、外勤専用の机の並んでいる向う側へ出て、そこでまた廻れ右をした。魚津はそんな常盤が、自分の机のところへやって来て立ち停まる瞬間を待っていた。常盤は必ず自分の机のところへやって来るだろうと思った。ところが常盤はなかなかやって来なかった。十人程の社員が執務している間を、動物園の熊《くま》のようにのっそり歩き廻っていた。

魚津は、常盤があの自分の書いた文章を読んでいないはずはないと思った。それなのに、常盤が一言も声をかけて来ないことは、魚津には多少不気味であった。

常盤が何回めかに魚津の机の前を通ろうとする時、

「支社長！」

と、魚津は自分の方から声をかけた。なんだいと言うように、常盤は立ち停まって、魚津の方を振り向いた。

「読んでいただきましたか」

「なにを？」

「新聞に僕が書いたものです」

「うーむ」

あいまいな返事だった。そして常盤は早く次を言えというように、魚津の眼を見入った。

「ちょっと気になりますから」

「気になる？」

「はあ、佐倉製綱の名も出て来るんです」

「佐倉製綱の名が出れば、なぜ気になる？」

常盤大作は言った。そう言われると困った。魚津は黙っていた。すると常盤は、うまく獲物が罠《わな》にかかったといった表情をして、

「気になるというような言葉を、君の口から聞こうとは思わなかった。君は書いて気になるようなことは、書かない男だと思っていた。登山家というものは、元来、そういう人種だと思っていた」

ここで一息入れて、

「読んだよ、君の書いたものは！　読んで、僕はこう思った。いよいよ、魚津のやつ、辞表をおれに届ける気だな。それにしても、天晴《あつぱれ》なやつだ。社長を烈火の如《ごと》く憤《いきどお》らせ、支社長を窮地に陥れ、自分だけさっさと会社をやめて行きやがる！　——それはそうだろう。それだけの覚悟がなくて、あんなことを書こうとは思われない。あれはこの新東亜商事への果し状《おとしじょう》だからな。実にすっきりした胸のすくような決闘状だ……」

常盤大作は言った。常盤が本当に考えていることが何であるか、まだつかめなかったから、魚津恭太は黙っていた。

「ところが、いま、君は気になると言った。気になるようなことだったら書くな！」

常盤は怒鳴ったわけではなかったが、電気のようなものがぴりっと体を走るのを、魚津は感じた。

「会社に対して気なんてつかっていませんよ。支社長の立場だけが、ちょっと気にかかったんです」

「うむ。僕のことを心配してくれたのか。それはすまんことだ。すまんことだが、それは要らんおせっかいというものだ。親不孝者がよく使う台詞《せりふ》だ。さんざん親不孝をしておいて、親のことだけは気になります」

「——————」

「ところが、親の方は、気になんてかけてもらってもいっこうに有難くはない。それよりやったことを後悔してもらわない方がよっぽどいい。そうじゃないか」

常盤大作はここで念を押すように魚津の眼を見た。

「判《わか》りました」

魚津は言って、

「とことんまでやってみましょう。僕は辞表は出さんでしょう。辞表を出すということは、こちらの非を認めることになると思うんです」

この魚津の言葉で、常盤大作はちょっと複雑な表情をした。

「なるほど」

「ともかく、もうやりかけたことですから最後までやります。明日のを読んでいただいてから、もし書けと支社長がおっしゃるなら辞表を書きましょう」

「明日はどんなことを書いてある？」

「一口に言えばナイロン・ザイルの性能には限界があるだろうということです。マニラ麻のザイルに較《くら》べ、長所もあるが、恐らく欠点もある。よくその欠点を研究して、改良して、再び事故をくり返すな」

「うーむ」

「書いたのはその程度のことです」

「その程度というが、その欠点があるということが佐倉製綱としては困るだろう。欠点があっては困る！」

「しかし、実際あるんです」

「実際あっても指摘されることは困る！　紙でも、ポマードでも、凡《およ》そいかなる商品でも、欠点はあるだろう。しかし、あるといったら、誰も買いはせんよ」

「――――」

「商品は長所ばかりでなくてはいかん！　まあ、恐らく、君は早晩辞表を書かなければならんだろう。そう覚悟して堂々とやるんだな。この間山で死んだと思えばいい。いま生きているだけもうけものだ」

叱《しか》っているのか、けしかけているのか判らぬようなところがあったが、魚津はふしぎに常盤大作の言葉から勇気のようなものを感じた。

「大阪の本社からお電話です」

女事務員の声で、

「そうら、来た！」

常盤は言うと、魚津の方に、

「もう、ちょっと話がある。社外へ出ないでいてくれ」

そう言い置いて、受話器の方へ歩いて行った。

常盤は女事務員から受話器を受け取ると、低い声で何か一言か二言言って、あとは「はあ」とか「ほう」とか合槌《あいづち》を打っていたが、そのうちに、次第に声を大きくした。

そしてその常盤大作の声は、事務所で執務している総《すべ》ての者の耳にはいって来た。

「いや、それなんですが、実際私も驚いたんです。……いや、その通りなんです。佐倉製綱と本社の関係は知らんことはないと思うんです。それが、ああいうことを仕出かした！　全く、気狂《きちが》い沙汰《ざた》としか考えられません。……全く、社長のおっしゃる通りです。あれを書いた気心が判らない。……一口に言えば、アプレというんでしょうな。……いや、出社しております。丁度、いま、事情を聴取しようとしているところです。よく確めた上で御返事しましょう。……なるほど、そうですか。災難といっておりますか。全く佐倉氏としては災難というほかないでしょうからな」

常盤大作は右手につかんだ受話器を耳に当てたまま、ここで机の上に腰を降ろすと、左手でピースの箱を取り出し、それから一本抜いて口にくわえて、マッチを貸してくれというように傍の者の方へ顎《あご》をしゃくった。

それを見た魚津はすぐライターで常盤の煙草《たばこ》に火を点《つ》けてやった。このくらいのことはサービスしてやってもいい立場にあると思った。その間も、常盤大作は、電話線の向うに居る社長らしい人物と話していた。

「……いや、そこが難しいところでしてね。すぐ処分してもいいですが、いまやめさせて、書き立てられても困りますからな。やりかねないと思うんですよ、今ごろの青年は。……承知しました。一応、任せておいて頂きましょう。……それが三回で、明日も載るらしいんです。しかし、明日のはたいしたことはないようです。……まあ、社長、佐倉さんの方をひとつお願いします。……そうですなあ、ひらあやまりというところでしょうな。なんや構わず、あやまって頂くんですな。……まあ、こういうことがたまにはあってもいいでしょう。……いや、もちろんよくはありませんがね。じゃあ――」

それで、常盤は受話器を置いた。そしてやれやれといった顔をして、

「これが序の口で、これからが大変なんだ」

誰にともなくそう言ってから、ふと気付いた風に、

「おい、ちょっと出よう」

と、常盤は魚津の方に言った。

常盤がエレベーターには乗らないで、階段を降りて行ったので、魚津もそのあとに随《したが》った。

「いろいろすみません」

「すまんことは、改めて言わなくても判っている」

「かないませんな、支社長には」

ビルの表に出ると、

「ちょっと早いが、昼食を食べよう」

と常盤は言った。

常盤は先に立って鋪道《ほどう》を歩き出した。風が冷たくて寒かった。

「外套《がいとう》を持って来ましょうか」

魚津は言った。自分も外套を取って来たかったが、それよりズボンに手を突込んで歩いて行く常盤の姿がうそ寒く見えたからである。

「いや、すぐそこだから、このままでいいだろう。それに、僕は外套というものがあまり好きではない。冬になるとみんな外套を着るから、自分一人外套を着ないわけには行かないが、着ないですむものなら、僕は外套は着ないだろう」

これには魚津は合槌は打てなかった。

「でも、寒いでしょう」

「冬というものは、君、寒いもんだよ」

そんなことを喋《しゃべ》りながら日比谷の交叉《こうさ》点《てん》を越えると、ビルの間を右の方へ曲り、常盤はT会館の大きい玄関の中へはいって行った。

常盤の格好は豪華なT会館の雰囲気とはうつらなかったが、内部へはいると、受付の女も、ボーイも、みな常盤を知っていて挨拶《あいさつ》した。

「外套を着ていないと、外套を預ける世話も要らないだろう」

「そりゃ、そうですが」

二人は広いロビーを突切ると、横手の食堂の内部へはいって行った。ボーイに案内されて、奥の卓に就くと、常盤はすぐメニューを取り上げて、

「なんでもいいものを註文《ちゅうもん》したまえ」

と言った。魚津が海老《えび》の料理を註文すると、常盤は、

「よし、僕もそれにしよう。スープは？」

「いりません」

「僕の方はスープをもらおう」

魚津は常盤が何を話し出すか、それを待っていたが、常盤が黙っていたので、魚津も口を開かないでいた。

二人は対《むか》い合って、運ばれて来た料理を食べた。フォークとナイフを動かしながら、常盤は、

「ほかに何か食べないか」

と、メニューを目でさし示した。

「もう充分です」

「充分?!　いやに少食なんだな」

それから常盤は自分の分として、肉の料理と野菜を註文した。魚津は常盤が三つめの

皿をたいらげるまで、外人客の多い食堂の幾つかの卓へそれとなく視線を投げていた。

「アイスクリームと苺《いちご》と珈琲《コーヒー》」

常盤はナプキンで口を拭《ふ》きながら、ボーイに言うと、初めてこれでやっと腹ができたといった顔付きで、

「君に、ひとつだけ確めておきたいことがある。他でもないが、こんどの問題は結局ザイルの性能の実験をすることが、一番てっとり早いのではないかと僕は考える。僕が思うばかりでなく、佐倉製綱としても、行きがかり上そうした措置に出るだろう。その場合、君は少しも困ることはないだろうね」

常盤大作の言葉にはあるきびしさがあった。

「ザイルが切れるか切れないかの実験をするというんですね」

魚津は常盤大作の眼を見返すようにして言った。

「そうだ」

「それは、僕としても、是非やってもらいたいことです。事件の起った時と全く同じ状態を設定することは不可能でしょうが、でき得る限りそれに近い状況において良心的な実験をするというのなら、大いに賛成です」

「よし、それを聞いて安心した。結局は、ザイルが切れたか、切れないかの判定は、科学的実験にまつ以外仕方がないだろうね。それも必ずしも確実だとは言えないだろうが、

一番確実に近いものだろう」

それから常盤大作はもう一度、

「いいな？」

と念を押すように言った。

「結構です」

「じゃ、佐倉製綱が言い出すのをまたないで、こちらから進言してみよう。実験方法は、僕が責任をもって良心的なものにする。その上で、ザイルが切れればザイルそのものに欠点があったということになるだろうし、もしザイルが切れなければ、その時は仕方がない、君の方に越度《おちど》があったということになる。ザイルの操作上に欠陥があったとか、それでなければ――」

ここで常盤はちょっと口をつぐんだ。

「僕が切ったということですか」

「さしずめ、そういうことになるだろうね」

常盤は、苺を皿の中でつぶしながら言った。

「ばかげたことですね」

「何も、そうむきにならなくてもいい。そうしたばかげたことは、すべて実験が打ち砕いてくれる。ザイルは、君の言うように、恐らくその性能の欠点のために切れるだろう」

常盤大作のこんどの口調は静かだった。

珈琲を飲み終ると、二人は席を立った。魚津は表玄関の重い廻転《かいてん》トビラを体で押して出たところで、

「ちょっと顔を出したいところがありますから」

と、仕事とも私用ともつかない言い方をして、そこで常盤大作と別れた。

魚津は常盤とは反対に、ビルとビルの間の道を通って、K新聞社の方へ歩いて行った。魚津は外套を着ていなかったので寒いはずだったが、寒さはほとんど感じていなかった。何か考えなければならぬことがいっぱいあるような気がした。

K新聞社へ行くと、受付で学芸部の、こんどの「前穂東壁に友をうしなう」の原稿を依頼に来た記者へ用件を伝えてもらった。若い小柄な記者はゲラ刷（仮刷）を持ってすぐ降りて来た。

「投書が相当来ていますよ」

感情というものを余り顔に現わさないで青年は言った。

「どんな投書です」

「雑多です。事件に同情して来ているものが半分、あとの半分はザイルが切れるはずはないといった立場でものを言っています。――持って来ましょうか」

「いや、明日でも来て読ませてもらいましょう」

魚津は言った。投書の内容には関心を持ったが、いまは読みたくなかった。魚津は立ったままで、記者から渡されたゲラに眼を通した。明日の朝刊に載る魚津の随筆の一番最後の三回目だった。

魚津は文章を読んで行った。前半には事件発生時の模様が比較的詳細に報告されてあり、後半にはザイルの切れた原因に対して、自分の考えが述べられてある。

――従来の経験に依《よ》ると、小坂のなした三十センチ程のスリップ（滑落）はしばしばあることで、岩角にザイルをかけて行う懸垂下降中でも、この程度のスリップはよくおきている。このような状態でのザイルの切断は、それが登山綱である以上、常識では考え得られないことである。

ともあれ、私は私たちの使った佐倉製綱製のザイルがたまたま粗悪品であったか、でなかったら、ナイロンそのものの性能に未知の欠点があるのではないかという結論に到達せざるを得ない。ナイロンは麻より抗張力は大であるかも知れないが、特殊な鋭い岩角には大きい弱点を持つのではないか。もちろん私も現在ナイロン・ザイルが世界各国の登山家によって使われていることも知っている。それも事実であるし、私たちの体験もまた事実である。友小坂乙彦の死を生かして、よりよい登山綱の生れ出ることを望むばかりである。――

魚津はこのあとに十行の文章を書き込んだ。

――小坂がザイルをかけた岩角がいかなる形状をなしていたかを知ることは大切であるが、これを調べるにはなお半年待たなければならない。なぜなら問題の岩角は、いまなお小坂の体と同じように、またその体に結びつけられたザイルと同じように、深く雪の中に埋もれているからである。――

「こうしておきます」

魚津はゲラを記者に返すと、すぐ新聞社の建物からそとへ出た。人も、自動車も、店舗も、そしてそれらを載せている鋪道も、魚津の眼には少し傾いて遠く見えた。空は曇っていた。

*

二月にはいってから、真冬とは到底思われないような暖い日が続いていた。

新聞にも伊豆《いず》の漁村の女たちが砂浜で働いている写真とか、どこか沼沢《しょうたく》地帯の一本道を一列に並んで歩いているハイカーたちの写真とか、そうしたものが載って、それに〝春光〟とか〝水ぬるむ〟とかいった題がつけられたりした。三月ならともかく、二月にしては、少々気狂い陽気というほかはなかった。

そうしたある夜、八代美那子は夫の教之助と一緒に日比谷のNホテルで行われたカメラ会社の社長の令嬢の結婚披露宴に出席した。

美那子は定刻に自宅から自動車で会場へ行き、そこで会社から来た教之助と一緒になって、メインテーブルの端の方へ、二人で並んで腰かけさせられた。

美那子は花嫁にも花聟《はなむこ》にも面識がなく、祝いの品を百貨店から送り届けただけの関係で、ここへの出席も全く儀礼的なものではあったが、それでも結婚式という若い一組の男女の人生への門出を祝う会場の雰囲気は厭《いや》ではなかった。一度も口をきいたことのない花嫁と花聟の緊張した姿を飾りものにして、こっちはこっちで勝手に御馳走《ごちそう》を食べているといった無責任なたのしさがあった。

これで少しでも、新郎新婦のどちらかを知っている場合は、結婚式というおめでたいような、おめでたくないような奇妙な儀式に対して、美那子は自分の結婚生活から取り出した彼女なりの知識での批判や、感慨があるはずであったが、この場合はそんなものはなかった。

仲人《なこうど》の挨拶はくどくて退屈だったが、あとの来賓の祝辞はそれぞれに面白く、一時間ほどの間をさして退屈しないで過すことができた。

宴会が終って、席を立つと、

「すぐお帰りになります？」

と、美那子は夫に声をかけた。披露宴の始まる前、この会場へ来た時も、夫は誰彼との挨拶が忙しそうだったので、ちょっと眼くばせしただけで、美那子は夫へは言葉をかけていなかった。宴席でも、ほとんど言葉らしい言葉は交わしていなかった。従って、美那子が教之助と口をきいたのは、朝彼が家の玄関を出て行った時以来だった。

「一緒に帰る。エレベーターの前あたりでちょっと待っていてくれ。山川君と話をして、すぐ行く」

教之助は言った。山川というのは美那子も知っている実業家の名前だった。

美那子は夫をそこに置いて宴会場を出た。そして二、三人に頭を下げながら、エレベーターの乗り場付近の雑沓《ざっとう》を突切って、すぐ向う側にあるロビーの赤い椅子《いす》の一つに腰を降ろした。そしてそこで、美那子は三台のエレベーターが次々に、盛装した男女を一階へ運んで行くのを見ていた。

一応あたりがひっそりしたころ、教之助はやって来た。

「お待ちどお」

教之助は美那子のところへ来て言うと、すぐ自分から先に、扉をあけて待っているエレベーターの方へ歩いて行った。

「今日お忙しかったんですか」

エレベーターにはいりながら、美那子は教之助に訊《き》いた。エレベーターにはいったのは二人だけだった。扉はいったんしまりかかって、またすぐ開いた。向うから何人かの男たちがやって来たので、ボーイはその人たちをも一緒に運ぼうと思ったものらしかった。

「うん、次から次へ人がやって来てね。珈琲ばかり飲まされた」

「お飲みにならなければよろしいのに」

「そうは行かんよ。一時間もくだらん話を聞かされていると」

五、六人の男がはいって来たので、教之助と美那子は隅の方へ体を寄せた。

「そうそう、例のザイルの実験を押しつけられてね」

ふいに教之助は言った。

「ザイル?!」

訊き返した瞬間、エレベーターの不快な下降感が美那子の体を捉《とら》えた。美那子はそのまま黙って夫に寄り添って立っていた。美那子には、エレベーターの一階に降りるまでの時間が、ひどく長いものに感じられた。どこまでも落ちて行くような厭な気持だった。

ホテルの表口で、教之助が自動車の番号をボーイに言っている間も、美那子は理由のはっきり判《わか》らぬ不安な思いに取りつかれていた。そしてその不安な思いが、教之助の短い言葉によってもたらされたものであることに気付くと、

「ザイルどうなさるんですって?」

と美那子は口を開いた。

「例の、小坂君の事件さ。この間新聞に書いてあったろう。――あの実験を僕にやってくれないかと言うんだ」

自動車が二人の前へ滑り込んで来たので、美那子は教之助をさきに乗せ、そのあとから自分が乗った。自動車が走り出すと、

「ザイルが切れるとか切れないとかいう実験ですのね」

「うん」

「お引き受けになりましたの？」

「うん」

美那子はそれで口をつぐんだ。夫は何と厭なことを引き受けたのだろうと思った。佐倉製綱でザイルの実験をするとか、しないとか、そんな記事を新聞で読んで、美那子はそれからも何か不快な不気味なものを感じたが、いま実際にそれが行われることになって、しかも、その実験を、ひともあろうに教之助が受持つとは、何ということだろうかと思った。美那子は小坂の遭難事件に、ある不安を持っていた。それはもしかしたら小坂が自殺をしたのではないかという懸念《けねん》であった。もちろん、これは上野駅のホームで魚津に依ってはっきりと否定されたが、しかし、そのために美那子の不安な気持は必ずしも消えてしまったわけではなかった。

「どうして、あなたがおやりになるのでしょう」

「原糸がうちの会社の製品だし、話を持ち出されれば、やらんわけには行かんだろう」

「あれ、うちの会社で造ったんですの？」

「ザイルは造らんが、ナイロンは造った」

「じゃ、そのザイルを造った会社ではいけないんですの？」

「自分とこの製品ではやりにくいだろうね」

美那子は夫の言い方に、何か意地悪いものを感じた。教之助はそんなつもりで言っているのではないことは判っていたが、それが妙に意地悪く感じられた。

美那子は自分の体を少し夫から離し、くるまのおびただしいヘッドライトが移動している窓外へと眼を移した。

田園調布の家へ着くと、教之助はモーニング姿のまま、応接室へはいって行って、ソファの上へ腰を降ろすと、

「まず、濃いお茶をもらおうか」

と言った。いかにも疲れたといった顔付きだった。

美那子は夫へお茶を運ぶように春枝に命じると、自分は居間へ行って、コートを脱ぎ、それから再び夫のいる応接室へ引き返して来た。美那子は夫からもう少し詳しくザイルの実験についての話を聞きたかったが、妙にそれにこだわるように取られそうだったの

で、そのことを口から出すことができなかった。

「すぐお風呂《ふろ》におはいりになりましたら」

「そうしよう。――今日はなかなか盛会だったじゃないか。花嫁もきれいだった！　あれで幾つぐらいかな」

「さあ」

「婚期を逸したって、両親はずいぶん心配していたらしい。二十七、八かな」

「そんな――。どんなに多くても、二十五でしょう。二十八だったら、わたしと余り変らないじゃありませんか」

「そりゃ、そうだな」

教之助は言って、要らんことを言ったといったちょっと眩《まぶ》しそうな顔をした。そして春枝の持って来た大ぶりの湯飲茶碗《ぢやわん》で、ゆっくりと茶を飲み終ると、ネクタイを解きながら立ち上がった。

教之助が入浴し、タオルの寝衣《ねまき》を着て二階へ上って行くまで、美那子は茶の間に坐《すわ》っていた。何か帯を解く気にもならなかった。

美那子が風呂から出て、戸締りを見廻《みまわ》り、二階の寝室へ上って行った時は、もうかれこれ十一時近くなっていた。十畳の広さの寝室には、対《むか》い合った壁にくっつけるようにして、二つの寝台が置かれてある。

教之助は寝台にはいり、枕許《まくらもと》の電気で横文字の雑誌を読んでいたが、美那子がはいって行くと、

「さきに寝たよ」

教之助は言ったが、背を向けたままの姿勢で、眼は雑誌から離さなかった。

美那子は部屋の隅の鏡台の前の腰掛けに腰を降ろすと、三枚の鏡面に映っている自分の顔をのぞきながら、

「眼、お疲れになりますわよ」

と言った。教之助は眼が疲れるので夜の読書はやめると口癖のように言っていながら、それでいて毎晩のように雑誌を読んでいた。

「うん、やめよう、今夜は少し疲れてる」

雑誌を枕許の台の上に置くと、その手で教之助はスタンドのスイッチをひねった。天井の電燈《でんとう》はすでに消えていたので、教之助の寝台の周囲だけが暗くなった。美那子の寝台のスタンドと鏡台のライトが、腰かけている美那子を真ん中に置いて、寝室の半分を明るくしている。

「実験で、ザイルが切れるか切れないか、判ってますの？」

美那子は夫の方へ声をかけた。

「さあ？」

暗い中から教之助の声が聞えて来た。

「切れるものか、切れないものか、それが判らないから実験しようという話になったんだ。実験してみないうちは何とも言えないね」

「そりゃ、そうでしょうけれど。――でも、どうなんでしょう、貴方《あなた》、お考えになって」

「判らんね」

それから教之助は寝返りを打ったらしく、寝台をきしませて、

「判らんけれど、普通こんどのようなテストを何回も行って、その上でザイルを造っているわけなんだ。その意味から言えば、ザイルが切れたということの方がおかしい。まあ、そう考えるのが自然だろうね。いろいろな場合の実験をやってみなければ判らんが、切れなくて普通だろうね」

「じゃ、実験して、切れない確率の方が多いのでしょうか」

「判らんね」

「でも、切れなくて普通だと、いまおっしゃいましたわ」

「切れなくて普通だが、切れるか、切れないかは実験をやってみなければ判らん」

教之助はここで小さい欠伸《あくび》をした。美那子は鏡の中の自分の顔を見詰めるようにしながら、

「切れなかった場合はどうなるんでしょう」

「どうもなるまい。ザイルが商品としての信用を確保するだけの話さ」

「でも、魚津さんの立場は？」

「魚津さんって、あの小坂君と一緒に山へ行った人だね。いつか、家へ来たという
――」

「そうです」

「さあね」

教之助は暫《しばら》く口をつぐんでいたが、

「それについて、いろいろなことを言っているね。今日も、実験の話で来た連中が話していた」

「――――」

「切ったということにも、いろいろの見方があるようだ。生命《いのち》が惜しくて切ったという見方もあるし、そうでない見方もあるようだ」

「そんなことが、もう言われているんでしょうか」

「そうらしいね」

教之助は第三者的な言い方をして、

「魚津という人物を知っている人は、小坂君をかばって切ったのだろうと言っている。

小坂君の体を縛っていたザイルが解けて、小坂君が墜落してしまった。ザイルが解けたということは、登山家として非常な不名誉になる。友達の不名誉をカバーするために魚津君がザイルを切った。——言われてみれば、ありそうなことだね」

教之助は言った。

美那子は、教之助の言葉の中で、〝友達の不名誉をカバーするために〟と言った一句だけが、鋭く胸に突きささっているのを感じた。教之助はザイルが解けた場合のことを言っているのであるが、美那子には、夫がそんなことに託して、全くほかのことを言っているのではないかという気がした。

「そんなことってあるでしょうか」

美那子は言った。

「同じ切ったといっても、自分の生命が惜しくてザイルを切ったのと、友達の不名誉をカバーするために切ったのとでは、大分違う。どっちか知らんがね」

「では、ザイルが実験で切れなかったとすると、魚津さんはそのどちらかの見方をされるんでしょうか」

「いや、まだあるだろう。何とか言っていたな」

考えているのか、教之助の言葉はここで途切れた。

美那子には、その教之助の黙っている時間がひどく重苦しく、長いものに感じられた。

夫は次に何を言い出すであろうかと思った。

「そうそう、日本の山岳界では孤立派らしいな、あの二人は。――そんなところから、小坂君たちの登山技術に疑問を持っている者もあるようだ。それで、ザイルの操作が悪かったのだろうと言っていた。そりゃ、むちゃをすれば、どんな強いザイルだって切れるだろう。それからまだ何かあったな」

また、ここで教之助は黙った。

「なんですの？」

「なんだったかな」

暫く沈黙が置かれた。その沈黙はまた美那子を息苦しくさせた。

ガス・ストーブをつけてあったので、部屋はかなり温まっていたが、それでもタオルの寝衣姿では肌寒さを覚えた。

「それから、なんですの」

また美那子は訊《き》いた。あるいは自殺という言葉が夫の口から出るかも知れないと思った。

美那子は鏡の中の自分の顔が、少し思い詰めたようにこちらを見詰めていることに気付くと、夫がいま自分の方を見守っているのではないかという気がした。美那子はいきなり手を伸ばすと、鏡台の上についている蛍光燈を消した。

それと同時に、美那子は夫の寝息を聞いた。確かに寝息である。美那子はほっとすると同時に、そんな夫に、こんどは逆に腹立たしいものを感じた。

そしていつもするように、ひどくひっそりした動作で、身を縮めるようにして、美那子は自分の寝台の中へもぐり込んだ。

この夜、美那子は夢を見た。

——真赤に枯れたくぬぎ林がどこまでも続いていた。右も、左も、前も、背後も、一面のくぬぎの林であった。くぬぎの木は、どの枝にもいっぱい、いまにも落ちそうな危っかしさで枯れた葉をくっつけていた。

そこを美那子は歩いていた。もうずいぶん長いこと歩いているのか、かなり疲れていた。美那子はくぬぎの木がこんなに赤く枯れるということを知らなかった。それにしても、小坂の家はどこにあるのであろうか。この辺にあるはずなのに、未《いま》だにそれらしいものは見えない。

美那子は心細くなって、よほど小坂に会うことはやめて、このまま帰ってしまおうかと思った。しかし、自分がここへ来た目的が、小坂から、自分が彼に与えたライターを取り戻すことにあったのに気付くと、やはりこのまま帰ってはいけないと思った。

小坂に会って、小坂からライターを取り戻さなければならない。自分はなぜあんなものを小坂に与えてしまったのであろう。あれは教之助が外国の旅行から自分に土産に買って帰ってくれたものである。それをついうっかり小坂に与えてしまったが、あれはやはり取り戻しておかなければならない。小坂と自分との情事は、あのライターに依《よ》って発覚するかも知れないではないか。

美那子はなおも歩いて行った。行けども行けども、赤く枯れたくぬぎの林は続いている。やがて、美那子は向うから一人の男がこちらにやって来るのを見た。小坂かも知れないと思った。しかし近寄って来てみると、小坂ではなかった。見知らない男だった。

美那子は道を訊こうと思って、その人物に声をかけた。

「小坂さんの家を御存じないでしょうか」

「小坂?! 小坂は前穂で死んだじゃないですか」

その言葉で、美那子ははっとした。ああ、そうだ、小坂乙彦は死んだのだったと思った。それと一緒に心も体も凍りついたように冷たくなった。小坂は死んだのだ! 可哀《かわい》そうなことをしたと思った。このあたりから今まで知らなかった人物は、いつか魚津に変っていた。

「どうして、小坂の家など訪ねる気を起したんです」

魚津はかみつくように言った。美那子はライターのことを言おうか、言うまいか、心に決めかねて黙っていた。すると、

「こんなところをうろうろしていると、貴女《あなた》のスキャンダルは世の中にひろまってしま

いますよ。もっと自分を大切にしなければいかん」

美那子は魚津の二本の手が自分の肩にかかるのを感じた。

「いいですか、判りましたか」

念を押すように魚津は言った。そしてそれと一緒に、美那子は魚津の手で、自分の体が荒々しく揺すぶられるのを感じた。

ここで美那子は目を覚ました。くぬぎ林も消え、魚津も消えた。ただ荒々しく魚津の手で鷲《わし》づかみにされた肩のあたりの感じだけが、まるでそこだけ生きているように残っていた。

美那子はじっとそのままの姿勢を保っていた。実際にまだ両の肩には、魚津の手の荒い感触があった。荒々しく振り廻されたなまの感覚が、ある酩酊感《めいていかん》を伴ってそのまま上半身に残っていた。

その夢が残して行った感覚は、しかし、次第に薄らいで、やがて消えて行こうとした。美那子は寝台に仰向《あおむ》けに横たわったまま眼を見開いていた。ひとの跫音《あしおと》が次第に遠のいて行くのを聞いているように、その酩酊感が次第に薄らいで行くのを、体を固くして見守っている気持だった。

部屋の空気は冷たかった。教之助の寝台からは就寝時と同じような寝息が、妙な規則正しさで聞えていた。美那子はその時、何となく夫の寝息を、それがひろい海を渡って聞えて来るといった、そんな風に感じた。

美那子はなおも暫く眼をつむったまま、いま自分が見た夢のことを思い出していた。どうしてあんな夢をみたのであろう。

自分はライターを取り返すつもりで小坂を訪ねて行ったが、あのライターを取り戻したいという感情は、自分が生前の小坂に対して、常に抱いていたものである。実際に小坂にはライターを与えてあったが、しかし、それを取り戻そうというような気持を持ったことはなかった。この夢の中のライターに関する気持が、だからと言って、嘘《うそ》だとは言えなかった。ライターを取り返そうといった気持は意識の底にひそんでいたものであろうし、またそのことで、自分の小坂に対する気持が怖《おそ》しいほどよく現わされていると思った。

それから自分は見知らぬ人物に会って、小坂が死んでいることに気付いた。その時自分を襲った凍りつくような冷たい思いは、小坂の遭難を知った時以来ずっと、彼の死に対して自分が抱いている気持である。生前の彼に邪慳《じゃけん》にしていただけに、あのような死に方をされると、やはり小坂が可哀そうであった。

それからいつかその見知らぬ人物は魚津になり、魚津は言った。こんなところをうろうろしていると、貴女のスキャンダルはひろまってしまいますよ。もっと自分を大切にしなければいかん。——魚津はどうしてあんなことを言ったのであろうか。

美那子は夢のことを考えて、ここまで来た時、ふと、魚津は自分のことをかばってくれているのではなかろうかと思った。この考えに突き当った時、美那子は思わず布団《ふとん》の中で大きく体を動かした。

魚津は自分と小坂のスキャンダルを世に知らさないために、小坂の自殺を匿《かく》しているのではないか。やはり小坂は自殺をしたのだ。そして魚津はそれを知っていて、知らないことにしているのではないか。

しかし、美那子はすぐ、自分が魚津からかばわれているといったそんな考え方を向うへ押しやった。そんなことがあろうはずがないと思った。そして美那子は、たとえ一瞬でも自分がそんな考え方をしたことを不思議に思った。まだ夢を見ているのかも知れない。

美那子は寝台の上に半身を起した。そしていまはすっかり夢から解放された思いで、一体いまは何時ごろであろうかと思った。

美那子は再び寝台に横たわったが、変に眼がさえてしまって眠れなかった。何時ごろか知りたかったが、時計を見るためにはスタンドの灯をつけなければならない。部屋を明るくすると、いま自分を埋めている世界は断ち切られるであろうと思った。夢から引き続いて来ている時間を、美那子はもう少しそのままにしておきたい気持だった。

美那子はそれからなおも十分か二十分程、闇《やみ》の中で眼を見開いていた。が、そのうちに自分が先刻からずっと魚津のことを考えていることに気が付くと、美那子ははっとした。そして自分自身を非難しなければならぬようなものを感じた。先刻向うへ押しやってしまったはずの、魚津が自分自身をかばっているかも知れないという思いの中に、美那子はいつか再び落ち込んでいたのであった。

人もあろうに、魚津のことなどを、深夜眼覚めて、ひとりで寝台の上で思っている自分の惨《みじ》めさに気付くと、美那子は毛布を引上げて、その中に顔半分を埋め、くだらないことを考えないで眠ろうと思った。

すると、その時、教之助の何か言う声が聞えて来た。何を言ったかよくは聞き取れなかった。美那子は訊き返そうとした。するとまた教之助の口から言葉がもれて来た。美那子は、それが明らかに寝言であることを知った。英語の寝言であった。夫の寝言の意味が判《わか》らない寝言ぐらい日本語で言えばいいのにと、美那子は思った。夫の寝言の意味が判らない程度の、そしてまたそんな性質の隔りが、自分たち夫婦にはあると思った。

美那子は、遠くに電車の音が聞える頃になって、漸《ようや》く眠りに落ちた。そしていつもより寝坊して、八時に眼を覚ました。眼を覚ました時は、教之助の寝台は既にからになっていた。

美那子はあわてて寝台を降りると、寝衣のままで階下へ降りて行った。階段の中途で、新聞を持って上がって来るセーター姿の夫とぶつかった。

「今朝は少し寒いよ。風邪をひかないように気をつけなさい」

教之助は言った。

朝食の時、教之助と食卓に対《むか》い合っている美那子は、昨夜の美那子とは少し違っていた。

美那子自身、それに気付いていた。あんな夢を見たことも、夢を見てから寝つかれないで、いろいろなことを考えながら、長い間眼覚めていたことも、そんな昨夜の自分の全部が厭《いや》になっていた。

美那子は食事を終って、新聞を拡《ひろ》げている夫の横顔に眼を当てながら、夫に対して自分はなんの不満も持っていないと思った。夫を充分尊敬しているし、充分信頼している。だからこそ、自分は小坂との過失に充分罰せられ、それから逃れようとあのように苦しんだのだ。美那子は自分の心に何回も言い聞かせた。自分は夫を愛していると。

しかし、夫を会社へ送り出してから、美那子は夫を愛していると自分に何回も言いきかせている自分に気付いた時、ふと変な気持にとらわれた。一体、夫への愛情を自分で確認しようとするような妻がどこにあろうか。

この考えが、美那子をそれから午前中ずっと廊下の籐椅子《とういす》に釘付《くぎづ》けにした。美那子は雑誌を取り上げたが、どうしても活字が眼にはいらなかった。

しかし、こうしたことは今日初めてのことではなかった。今までにも何回かあった。

だが、今日ほど、思いつめて、自分と夫との関係を考えたことがなかっただけのことである。自分は夫を愛している。夫も自分に充分な愛情を持っていてくれる。ここには何の不満もないはずである。それでいて自分の心はいつでも踏み外しそうな危いものを持っているではないか。

美那子は庭へ出た。そして庭を歩き廻《まわ》った果に、庭の隅で、ふと足許《あしもと》に動けなくなっている蜂《はち》が一匹地面の上に置かれてあるのを見た。体を大きく動かしてはいるが、飛び立つ力はすでに持っていない生き物を、美那子はそこへ屈《かが》んで、暫くのぞき込んでいた。

「奥様、お客さまですが」

その声で振り返ると、縁側から降りて来る春枝の姿が見えた。美那子は立ち上がると、蜂の上に下駄の歯を合せるようにして、ちょっとためらった後で思い切って、それを踏んだ。

「どなた？」

美那子は近寄って来た若い女中に訊いた。

「小坂さんという方です」

「娘さん？」

「そうです」

「じゃ、応接間にお通しして」

美那子は言ったが、蜂を踏み殺したあとの残酷な悲しい気持が、彼女をちょっとの間、そこから動かさなかった。

美那子が応接間へはいって行くと、それまで椅子に腰かけていたかおるはすぐ立ち上がった。

「いらっしゃいませ、ようこそ」

美那子が言うと、

「もっと早くお訪ねしなければなりませんでしたが、いろいろごたごたいたしまして」

かおるは多少固くなっている感じで、眼を美那子の顔に当てたまま言った。

そんなかおるが、美那子にはこの前二回会ったそのいずれの時とも違って見えた。この前は二回とも、小坂の事件の起った直後だったので、ろくに化粧もしていなかったし、何となくそわそわしたところがあったが、いまのかおるは落着いた静かなものを、その細いいかにも敏捷《びんしょう》そうな体に付けていた。

美那子は自分の方から眼を逸《そ》らし、

「どうぞ」

と、かおるを椅子に坐《すわ》らせた。椅子に腰を降ろしてからも、かおるは顔を上げると、その度に美那子の眼を見入った。

美那子は、こうした汚《けが》れというものの全くない眼に、もうずいぶん長いことぶつからなかったと思った。こちらの汚れが、そのために目立って来る思いで、眩《まぶ》しかった。

「みんなが兄の忌日に集まったんですが、その時、よほどお知らせしようかと思いましたが、やはりお知らせしない方がいいんじゃないかと思いましたの」

そんなことを、かおるは言って、

「いけませんでしたでしょうか」

自分の一存で取った処置が、美那子にとって、果してよかったか悪かったか、そのことがいかにも判らないといった表情だった。

美那子は、この前もそうであったが、この場合もまた、かおるが自分と小坂との関係をかん違いしていることを感じた。美那子には迷惑なことだったが、しかし、今となっては、それはそのままにしておく以外仕方がないことのようであった。魚津に、いつか上野駅のホームで言われたように、そのことを訂正するのは、美那子だけの気持に関する問題で、あるいは彼が言ったようにエゴイズムというものであるかも知れなかった。

美那子は当り触りのない受け応《こた》えをしながら、なるべく小坂の話から話題をそらそうとした。

「運動なさいますの？」

「スキーを少しだけ。——でも、学生時代は県から選手に出たことがあります」

なるほど、スキーでもやりそうな固く緊《し》まった体つきだった。

の」

「今日お伺いしましたのは、実は八代さんに兄の写真を取っていただこうと思いました
そう言うと、かおるは立ち上がって、窓際《まどぎわ》の隅置の上から青い手提鞄《てさげかばん》を取って来た。

美那子はまた、兄の恋愛関係の相手とのみ一途《いちず》に思い込んでいるこの若い女に迷惑なものを感じた。

かおるは鞄の中から一冊のアルバムを取り出すと、それを卓の上に置いて言った。

「これ、こんどわたしが整理したものです。兄の写真はまだ郷里の家にも、たくさんあるんですけど、取りあえず、わたしの手許に残っているのだけを整理いたしました。これは母に送って上げようと思いますが、母に送る前に、八代さんにこの中からお好きな写真を二枚でも三枚でも取っていただきたいんです」

かおるがアルバムを押して寄越したので、美那子は儀礼的にでもそれを見なければならないことになった。

美那子はアルバムに手をかけたまま、それを開くのをためらっていた。何十枚か知らないが、このアルバムの中には、小坂乙彦の写真が貼《は》られてあるはずである。自分がその求愛を拒絶したので、そのためにあるいは自殺したかも知れない若い登山家が、ここには居るはずであった。

美那子はアルバムから手を離すと、春枝を呼ぶために立ち上がって、右手のソファの

上に伸びているベルの紐《ひも》を取り上げた。紅茶を運んで来て帰って行ったばかりの春枝に、別に用事はなかったが、そうすることで美那子は厭な作業を少し先に押しやった気持であった。

美那子が椅子に戻ると、すぐ春枝はやって来た。

「果物を下さいね」

春枝に命じ、春枝が部屋を出て行くと、美那子は追い詰められた者の気持で、仕方がなくアルバムの一ページをあけた。そこには小坂乙彦の背広服の半身の写真が一枚だけはられてあった。美那子はそれにちらっと眼をやると、次のページをめくり、あとはかおるの気持を悪くしない程度の速さで、アルバムをめくって行った。

「どれでも、二、三枚お取りになっていただいて結構です」

かおるは言ったが、美那子は一枚も欲しいとは思わなかった。自分のためにあるいは死んだかも知れぬ青年の写真は、なるべくなら敬遠したかった。

「折角、お貼りになったものですから」

「いいえ、構いませんの」

「このまま、お母さまに差し上げた方がよろしくはありません？」

「でも、たくさんあるんですから」

美那子は早くこの仕事を打ち切りたかった。

「では、折角ですから、これをいただきましょうか」

美那子は、登山服の魚津と小坂の二人が、並んで河原のようなところに腰を降ろしている手札型の写真を選んだ。小坂一人の写真より、まだ魚津と二人のものの方が助かる気持だった。すると、

「あの、それは――」

と、かおるは困惑した口調で言った。

「なるべくなら、別のにしていただきたいんですが。――それに、その兄、まぶしいのか変な顔をしておりますわ」

「じゃあ、ほかのに致しましょう」

美那子は二、三枚ページをくって、また小坂が魚津と二人で写してある写真を選んだ。

「あら、それ」

かおるはまた短い叫び声を上げた。

「これ、いけませんのね」

美那子が言うと、

「いけないというのではありませんけど、なるべくなら――」

かおるは言った。

美那子は別のものを選ぼうと思った。美那子の方はどれでもよかった。小坂一人のを

避けて、次々にざっと眼を通して行ったが、やがてまた魚津と小坂の二人が並んで立っているのが出て来たので、それにしようかと思った。

「お兄さんと魚津さんの御一緒の写真、あまりありませんのね。お二人でよく山へいらしったので、もっとたくさんあるかと思いましたら――」

「ええ、どういうものか、ほんとに少いんです。ここには三枚しかありません」

その三枚目を美那子はもらおうかと思った。

「これ、いただけます」

「はあ」

そう言ったが、かおるはすぐに言い直した。

「兄一人のじゃいけません？」

「お兄さんお一人のは、何かいかにも故人の写真といった気持がしますので」

「あの――」

かおるは言いかけて、口ごもった。また別のにしてくれとでも言いたそうな、その時の感じだった。

美那子はアルバムから視線を離して顔を上げた。かおると眼がぶつかった。美那子はかおるの顔が少し苦しそうに笑うのを見た。おかしくて笑うというのではなく、何かいまの自分の気持を匿そうとでもしているようなひたむきなものが、その笑いの中にはあった。美那子はおやっと思った。

「魚津さんと二人のはいけませんのね」

美那子はそんな風に言った。

「いいえ」

かおるは必死な表情で言った。

「これ、やめておきましょうね。ほかのをいただきますわ」

「いいえ」

何が〃いいえ〃か判らなかったが、かおるは〃いいえ〃を連発した。そして、ちょっと間を置いてから、

「どうぞ、それ、構いません」

と言った。

美那子は、かおるがその言葉とは反対に、その写真を選んでもらいたくない気持を持っていることが感じられたので、別のをもらうことにした。小坂が誰か知らないが数人の仲間と一緒に、どこかの山頂で岩の上に坐っているものだった。

「これでしたら、構いません？」

「どうぞ。でも、それ学生時代のじゃありませんかしら」

かおるは言ったが、美那子はその写真を、かおるにアルバムからはがしてもらった。

美那子の知っている小坂とは違って別人のようにやせていることが、美那子には却《かえ》って救われる気持だった。

かおるは来た時とは違って、ほとんど顔を上げないで、視線を自分の膝《ひざ》の上に落していた。美那子は、そんなかおるを、どうにでも料理できるひよわい獲物を見ているような少し意地悪い気持で見守っていた。

この少女は魚津に特別な感情を持っているのだろう。それでなくて、魚津の写っている写真を手ばなしたがらぬということは説明できないではないか。美那子は、かおるを見守りながら、なんとなく嫉《ねた》ましいものを感じている自分に気付くと、自分はかおるの持ついかなるものに嫉妬《しっと》しているのであろうかと思った。

そう思って見てみると、嫉妬するものはたくさんあった。清潔な感じの額の生え際もこの年齢の娘だけの持つものであったし、自分の心の一端をのぞかれたことで、顔を上げ得なくなっている初心さも、やはりこの時期の娘だけの持つものであった。自分が声をかけたら、かおるははっとしたように顔を上げるだろう。その顔の上げ方も、そしてまた顔を上げてからこちらの眼を見入って来る理由のないひたむきさも、やはり何事にも替え難い若さの美しさである。それから黒のセーターで包んでいる細い肢体も、充分に嫉妬していいほど清潔だ。それにしても、どうしてこんな清純な肩の線をしているのだろう。

この美しい清らかなものの全部を、この娘はいま誰かに捧《ささ》げたくなっている。無意識のうちに、誰かに汚してもらいたくなっている。

「魚津さんにお会いになります？」

美那子は美しい獲物に訊《き》いた。

「ええ」

かおるは顔を上げたが、すぐ眼を伏せた。

「兄の忌日に来て下さいました。それからこの間、変なことが新聞に載っておりましたので、心配になって、魚津さんをお訪ねしました」

「変なことって、ザイルの実験のことですか」

「ええ」

「魚津さん、どうおっしゃってましたか？」

「実験してもらう方がいいんですって。――わたしもそう思います」

「でも、万一、ザイルが切れなかったら」

美那子が言いかけると、

「そんなことありませんわ」

かおるは顔を上げた。その口調にはどこかに抗議するような響きがあった。

「魚津さんが切れたとおっしゃるんですもの」

「そりゃ、そうですけど。――万一、ということがございましょう」

「切れないことって、考えられないと思いますわ。実験する人に悪意がない限り」

かおるは言った。美那子は、その実験を自分の夫がやることになっているということを、よほど打ちあけようかと思ったが、それを思いとどまった。ザイルは切れないだろう。そういう確信に似た思いがふいに、この時美那子の心に飛び込んで来たからであった。

小坂は自殺したのだ。魚津は自分をかばってくれているのである。――美那子は蜂をふみつぶした残酷さに似た思いで、ゆっくりとこう思った。事件発生以来ずっと小坂の自殺を恐れていたはずなのに、美那子はいま、反対にそれを望んでいるのであった。

＊

十一時に秘書課の若い社員が顔を出して、

「第三工業クラブの午餐会《ごさんかい》にお出でになるようになっておりますが」

と言った。

「うん、行く」

自分の机にむかって、郵便物に眼を通していた八代教之助は、そのままの姿勢で言った。

「じゃ、すぐ自動車の支度をしてよろしゅうございましょうか」

「うん、そうしてもらおう」

言ってから、

「その前に電話を掛けてもらいたいところがある」

ここで教之助は初めて秘書課員の方へ顔を向けた。この教之助の言葉で、それまで入口に立っていた身ぎれいな青年は部屋の中へはいって来た。教之助は机の引出しをあけて、二、三十枚の名刺の束を取り出すと、

「この中に、新東亜商事という会社の東京支社長の名刺がある。それを探して、そこへ電話をかけてもらいたい」

と言った。青年は教之助から受取った名刺をめくっていたが、やがて、

「常盤大作という方でしょうか」

「さあ、どうだったかな」

「新東亜商事という社名のはいった名刺は、これ一枚ですが」

「じゃ、それだろう。そこへかけて、その人物を呼び出してもらいたい。先方が出たら僕が出る」

青年はすぐ机の上の受話器を取り上げると、ダイヤルをまわし始めた。

教之助は立ち上がると部屋の隅の洗面所へ行って、そこで手を洗い、それから鏡に向ってネクタイの曲りを直した。そして教之助はそこを離れかけて、もう一度鏡の中の自分のネクタイに視線を当てた。あまり感心したネクタイではない。代赭色《たいしゃいろ》はいいとしても、横に縞《しま》がある。今朝洋服を着る時、美那子が差出してくれたので、そのまま首にまきつけて来たが、こうして見ると、やはり派手で品がないと思った。美那子はいつも、多少とも赤味のはいったものを選ぶが、自分は最近もっと目立たない渋いものが好きになっている。

去年あたりまでは、美那子が買って来てくれるネクタイにさほど抵抗を感じなかったが、最近は鏡に向う度に気にかかるようになっている。これは、美那子と自分との好みに開きができて来たというより、自分の好みが強くなって来たといった方がよさそうである。ネクタイに限らず、何事においても確かに自分は妥協できなくなって来ている。

人間というものは五十の坂を越すと、もはや自分は、自分以外の何ものにもなりたくないのだろう。しかし、まあ、ネクタイぐらいのことは我慢しなければなるまい。なるべく自分の好みを出さないで、美那子の好みを尊重することである。それが若い妻への礼儀というものであろう。

「お出になりました」

青年の声で、教之助は鏡の前を離れると、受話器の方へ歩いて行った。

教之助は受話器を受取ると、ちょっと送話口を掌《てのひら》で押えて、青年の方に、

「すぐ、自動車の支度をしてくれ」

と命じ、それから、受話器を耳に当てると、

「お呼びたていたしまして、こちら東邦化工の八代ですが。——先日は失礼いたしました」

と、物静かに、しかし事務的な口調で言った。すると、すぐ精力的な太い低声《バス》が返って来た。

「常盤です。こちらこそ先日は失礼いたしました。御多忙の中を勝手なお願いいたしまして」

「実は、その件なんですが」

「はあ」

「ちょっと、お目にかかって申上げておきたいことがあるんです」

「じゃあ、すぐ伺いましょう」

「そうですか、でもそれは恐縮ですな」

「いや、構わんですよ。——いつ、お伺いしましょう。会社の方でよろしいですか」

屈託のない調子で相手は言った。

「実は今日、日比谷の第三工業クラブに会合がありますが、十二時半頃には終りますの

で――」

「じゃ、一時頃が、御都合よろしいでしょうか」

「はあ」

「じゃ、時刻は一時としまして、どちらへ参りましょう。――第三工業クラブへ伺いましょうか」

第三工業クラブでもよかったが、会合が長びいた場合のことを思って、なるべくなら他の場所にしておいた方が安全だった。

「どこか、ほかに、適当な場所はありませんかな」

「じゃ、Tホテルのロビーでお待ちしましょうか」

Tホテルのロビーの雰囲気は、外人の大女がいつもうろついているので余り好きでなかった。すると、常盤大作は、

「Tホテル以外には、あの辺では、綿業会館のグリルがありますな。あそこはいかがです」

綿業会館のグリルだと、知った連中が何人かいそうな気がした。挨拶《あいさつ》するのが鬱陶《うっとう》しかった。すると、常盤大作は三度言った。

「N会館の六階のホテルのロビーはいかがです」

「そこにいたしましょう」

教之助はこんどはすぐ返事をした。N会館のホテルのロビーへはまだ一度も行ったことがなかったので、拒否するだけの材料がなかった。

「六階ですね」

「そうです。じゃ、そこに一時きっかりに行っております。お出《い》でになるまでお待ちしますから、会合の御都合で遅くなられても結構です」

受話器を置くと、教之助は相手にひどくそつのないものを感じた。こちらの、自分でも判《わか》る多少わがままな態度が、どれもいやにゆったりと受けとめられた感じだった。

教之助は十二時半に、第三工業クラブの会合の席を出て、自動車で五分とはかからない場所にあるN会館ビルに向った。

六階のホテルのロビーにはいって行った時は一時に十分程前だった。教之助は赤い絨《じゅう》毯《たん》を敷きつめてある広間に幾つか散らばっている応接セットの中で、一番奥まったところのソファを選んだ。なるほどここは静かである。壁面の装飾も、二階のパーラーへの階段のつけ方も、どこから降るとも判らない採光も、何となく映画のセットめいて多少軽い感じだが、静かで人のいない点はいいと思った。向うの隅に外人が一組と、女をまじえた日本人が一組いるだけで、その話し声も笑声も聞えない。

教之助はタオルをしぼったのを持って来た少女に煎茶《せんちゃ》を頼むと、あとは背をソファにもたせ、眼をつむった。愚にもつかぬ会合を終ったあとの疲れが、全身を覆《おお》っている。

これから少し会合を整理しなければならぬと思う。大体会合が多すぎる。会合ばかりではない。雑用も多すぎる。現にここへ来て、一人の人物を待っているのも雑用の一つである。ザイルが切れるか切れないかの実験なども、自分には関係のない、いってみれば俗世間の俗事中の俗事である。自分がどうしてもやらなければならぬことではない。それを何となく押しつけられてしまったのだ。押しつけられてしまってからいつも後悔する。投げやりにできればいいが、投げやりにできない性分なのがいけないのだ。ザイルの実験にしても、やはり自分の仕事となると、いい加減なことができない。そのいい加減なことができないということを、これからここへ来る人物に念《と》をおそうというわけである。このために一日二十四時間しかない時間の何分の一かを奪られるだろう。

しかし、教之助は常盤大作の肥《ふと》った姿が、ロビーの入口に現われ、それがこちらに真《まっ》直《す》ぐに近付いて来るのを見ると、組んでいた脚を解いて、すっくりと立ち上がった。そして常盤を迎えるように二、三歩進み出て、

「御多忙中、恐れ入りました」

と、持前の静かな口調で言った。

「これは、これは、お待ちいただいていたんですか。——さあ、どうぞ」

逆に相手は自分の方から座をすすめ、それからその大きい体をソファに埋めると、

「失礼します」

そう言って、室内が暑すぎるのか上着を脱いでチョッキ姿になった。

「さっそくですが、用件だけ申し上げましょう。——実は、例のザイルの実験ですが、費用が百万円ほどかかりますが、御承知でしょうか」

教之助は言った。

「百万円?! そりゃ、そのくらいは少なくともかかりましょう。承知しました。出させましょう」

相手は何でもないことのように言った。

「それから、実験はあくまで良心的なものにしたいと思います。この点、もし万一、貴方《あなた》の方で別のお考えを持っておられるといけませんので——」

これが一番言いたくて、教之助はこの話を持ち込んで来た一人である常盤大作をここへ呼んだのであった。

「別の考えと申しますと?」

常盤大作は驚いたように顔を上げた。

「佐倉製綱がザイルの実験をしようとする考えのなかには、ザイルが切れないことを希望する意志があると思うんです」

「そりゃあ、あるでしょう」

「幾ら、そういう意志があろうと、実験というものはそうしたことには左右されないものだということを、一応承知しておいていただきたいんです」

教之助は言った。一本釘《くぎ》をさしておくといった気持だった。

「なるほど」

常盤大作は大きく頷《うなず》いた。そしてわが意を得たというように、急に生き生きとした意欲的な表情を取ると、今までより一段と大きな声を出して、

「よく、おっしゃって下さいました。そうですよ。そうなんです。ザイルが切れるか切れないかということを実験するんですからね。切れて結構です。切れて、いいですとも。切れること、大いに賛成です」

「必ずしも、切れるというわけじゃありません。切れるか、切れないかはやってみないと判りません」

「そりゃ、そうです」

「ただし切れた場合、佐倉製綱としてはやはり困るでしょう」

「そりゃ、困ります。しかし、困ってもいいですよ。——佐倉という社長を御存じですね」

「知ってます」

「あの人物は今までに困ったことはないと思うんですよ。一回ぐらい困ったことがあってもいい。あの人物は、——私はあまり好きではありませんが、ともかくあの人物はい

つも幸運につきまとわれている。バスから降りると、ちゃんと電車が待っている。そして電車から降りて、駅のホームへ出ると、丁度そこへ汽車がはいって来るといった、そんな人物です。彼がここまでのし上がったのは、過去において、何事もそのように幸運だったということですね。彼の人間のつまらなさはそういうところから来ています。学界にも実業界にも、政界にも間々《まま》ああいう人物がありますが」

「なるほど。——でも、お宅の新東亜商事とは密接な関係がおありでしょう」

「あります。彼がうちの社の株を沢山持ってましてね。その意味からすれば、二つは兄弟会社です」

教之助は顔を上げて、改めて常盤大作の顔を見た。

「でしたら、貴方としても、ザイルの切れないことを望まなければならぬ立場にあるでしょう」

「それはそうですが、切れた場合は、切れても一向に差しつかえありませんよ」

それから常盤大作は笑った。教之助には常盤という人物の立場がよくは理解できなかったが、しかし、実験が何ものにも左右されないでいいという、極めて当然なことではあるが、それを確め得たことで、この人物に会った甲斐《かい》はあったと思った。

女給仕がやって来た。

「珈琲《コーヒー》、紅茶どちらを召し上がりますか」

常盤は教之助に訊いた。

「いや、煎茶をもらいましょう」

「じゃ、煎茶と珈琲」

そう言ってから常盤大作は、

「煎茶がいいですな。年を取りますと」

「まだお若いでしょう」

「いや、貴方と同じくらいでしょう」

「僕は五十八です」

「じゃ、三つ若い」

三つぐらいの違いとは思われぬ精力的な声で、常盤大作は言った。

「三つ若いけれど、だめですよ、万事」

常盤は少しもだめそうでない顔で言った。

「そんなことはありません。やはりお元気ですよ。ここへ来て年齢三つの開きは大きいですな」

教之助は強《あなが》ちお世辞でなく言った。すると常盤大作は、

「年齢というものには、元来意味はありませんよ。これは私の持論なんですが、若い生活をしている者は若い。老いた生活をしている者は老いている。——こう私は考えてい

ます。若くても老いた生活をしている者もあれば、年老いて若々しい生活をしている者もある。八代さんなどは原子力の方の仕事で飛び廻《まわ》っておられる。これ以上若い生き方はない」

常盤大作は次第に雄弁になって行った。

「とにかくですな。人間の価値は棺《ひつぎ》を覆う時決まると言います。人間の価値というものがいかなるものか知りませんが、一人の人間の持つ生活の充実量というものは確かに棺を覆う時決まると思うんです。たとえば金持であるかないかは、一生のうちに費《つか》った金の額で決めるべきものだと思うんです。つまり棺を覆うた時のトータルですな。借金しようが、泥棒しようが、一生涯にたくさん費っちまった奴《やっ》がやはり金持と呼ばれるべきでしょう。巨万の富を抱いていても、一生涯に少ししか費わなかったら、これは間違いなく貧乏人ですよ。金ばかりでなく何でもそうだと思うんです。若さも同じことでしょう。よく自分の若さを保つために、若い細君を持つ者があります。若い細君を持っていると、そこから発散するホルモンを吸収するから若返るという。なるほどそうかも知れん。しかし、このこと自体はナンセンスですよ。老いかかった肉体をある若さに留めておこうとするのは、なんといっても、これは無理ですし、人間のあさましさが見えて厭《いや》ですね。若い細君をもらうことの意義はそんなことではない。若い細君と若々しく生活することなんです。吸収することでなくて浪費することです。自分自身の老齢に反逆して若い生活をすることです。そのために多少、若返るどころか反対に死期を早めるかも知れない。しかし、もう一度自分を青春の中に置くということは、確かに意義はありますな」

「それは御説の通りかも知れませんがね」

八代教之助はいつまで続くか判らない相手の饒舌《じょうぜつ》を一応打切るために言った。打切るためばかりでなく、少し自分自身としても異議を申し立ててみたくもあった。

「私自身、若い妻を持っていますが」

教之助が言いかけると、

「ほう、若い奥さんを持っておられる?! そうですか、それは失礼しました」

常盤大作は真顔で大きく息を吐いた。

「私は若い妻を持っていますが、貴方のおっしゃるように、老齢に反逆して、若い妻と若い生活をするということは、これはできたら結構なことですが、——できませんな」

教之助は静かに言った。常盤大作が喚《わめ》くような口調で喋《しゃべ》っていたあとなので、その声はいやにひっそりとしてかえって説得的に聞えた。

「私は何も相手からホルモンを吸収しようなどと企《たくら》んで結婚したわけではない。どちらかと言えば、そもそもの発端はやはり浪費の方でしょうな。年齢に反逆して、ひとつ若い生活をしてやろうといった——。ところがよくしたもので、どうも、うまく行かない。

若さの享楽《きょうらく》はやはり若い時ですな。細君と喋っているより仕事のことを考えている方がいいですし、細君の体を可愛《かわい》がるよりは、夜だけぐらいは静かに一人で眠りたいということになります。細君のお供で一緒に町に買物に出ることもあるが、退屈ですな。買物ならいいが、これが映画や芝居となると、すまないが一人で行って来てくれということになる」

「なるほど」

「細君は庭を芝生にして、楕円形《だえんけい》の池を造り、ベンチを置き、セパードを放したがる。——これも困ります。私の方は柿《かき》の木でも一、二本ある方が有難い。——まあ、この程度のうちはよろしい。そのうちにもっとひどくなる」

「ほう」

「何と言いますか、老いと若さの間隔ですな。つまりはっきり言うと細君の精神と肉体とが持っている若さが、紛れもなく自分の敵になって来ますな。もちろん人によって個人差はありましょうが、私などの場合は、とかく細君は名ばかりになる。細君の方はばからしいですよ。私が細君なら憤《いきどお》ります」

「ふーむ」

「こうなると、女というものは、見ていて危っかしいですな、どうも。——そうなるのも、当然だと思うんですが、——なにしろ、自然ですからな。まあ、結婚適齢期の娘を一人持っている父親のようなものです。ただ厄介なのは結婚の相手を探されては困るということです。——まあ、一種の悲劇ということになりましょうね。貴方のおっしゃるように年齢に反逆できればいいが、反逆することが厭になる。億劫《おっくう》になり、面倒になる。こうなると、先程のあなたのお話は一種の空論の譏《そしり》を免れなくなりますね」

教之助の話を黙って聞いていた常盤大作は、ここでワイシャツの腕をまくり上げた。よし、そんならひとつ反撃してやろうといったように、口を固く結んで、それから改めて、物静かだが、どこかに冷たさを持っている老紳士の方へ顔を向けた。

「そりゃ、貴方、性格ですよ。六十、七十になっても娘《おんな》の子を追いかけまわしている者もある。ただ八代教之助氏の場合は娘以上に魅力のあるものがあるからいけませんな。若い奥さんとでなく、原子力と結婚すべきだったんです。人間、何も女ばかりを対象に考える必要はない。年齢に反逆し、うつつを抜かすのは女でなくてもいいわけです。——私などは女にもうつつを抜かせず、と言って、貴方の原子力のように、それに代るものもない。困りますよ」

常盤大作は問題を自分の立場へ持って来て言った。

「私などと違って、八代さんは、なんといっても、生活を若さで充実させておられる。原子科学というものは、私などは知らないが、人類の夢がいっぱい詰め込まれているものなんでしょう。あらゆる可能性がその中にはいっている。それにうつつを抜かしておられる。やはり羨《うらやま》しい限りですよ」

常盤が言うと、

「棺を覆うた時の、若さの充実量は、私の場合、相当な数字になるというわけですかな」

教之助は笑った。が、すぐ、

「しかし、そういうことは、どうも実感としては来ませんな。私はエンジニアですから、専門の仕事には一応夢中になりますが、強《あなが》ち原子科学の中に、明るい人類の夢や可能性ばかりが詰まっているとは思えませんな。そこにはまた、人類の亡《ほろ》びの可能性も詰まっているわけです」

「そう、亡びの可能性も詰まっている。しかし、亡びの可能性で裏打ちされたことで、初めて人類はここに、あるべき姿に置かれたことにはなりませんか。個々の人間は本来死を予約されている。死を予約されているが、われわれは別に暗い気持にもならず生きている。やがて何年かすれば死ぬ。にも拘《かかわ》らず、別に絶望的にもならずに生きている。少しでも正しく生きようとしている。それが個々の人間だけでなく、人類そのものがそうなって来た。人類は滅亡することはないと思っていた昨日までの方がおかしなことですよ。人類だっていつでも滅亡する可能性があるということで、道徳も、政治も、当然変って来るでしょう。民族とか国家とかいう立場ばかりでなく、人類という大きな共同の立場で物を考えるようになって来る」

「それはそうです。その通りです。しかしですね。そこはなかなか難しいことだと思います。個々の人間の場合ですが、一日一日死に近づいて行くということは余りいいものじゃない。――私などは、どうもこのところ自分勝手に、わがままになって行きますな。若い時は他人の気持を尊重し、少しでも他人に快感を与えるような生き方をしようと思いました。しかし、このところ次第に妥協できなくなりますね。――まあ、私などはここ何年かすると、自分一人で、小さい家にでも住むのが一番有難いということになりそうです。フランスあたりには、家族と離れ、子供や嫁や細君とも離れて、一切他人の世話にならず、自分だけアパートの一室に住んで、気まま気随に生活している老人があるそうです。そうした老人の中には、銀行まで信用しなくなり、金を瓶《かめ》に入れて裏庭に埋めてしまう。必要な時はそれをこっそり掘り出す。――」

「ほう、夜中にでも」

「そうでしょうね。金を庭に埋めるかどうかは判《わか》りませんが、私なども、さしずめそうしたこうるさい、人にあまり好かれぬ老人になりそうですよ」

教之助は言ってから、自分がこんなことを喋ったのは初めてのことだと思った。そして自分にこんなお喋りをさせる常盤大作という人物を改めて見直すような気持で、相手に眼を当てた。その時、常盤大作は、

た。

「水！」

と、まるで自分の会社にでも居る時のように大声で怒鳴った。ひどく赤い顔をしてい

「犯さず、犯されず、自分も他人に迷惑をかけない代りに、他人から迷惑をかけられることもごめんだ。——こういうわけですね。そうした老人になることが許されるならば、私もどちらかと言えばそうなりたいですな。人間の窮極の夢というか、思想というか、そうしたものをさらけ出してみると、まあ、私の場合などはこんなことになる。大体——」

八代教之助はここでちょっと一息入れた。そしてふしぎに口から自分が本当に思っていることを言葉として出す快感を感じていた。奇妙な具合だった。もっといつまでもいつまでも喋っていたかった。そしてまた喋ることは、いつまでも尽きないで無尽蔵にありそうな気がした。

初め常盤大作と対《む》かい合ってここに坐《すわ》った時は、相手が饒舌であることを顰蹙《ひんしゅく》し、やり切れない気持であった。それが、いかなる秘密のからくりがあったか判らなかったが、饒舌のお株を、いつの間にか相手から自分が奪っている格好であった。

「いや、よく判りました。私としても、そうした老人になりたくないこともない。ただ、私の場合は、実際問題として、なかなか一人では住めないでしょうな。私の方は、生れ

つき、お節介にできているから、他人の世話をやかずにはいられない。何か他人のやっていることを見ると、自分に関係がないことでも、黙っていられない。のこのこ出掛けて行って、一応、自分の意見を吐くか、意見がなければ感想をのべる」

ここまで常盤大作が喋った時、女給仕がやって来て、

「魚津さんという方がいらしっておられますが」

と言った。

「ここへ通してくれ」

それから教之助の方へ、

「ちょっと、お会いになっていただきたい青年があります。私の会社の者なんです。先刻、私がここへ伺う時一緒に連れて来ようと思ったんですが、外出していましたので、帰ったらここへ出向くように置手紙して来たんです」

常盤が説明していると、そこへ魚津恭太がやって来た。教之助には、肩幅のがっちりした中肉中背の青年が、それまで老人くさい話をしていたせいか、ひどく若々しいものに見えた。

常盤は、自分の傍に立っている魚津に、

「八代さんだ。君にはまだ話してないが、こんどザイルの実験をやって下さる方だ」

それから、常盤は教之助の方に、

「これも、女でなくて、山にうつつを抜かしている人物です。老人になると、金を瓶に入れて裏庭へ埋める方の口です。魚津恭太君といって、例のザイル事件の中心人物です」

と紹介した。教之助は立ち上がると、上着の内ポケットから名刺入れを出し、それから一枚抜き出すと、青年のそれと交換した。魚津は名刺に眼を当てていたが、顔を上げると、

「僕は八代さんのお宅へお伺いしたことがあります」

と言った。

「そうですか、そりゃ」

教之助はそんな風に言った。もちろん、魚津がいかなる青年であるか知っていたが、知らん顔をしていた。

「私はいま常盤さんにお話していたんですが、実験はあくまで良心的にやりたいと思います。いささかの私心もはいってはいけない。それで、常盤さんに、ザイルは切れるかも知れないが、予《あらかじ》めそれを覚悟しておいていただきたいということを申し上げたんです。それと同時に、貴方《あなた》には、実験でザイルは切れないかも知れないということを申し上げておきます。一応その場合の心用意をしておくことをお願いいたしましょう」

多少気難しげな表情で、自分の言葉をじっと耳をすませて聞き入っている青年に、教

之助は言った。

「もちろんです」

魚津は顔を上げて言った。

「ザイルが切れるか切れないかの実験をするんですから、どんな結果が出ても、その結果には承服いたします。良心的にやっていただくということを伺って大変安心しました。実は、ただいま名刺を拝見して、初めて八代さんが東邦化工の方であることを知って驚いたんです。問題のザイルの原糸は東邦化工の製品なので、東邦化工の方に実験を受持たれるのはまずいなと思ったんです。しかし、ただいまのお話を聞いて、すっかり安心しました。――ただ問題なのは実験の方法なんですが、どんな方法をお取りになるんですか」

「それなんですがね」

教之助は少し体を前屈《まえかが》みにして、

「現場をそっくりそのまま再現して実験するのが一番理想的なんですが、現在のところではこれは望めません。現場を再現するというのは、つまり事件の起った岩角の型を石《せっ》膏《こう》で取り、それと同じ岩角を造って、それにザイルをかけて試験をする。しかし、これは雪の解ける六月か七月まで待たないとできない相談です。目下のところ出来る方法として私の考えていることは、花崗岩《かこうがん》で幾つかの角度の岩角を造り、それを使う以外仕方ないと思いますね、一体、問題の岩角は何度ぐらいの角度なんでしょう？」

「私自身がその岩へザイルをかけたのではないので、ちょっと見当つきませんが、まあ常識で考えて、いかに岩が尖《とが》っていたとしても九十度ぐらいではないでしょうか」

「なるほど。──そうでしょうなあ。刃物のように尖った岩だったら避けるのが当然ですからね。じゃ、実験では九十度の岩角と、もう一つ、それより二倍の鋭さを持つ四十五度の岩角を作ってやってみましょう。この二つでいいんじゃないでしょうか」

「結構だと思います」

「岩は花崗岩を選びます」

「結構でしょう。で、一体、いつ実験をなさいますか」

「準備に一カ月や一カ月半はかかると思います。従って早くても三月終りか四月初めでしょうね」

教之助は言った。そして、自分の相手の青年との会話が、何か決闘でもしているように、妙にぎすぎすしたものであることに気付いた。

三人の間に沈黙が置かれると、常盤大作は、

「魚津君、君は何か八代さんに聞いておいていただいた方がいいと思うことはないか」

と言った。

「いや、別にありません」

魚津は言った。

「ない?! なければいいが――」

それから、常盤は、

「佐倉製綱のザイルを切ったのが、ひともあろうに、うちの社員だったんですからね。これには実のところ驚きましたね」

と、さも愉快そうに言った。

「そして、こんどはそのザイルの実験を東邦化工の八代さんが受持たれる。もしそれが切れたとなると、これは実に驚くべきことですな。いってみれば周囲の親戚《しんせき》の者たちが、寄ってたかって、本家をやっつけているみたいなものですからね」

「切れるとは決まっていませんがね」

教之助は言った。少し自分でも不機嫌になったのが判った。相手が調子に乗って来ると、いつも教之助は不機嫌になる。すると、そんな教之助に気付いたらしく、

「そりゃ、そうです。実験ですからな」

常盤は言った。

「ですが、やはり切れますね。実際に切れたんですから」

と、横から魚津が口を出した。教之助はそれは受け付けず、自信の強い青年の方へ眼を当てると、

「話は別ですが、こんど亡《な》くなった小坂君とは、僕も一回、家で会っているんです」

と言った。

「そうですか」

魚津はちょっと複雑な表情をした。

「気の毒なことをしました。なかなかいい青年でしたのに。——貴方とはずいぶん古いお友達ですか」

「大学時代からの友達なんです。親友でした」

「それじゃ、落胆なさったでしょう。友達というものはいいものです。親よりも、兄弟よりも、ある意味では友達の方がお互いに気心が判ってますからね。お互いに何もかも知ってる」

教之助は、うつむいている魚津から視線を離さないでいた。そして魚津の表情に、微《かす》かだが、苦しそうなものが走るのを見た。この青年は美那子と小坂の関係を知っているであろうと思った。教之助は次に口から出すべき言葉を、頭の中で考えていた。この青年と話すことで、美那子と小坂との関係がどの程度のものであったか、ある程度探りを入れることはできるであろう。一度も口にも態度にも出したことはなかったが、やはりこのことは、この二、三年の教之助にとっては、一番心にひっかかっている問題だった。

美那子が小坂乙彦を避けていたことは知っている。しかし、その避け方が不自然に感じられていた。何かない限り、あのようにむきになって小坂を避ける必要はないと思われた。

「じゃ、今日はこれで失礼しましょう」

ふいに教之助は立ち上がった。自分でも予期せぬ気持の変化であった。問題の小坂は死んでいるのだ。それでいいじゃないか。若い妻の秘密にかかずらわっている自分に気付くと、ふと教之助はそんな自分を向うへ押しやった。

六章

二月から三月へかけて、魚津は山へ行きたい気持と闘った。小坂がいまでも雪の中に眠っていることを思うと、東京にじっとしていられない気持だった。アパートの一室で、夜半ふと眼を覚まし、ながながと雪の中に身を横たえた小坂の体の上に雪片が降り積んでいる様が眼に浮かんで来ると、魚津はいつも寝床の上に半身を起した。

そんな時は、むしょうに山へ行きたかった。まるで小坂が呼んででもいるように、前穂の雪の中へはいって行く気持を押えることはできなかった。

これまで冬山へ登る時は、いつも小坂と二人だったが、こんど出掛けるとすれば一人であった。もちろん、誘えば喜んで一緒に行く山友達も何人かあったが、しかし、そうした友達と一緒に出掛ける気持にはならなかった。何か細君を亡《な》くして後妻でももらうようで、小坂に対する義理が立たない気持だった。

それに、小坂の体を覆《おお》っているのと同じ雪のおもてを踏むには、自分一人でなければならなかった。

――小坂、やって来たぞ。

――よう、暫《しばら》くだったな。

そんな二人だけの会話を取り交わすには、傍にほかの誰が居ても邪魔になった。

しかし、魚津はこの山へ行きたいという気持に耐えた。それでなくてさえ、いろいろと常盤大作に迷惑をかけているのに、なおこの上、たとえ二日でも三日でも、山行きのために会社を休ませてくれとは言い出しにくかった。

それに会社の仕事も忙しくなっていた。例年は一月から三月までが、一年中で一番仕事の暇な時期であったが、今年は少し事情が違っていた。経済界が徐々に好景気に向っているためか、外国の雑誌や新聞に広告を出す会社は急に多くなっていた。戦後十年にして、漸《ようや》く日本の産業界も一応立ち直り、販路をひろく世界に求めようとする動向にあることが、仕事の面からもよく判《わか》った。

そして、それを裏書きするように、海外で日本商品の見本市が開かれるというニュースも二、三、大新聞に掲載された。このニュースは会社の仕事には有利であった。魚津は見本市に出品する商品を造っている会社を調べ上げ、外勤の連中をそこへ派して、そうした会社から次々にかなり大きい広告を取った。

こうした仕事の忙しさに追われて、魚津は山へは行きたかったが、会社に出ている間はその誘惑を向うへ押しやることができた。

問題のナイロン・ザイルの衝撃反応の実験が近く行われるだろうということが新聞に報じられたのは、三月の中旬であった。それは、幾つかの新聞に、それぞれかなりセンセーショナルな見出しで取扱われた。しかし、まだ実験の日も、実験の方法も詳しくは発表されなかった。

魚津はその記事を、自分とは無関係な事件に対するような気持で読んだ。

この記事が新聞に出てから、魚津は登山界の先輩、後輩を初めとして、各方面の人々から手紙をもらった。魚津の知っている人もあれば、全然知らない人もあった。

これまでナイロン・ザイルが切れたという事件に対して、極く一部の人を除いて、大抵の人はそんな事件があったかぐらいの関心しか払わなかったようであったが、大々的な科学的実験が行われるということで、改めて事件を見直した格好であった。

登山家関係の人々からの手紙は、大体ナイロン・ザイルに関する私見を述べたものが多かった。〝問題は岩角であるが、岩の表面の鋭角が氷と岩角とでいかなる状態になっていたか？〟とか、あるいはまた〝ツェルト・ザックをかぶってビバークしたというが、ザイルは凍結していなかったか？〟とか、そうした種類の、質問とも非難ともつかない内容のものも幾つかあった。また中には、自分がナイロン・ザイルを使用した経験を詳細に綴《つづ》って来たものもあった。

若い科学者らしい人からのものも二通あった。一つは、国産、外国製を取りまぜて、七、八種のナイロン・ザイルの単繊維を顕微鏡で見たが、太さはほとんど〇・四ミリだったと報じ、そしてその複屈折性を調べて、両者の差異を詳しく記してあった。もう一つは、ナイロン・ザイルを手で引きちぎった場合と、ヤスリで切った場合の変形を調査して、それについて詳しく述べ、二、三枚の顕微鏡写真を同封して来てあった。いずれにせよ、二つとも調査が専門にわたっているので、その実験がいかなる意味と主張を持つかは、魚津にはよく判らなかった。

魚津は、新聞記事が出てから二、三の新聞社の記者の訪問を受け、新聞に談話を発表した。自分が事件の表面に立つことは、常盤大作の立場を苦しくすると思われたので、なるべく控え目にしていたかったが、しかし、問題が社会の表面に浮かびでたので当の事件の渦中《かちゆう》にある人物として、一応自分の立場を明らかにしておかないわけにはゆかなかった。

魚津の談話は三つの新聞に載ったが、どれも同じようなものであった。

——ナイロン・ザイルがいかにして切れたか、現在世界ですぐこれに答えられる人はないと思う。問題が登山者の生命に関することなので、あくまで素人《しろうと》考えは差控え、科学的研究に待つべきである。その意味で、こんどの実験には大いに期待している。そしてその結果、ナイロン・ザイルの長所と欠点がはっきりし、その取扱いに対する知識が一般化されることを切望する。

魚津はできるだけ控え目に語っていた。

ナイロン・ザイルの実験について、詳細な記事が大新聞の一つに載ったのは、三月の終りであった。

それによると、実験は四月三日の午後二時から、川崎市の海岸地帯にある佐倉製綱の東京工場で行われるということで、かなり詳しく実験方法の内容が紹介されてあった。

――当日テストに使われるザイルは、マニラ麻一二ミリ、同二四ミリ、ナイロン八ミリ、同一一ミリの登山用ザイル四種。

――実験場にはすでに、百万円の費用を投じて、高さ一〇メートルのザイル衝撃試験用の鉄骨ヤグラが組まれ、それに四五度と九〇度の二つの角度を持った、よく磨かれた花崗岩《かこうがん》のエッジが取りつけられてある。テストは、麻ザイルとナイロン・ザイルに五五キロの落下物（分銅）を結びつけ、それをエッジを介して落下させた場合の、各種ザイルに加えられた衝撃の反応を見るもので、垂直落下の場合、七〇度、八〇度の角度で落下する場合等がテストされることになっている。また落下高度も一メートルより始まり、五〇センチずつ増して行き、ザイルが切断されるまで試みられる。

――この実験の指揮者は、問題の前穂で切れたというナイロン・ザイルの原糸を佐倉製綱に提供している、東邦化工の専務八代教之助氏で、氏はかつてK大学で、応用物理学の講座を持ったこともあり、現在は原子力研究委員会の重要メンバーでもある。

この記事が載った日、常盤大作は川崎の実験場を見に行って来たらしく、夕方会社へ戻ると、机に対《むか》っていた魚津の肩をたたいて、

「三日にはどうする？　行くか？」

と訊《き》いた。

「行きます」

魚津が答えると、

「じゃ、一緒に行こう」

と、常盤は言って、

「どうやら、これで君も首がつながるだろう。たいした首でもないのに、世話をやかせるやつだ」

そう言って笑った。常盤は上機嫌だった。

「その後八代さんにお会いになりましたか」

「今日会ったよ、実験場で」

「八代さんはどう言ってました？　もう八代さんには判ってるんじゃないでしょうか。実験装置を造る以上、すでにテストを行ってると思うんです」

魚津が言うと、常盤は、

「さあ」

と考えていたが、

「普通ならそう考えていいところだが、あの人の場合、テストは当日の公開実験までやらないのではないかな。潔癖というか、気難しいというか、ちょっと普通の判断の利《き》かんところがあるからな。エンジニアには時々ああいう人物があるが、しかし、彼の場合は優秀だ。少くとも俗物ではない。なにしろ紙幣を瓶《かめ》に入れて、裏庭へいける老人になりたいと言うんだからな」

常盤は言った。

例年より春は遅いと新聞に報じられてあったが、その通り四月の声を聞いても、アパートの横手の桜の蕾《つぼみ》はまだ固かった。三日の、ナイロン・ザイルの実験の当日、魚津はいったん合外套《あいがいとう》なしでアパートを出たが、やはり薄ら寒かったので、それを纏《まと》うためにアパートへ引き返した。一点の雲もないよく晴れた日で、もうどう見ても春としか思われない明るい陽光が降っていたが、風だけが冷たかった。

魚津は会社では平日と同じように、午前中、こまかい仕事をした。広告の文案を点検するとか、幾つかの会社へ手紙を書くとか、やり切れない程の雑用がたまっていた。

常盤は正午近く社へ姿を現わしたが、大阪の本社の連中と食事をすると言って出て行って、一時頃に戻って来た。

「二時からだったな。すぐ出掛けよう」

部屋へはいって来ると、常盤は言った。

「行きましょう」

魚津は机を離れると、外套を取って来て、常盤のあとに続いて、事務所を出た。事務所にはその時十人ほどの社員が机に対っていたが、誰も何とも声は掛けなかった。今日のナイロン・ザイルの実験について知らないはずはなかったが、意識的に、そのことには触れないでおくという態度を取っている風だった。

社の前で拾ったタクシーに乗ると、

「本社からは二人、佐倉製綱からは六人、今日の実験を見にやって来ているよ」

と常盤は言った。

「おおごとですな」

魚津が言うと、

「そりゃ、おおごとだよ。佐倉製綱としては、どうあってもザイルに切れられては困る！　百万円も金をかけて、自社の製品が悪いという実験をするばかはないからな。佐倉製綱ばかりでなく本社も困る。もっとも本社の方は、社長一人だがね。佐倉製綱に対して、社長の立場がなくなる」

「どうなります？」

「どうもならんだろうが、社長としては具合が悪いだろう」

そんなことを言っていたが、自動車が品川駅の前を通り、京浜国道へ出ると、常盤は、

「君は、テストの現場に顔を見せない方がいいかな」

と、ふいに考え深そうに言ったが、すぐ、

「君、やめとけ！」

と言った。

「君が姿を見せると、つら当てがましく取られそうだな。現場へは姿を見せないでおく方が無難だろう」

「じゃ、そうしましょう」

魚津は素直に言った。ザイルは恐らく切れるだろうが、切れた場合、なるほど自分がそこに居合せては、本社や佐倉製綱の連中に、いかにもつら当てがましく取られるかも知れないと思った。

「実験に立ち会わないとすると、君はどうする？　僕を実験場で降ろして、君はこの自動車で引き返すか」

「そうですな」

魚津は、実験がどのくらい時間を要するものか判らなかったが、会社へ引き返す気にはならなかった。

「海岸でもぶらぶらしていましょう」

「二、三時間かかるんじゃないかな」

「そのくらい時間を潰《つぶ》すのは何でもありませんよ」

「そりゃ、そうだろう。山で何日も暇潰しをするんだからな」

「暇潰しとはひどいですな」

「まあ、おんなじようなものだろう」

自動車は京浜国道から折れて、羽田空港の方へ行く道を取り、途中で空港の方へ曲るところを曲らないで、真直《まっす》ぐに川崎市の工場地帯へと向った。大師橋を渡り、十分ほどして、海岸の方へ曲る。広い鋪装《ほそう》道路が真直ぐに海に向って走っていて、道の両側には遠く、近く、大工場が散らばっている。


自動車の停まったところは、コンクリートの塀こそ廻《まわ》してあるが、広い敷地内に二棟《むね》の建物があるだけの、閑散とした場所であった。門柱には佐倉製綱東京工場という表札が掲げられてあるが、工場の建物はこれから建てられるらしく、敷地内の雑草の上には、鉄柱やら木材やらが、何カ所かに積み上げられてあり、地均《じなら》しの労務者がそこらをのろのろと動き廻っていた。

門のところから見ると、奥の建物の横手に、十数台の自動車が並んでおり、その付近を二十人ほどの人間がぶらぶら歩いていた。その辺に実験用のヤグラが組まれているのであろうが、遠くからではそれらしいものを見ることはできなかった。あるいは建物の裏手でも実験場になっているのかも知れなかった。

魚津はくるまから降りると、

「じゃ、僕は海岸で日向《ひなた》ぼっこしていましょう」

と言った。

「実験が終ったら、くるまをそっちへ廻すことにする」

それで、扉がしまると、自動車は工場の内部へと滑り込んで行った。

魚津は海へ直角にぶつかっている広い鋪装道路を、春の陽を浴びながら、ぶらぶら歩いて行った。時々、『H造船行』とか、『N鋼管行』とか書いた工員用のバスが通るほか、人通りは全くなかった。

暫く行くと、道の両側は見はるかすような広い空地になり、工場の建物の群れは道から遠くなった。白い石油タンクが、陽にきらきら光っている。

やがて、海に近づくと、右手の広い空地の果てに、川崎の大工場地帯が現われて来た。無数の起重機と無数の煙突が、さながら一つの原野を形成して、はるか遠くに見えている。

海岸は意外に美しい砂浜を形造っていた。渚《なぎさ》には静かな小さい波がひたひたと寄せていたが、そこら一帯がどこかの工場の用地になっているらしく、鉄条網が張り廻されていて、その広い砂浜の方へはいることはできなかった。

それでも、道路が海にぶつかったところだけは、多少のゆとりがあって、そこに立っていると、やはり海浜の砂の上に立っている気持がした。砂浜はコンクリートの切岸《きりぎし》で海と境されている。

魚津は暫く切岸の上に立って、遥《はる》か沖で防波堤によって区切りされてある海を見ていた。その海を、油槽船らしい扁平《へんぺい》な船が発動機の音を響かせながら動いている。魚津は時計を見た。二時を少し廻っている。丁度、今頃、実験が始まるのではないかと思った。いずれにしても、これからここで二時間ほど過さなければならない。

魚津は右手の鉄条網の柵《さく》の向う側に一面に枯れた茅《かや》の原が続いているのを見ると、そこへ行って昼寝でもしてやろうかと思った。立入禁止の立札が立っているが、昼寝をするだけのためなら、暫くそこを借用しても文句は出ないだろう。

魚津は鉄条網の破れたところを探し、洋服をひっかけないようにして、そこをくぐると、茅の原の中に腰をおろし、そして仰《あおむ》向けに背後に倒れた。空には一点の雲もなかった。青味の少ない、いかにも春らしい白っぽい空である。鳶《とび》が二羽飛んでいる。二羽とも羽を水平に伸ばして、ゆったりと飛翔《ひしょう》している。

眠ろう。——魚津は思った。眼をつむると、遠くの工場地帯の機械音が地鳴りのように聞えている。魚津は初めそれを海の波の音かと思ったが、やがて無数の機械音が入りまじって、遠くから響いて来る音であることを知った。

魚津は自分に関係のあるナイロン・ザイルの衝撃反応の実験がいま行われているということを、さして深刻な思いで考えることはできなかった。ザイルが切れるか切れないかという、その結果は直接自分に関係する大きい問題であったが、少しも心配にも不安にも感じられなかった。ザイルは切れたのである。これは自分が経験したことなのだ！自分が切ったのでもないし、小坂が切ったのでもない。小坂が切るというようなことがあってたまるものか。ザイルはそれ自身の弱点の故《ゆえ》に切れたのである。

また鳶が真上を飛んでいる。ゆっくりと飛翔している。睡気《ねむけ》が魚津を襲っていた。魚津は学生時代からこのかた何年にも経験しなかった健康な睡気が、次第に自分の意識を遠くに持って行くのを感じていた。

どれだけ時間が経《た》ったろう。魚津はたて続けに鳴らされている自動車の警笛の音で眼を覚ました。

半身を起した魚津の眼に、十間ほど離れた道路の上に停まっている自動車と、その横に立っている常盤大作の姿が映った。

「支社長！」

魚津は大声で叫ぶと、茅の原の中で立ち上がった。

常盤大作はすぐ魚津の姿を見付けたらしく、ちょっと右手を挙げて、それと一緒に何か言ったらしかったが、その声の方は風にさらわれて聞えなかった。先刻、茅の中に仰向けに倒れた時は風がなかったが、いまは風が出ている。

常盤はそこに立ったまま、背を魚津の方へ向けて、煙草《たばこ》に火をつけている。魚津は道路に出るために鉄条網の破れ口の方へ歩いて行った。

その時、魚津は気付いたのであるが、陽は大分西に傾いていた。腕時計を見ると四時を廻っている。時計を信用すると、二時間も眠ったことになる。自分でもちょっと信じられぬ気持だったが、陽はすでに落日といった感じで、遥か遠くの無数の煙突から出る煙のために、赤黒く汚れており、それが魚津には何か不吉なものに感じられた。海に眼をやると、防波堤のこちら側を、先刻と同じような油槽船が二隻《せき》、発動機の音を響かせながら、神経質な動き方をしている。

魚津は鉄条網をくぐると、相変らず自動車の傍に立っている常盤大作の方へ近付いて行った。常盤はそんな魚津の方へは顔を向けないで、視線を海の方へ投げていた。

「支社長、どうも！」

魚津は寝込んでいた詫《わ》びを言った。すると、常盤はじろりと、少しきびしい眼で魚津を見返すと「ううむ」と唸《うな》るような声を出してから、

「眠ってたのか」

「はあ」

「のんきなやつだな」

それから、

「帰ろう」

と言った。

「実験はどうでした？」

魚津は訊いたが、常盤はそれには答えないで、

「八代教之助氏は立派な人間だ。おれは彼を信じる。君も彼を信じなければならぬ。信じられるか」

「もちろん、信じます」

「信じられるならいい。信じた以上は、実験の結果に文句を言うな。——ザイルは、君、切れなかったよ。マニラ麻よりも、むしろ強いくらいだ」

常盤大作はゆっくり言うと、それから自分でくるまの扉を開け、

「さあ、乗れ」

と言った。魚津は言われたように、先にくるまに乗り込んだ。

魚津は自動車の扉がしまってから、容易ならぬものが、自分の身辺を襲っているのを感じた。魚津は、自分でも奇妙に思われるほど落着いたゆっくりした口調で言った。

「ザイルは切れなかったんですね」

「そう」

「ザイルは切れなかった！　ザイルが切れなかったということは——」

魚津は頭の中で、そのザイルが切れなかったという意味が、真黒い雲のようなものとして、ゆっくりした速度で拡《ひろ》がって来るのを感じた。

「ザイルが切れなかったということは、つまり、ほかの理由でザイルが切れたということですな」

それから初めて、魚津は震える声で、咬《か》みつくように言った。

「そんなことがあってたまりますか。そんなばかなことが！」

「興奮してはいけない」

常盤の低声《バス》が、魚津の言葉を遮《さえぎ》った。

「実験ではザイルは切れなかった。——おれもザイルは切れると思った。しかし、ザイルは切れなかった。当然切れるものでも、切れないということはあるだろう」

「そんなことはありません」

「しかし、そんなことはあったのだ」

「何かの間違いでしょう」

「おそらく間違いだろうね。しかし、ともかく、現実の問題としてはあったのだ。——八代教之助という人間をおれは信じる。従って、その実験を信じる。その実験において、ザイルは切れなかった」

「しかし、支社長」

常盤は受け付けないで、

「君も、八代教之助という人間を信じろ。この実験については、一言半句も文句を言うな。それができるか」

魚津は黙っていた。信じろと言っても、魚津としては、おいそれと信じるわけにはゆかなかった。

「しかしですねえ、――」

「文句を言うな」

「でも――」

「でもも糞《くそ》もない」

常盤の言葉は高びしゃだった。

「信じるんだ。君は、黙って信じればいいんだ」

「無茶です」

「無茶だと?! 君は、先刻、くるまに乗る前に、おれが八代教之助を信じるかと訊《き》いたら、信じると言ったではないか、あれは嘘《うそ》か！　男のくせに自分の言ったことをひるがえすな」

「人間は信じます」

「人間を信じるということは、その人間のやった行為をも信じるということだ。実験では、ザイルは切れなかった！　これはこれでいい！　よくはないが、仕方がないことだ。君がもし実験を信じないとすると、問題はザイルから離れて他のところへ行ってしまう。君はどうしても今日の実験の結果を素直に信じるんだ。それは何も君の敗《ま》けたことにならぬ。実験では切れなかったが、山では切れたのだ」

「世間の人間はそんな考え方はせんでしょう」

「世間の人間はしないかも知れぬ。しかし、おれはする。おれ一人がするだけでは、君は不足か」

魚津は常盤大作の手が膝《ひざ》の上で痙攣《けいれん》でも起したように震えているのを見た。

「人間が人間を信じるということは難しいことだ。しかし、君にはこれをやってもらわねばならぬ。何も間違ったことをやれと言うのではない。おれだって、君だって、八代教之助という人間は信じることができるのだ。ただ、たまたま彼が受持った実験の結果が、どうしたものか、予期していたことに反しただけの話だ。こんなことになるなら、何もおれは実験をすすめたり、頼んだりはしなかった。しかし、いまになってそれを悔んでも仕方がない。——君は、確かに、今までより苦しい立場に立つことになるだろう。世間の人の見方は単純だから、実験の結果から、君を窮地に追い込むだろう。これも仕方がない。現在、君はもう、昨日までとは違った新しい現実の上に立っている。前穂の氷の壁よりも、もっと冷酷な地盤に立っている。よく覚悟しておくことだ。明日と言わず、今日、社へ帰ったら、夕刊は君に向って、刃を研いでいるかも知れない。――だが、そんなことが何だ！　ザイルは山で切れたのだ。それを、君は身をもって経験したんだ」

魚津は、これまでに常盤大作がこのように蒼白《あおじろ》んだ顔で喋《しゃべ》ったのを見たことはなかった。それでなくてさえ常盤はいつも相手の眼に、自分の眼を当てた意欲的な喋り方をするが、この場合はまるで睨《にら》みつけるような眼のすえ方だった。

魚津は黙っていた。自分に望ましくない事態がやって来るということは判《わか》っていたが、それにしても、常盤の言葉の底を流れている意味がよくは理解できなかった。

常盤は八代教之助の人間を信じろと言う。そして彼の為《な》した今日の実験を信じろと言う。信じろということは、文句なく実験の結果に承服しろということである。そして、山でザイルが切れたことは切れたこととして、それはそれで自分の胸にしまっておけというのであろうか。

「しかし」

魚津はまた言った。

「ザイルが切れなかったということは、実際にはちょっと考えられないことです」

「だから、おれは信じるという言葉を使っているのだ。八代教之助を信じろ。ただ信じていればいい。この際、絶対に実験については疑いをさしはさむような言葉を弄《ろう》してはいけない。もし、君がそんな言葉を口から出したら、おれは許さないぞ。——山では、ザイルは確かに切れたのだ。おれは君を信じる！　おれは君を信じるから、君は八代教之助を信じろ。いいか」

常盤は再び念を押すように言った。くるまは京浜国道の自動車の群れの中にはさまって走っていた。街にはいつか春の白っぽい薄暮が来ようとしている。

会社へ戻る途中、常盤は品川駅で自動車を停め、運転手に夕刊を買わせた。運転手は数種の夕刊を持って来たが、そのどれにもザイルの実験の結果は報じられていなかった。

「やはり夕刊には間に合わなかったとみえる。もっともはっきりと結果が出たのは四時近かったからな」

常盤大作は言った。

自動車が会社の前で停まると、常盤は先に降りて、魚津が降りるのを待って言った。

「今日は早く家へ帰り給え。明日の朝刊にどのような取扱いを受けるか判らぬが、万事は朝刊を見てからのことだ。明朝は、僕も早く出社しているから君も早く顔を出してもらいたい」

「承知しました」

魚津は言った。そして二人は突き当りのエレベーターの箱に乗り込んで三階へ上がって行ったが、エレベーターを出た時、常盤はもう一度言った。

「すぐ帰るがいい。新聞記者にでもつかまるとうるさい。もし家へ帰って訪問を受けても、実験そのものを疑ぐるような言葉を口から吐いてはいけない。そのことだけをくれぐれも気をつけ給え」

常盤は部屋の扉を押す時、最後にちょっと魚津の方を見た。

「判りました」

魚津は事務所にはいると、すぐ自分の机の上を整理して、帰り支度をした。事務所には数人の社員が執務していて、清水の姿も見えたが、遠慮しているのか、彼は実験の結果については訊いて来なかった。

「先に失敬する」

魚津は清水にそれだけ言って、事務所を出た。

鋪道《ほどう》へ出て一人になると、魚津はどこという当てもなく鋪道を足の向いた方へ歩き出した。日比谷の交叉点《こうさてん》を過ぎ真直《まつす》ぐに歩いて行った。魚津の歩いている鋪道だけを残して、その周囲はさながら自動車の洪水であった。しかし、魚津は山でも歩いている時のようなひとりきりの気持になっていた。時々脚がふらついた。魚津はその度に立ち停まり、「ザイルか！」と、思考の伴わない言葉を口の中で呟《つぶや》いた。

しかし、魚津は絶望的な気持にはなっていなかった。まだ新聞に載っていないので、実感として、意外な実験の結果を感じ取ることはできなかった。

その夜、魚津はアパートへ帰ると、国産のウイスキーの小瓶を半分ほど飲んで、常盤に言われたように早く床にはいった。われながら子供が親の命令に従うような従順さが感じられておかしかった。しかし、気になっていたと見えて、魚津はその夜二回眼を覚ました。二回とも三時前であった。

三回目に眼覚めた時は、戸外は明るくなっていて、白い光がカーテンの隙間《すきま》から室内に流れ込んでいた。六時だった。

魚津は起き上がると、寝衣《ねまき》の上に合外套《あいがいとう》をひっかけて、朝刊を取りに階下へ降りて行った。そして入口の扉を開け、直ぐ横手に設けられてある新聞受けから乱雑に押しこまれてある新聞の束を引き出した。

魚津は部屋へ戻ると、カーテンを開けて、窓際《まどぎわ》に立ったまま新聞を開いた。魚津自身はR紙一紙しか取っていなかったが、あとで断わるつもりで数種の新聞を持って来ていた。

魚津は次々に新聞の社会面を開いて行った。〝初のナイロン・ザイル衝撃試験〟とか、〝強度は麻の数倍〟とか、〝登山事故に対応〟とか、〝明らかにされたナイロン・ザイルの性能〟とか、そうした文字が、次々に魚津の眼に飛び込んで来た。トップ記事として大きく写真入りで取扱っているものもあれば、ほんの一段見出しで、片隅に小さく報じているものもあった。写真も実験現場のスナップ、ザイルの切断面、八代教之助の顔と、各紙によってその取扱いはまちまちであった。

魚津は記事を一つ一つ読んでいった。R紙の場合が一番詳しく報じてあった。

——テストは、九〇度と四五度の角度を持つ磨かれた花崗岩《かこうがん》のエッジ、およびカラビナを使用し、麻とナイロンの四種のザイルに対する衝撃試験が二十一種、二〇度の斜面をスライディングした場合、花崗岩エッジに対するもの一種、同エッジ上で振子を利用したストローク三種など、合計二十八種のケースについて行われた。

——まず角度九〇度のエッジに対するマニラ麻一二ミリはエッジからの長さ二メートルの綱の先端に五五キロの分銅をつけて、一メートルの高さから落下させたところ、実にあっけなく切断された。ナイロン・ザイルの方は一一ミリで、長さ三メートル五〇センチのものを、エッジの上一メートルのところから落下させて初めて切断するという麻に数倍する強力さをみせる。鋭いエッジに弱いということが前穂の遭難の原因と想像されていたが、意外な結果であった。

——また問題の前穂遭難の場合に使われた八ミリのナイロン・ザイルも長さ三メートルのものを三メートル落下させても切れぬという衝撃およびエッジに対する抗張力を示した。

――ただし、このナイロン・ザイルも水にぬれた場合は弱くなり、八ミリザイルはカラビナを支点として長さ二メートル五〇センチを二メートル、一一ミリザイルは四五度のエッジで長さ三メートル五〇センチを四メートル五〇センチ、それぞれ落下させると、いずれも切断されていた。――

R紙はこのように実験の結果を報じ、それから結論として〝前穂東壁での事故も、エッジ上の衝撃という想像の原因は影が薄くなった〟という言葉を使っていた。またS紙には、

――ナイロン・ザイルはX線による原糸検討では分子構造も完全で、衝撃、結節強度、耐寒試験ではマニラ麻よりもはるかに強い。しかし、鋭い岩角を横に摩擦し、衝撃を加えた場合、非常に切れ易《やす》いことが確認された。

――落下抗張力試験では、ナイロン・ザイルはマニラ麻に較《くら》べて三倍の強さがあった。前穂で切れた問題の八ミリのナイロン・ザイルを、二メートルから五五キロの落下加重の衝撃を加えたが切れなかった。シャープエッジの切れない限界はマニラ麻二〇キロに対し六五キロだった。

――一一ミリのナイロン・ザイルを四五度のナイフ石にひっかけ五五キロ分銅を三メートル落下させてみたが切れなかった。しかし、二〇キロ分銅を下げて三角鑢《やすり》にかけて往復摩擦させたら、マニラ麻は一一〇回もったのに、ナイロンはわずか一〇回で切れた。

魚津は新聞の記事を早朝の白い光の中で読んだ。そして、この中には間違いがあると思った。実験で為《な》されたことなので、どこが違っていると指摘することはできなかったが、実際とは違っていると思った。

数紙の記事を通読してみて、結論としてそのいずれもが言っていることは、前穂の事件ではナイロン・ザイルは鋭いエッジ状の衝撃によって切れたものではないだろうということであった。一番慎重なのはO紙であった。実験からは結論を出さず、都下各大学の山岳部員にナイロン・ザイルの長所と欠点について語らせてあった。

——ナイロン・ザイルの性能の優秀なること、ことに積雪期において顕著である。墜落の際の衝撃に対する強さは今度の実験で一応明らかにされたわけだが、鋭い岩角、あるいは摩擦における熱に対しては麻より弱いと思う。こんどの実験のみならず、この方面の一層の研究を望みたい。（K大学）

——われわれは米軍放出の一一ミリを使っている。重量の点から、雪が付着することがない点から、また凍結することのない点から、ナイロン・ザイルはいいと思う。しかし欠点をあげればアップザイレンなどの際、ザイルがのびること、またオーバー手袋などをしている時は滑りがよすぎて完全なる確保ができないこと。また岩角などに擦れると、けばだつこと等である。前穂遭難では八ミリのザイルを使ったというが、一一ミリか一二ミリ以上を使うべきであった。（M大学）

——低温にては物理的性質が変化してもろくなるかも知れぬ。抗張力は大きいが摩擦に対しては弱い。打撃を加えた場合、切断面に溶融が見られるが、熱に弱いから、破断に熱が関係するのではないか。わが部ではスイス製編み三〇メートル二本を使っている。前記の件は国産品についての意見である。長年、ナイロン・ザイルを使用しているスイスにて、ナイロン・ザイルについて論争の提起されたのを聞いていない。（T大学）

——利点——水および雪にぬれても固くならない。重量軽く、携帯便利。弾力性に富み、緊張の場合のびがある。欠点——オーバー手袋をはめたままアップザイレンする場合に滑り易い。値段が高い。ロック・クライミング（岩壁登攀《とうはん》）中、ザイルが岩にひっかかっている時、アンザイレンしている者の様子が判らない。（H大学）

——われわれは国産およびスイス製の三九〇メートルのナイロン・ザイルを備えたが、冬期には充分使用せず、穂高の稜線《りようせん》で使用してみたが、国産のものは摩擦に弱かった。以上短所のみ。（R大学）

各大学の山岳部員は、いずれも申し合せたように直接実験の結果には触れず、前穂東壁の事件について、ナイロン・ザイルが切れたか、切れないかについては沈黙を守り、自分たちの登山の経験から知った長所と短所のみを語っていた。さすがに現役登山家として間違ったことは一つも言っていない。ただ前穂の事件に対して積極的支持の発言がないだけである。

魚津は新聞を階下の事務所に戻して来ると、もう一度寝床の中にもぐり込んだ。そして眼をつむった。

魚津はいま自分が読んだ幾つかの新聞記事の持っている意味を考えようとした。それらの記事は一体読者に何を伝えようとしているのか。

ナイロン・ザイルと麻ザイルの衝撃反応の試験を行って、両者の強弱を比較する実験が行われたこと。その結果判明したことは、岩角上の衝撃に対してはナイロン・ザイルの方が麻ザイルより数倍強いということ。しかし、ナイロン・ザイルは熱には弱く、従ってまた摩擦に弱いらしいということ。

そして自分と小坂がひき起した前穂東壁でナイロン・ザイルが切断した事件の原因は、岩角上の衝撃によるものではなく、これを他に求めなければならぬということ。つまり、ナイロン・ザイルに対する知識を欠いているか、あるいは登山技術の拙劣なため、本質的には避けることのできる事故をひき起してしまったということ。——言いかえれば、ザイルが切断した原因は、岩角でザイルを摩擦したとか、あるいはザイルを濡《ぬ》らしたとか、そうしたことに求めなければならぬ。

摩擦もしなかった！　濡らしもしなかった！　魚津は呻《うめ》くように心の中で言った。事故は小坂の瞬間のスリップによって起ったのだ。その瞬間の情景が、あざやかに魚津の眼に浮かんで来た。五メートル程斜め横の岩に取りついて、頭上に突出している岩にザイルを掛ける作業に従事していた小坂の姿、きれいに洗いぬぐわれたように冷たい光沢をもって見えていた背景の小さい空間と岩壁。

実験はどこか違っている！　八代教之助という人間は、なるほど常盤大作のいうように信用できるだろう。自分もまた彼を信用する。しかし、彼が為した実験そのものは事件の真相を究明するのになんの力も持っていない。単にナイロン・ザイルの性能の長所、短所を麻ザイルとの比較の上に取り出してみせてくれただけではないか。以前から登山家なら知っているナイロン・ザイルの性能を、改めて実験的に取り出してみせてくれただけの話である。

しかし、魚津にとっては、衝撃反応の実験でナイロン・ザイルが麻ザイルより数倍の強さを持つということが証明されたことは、やはり致命的であった。

魚津はそれから二時間程床にもぐり込んでいて、八時に床を離れた。そして洗面すると直ぐ朝食がわりに牛乳を胃の中に流し込み、会社へ出るために洋服に着替えた。

会社の事務室の扉を押した時は九時であった。平生は九時半に出社すればいいことになっているので、いつもより三十分早かった。常盤大作から早く出社するようにと言われてあったので、その命令を守ったのであった。がらんとした事務室の扉を開けると、窓際の机で、少しふんぞり返るような姿勢で新聞を読んでいる常盤の姿が眼にはいった。常盤のほかには、まだ誰も出社していなかった。

常盤は魚津の姿を見ると、直ぐ、

「読んだか、新聞を」

と、むっつりした口調で言った。

「新聞読んで、どうだ？」

「困りますな」

魚津はそんな答え方をした。

「承服できないか」

「できませんな」

「しかし、僕の方は、まあ、あの程度は仕方ないかと思う。どこにも、君は怪しからんとも、君の言っていることは嘘《うそ》だとも書いてない。僕はもっとえげつない取扱いを受けるのではないかと思っていた」

「同じことですよ。岩角の上の衝撃ではナイロン・ザイルは麻よりも数倍強い。めったなことで切れるものではない。あの実験はそういうことを言っているんですからね」

「それはそうだ」

「僕の立場はどこにも認められていません。小坂がスリップしてザイルが切れたということは通らなくなっている」

「しかし、まあ、考えてみ給え。君にしろ、僕にしろ、この結果は予想していたものではなかったが、こうなった以上、これはこれで仕方がない。これで佐倉製綱の方はメンツが立つ。立たせておけばいい」

「僕の方は立ちません」

「なるほど君の方は立たん。容易なことではザイルは切れないとすると、ほかの原因によってザイルは切れたことになる。他とは何だろう」

その答えを魚津に言わせるような言い方をした。

「世間の人は二つの見方をするでしょう。一つは僕が生命《いのち》が惜しくて切った。もう一つは技術上の操作の欠陥」

「そう、それだけか」

「この二つだと思います。しかし、この二つの見方は否定しないと困ります。事実、僕は切らなかったし、僕たちのザイルの操作には欠陥はなかったと信じています。それからまた、ナイロン・ザイルに対する正しい認識をひろく登山家全体に持ってもらうことは、僕のやらなければならぬ義務です。そうしなければ死んだ小坂に対して申し訳ない。そのためにも、事実を事実として認めてもらわなければなりません」

「判っている。――しかし、君でさえ気付いていないザイル切断の原因はないか」

「ありません」

「たとえば小坂君が自分で切るといった――」

「何をおっしゃるんです」

魚津は思わず声を大きくした。

「絶対にそんなことはありませんよ」

「なければいい。なければいいが、ただ、僕は君さえも知っていない原因があった場合を恐れるね。——たとえば、死体から遺書でも出て来るといった場合だ。君は、僕がずいぶん突拍子もない想像をすると思うだろうが、八代教之助の実験にも間違いがなく、君の言っていることにも間違いないとすると、どうしてもザイルの切れた原因を他に求めなければならぬからね。そんな場合の用心のために、僕は、こんどの実験に君が疑念をさしはさむような言葉を弄《ろう》することを恐れる」

常盤大作は言いきかせるように言った。

魚津は少し悲しげな表情をして、自分に好意を持っている上役の顔を見詰めた。

なるほど、常盤大作の言うように、もし実験を否定した場合、小坂乙彦の死体が発見され、その遺品の中から遺書めいたものでも出るといったようなことが起れば、まさしく自分の立場は失《な》くなるわけである。常盤は執拗《しつよう》に自分に実験に対する疑惑的な言葉を使わぬように注意したが、それはこうした考えから出ていたのかと思った。

魚津は、しかし、常盤のこの配慮は有難迷惑だった。なぜなら、小坂はそんなことをする男ではなかったからである。小坂という男を一番よく知っているのは、自分ではないか。

魚津は、どういう言葉を使って、常盤大作の疑惑を取り払おうかと思った。適当ないかなる言葉も思い当らなかった。

「小坂はどんな事情があっても、山で死ぬような男ではありませんよ」

「それは、君がそう信じているだけの話だ」

「死体が発見された時、ごらんになれば判《わか》りますが、彼のノートには、たとえ何が書かれていようと、山以外のことは書かれていないでしょう」

「それも、そう君が思うだけの話だ。僕も、実際はそう思う。君が言うのだから、そうだろうと思う。しかし、小坂君の死体が発見されるまで、それをそのまま鵜呑《うのみ》にすることはできない」

こう言われると、魚津としては、返す言葉がなかった。

「だから、僕はこう思う。ザイルがどうして切れたかと言うことに関しては、小坂君の死体が発見されるまでは、君も大きなことを言ってはいけない。物事はいくら慎重であっても慎重過ぎるということはないだろう。しかし、このままでおくと、君がザイルを切ったかも知れないという臆測《おくそく》が世間一般に行われるかも知れない。それはなんとかして打ち払わなければならぬ。——僕はこう思っている。君は八代さんを訪ねて、実情をよく話すことだ。そして八代さんに君という人間を信じてもらうことだ。そうすれば、実験ではザイルは強かった。しかし、一方山ではザイルは切れた。この二つの立場が成立つことになる。そのことを八代さんに発表してもらうんだ。――それはそうだよ、君、実験の結果は必ずしも絶対じゃないんだ。ナイロン・ザイルは人間が造るものだ。強いはずのナイロン・ザイルでも何百本のうちには一本ぐらい切れることだってあるだろう。そういうことがあってこそ人間のやることだと言える。そのことを、つまり、実験の結果は必ずしもナイロン・ザイル事件を解決しないという意見を、この際八代さんに発表してもらうんだね。――君、すぐ行って来いよ」

常盤大作は言った。

「頼むんですか」

「そう」

「僕が頼むんですか」

魚津は顔を苦しげにゆがめた。

＊

魚津恭太は東雲《しののめ》の海岸にある東邦化工の受付で、八代教之助に面会を求めた。受付の女事務員はすぐ秘書課の方へその由《よし》を伝えたらしかったが、返事が来るまでに多少の時間がかかった。

「失礼でございますが、新東亜商事の魚津様でいらっしゃいましょうか」

やがて、受付嬢は尋ねた。

「そうです」

魚津が答えると、受付嬢はまた受話器を取り上げ、それを先方へ伝え、それから受話器を置いて、

「ちょっとお待ち下さいませ」

と言った。連絡があるまでにさらに三、四分かかった。

「あの、ただいま会議中でございますので、十分ほどお待ちいただけましょうか」

受付嬢は気の毒そうに言った。

「承知いたしました」

「では、どうぞ」

受付嬢は魚津を応接室へ案内するつもりらしく立ち上がった。

「十分ほどでしたら、戸外を歩いていましょう。その方が気持よさそうですから」

魚津は言った。そして魚津は会社の表玄関を出ると、事務所の建物に沿って海の方へ歩いて行った。工場は事務所の建物から離れて、広い敷地のあちこちに散らばっていた。

この辺一帯は埋立地らしく、工場の敷地には、どこかに人工的なものが感じられた。

海際《うみぎわ》は切岸《きりぎし》になっていて、事務所の周辺だけではあるが、海際まで美しい芝生が敷きつめられてあり、工場の庭というより、しゃれた海辺のホテルの裏庭でも歩いているような気持であった。脱色したように青さを失っている海がひろがり、青さがないせいか、海はひどく浅く見えた。ズボンを膝《ひざ》まで上げたら、どこまでも歩いて渡って行けそうである。それでもその白っぽい海の沖合を、鷗《かもめ》が数羽舞っていた。

魚津はゆっくりと煙草《たばこ》を一本のんで十五分程の時間をつぶすと、再び会社の受付へ帰って行った。こんどもまた同じことが受付嬢によって繰り返された。秘書課へ電話をかけると、秘書課が仲介して八代教之助のところへ電話をかけているらしく、八代からの返事が来るまでには少なくとも三、四分の時間がかかった。そしてそのあげくに、

「いま、御面会がありますが、十分ほどお待ちいただけましょうか」

「承知しました」

こんどは魚津は外へは出て行かず、受付嬢に小さい箱のような応接間に連れて行かれた。ちょっと会うだけなのに何と厄介な会社だろうと魚津は思った。

応接間で十分ほど待っていると、若い秘書課員が現われて、名刺を出してから、

「どうぞ」

と言った。こんどは真直《まっす》ぐに八代教之助のところへ行くために、魚津はうっかりすると靴が滑りそうに磨き立てられてある階段を二階へと上って行った。

部屋の扉を押すと、八代教之助は訪問者を迎えるために、すでに応接用の卓のところに立っていた。そして、「どうぞ」と、椅子《いす》を魚津に勧めると、

「こんどは、どうも」

と、そんな言い方をして、自分もまた魚津に対《む》い合《か》って腰を降ろした。魚津は、絶対に興奮してはいけないと自分に言いきかせながら、穏やかな口調で言った。

「実験の結果があのように出ましたので、私としましては少々困りました」

「そうでしょう」

相手は言った。魚津は煙草に火を点《つ》けると、

「――大体、あの実験の結果は、山でザイルが切れた事件を否定するものでしょうか」

「そこが、なかなか難しいところでしてね。あの実験の正確な意味は、あの実験における条件においては、ナイロン・ザイルは麻ザイルより何倍か強いという証明が成立ったということです。従って、あの実験から引き出したナイロン・ザイルの持つ性格の一つをもって判断すれば、山においても、ナイロン・ザイルは一応切れにくかったであろうということは言えるかと思います」

「私の場合は切れました」

「貴方《あなた》の場合は切れた。――まあ、その問題はしばらく待って下さい。先にお断わりしておきますが、ナイロン・ザイルが切れたか切れないかの判定は、厳密に言えば、事件

の起った状況と現場をそっくりそのまま再現して実験しなければなりません。しかし、それは不可能なことです。その点、こんどの実験はあくまで実験であり、参考資料としての意味しか持ちません。しかし、一応事件を判断する上の一つの材料にはなるかと思います。こんどの実験では、鋭いエッジ上の衝撃に対しては、ナイロン・ザイルは少なくとも麻ザイルよりは何倍かの抵抗力を持っている。これだけのことは判ったわけです。ところが、実際には山では切れた。だから、実験は不正確かというと、そうは言えない。反対にまた実験の結果、ナイロン・ザイルは強かった。だから山で切れたということはおかしい。切れるはずはない。こういう見方も困ります」

「では、そういう八代さんの御意見を新聞へでも発表していただけないでしょうか。あの実験によって、山でザイルが切れたという私の報告は、一応否定されたものと世間は受取ると思うんです」

「しかし、そういうことは私が新聞へ書かない方がいいんじゃないですか。――私が書くとすれば、ナイロン・ザイルは、こんどの実験の結果から判断する限りにおいては、山では切れにくいものである。しかし、山では実際に切れたというのだから、恐らく何か異った条件がそこに付加されていたのに違いない。――まあ、こういうことでも書くことになります。そんなことなら、書かない方がいいと思うんです」

それから八代教之助は、魚津にはひどく冷酷と思われる口調で言った。

「エンジニアというものは、実験を通してしか物を言えないようにできているんです。推測ということは苦手なんです。絶対とか、真理とかいうものに近づくには、結局は想像とか推測とかいった手段によらなければならんでしょうが、私たちはそれを排除しています。そこに、また哲学者などと違って私たちの立場の限界というものがあるわけでしょうがね」

八代教之助は続けて、

「貴方は世間の見方というものを気にしておられるようですが――」

と言いかけると、魚津はそれを遮って、

「世間の見方を、私自身はたいして気にしていません。私自身の問題なら、どう思われようとたいしたことではありません。しかし、問題の相手がザイルですから、世間の見方というものは重大な意味を持って来ると思います。ナイロン・ザイルに対して誤った考えを持たれたら大変なことになります。――ひとつ、八代さんにお伺いしたいんですが、科学者としての八代さんはいま推測や想像は絶対に排するとおっしゃいましたが、もっと自由な立場に立って戴《いただ》いて、御自身こんどの私たちの事件をどうお考えでしょう。ザイルが切れたことをお信じになりますか、信じませんか」

「私ですか」

八代教之助はちょっと躊躇《ためら》ったが、

「私は山のことは全然知りませんし、一度も登山したことはありません。ザイルの操作に対する知識もありません。従って昨日の実験の結果を材料として判断する以外ないわけです。もちろん、先程から度々申しあげたように、昨日の実験の結果は、山で、ザイルが切れたかどうかを判断する沢山の材料の中の一つでしかないでしょう。しかし、私の場合、私の手持の材料と言えばこれだけです。これだけから判断するとなると、大変失礼ですが、ナイロン・ザイルを濡《ぬ》らしていない限り、ナイロン・ザイルは山では切れにくかったであろうということになります」

「なるほど」

魚津は自分の顔から血の退《ひ》いて行くのが判った。八代教之助は山ではザイルが切断したことを、信じてはいないのだと思った。

「よく判りました」

魚津はからからに乾いた声で言った。事件発生以来、これほど正面から事件を否定されたことはなかった。

魚津は八代教之助の冷たい表情を暫《しば》くなんとなく見守っていたが、やがて、煙草を灰皿の中でもみ消し、ゆっくりと立ち上った。八代は事件を判断する一つの材料にすぎないと言ったが、たとえ一つの材料であるにしても、その実験方法になにか間違いはなかったかと一言でも口から出したかったが、魚津はその誘惑に耐えた。四十五度、九十度の岩角を用いたというが、稜角《りようかく》が鋭く研がれているか、いないかでも、実験の結果は違って来るはずであった。そうしたことを疑ってかかれば幾らでも疑うことができた。しかし、それを口にし始めたら、なるほど常盤大作の案じているように問題は事件とは異った方向へ逸《そ》れて行くだろう。

魚津は八代が何か一言二言、口から出したが、それを正確には耳に入れていなかった。一刻も早くここから立ち去らねばならないと思った。

部屋から出たところで、魚津は八代教之助と別れた。階段を降りて表玄関へ出た時、魚津は一台の自動車が停まり、そこから八代美那子が降りるのを見た。

自動車から降りた美那子はそのまま受付の方へ歩いて来たが、ふいに顔を上げて、そこに魚津が立っていることを知ると、

「まあ」

と、さも驚いたように短い叫び声を上げた。

「主人にお会いになりにいらっしゃいましたの？」

二人は半間程の間隔をおいて、対い合って立っていた。

「そうです。いま、お目にかかって来ました」

美那子は何か言おうとして口を動かしかけたが、すぐ思案するように顔を俯向《うつむ》けた。

そして再び顔を上げると同時に、

「どこか、そこらでお話ししたいんですが、構いませんでしょうか」

と言った。

「どうぞ」

そんな風に魚津は答えた。二人は受付のところを離れると、そのまま門の方へ歩いて行った。そして門を出たところで、

「海の方へ行きますか」

魚津は言って、左手の方へ歩き出した。半町ほどで、鋪装《ほそう》道路は海へ突き当っていた。真向いから潮を含んだ風が吹いて来た。

「主人の実験、ずいぶん御迷惑だったでしょうね。——わたし、あの実験が昨日あったことも知りませんでしたの。そんなことを一言も言いませんので、今朝新聞を見るまで知らなかったんです。新聞を見ましたのも、主人を会社へ送り出してからですわ。——すっかり驚いてしまいました」

真実驚いた風な言い方であった。

「とにかく、実験であのように出たんですから仕方ありませんよ。——御主人が故意にあのような結果を出したわけではないでしょうしね」

「そりゃあ、もちろん」

それから、

「魚津さん、何のために主人にお会いになりにいらっしゃいましたの」

「できたら、あの結果が必ずしも僕と小坂の事件の真相を究明するものではないということを、新聞にでも発表してもらおうかと思ったんです。——が、これは僕の甘い考えでした」

「主人、なんて申しました？」

「自分としては、現在、実験の結果を判断の材料とする以外仕方がないが、そうすると、ナイロン・ザイルが切断したのはおかしいという見解を取らざるを得ない。こういうようなことを言っておられました」

「まあ」

「しかし、実際、実験担当者としてはそういう以外仕方ないものでしょうな。その言い方はそれでいいと思うんです。ただ、僕の方はそれでは困ります。ナイロン・ザイルは実際に切れたんですからね」

二人は道路から外れて、どこかの工場の敷地らしいところを海際の方へ歩いていた。わずかな時間のことだが、先刻とは違って海面はぶさぶさと波立っていた。

「わたしも、実は、新聞を見て心配になりましたので、主人に会うつもりで参りました」

美那子は言って、それから暫く海の方へ視線を投げていたが、「魚津さん」といきなり魚津の方へ向き直った。

「わたし、主人の人間を信じてますの。主人は良心的に実験をやったと思いますわ」

「もちろん、——ただ、どこかに御主人でも知らない間違いがあったと思うんです。大変僭越《せんえつ》な言い方ですが、つまり僕と小坂の事件を判断する上には、おそらく昨日の実験の結果は無価値な材料ではないかと思います」

美那子はまた暫く黙っていたが、もう一度「魚津さん」と口から出して、

「こういう考えはいけませんかしら。——つまり、わたし事件の最初から考えてることなんですが、魚津さんの心のどこかに、わたしと小坂さんのことをかばって下さる気持はないものでしょうか」

「ありませんね」

魚津は突き放すように言った。そしてあとは相手を睨《にら》みつけるような固い表情をとって、

「なんて、持ってまわった考えをするんです。小坂はそんな人間ではありませんよ」

「でも」

「——」

「でも、もし、魚津さんが意識するしないに拘《かかわ》らず、そんな気持をお持ちになっていらっしゃるんでしたら——」

「持ちませんよ」

魚津はまた否定した。

「小坂という人間は、失礼ですが、貴女より僕の方がよく知ってるようですね。僕は小坂に対して愛情を持ってましたから、あの男のことは隅から隅まで判ってるつもりです」

貴女《あなた》は愛情を持っていないから、あの男のことは判《わか》らない、そんな言い方であった。魚津は自分でもその美那子に対しては多少残酷な言い方と判ったが、いまの場合どうすることもできなかった。極く自然に口をついて出て来た言葉であった。

果して、美那子は顔を急にゆがませると、ひどく悲しそうな表情をとった。

「ひどいことおっしゃいますわ」

怨《えん》ずるように言うと、

「わたし、新聞を読んで、魚津さんの立場が大変なことになって来ると思いましたの。それで、主人に会って、よく聞いた上で、何とかしてもらえないかと思って、ここへ来たんです」

「なんとかって、どういうことです」

「判りませんけど、主人と話したら、何かいい方法があるんじゃないかと思いました。そして、それがなかったら、魚津さんにお会いして、――わたしと小坂さんのことで、

──もし、魚津さんがお困りでしたら、──構わないと思ったんです」

美那子は口をにごして、省略して言ったが、そんな美那子を、魚津は厄介なものを見る思いで眺めた。この女性は事件を、そして自分を誤解していると思った。

美那子は海からの風に髪を背後に飛ばしていた。ちょっと思いつめたようなその顔が、しかし、魚津には、いままでのいかなる場合の彼女よりも、若々しく見えた。

魚津が黙っていたので、美那子はまた言った。

「わたし、本当に考えていること申します。わたしはやはり小坂さんが自分で生命《いのち》をたったような気がしてならないんです」

「ですが、事件は僕と小坂の間に起ったんです。貴女がどのように想像なさろうと勝手ですが、実際の事件に立ち会ったのは僕ですからね」

魚津は言った。

「もちろん、そうですわ。貴方だけが事件を見てらっしゃったんですもの。──ですけど」

ここで一度言葉を切ってから、

「失礼な言い方ですけど、貴方御自身でも、事件の真相を見ておられないという場合だってあると思いますわ、実際に実験の結果のようにザイルが強いものとすれば──」

「そこに間違いがあると思いますね」

魚津は遮ったが、美那子は続けて言った。

「そう仮定しますと、ザイルは——」

美那子は口をつぐんだ。

「小坂が切ったというのですか」

「そんな気がしてなりませんの、わたし」

「そりゃ、僕も知らないうちに、小坂がザイルに傷をつけておくということだってあり得ないことではないでしょう。しかし、それは探偵小説の場合ですね。僕は先刻言ったように小坂がいかなる人間か知ってますよ」

「わたしも、小坂さんという方を存じております」

魚津がはっとしたほど、それは反抗的な言い方だった。そう正面切って言われると、魚津としては返す言葉はなかった。なるほど、実際には美那子の方が少なくとも自分より小坂乙彦の人間を知っているはずである。

「わたし、ただ魚津さんが何もかも発表なさればいいと思います。小坂さんが自殺したのであろうとなかろうと、そういう場合だってあり得る状態にあったということを発表なさったらと思います。——でないと、魚津さんが切ったという想像だってされかねないと思いますわ。御自分で御自分を窮地に立たせる結果になると思いますわ。現に、今朝、雑誌社の人が主人にインタビューに参りましたの。主人が会社へ出たあとでしたので、また出直すといって帰って行きましたが、その時その人の言い方がひどく気になりました」

魚津は黙っていた。眼に見えない黒い影が早くも自分に襲いかかって来たという感じだった。

「その人は魚津さんが切ったんじゃないかという見方をしていたと思います」

「僕が小坂の吊《つ》り下がっている縄を切ったという見方ですね。――仕方ありません」

そうは言ったが、さすがに魚津は怒りで体を震わせた。

「ザイルが切れないと言うのなら、僕が切ったか、僕が切ったのでないなら操作上に欠点があったということになりますからね。しかし、そこへ小坂の自殺の可能性を並べることは、僕のことを心配して下さる気持は有難いですが、徒《いたず》らに事件の核心を横に逸《そ》らすだけの話だと思います。小坂の問題は、小坂の死体が出た時はっきりするでしょう」

二人はそれからお互いに黙って会社の方へ引き返した。そして会社の門の前まで戻ると、

「じゃ、ここで失礼しましょう」

魚津は言った。美那子はまだ話があるといった風で、このまま別れてしまうという気にならないらしく、そこに立ち停まったまま、

「わたし、どうしましょうかしら」

と言った。

「御主人にお会いになりにいらしたのでしょう?」

「でも、もう会う必要なくなりました。実は、わたし、小坂さんとのこと主人に話そうかと思って来たんです」

「そんな――」

思わず魚津は叫ぶように言った。

「そんなことしたら、貴女御自身、変なことになりますよ」

「大丈夫、――うまく話しますもの」

美那子は言った。魚津にはその言葉は少し不貞に響いた。

美那子はそのまま考えるように立っていたが、

「やはり主人のところへ顔を出しますわ。折角、ここまで来たんですから」

「小坂とのことはお話しになってはいけませんよ」

魚津はもう一度注意した。

「判りました。――では」

最後にちらっと魚津に眼を当てると、そのまま美那子は会社の門の中へはいって行った。

魚津はそこから歩き出した。そして小さい橋のところで空のタクシーが来たのを見付けると、それを停めて乗った。

会社へ戻ると、常盤大作の姿は見えなかったが、大学時代の登山部の先輩で、現在は小工場主になっている三池が訪ねて来ていた。

三池は魚津の顔を見ると、

「そこらでお茶を飲みたいが構わないか」

と言った。二人は直《す》ぐ連れ立って、隣りのビルの喫茶室へはいった。魚津は先輩の中ではこの人物が好きだった。多少ファッショ的な考え方をするところがあり、学生時代から口やかましい先輩で通っていたが、一面どこかに親身になるあたたかいところがあった。

「珈琲《コーヒー》くれ」

相変らず彼は乱暴な調子で給仕女に註文《ちゅうもん》してから、

「えらいことになったな！」

と、言った。そして、

「お前、おれに匿《かく》してることあるだろう」

「ありませんよ。何も」

「本当か。――じゃ、訊《き》くが、お前、小坂をかばっているんじゃないか」

「かばうって?!」

それには答えず、ちょっと間を置いてから、三池は、

「ザイル解けたと違うか」

と、ささやくように言った。

「冗談じゃありませんよ」

魚津は半ば呆《あき》れて言った。

「じゃ、ザイルが解けたんじゃないな」

「解けませんよ、そんなもの」

「それじゃ、いいが、おれはまたザイルでも解けて、君が小坂をかばってやっているんじゃないかと思った。やりかねないと思ったんだ」

「僕はそんな自分たちの越度《おちど》をナイロン・ザイルの罪にはしませんよ。それこそ罪です」

「まあ、おこるな。――ふと、おれはそう思ったんだ。しかし、おればかりじゃない。まだ大勢そんな見方をしている」

三池は眼鏡の中で眼を光らせた。心配してやって来てくれたことは有難かったが、魚津はどうして自分の言うことを、他人は素直に信じてくれないのだろうと思った。

三池と店を出たところで別れると、魚津は会社へは帰らず、いつか小坂と一緒に歩いた日比谷公園の中へ一人ではいって行った。会社へ帰って机に向っても、今日は仕事が

できないに決まっていたし、それに社員たちの自分に向ける眼を思うと鬱陶《うっとう》しかった。

公園には、昼休みの時間を過しにやって来た男女が三々五々そこらを歩いていた。魚津は暫く池のまわりをぶらぶら歩いていたが、そのうちにベンチの一つが空くのを見て、そこへ行って腰をおろした。

ひどく疲れていた。魚津はいま自分が持っている疲れは、新聞記事による打撃というより、周囲の人から自分が正しく理解されていないということから来ているものであることを知っていた。

世間の多くの人はザイルを自分が切ったと思うだろう。生命が惜しくて、ザイルを切ったと——。自分のことをあれ程心配してくれている常盤大作でさえ、自分の言うことをそのままは信じてくれていないではないか。彼は事件を小坂の自殺事件と見ているに違いない。少なくとも心のどこかにこうした考えを持っていることは疑えないようである。

美那子は常盤とは多少違っているが、しかし、事件を小坂の自殺とみていることは常盤以上である。常盤の方はそういうこともあり得るといった程度の考え方だが、美那子の方は、自分が意識的にしろ無意識的にしろ、そうしたことを受け付けないことにおいて、それをかばっているに違いないとみている。

しかし、自殺の問題は、小坂の死体発見と同時に消え失《う》せるだろう。こう思った時、魚津はふと、小坂があの事件の朝出発前に山日記へ鉛筆を走らせていたことを思い出し、その姿を眼に浮かべた。

この時、魚津は全く今まで問題にしていなかった事がらが、ふいに新しい意味をもって立ち上がって来るのを感じた。それはもしその山日記に、自殺とでも思われるようなあいまいな文字が書かれてあったら、大変なことになるということだった。

魚津は小坂が自殺するような男でないことはよく知っていた。小坂が登山家である以上、あのような状態において自殺を計るはずはなかった。ただ、あのような場合、多かれ少なかれ、誰でも正常な気持ではないものである。そしてその気持が一時的に感傷的な文字を綴《つづ》らせることはよくあるものだ。

この不安が魚津を襲うと同時に、先刻三池がザイルが解けて、それをかばっていたのではないかというとんでもない見方をしたが、そのこともまた一つの不安を伴って思い出されて来た。もし死体がザイルを体に巻いていないようなことがあったら！

魚津は立ち上がると、昨日常盤が問題の氷壁よりもっときびしい現実の上に立つぞと言った言葉を思い出した。確かにいま自分はあの白い冷たいごつごつした氷壁の一角に取りついている時と同じ気持だと思った。

手は岩角に触れている。足は小さい岩角の上に立っている。周囲には誰も居ない。岩壁に取りついているのは自分一人である。絶えず落雪が不気味な音を立てている。しかし、おれは落ちはしないぞと、魚津は思った。そして、その思いを自分の胸の中にたたみ込むように、うんうん唸《うな》り声を口から出しながら歩いた。

魚津はふと我に返った。静かな春の陽があたりに散っているのが、ふしぎな気持であった。

魚津は日比谷公園を出ると、喫茶店へ二軒寄って、うまくもない飲物を飲み、どこへも行き場のないような気持で、三時過ぎに会社へ戻った。こんどは事務所の中を例によって歩き廻《まわ》っている常盤大作の姿が見えた。

魚津は常盤のところへ行くと、

「午前中に八代さんのところへ行って会って来ました」

と言った。

「うーむ。——で？」

常盤は魚津の口から出る言葉を待っていた。

「あの人は事件を信じていませんよ。昨日の実験は事件の真相を究明するものではないが、事件を判断する上の一つの材料であると言うんです」

「そりゃあ、そうだろう」

「その材料から判断する限りにはザイルは山でも切れないと見るほかはない」

「うーむ、それも、まあ、そういうことになるだろう」

常盤は考え、考え、ゆっくりと言った。

「だから、新聞へ書くとすれば、そういうことを書くしか仕方がない。こう言うんです。——あの人は山における事件をも肯定し、同時に自分の実験の正当さをも主張するといった器用なことはできませんし、またしもしませんよ」

「うーむ」

常盤大作はかゆいのか親指の爪《つめ》でしきりに鼻の頭をかきながら何か考えていたが、そのうちに、

「よかろう」

と、大きな声を出した。

「書かないというなら書かなくてもいい。あの人物は、なるほど書かんだろう。おれは実験をしろと言われたんで実験をしてみたまでのことだ。それ以外のことは小指一本動かすこともごめん蒙《こうむ》る！」

常盤はまるで八代教之助の代弁でもしているように言った。

「死体はいつごろ出る？」

「さあ、雪が完全に解けるのは七月ですが、僕は来月一度行ってみようと思います」

「そりゃ早く行くがいい」

それから、常盤は魚津の眼を見入ったまま、

「君、辞表を書いて一応出しておいてくれ。本社との約束みたいなものだから仕方がない。いまのところでは一応本社に軍配は上がったんだ。君の方は残念ながら敗《ま》けだ」

「敗けはしません」

「敗けたということになる。実験をすることを提唱したのはまずかった！」

「辞表はすぐ書きましょう」

魚津はつとめて無表情を装《よそお》って言った。

「君は取りあえず今日から嘱託だ。一カ月程それで我慢してもらおう。仕事は今まで通りやってもらいたい。そのうちにまた社員に採用するよ。小坂君の死体が判明するまでおとなしくしていることだ。そして君の方に越度がないことが判明したら、もう一度実験をやってもらってみよう。こんどはもっと実際に近い条件のもとでやってみるんだな。なあに、ザイルは切れるよ。一度あったことは二度あるだろう」

常盤大作はそんなことを言った。

魚津は辞表を自分の机の上で書いた。そしてそれを直ぐ常盤のところへ持って行った。

「これでいいでしょうか」

魚津が差し出すと、常盤はそれを手に取って見ていたが、

「よかろう」

そして、

「今夜、君につき合って一緒に飯をたべてやりたいが、先約があるんで明日の晩にする」

と言った。常盤はどこへ行くのか帰り支度をしていた。

「支社長」

魚津は正面から常盤に眼を当てると、

「辞表を出した以上、やはり僕は実質的に退社すべきではないでしょうか」

と言った。常盤の口から辞表の話が出た時から、気になっていることであった。

「心配せんでも、退社したことになってる」

「そうですが、本当に社を退いた方がいいのなら、社を退こうと思うんです。辞表は出しておいて、嘱託という形で出社して、もし支社長の迷惑になるようなら――」

魚津が言うと、

「ふうむ。君は僕のことを心配してくれるのか。いつからそんなにえらくなった？」

常盤は不機嫌になって言った。これはまずいことを言ったなと、魚津は思ったが、その時は遅かった。

「僕はまだ君などに心配してもらうほど落ちぶれてはいんつもりだ。お志は有難いが断わる。自分のことを心配しろ、自分のことを。――支社長のことにとやかく気を配るのは、社長にでもなってからのことにしてもらいたいね」

「そんなつもりで言ったんではないです」

「じゃ、どんなつもりだ。――お世辞か」

「お世辞なんて言いませんよ」

「そりゃ、そうだろう。お世辞が言えるくらいなら、こんな問題は引き起しはしないだろう。なんとかうまいことを言って、会社とは喧嘩《けんか》をしないで、ナイロン・ザイルの切れたことは天下に公認させるだろう。徳川家康ならこういう場合はうまくやってのける。君は天下は取れない。せいぜいよく踏んで上杉謙信というところだな。切り込むのが関の山だ」

それから常盤大作は腕時計を見ると、机を離れて出口の方へ歩き出した。そして歩きながら、最後のとどめを刺すように、

「謙信と言ったのは、君をかばってやったんだ。毅然《きぜん》としていろ、毅然と！　謙信のように」

常盤は胸を反らせて出て行った。

魚津はその晩、どこかで酒を飲みたかったが、自分の知っているおでん屋へも酒場へも顔を出すのは厭《いや》だった。特別な視線を浴せられることを思うと鬱陶しかった。

結局大森の駅前の中華料理店にはいり、その隅の卓でビールを飲んだ。常盤から〝毅然としていろ、毅然と〟と言われた言葉が酒を飲んでいても耳から離れなかった。その

言葉が思い出される度に、魚津は何ものかに立ち向うように顔を上げた。

　さしずめやることは小坂の死体を穂高の雪の中から掘り出すことである。常盤大作や美那子の疑念を取り除くためにも、それからまた小坂の母や妹のためにも、これは一日も早く為さなければならぬことである。昼間、日比谷公園の中で彼を襲った、小坂の遺品の中から遺書まがいの文字の出て来るといった心配も、またザイルが彼の体に巻きついていないかも知れないといった懸念も、いまの魚津には妄想《もうそう》としか思われなかった。

　ビールを三本あけたが、酔いは全然感じられなかった。中華料理店を出て、駅前の道を上って行くと、ふいに八代美那子のことが思い出されて来た。美那子が勘違いしていることは甚《はなは》だ迷惑ではあったが、しかし、いまになってみると、自分のことを心配してくれた相手の気持のあたたかさが優しく心に吹きつけて来る感じであった。そして自分が美那子と海岸で話をしている間、一度も感謝の気持を現わす言葉を口から出さなかったことを思った。やはり自分はひどくあの時興奮していたのだと思う。

　アパートへ戻ると、魚津は入口で管理人の小母《おば》さんから、

「お客さんですよ」

　と声をかけられた。

「だれです」

「女の方です。お部屋の方で待っていていただいてあります」

美那子だと魚津は思った。彼女は昼間自分と別れてから夫の教之助に会いに行ったので、何かその時の二人の話で、自分に伝えることがあってやって来たのではないかと思われた。

時計を見ると九時を少し廻っている。魚津は二階の自分の部屋の扉を開けると一緒に、

「八代さんですか」

と、内部へ声を掛けた。すると、

「いいえ、わたしです」

その声と一緒に小坂かおるが姿を現わした。

「階下の小母さんが、構わないから上がってなさいとくどくおっしゃるので、無断で上がってましたの。――ごめんなさい」

かおるは言った。

「構わんですよ」

靴を脱いで上がった時、魚津は微《かす》かに自分の足許《あしもと》がふらつくのを感じた。いつもは三本ぐらいのビールではこたえないのに、やはり今日は疲れているらしかった。

「坐《すわ》って下さい」

魚津はそこに立っているかおるに言った。かおるはきちんと膝《ひざ》をそろえて卓の前に坐った。魚津は卓の上に、かおるが持って来たらしいすしの折箱が二個紐《ひも》をかけたまま、

置かれてあるのを見た。

「わたし、今日御一緒にお食事しようと思って参りましたの」

かおるは言った。

「会社へ電話をかけて下されればよかったんですが」

魚津が言うと、

「会社へはお電話したんですけどお出掛けになったあとでした」

「じゃ、ずいぶん長く待って下さったわけですね。食事は——？」

「まだですけど」

「そりゃ、すみませんでした。御馳走《ごちそう》持参ですか。——すぐおあがりなさい」

「でも、——魚津さんは召しあがってらしたんでしょう。そうでしたら、いいんです。わたし、おなか空《す》いておりません」

かおるは自分一人で食事をするのが厭なのか、そんなことを言った。

「僕はビールだけ飲んで来たんです。食事はまだしていませんから、いただきますよ、それ」

すると、かおるの表情は急に生き生きしたものとなった。

「では、御一緒に」

そう言うとすぐ立ち上がって、

「お台所こちらでしょう」

と言って、部屋を出て行った。

魚津は卓にもたれていた。体を卓に支えていることが辛《つら》い程今になって疲れが感じられた。横になりたかった。朝から緊張した心の張りが酒の酔いと一緒に一度にくたくたと崩れてしまった感じであった。できることならいまの魚津は一人でいたかった。かおるが勝手の判《わか》らない台所で困っているだろうと思ったが、体を動かすことができないでいた。

そのうちに、かおるは茶の支度をして、部屋へはいって来た。ちゃんと急須《きゅうす》には茶が入って、それが二つの茶飲み茶碗《ぢゃわん》と一緒に盆の上に載せられてあった。そしてすしをつける醬油《しょうゆ》も小皿に注がれてあった。

「お醬油どうしたんです」

「多分ないでしょうと思って、小さい瓶へ入れて持って来ましたのよ」

「用意周到ですね」

口ではそんなことを言ったが、魚津の思いは烈《はげ》しくひとりでいることを望んでいた。すしを二つ三つ口に運んですぐ箸《はし》を置いた。

「疲れてらっしゃるわ」

かおるが言った。

「いや、大丈夫です」

「大丈夫じゃありません。横におなりになったら――」

「大丈夫」

再び魚津が言うと、

「だって、くたくたじゃありませんか」

そのかおるの言葉と一緒に、魚津は見栄《みえ》も外聞もない気持で畳の上に横になった。傍らにかおるの居ることも忘れてしまった思いで、眼をつむっていた。魚津は深い霧があたりを流れているような気持になっていた。見えない、見えない、どこも見えない。そんな意味のない言葉を口の中で呟《つぶや》いた。

そうしているうちに、ふと魚津は我に返って顔を上げた。その魚津の眼に、卓の向うで、両手を膝の上につっぱるように置いて、嗚咽《おえつ》をかみ殺しているらしい俯向《うつむ》いているかおるの姿が映った。

「どうしたんですか」

魚津は起き上がって言った。かおるはなおも暫《しばら》くそのままの姿勢で体を動かさないでいたが、やがて涙にぬれた眼をハンケチでぬぐうと、きっとしたように顔を真直《まっす》ぐに上げた。魚津には涙にぬれた眼が冴《さ》え冴《ざ》えとして見えた。かおるはやがて多少無理して笑顔を作ってみせたが、その笑顔もまた魚津には冴え冴えとして見えた。

「わたし、魚津さんの気持が判りますわ」

と、かおるは言った。

「少し酔ってるんですよ」

「いくら実験があんな風に出たにしても、魚津さんのおっしゃることを信じないなんてひどいと思いますわ。ザイルが切れたと、魚津さんが何回もおっしゃってるじゃありませんか」

かおるは見えない相手があたかもそこに居るかのような言い方をした。魚津は不思議な柔かいあたたかいものが自分の方に吹きつけて来て、心を優しく揺すぶるのを感じた。

「兄さんが自殺したんじゃないかと見ている人もありますよ」

魚津が言うと、

「まあ」

と、かおるは眼を見張って、

「それ本当ですか」

「まさか、そんなことあってたまりますか」

「そうでしょうね」

「ただ、もし自殺するような原因があると仮定したら、その場合貴女《あなた》はどう思います？」

　魚津はかおるが何と答えるか、それを聞いてみたかった。

「さあ、――でも、どんなことがあっても兄は山で自殺しないような気がしますわ。そうじゃありません？」

「もちろん自殺しませんよ。山で自殺する登山家なんて考えられません。もしあったらもぐりだ」

　魚津は激しい口調で言った。そして、

「ザイルが解けて、その失敗を僕がかばってるんじゃないか。――こう見ている人もあります」

「まあ」

　また先刻のようにかおるは眼を見張った。

「そんなことはないんでしょうね」

「冗談じゃない」

「それなら安心しました。――魚津さんや兄がそんな失敗しっこありませんものね」

「まあ、しないでしょうね。年期がはいってる。――ただそんないろいろな見方がされていると言ったまでです」

「どうして、そんな！　魚津さんが切れたとおっしゃってるのに！　意地悪だわ」

「僕が言っただけでは通らないんですよ」

魚津は、かおると話していることによっていつか、気持が楽になっているのを感じた。自分の言うことを一つ一つ素直に信ずる魂に初めて触れている思いであった。

「わたし、兄のことで、魚津さんが苦しい立場に立ってらっしゃることが辛いんですの。どうかして上げたい気持なんですが、どうしていいか判りません。わたしが男でしたら、こんな時、魚津さんをお誘いして御一緒に山に行くんですけど」

かおるは言った。

「兄さんだけのことじゃない。僕と兄さんと二人で引き起した事件ですよ。当分はいろいろの見方をされるでしょうが、しかし、問題は徐々に簡単なものになって行くと思います」

魚津が言うと、

「そうでしょうか」

心配そうな表情でかおるは言った。

「雪が解け始めたら、すぐ山へ行くつもりでいます。兄さんの死体が出れば、半分の疑惑は解決しますよ。ザイルは体に巻きついているでしょうし、遺書も、遺書めいたものも出ないでしょう」

「あら、兄に対するそんな疑いが、本当にありますの。何かそんな風に見られるようなことが、兄にあったでしょうか」

「ありませんよ」

「でも、そんな疑い、何かなかったら起らないと思いますわ」

「そうした見方をしているのは極く一部の人たちだけです」

「八代さん？」

　ずばりとした感じでかおるは言った。はっとして魚津はかおるの顔を見た。

「――でしょう？」

「いや」

　魚津は曖昧《あいまい》に言った。小坂と八代美那子のことを、かおるに知らすなんの必要もなかった。すると、かおるは、

「わたし、なんですか、そんな気がしてなりませんでした。この間、兄の写真を持って八代さんのところへ伺ったんですけど、あの方、少しも兄に愛情を持っていないと思いましたわ。わたし、勝手に前から兄とあの方を愛人同士だと、想像してましたけど、きっと違いますのね」

「さあ」

　こんどもまた魚津は曖昧に言った。

「とにかく、兄さんの死体が出たら、くだらない疑惑はなくなりますよ。そしてあとは、ザイルが切れたか、僕が切ったか、二つだけの問題になります」

「魚津さんが切ったなんて！」

「ばからしいことだけど、仕方ありません。そしてその二つの問題も、なんらかの方法でやがて解決するでしょう。——とにかく、近く兄さんの体を掘り出しに行かなければならない」

「わたしもついて行っていいでしょう？」

「もちろん結構ですが、今はまだ雪が深いから無理ですよ」

「大丈夫ですわ。——登山家じゃありませんけど、スキーは魚津さんよりうまいかも知れません」

かおるは言った。そして魚津が驚いたほど赤い顔になった。

七　章

あわただしく桜が咲き、桜が散った。

例年のことだが、美那子は今年もまたろくに桜の花を見なかった。駅の近くに買物に出た時、四分咲きの桜を見たが、それから四、五日して外出した時は、もう葉桜になっていた。

美那子は縁側に出て、毎日のように隣家の柿《かき》の若葉に眼を当てた。青い小さい点が日一日と大きくなって行く。春が駈足《かけあし》で去って行くのが、柿の若葉の成長の仕方ではっきりと判《わか》る思いだった。

美那子は毎朝三種の新聞にざっと眼を通すが、ザイルの実験後二週間程の間は、ナイロン・ザイルの問題が、必ずどれかの新聞で取り扱われてあった。

さすがに問題が問題なので、事件を正面から取扱っている新聞はなかったが、「ナイロン・ザイルの取扱いの上の注意」だとか「ナイロン・ザイルの長所と欠点」とかいった風な見出しが眼についた。記事の内容を読んでみると、どれも事件は魚津たちがナイロン・ザイルの操作を誤ったためか、それに対する知識を欠いていたために起ったものと決めてかかっている風なところがあった。

ナイロン・ザイルも長所も弱点もある。しかし、それをちゃんと弁《わきま》えて使用する限りにおいては、従来の麻ザイルよりも強いものである。——これがすべての記事の筆者たちの考えであった。

さすがに魚津が自分の生命《いのち》が惜しくて切ったろうとは言ってなかったが、その事故の責任はそれを引き起した魚津と小坂の側にかぶせられていた。

美那子はこうした記事を読む度に心が痛んだ。魚津があれほど頑強に主張するのだから、もちろん、魚津が切ったものでもなかろうし、その取扱いに欠陥があったろうとも思われない。しかし、かと言って、夫の教之助の実験がいい加減なものだとは思われない。教之助はいかなる立場に立っても、科学者としての態度を崩すような人物ではない。これだけは世界中の人間が否定しても、美那子は夫を信ずるだろう。

魚津の言っていることにも嘘《うそ》はなく、夫の見方も一応実験に関する限り正当だとすると、一体問題はどういうことになるのか。——ただ一つ仮定できることは小坂の自殺ということである。それは美那子にとっては充分考えられ得ることであった。魚津自身はそうしたことはないと思い込んでいる。しかし、それは彼が思い込んでいるだけのことで、そこに何の根拠もないはずであった。美那子は、小坂の自殺しか、この事件を納得させるものはないと思っていた。

　五月の最初の日曜のことである。十時ごろ電話がかかって来た。美那子が電話口へ出てみると、思いがけず魚津の声が聞えて来た。

「今日、八代さんは御在宅でしょうか。もし、いらっしゃるようなら、ちょっとお目にかかりたいんですが」

　はきはきした声が、まるでそうしたものに飢えてでもいたような感じで気持よく美那子の耳に飛び込んで来た。

「ちょっとお待ち下さいませ」

　一応、受話器を置くと、美那子は教之助に伝えるために二階へ上がって行った。書斎をのぞいてみたが、そこには夫の姿は見えなかった。階下へ降りて、春枝に訊《き》いてみると、つい今し方門の方へ歩いて行ったということであった。散歩にでも出て行ったものらしかった。

　美那子は電話口へ戻ると、

「主人、散歩に出て、ただいま居りませんが、どうぞお越し下さいませ。——今日はずっと家にいるように朝申しておりましたから」

　そう返事をした。いつも日曜でも大抵午後になると出掛けて行くが、珍しく今日は一日家にいるようなことを、教之助が朝食の時言っていたのを、美那子は聞いていた。

それにしても、美那子は魚津の訪問の目的が多少気になっていた。

「実験のことについて、何か――」

美那子は訊いてみた。すると魚津はちょっと間を置いてから、

「近く五、六人で穂高へ登ろうと思うんです。いつまでも、小坂をあのままにしておくことはできませんから。――その時、事故の起った現場へも行ってみるつもりです。それで、八代さんに科学者の立場から調べてみるところを指示していただきたいんです。何か、調べて来るべきことがあるんじゃないかと思うんです」

「承知いたしました。そう伝えておきますわ」

「すぐこちらを出ますから、四十分程でお伺いできると思います」

「どうぞ。――お待ちしております」

受話器を置いた時、美那子は玄関の扉の開く音を聞いた。

すぐ玄関へ出てみると、和服姿の教之助が、

「門の横に大分草が生えているよ」

と言いながら上がって来た。

「まあ、ついこの間きれいに取りましたのに」

それには構わず教之助は二階へ上がって行こうとした。

「いま、魚津さんからお電話がありました」

美那子が言うと、教之助は階段の下で立ち停まった。

「例の青年だね、山登りの――」

「ええ、これからこちらへいらっしゃるそうですわ」

「来られても困るな。僕はいない」

「あら、今日は家にいらっしゃるとおっしゃったでしょう」

「うん、だが、やっぱり会社へ顔を出す」

「四十分程でお見えになると言ってました」

「僕はすぐ出て行く」

「お待ちになれません？　三、四十分」

「待てんね」

「でも、折角いらっしゃるんですのに」

「折角来てくれるのか知らんが、僕の方も急ぐ」

「行かなくてもいいように、おっしゃってたのに」

「朝はそう思っていた。いまは違う」

「意地悪だわ」

口に出してから美那子ははっとした。教之助と一緒になってから、二人がこのようにとげとげした感情で対《むか》い合って立ったことはなかったと思った。

美那子は自分がいま持っている夫に対する感情が、憎悪《ぞうお》と呼んでいいようなものであることに気付いた。ついぞ今までに一度も自分が夫に対して憎悪の感情を持っているなどということを意識したことはなかった。過去に一度小坂との過失はあったが、それも夫に対する愛情に罅《ひび》が入ったとか、夫が嫌いになったとか、そうしたことが原因しているわけではなかった。

美那子は自分自身の気持に呆然《ぼうぜん》とした思いで、そこに立っていた。しかし、美那子が驚いたのは、自分自身の気持に対してばかりではなかった。同じことが夫の教之助に対しても言えた。教之助は確かにいまこの瞬間、この自分を憎んでいるに違いないと思った。勿論《もちろん》、教之助は魚津が訪ねて来るということを聞いて、急に会社へ出ることを思い立ったのでないことは、美那子にもよく判っていた。ただ魚津という名前が出たので、言葉のやり取りが烈《はげ》しくなっただけの話であったが、それにしても、教之助のいま持っている自分に対する感情は憎悪と呼んでいいものに違いなかった。

教之助は冷たい眼で美那子を見詰め、美那子はまた同じような冷たい眼で夫を見詰めていた。極く短い時間、二人は互いに相手の顔から視線を逸《そ》らさないでいた。

先に視線をはずしたのは美那子の方だった。

「じゃ、よろしゅうございますわ、魚津さんがいらしたら、急用で出掛けたと申します」

それには返事をしないで、

「自動車を呼んでもらいたい」

教之助は言って、二階へ上がるのはやめて、廊下を洋服簞笥《だんす》の置いてある部屋の方へ歩いて行った。

美那子はそんな夫について部屋へはいって行くと、それでも洋服簞笥の扉を開けて、洋服をハンガーごと出して夫に手渡した。そして、

「春枝さーん」

と、女中を呼んで、春枝がやって来ると、

「自動車すぐ呼んで頂戴《ちょうだい》」

と言った。教之助が洋服を着ている間、美那子は硝子戸《ガラスど》越しに庭に視線を投げていた。庭木の若葉の緑がこの四、五日の間に急に濃くなり、いかにももう緑のかたまりといった感じで、それがむんむんした熱っぽさで陽に輝いている。その背景には雲ひとつない澄んだ空が置かれ、硝子戸越しに見ていても、もう晩春というよりは初夏の庭の感じであった。

美那子は夫の方へ視線を返した。教之助は筋肉の落ちた体にワイシャツを纏《まと》って、腰まわりの細いズボンの中へそのワイシャツの裾《すそ》を押し込んでいた。まだネクタイをしめ

てないワイシャツの襟もとからほっそりした首が見え、喉仏《のどぼとけ》がぴくぴく動いている。

「帰りは夕方になる」

むっつりと、何かを宣告するような口調で、教之助は言った。

「お食事は？」

美那子は訊いた。

「多分、家でする」

また美那子は庭の方へ視線を投げた。その瞬間、美那子はそれが夫への反抗のすべてでもあるように、突然何か烈しいものを欲しいと思った。強い力で体を抱きしめて、自分を窒息させるようなものを欲しいと思った。夫を厭《いや》だと思った瞬間、ふいに彼女を襲いかかって来た欲求であった。

美那子は若葉の緑を見詰めていた。体ががくがくと細かく震えた。

自動車が来ると、美那子は教之助を門まで送って行った。

「一体何の用事なのか」

そう言って、教之助が立ち停まったので、玄関から門までの間で、二人はもう一度対い合って立つことになった。教之助は魚津のことを訊いたのであった。

「別に用事はないはずだがね。——僕の方には」

いかにもお前の方は知らないがといった教之助の言い方だった。

「何でも、近く死体を収容に穂高へ出掛けると言ってらっしゃいましたわ。それで事故のあった現場へも行くので、何か験《しら》べることがあるようなら、それを伺っておいて――」

美那子がみなまで言わないうちに、教之助は遮った。

「伺うって、僕はもうあの事件については何も考えてはおらんよ。これ以上タッチする興味も持っていないし、暇もない。何か験べることがあるかと言われても、ないと答えるより仕方がないね。僕がもう一度実験のやり直しでもやると思ってるのかな」

「そうじゃないかと思いますわ。魚津さんの立場は苦しいでしょうから、もう一度、もっと実情に近い条件のもとで――」

「実情に近い条件なんてないよ。実験というものは、いつも特定の条件のもとにおいてやるものなんだ」

それから教之助は二、三歩歩き出したが、また立ち停まって、

「君は、一体、どう思ってるんだ？　僕の考えるところでは、ザイルというものはいい加減なことで切れるようなことはないよ」

「それでは、魚津さんでも切ったとおっしゃいますの」

「他に切る者はないだろう」

「まあ」

美那子は短い叫び声を上げると、

「あの方、絶対にそんなことする方じゃないと思います」

そういう美那子を、教之助はむしろ静かな眼で見守っていたが、

「じゃ、小坂君が切ったのか。——失恋自殺か」

教之助は言った。何もかも知ってるぞといった、最後の切り札でも出すような言い方だった。美那子は蒼《あお》ざめた顔で、押し黙って立っていた。

「だが、僕にはそう思われない。仮にあの青年の自殺としてもいい。しかし、その自殺の原因には——」

美那子は顔を上げて、教之助の顔を見た。教之助の顔は、この時、美那子には世にも怖《おそ》ろしいものに見えた。さすがに教之助はみなまで言わなかったが、美那子には夫が何を言おうとしているかが判っていた。夫は小坂の自殺の原因には魚津が関係していると言おうとしていたのではないか。

すると、教之助はいかにもいま言った自分の言葉を取り消すように、低い声で笑った。

「探偵小説なら、いろいろな考え方ができるということを言ったまでさ。——冗談だよ」

教之助は美那子にはいやに落着いたと見える態度で自動車に乗った。自動車が走り出してからも、美那子は呆然としていた。

美那子が教之助の嫉妬《しっと》めいた感情にぶつかったのは、これが初めてであった。小坂乙彦の場合は、小坂は自分に手紙を寄越したり、電話をかけて来たり、時には訪ねて来たりした。訪ねて来たのも一回や二回ではなかった。

それなのに、教之助は小坂に関しては嫌味一つ言ったことはなかった。それが、小坂の時は見せなかった尖《とが》った感情を、魚津のこととなると、どうして教之助は自分に示すのであろうか。何か魚津の名を口に出す時の、自分の話し方や表情に違ったものがあるのであろうか。

それはともかくとして、教之助が魚津に対して好感を持っていないことは、今や明らかなことであった。美那子は家へは上がらないで、そのまま庭の方へ廻《まわ》って行った。夫は事件の責任が魚津にあると考えている。あの調子では、魚津がザイルを切ったぐらいに考えていかねないと思う。たとえ、魚津がザイルを切ったのでなくて、小坂乙彦が自殺した場合でも、そうした原因は魚津にあるとでも考えている風である。そうした原因とは一体、何であるだろう。

ここまで考えて来て、美那子は自分がひどく上気しているのを感じた。いきなりその場に屈《かが》み込んでしまいたいような衝動を感じた。どこかで飛行機が急降下でもしているのか烈しい爆音がしている。空を見上げると、空の青さが陽に輝やいていて、銀色がかったその青い海のどこにも飛行機の影は見えなかった。

美那子は足を一歩踏み出そうとして、そのままそこに立っていた。いつか夢の中で魚津に烈しく体を両手でつかまれて振り廻された時の感触が、そっくりそのままの形で美那子の両肩と両腕によみがえって来た。相変らず陽は青い芝生の上に輝やき、どこかで飛行機の爆音が聞えている。

春枝が芝生の上を横切って歩いて来た。

「魚津さまがいらっしゃいました」

その言葉で、美那子はいきなりそこから逃げ出してしまいたいような気持になった。

「すぐ行きます。お通ししておいて」

美那子はそれから玄関とは反対側の台所の方へ、かつて小坂が来た時は決して感じなかった落着かない気持で歩いて行った。

しかし、魚津の居る応接間にはいって行った時の美那子は、いつもより少し沈んで見えた。沈んで見えたばかりでなく、気持も実際に沈んでいた。自分がこの世にめったにないような不幸な女に感じられていた。

「折角いらして下さいましたのに、あれから急の呼び出しで、主人今しがた会社へ参りましたのよ」

美那子は魚津と対い合って腰かけてから、そう言った。

「そうですか。もっと早くお電話して、お伺いすればよかったですね」

魚津は落胆した表情をして、

「じゃ、会社の方へお邪魔しましょう」

いまにも立ち上がりそうな気配を示して言った。

春枝がお茶を運んで来た。魚津はそれでもそれに口をつけ、それから立ち上がった。

美那子は魚津を引きとめるには、ひと言ふた言、何か言えばよかったが、妙にそれができなかった。

「折角、いらしていただきましたのに」

そんなことを言って玄関まで送って行ったが、魚津が靴をはいている時、魚津をこのまま教之助に会わせることが余り感心したことでないと気付くと、美那子は、

「そこまでお送りしましょう」

と言って、土間へ降りると魚津よりさきに玄関を出た。

門まで行った時、

「では」

と、魚津はそこで別れようとしたが、

「駅までお送りします。戸外の方が気持ようございますわね」

美那子は言って、魚津と一緒に歩き出した。魚津と初めて会った晩、家まで送ってもらった同じ道を、いま二人は逆に駅の方へ歩いているのであった。

「いつ山へいらっしゃいますの？」

「四、五日中に出かけるつもりです」

「まだ雪があるんじゃありません？」

「上高地付近には雪はないと思います。山へはいればもちろんありますが」

そんな会話を交わしてから、

「主人に、お会いにならない方がいいような気がしますけど」

と美那子は言った。

「どうしてです？」

魚津は驚いたように言った。

「御存じかも知れませんが、主人は、ひどく気難し屋なんです。ザイルの実験のことも、もうあれだけで、あとはタッチしたくないのではないでしょうか。先刻、お電話のこと申したんですが、実験のことはあれだけにしていただきたいというようなこと申しておりました」

「なるほど」

魚津はちょっと悲しげな表情をして、

「八代さんとしては無理ないことだと思いますね。僕が考えても厭だと思いますよ。面倒臭いうるさい問題ですからね」

それから、

「そうですか」

と、改めて思案するように魚津は言った。

大きい住宅の並んでいる一角を曲ると、道は自然に駅の方へ向っている。

「じゃ、会社へお訪ねするのは差し控えましょう」

「でも、それではお困りでしょうね」

「多少困らんこともないですが、まあ何とかなるでしょう。——僕は、こんど現場へ行きますので、もう少し正確な条件のもとに実験ができるんじゃないかと考えていたんです。八代さんは現在ナイロン・ザイルが切れたということを否定しておられます。その考えを御自身の実験で変えていただけるんじゃないかと思っていたんです」

魚津の沈んだ横顔が、美那子には堪《たま》らなく痛々しく見えた。

駅の建物の一部が行手に見えて来たので、美那子は歩調をゆるくした。まだこの青年とは、自分は話さなければならぬことがたくさんあるような気がした。

すると、魚津はふいに立ち停まって、

「こんど山へ行って、小坂の死体が出て来れば、奥さんの御心配になっていることは消えてしまうと思うんです」

「わたしの心配していることと言いますと」

美那子は訊き返した。

「小坂が奥さんのことで自殺したのではないかという考え方です。——その問題だけは解決すると思うんです。そのためにだけでも、こんど山へ行くことはいいことだと思います。事件に対して、奥さんはなんの関係もないことがはっきりするでしょう」

魚津は言った。二人の立ち停まっているところが、漸《ようや》く葉の茂りかけた大きい桜の木の下だったので、そのために魚津の顔は美那子には蒼ざめて見えた。

魚津の言葉に対して、美那子は多少不服なものを感じた。事件に対する自分の考え方を、そのように取られては心外であった。

「そりゃ、小坂さんが自殺したのではないということが判《わか》れば、わたし、気持がらくになりますわ。ですけど、そんなこと心配しておりません。もし、わたしの事で、小坂さんが自殺なさったとしても、わたし、そのことを恐がってはおりませんわ。小坂さんにはお気の毒ですけど、わたしとしては、あのようにする以外仕方がないことでしたもの」

美那子はここで言葉を切って、改めて魚津の顔を見上げた。

「ただ、わたし、そのために魚津さんに御迷惑をおかけすることになったら辛《つら》いと思ったんです。わたしと小坂さんとの関係を、——何と申しましても、これはスキャンダルでございますもの。——それをかばって下さるようなおつもりで、小坂さんの自殺のケースを、初めから否定なさっていらっしゃるとしたら、わたし、辛いと思ったんです。そのくらいなら、わたしの事が表沙汰《おもてざた》になっても、そんなこと構わないといった気持になりましたの」

美那子はここまで言って、なお話し足りないものを感じた。自分の気持が相手に充分伝わらないことがもどかしく感じられた。すると、魚津は、

「この前申し上げましたように、私には小坂の自殺は考えられないことです。これは、まあ、こんど山へ行けば判明すると思います。——それはそれとして、僕はひとつ、奥さんに忠告しておきたいんですが、小坂に対する気持や彼との関係など、小坂の妹さんに披露する必要はないと思うんです」

「しませんわ、そんなこと」

「小坂の妹さんは、何となく勘付いていましたよ。そんな潔癖はくだらないことだと思うんです」

美那子には魚津の叱責《しっせき》が不思議に快く胸にひろがって来た。二人はまたゆっくり駅の方へ歩き出した。

駅まで行くと、美那子はもう魚津を引き留めるための、いかなる話題もないことに気付いた。自分がこの青年のために、なんの力にもなってやれないことが、ひどく物足りない気持であった。

「山から降りて来ましたら、一応電話で御連絡します」

最後に魚津は言った。

「どうぞ。――お待ちしています。山へいらっしゃるのは四、五日先きだとおっしゃいましたわね」

「多分、そうなると思います。僕の方はいつでも発《た》てるんですが、一緒に行く連中がそれぞれ勤めを持っていましてね」

「御一緒の方ってみんな登山家でいらっしゃいますの？」

「昔、一緒に山で苦労した連中です。それから小坂の妹さん」

「まあ、あの方も」

兄の死体を発掘に行くのだから、妹のかおるが同行することに何の不思議もないわけであったが、美那子はそのことを魚津に言われた時、軽い戸惑いを覚えた。予想していなかったことを、ふいに眼の前に突きつけられた気持だった。

「山に登れますの？　女で」

「登れますよ」

「現場は大変なところなんでしょう」

「現場までは無理ですが、徳沢小屋あたりで待っていてもらうことになると思うんです」

それから魚津は、

「では」

と、別れるために軽く頭を下げた。

「お気をつけて行ってらっしゃいませ」

魚津の背後姿《うしろ》が改札口の向うへ消えると、美那子はいま来た道を引き返し始めた。先刻はそう感じられなかったのに、一人になると、乾いている道が埃《ほこ》りっぽく落着かなく思われた。

美那子は家へ戻ると、応接間へはいり、先刻自分が腰かけていた椅子《いす》に坐《すわ》り、何もする気にならないでぼんやりしていた。妙に物憂《ものう》い気持が、彼女の全身を捉《とら》えていた。

美那子が帰っているのを知らないのか、春枝が流行歌らしい歌を口ずさんでいるのが、台所の方から聞えている。時々、水道の音に遮られて聞えなくなるが、直《す》ぐまた若く明るい声が響いて来る。

春枝が歌を歌うのを耳にするのは初めてのことであった。いかにも娘らしい清らかな感じの声である。それにしても、あんな歌をいつどこで覚えたのであろうか。

「春枝さん」

廊下へ出て呼んだが、聞えそうもないので手をたたいた。歌声はぴたりとやんで、それからちょっと間をおいて、春枝はやって来た。

「お帰りなさいませ」

「歌、うまいわねえ」

「あら」

春枝は困惑の表情になった。それを美那子は少し意地悪い気持で見守っていた。

「教えて頂戴《ちょうだい》よ、いまの歌」

「知りません」

「だって、いま歌ってたでしょう」

「でも、知りません」

「恋のなんとかって言うんでしょう」

みるみるうちに春枝は赤くなった。美那子はこの前、かおるがやはり赤くなった時のことを思い出すと、

「いやよ、家で、流行歌なんて歌っては」

少し邪慳《じゃけん》に言った。

その日教之助が帰って来たのは九時を廻っていた。

「宴会でしたの」

玄関で美那子が言うと、

「ううん、研究所の若い連中と一緒に食事をした」

教之助は靴を脱ぎながら言った。

「家でも御馳走《ごちそう》作っておきましたわ。お電話なかったんですもの」

「電話はしたよ。会社へ着くとすぐ電話をかけた。君の方が居なかった」

教之助は言って、いつも酒がはいっている時は必ずそうするように、応接間にはいって、ソファの上に体を投げ出すと、

「水」

と言って、ネクタイをゆるめた。

美那子は夫から電話があったのは、自分が魚津を送りに駅まで出掛けている時のことであろうかと思った。教之助の水をくみに台所へ行くと、台所の隅の椅子の上で婦人雑誌を拡《ひろ》げている春枝に、

「今日、旦那《だんな》さまから電話あった？」

と、美那子は訊《き》いた。すると、そのことをいま思い出したといった顔で、春枝は、

「ございました。つい、うっかりしまして」

と言った。

「いいのよ。——その時、なんて電話で言ってらしたの？」

「奥さまをおよびするようにって——」

「それで——？」

「お見えになりませんでしたので、多分、お客さまをお送りにお出掛けじゃないかと申し上げました」

「夕御飯のことはおっしゃらなかった？」

「おっしゃってました」

春枝は情けなさそうな顔をした。いつも叱《しか》ることのない女主人から流行歌のことで叱られたので、春枝はすっかりあがってしまったものらしかった。

美那子が水を入れたコップを持って、応接間へ戻って行くと、教之助はワイシャツ姿になって、何か考えているのか、体をソファの背にもたせたまま、顔を仰《あお》向《む》けていたが、

「もう、すっかり夏の夜だね」

と言った。

「暑いんでしょう。窓を開けましょうか」

「いいや、開けたいが、開けると風邪をひく」

いくら暑くても、実際に冷たい夜気に当ると、教之助はすぐ風邪をひくだろうと思われた。

美那子は、自分が魚津を見送りに行ったことを教之助が知っている以上、何か魚津について触れなければならないと思った。

「魚津さんはこんど事件の起った現場にいらっしゃるんですって。――調べてらっしゃ

ること、何か教えてお上げになればよろしいのに」

「教えることなんかないよ、こっちが訊きたいくらいだ」

「何をお訊きになりたいんです」

それに対して教之助は答えないで、コップの水を飲むと、風呂《ふろ》へはいるために立ち上がった。

＊

魚津とかおるが小坂の死体を捜索するために上高地へ向ったのは五月五日であった。二人が東京を発つ二日前に、大学時代に小坂や魚津たちと一緒に山で苦労した山岳部のOBの連中六人が上高地へ向っていた。魚津も彼等と一緒に出発するつもりだったが、現地へ行って直ぐ必要になる金を調達するために、やむなく二日遅らせたのであった。金といっても、かなりの額であった。もちろん、こんどの費用として小坂の母親からかおるのところへ送金して来てあったが、それでは少々心細いように魚津には思われた。魚津は結局学生時代から親しくしている二軒の運動具店に事情を話し、金を借りて、それをその不足分に当てた。

出発当日の朝、新宿発八時十分の準急に乗るために、魚津は久しぶりで肩にずっしりと重いザックを背負い、ピッケルを持ってアパートを出た。小坂の事件があって以来初めての山行きであった。

新宿駅のホームへ上がって行くと、人混みの中に黒いスラックスと白いブラウスを着たかおるの姿が直ぐ眼についた。かおるは二人の席を取るために三十分前から来ていた。

二人は三等車の真ん中ごろの窓際《まどぎわ》の席に対《む》かい合って坐った。列車が走り出すと、かおるはまだ朝食を摂《と》ってない魚津のためにサンドイッチを出したり、魔法壜《まほうびん》からお茶を小さいコップに注いだりした。窓からの明るい光線の中で見ると、そんなかおるはむしろ楽しそうに明るく見えた。誰が見ても兄の死体を発掘しに行く娘には見えないだろうと魚津は思った。

魚津も事故から五カ月経過していたので、友の死体を掘り出しに行くのにも拘《かかわ》らず、さして暗い気持はなかった。長い間山に閉じこもっている友達にでも会いに行くような、そんなどこかにほのぼのとしたものさえが感じられた。

列車が山梨県へはいると、沿線の部落には点々と鯉《こい》のぼりの立っているのが見えた。鯉のぼりといっても、鯉の吹き流しは極くわずかしか見えず、多くは昔合戦の時武将たちが背に差した旗差物《はたさしもの》の形をした大きな幟《のぼり》だった。いかにも信玄の本拠であった甲斐《かい》の国らしいしきたりに思われた。

魚津にはナイロン・ザイルの実験以来、うっとうしい毎日が続いていたが、いま初めてその憂鬱《ゆううつ》さから脱《ぬ》け出すことができた思いだった。刻一刻、いま自分は友の横たわっている穂高の雪の方へ近付きつつあると思うと、体全体がじいんと痺《しび》れるような気持だった。

「松本から上高地まで自動車で行き、今日中に徳沢小屋まで行ってしまいましょう」

魚津が言うと、

「上高地からその徳沢小屋までの道は大変なんでしょう？」

かおるは訊いた。

「もう雪はないから二時間程で歩けますよ」

「雪のあるところなら、わたし平気なんですけど、雪のないところは駄目なんです。下手ですのよ、歩くの。——魚津さんに見られたら恥しいわ」

変なことを恥しがるものだと、魚津は思った。

二時に松本に着くと、二人は直ぐ駅前のタクシーで上高地に向った。

市街を外れると、道の両側に林檎《りんご》畑が拡がり、林檎の白い花が見え始めた。いかにも五月の信濃へやって来たといった感じだった。

「あら、八重桜が咲いてますわ」

かおるの声で窓外をのぞくと、なるほど農家の横手に八重桜が少し崩れた感じの紅《あか》い花を重そうにつけているのが見えた。

かおるはこの季節の信濃は初めてだったので、眼に映るすべての物が珍らしいらしく、ずっと窓外へ視線を投げ続けていた。そして、「あら、山吹」とか、「あら、藤《ふじ》」とか、「あら、木蓮《もくれん》」とか、そんな短い叫びを口から出していた。魚津はその度に、窓の方へ眼を遣《や》って、その山吹や藤や木蓮などを見た。魚津がそうせずにはいられないようなものを、かおるの澄んだ短い言葉は持っていた。

「梓川《あずさがわ》ですよ」

魚津は梓川の流れが初めてくるまの右手の方へ姿を現わして来た時、かおるに教えてやった。

「まあ、日本で一番美しい川ですのね」

「日本で一番美しいかどうかは知りませんが、とにかくきれいなことはきれいですよ」

魚津が言うと、

「兄は日本で一番美しい川だと言っておりましたわ。小さい時から、何回も兄にそう教育されて来ましたので、わたし、いつかそう思い込んでしまいましたのね」

「だから、教育は怖いですな」

魚津が笑うと、

「まあ」

かおるは少し睨《にら》むような表情をしてみせ、

「もう一つ、日本一だというものを兄に教育されました」

と言った。

「なんです」

「それは言えません」

かおるは含み笑いをして眼を魚津から窓へ移した。

「言えない？」

「ええ」

「どうして」

「どうしても」

それからかおるはいかにも可笑《おか》しそうに明るい笑い声を口から出した。

「僕が日本一の登山家だとでも言ったんじゃないですか」

魚津が言うと、

「まあ」

と、呆《あき》れたように言ったが、すぐ、

「いいえ」

とはっきりと否定して、

「日本一の登山家は登山家ですけど、その卵だと申しましたの」

「卵ですか」

「だって、私の小さい時のことですもの」

その、少しむきになった言訳の表情に、魚津は兄の小坂のそれと同じ汚《けが》れのない一途《いちず》なものを見出《みいだ》した。

島々《しましま》の部落を過ぎ、自動車が梓川に沿った上りの道を走り出すと、くるま全体が緑色に染まりはしないかと思われるほど、四辺一帯は萌《も》え出る若葉の新緑の世界になった。

自動車から見える対岸の山の斜面には、雑木の緑色に混って、ところどころに、遅い山桜の花が見られた。花は赤いというよりむしろ白に近く、そこだけにこっそりと春が置き忘れられているといった感じであった。

沢渡《さわんど》の部落にはいると、魚津は上条信一の家の前で自動車を停めた。すぐ家の内部から子供を背負った四十年配の上条の細君が飛び出して来て、

「父ちゃんは一昨日吉川さんたちと一緒に登りましたよ」

と言った。吉川というのは先発した一行の一人であった。小坂の死体を掘り出しに行くというので、上条信一も取るものも取りあえず、直ぐその一行に加わったのであろうと思われた。

自動車はまた走り出した。そして少し行って、もう一度停まった。西岡屋の前であった。こんどはかおるが東京から買って来た土産物を持ってくるまを飛び降りた。

魚津は路上に出て来た内儀《かみ》さんに、

「帰りに寄るよ」

と声をかけただけで、くるまから降りなかった。途中で時間をつぶすことが惜しかった。先発している連中に対しても、一刻も早く顔を見せたい気持があった。

西岡屋はこの前とはすっかり見渡せるようになっていた。街路に面した硝子戸《ガラスど》は開け放され、店の内部がすっかり見渡せるようになっていた。ストーブのあった個所の左手の方に、何か動物でも飼ってあるらしい木箱があり、子供が二人それを覗《のぞ》き込んでいるのが見えた。

「小母《おば》さん、何を飼っているんだい」

「タヌキですわ」

「変なものを飼ったんだね」

「見て下さいよ、ちょっと」

内儀さんは、それが自分の子供ででもあるような言い方をした。

「帰りにゆっくり見せてもらうよ」

かおるが乗り込むと、自動車はすぐまた走り出した。そしてやがて、くるまはがたぴし音を立てながら危っかしい木橋を渡って、対岸に出た。道はそのあたりから断崖《だんがい》に沿った急坂になった。釜《かま》トンネルは入口に消え残りの雪の固塊があるだけで、すっかり冬の装《よそお》いを棄てていた。

丁度二時間で大正池へ出た。

「ここはもう上高地ですのね」

かおるはさすが感慨無量といった面持で、急に変った窓外の風景に見入っていた。大正池の水は少し涸《か》れた感じで、水中に何十本かの枯木を立てたまま、小皺《こじわ》ひとつ見せないで静まり返っていた。魚津がいままで見たいかなる時より、池は静かな表情を持っていた。

自動車の左の窓から前穂が仰がれたが、それについては魚津は何も言わなかった。いつか前穂という名を口にするのが辛《つら》い気持になっていた。

魚津は小坂の死体が発見された場合、何かと世話にならなければならないので、ホテルの番小屋のTさんのところへ顔を出しておくことにした。

自動車は固く戸締りされてある赤い屋根のしゃれたホテルの建物の前を通り、熊笹《くまざさ》の間の道を抜けて番小屋の前で停まった。樅《もみ》の立木の幹に『登山小屋季節外管理所、北アルプス登山小屋組合』と書いた札がかかっている。Tさんはホテルの留守番役の傍ら、冬期におけるすべての登山小屋の管理を受持っており、従って事故や遭難がある度に、Tさんとその部下である何人かの番人たちは忙しくなった。

しかし、そのTさんは昨日下山して松本へ行ったということで、番小屋には三、四日前に登って来たという使用人らしい三十五、六歳の女が一人、小屋の前に盥《たらい》を持ち出して洗濯をしていた。

「クレさんは？」

魚津はTさんの部下の一人の名を口に出した。

「いま薪《まき》を伐《き》りに行ってます。河童橋《かっぱ》へ行く途中で会えるでしょう」

「じゃ、そっちへ行ってみよう」

魚津とかおるは再びくるまに乗り、ホテルの前を通って河童橋の方へ向った。間もなく道の右手の疎林《そりん》の中で、三、四人の男たちが木を伐り出す作業に従事している姿が、魚津の眼にはいって来た。丁度陽がかげっていて、男たちの小さい姿はひどく寒々としたものに見えた。

魚津はくるまから降りると、口に手を当てて、男たちの居る方へ、

「クレさあん」

と呶鳴《どな》った。やがて、

「おうい」

という返事が戻って来た。そして林の中から三、四人の男たちがのそのそやって来るのが見えた。

「魚津さんかや」

先きに立って近寄って来た五十年配の赤ら顔の、見るからに素朴な表情をした男が声

をかけて来た。そして魚津が口を開かないうちに、

「B沢だろな、小坂さんは。――これから徳沢まで行きなさるか」

と言った。

「吉川たちは一昨日から来ている」

「会いましたよ。――あいにく、Tさんが留守でな」

「また、クレさんの世話にならなけりゃならんよ」

「そうだといいがね。いつでも出掛けまさあ」

会話はこれで終った。自動車はまた走り出した。河童橋のところで、魚津とかおるはくるまを降り、ザックを背負った。ここからはもう自動車ははいらなかった。

この付近には何軒かの旅館があり、例年なら五月早々営業を始めるのだが、今年は少し遅れ、どこもまだ重く戸を降ろしていた。

魚津とかおるは運転手と別れると、すぐ歩き出した。大正池のところからかおるは殆《ほとん》ど口をきいていなかった。魚津もまたかおるには話しかけていなかった。小坂乙彦の眠っている地帯へ一歩足を踏み込んだ二人に、何も喋《しゃべ》らないでいろと、何ものかが命じているかのようであった。

魚津が先に立ち、一、二間の間隔でかおるが続いて、二人は樹林地帯の道を歩いて行った。かおるが遅れると、魚津はその度に立ち停まってかおるを待ち、かおるが近づく

とまた歩き出した。

魚津が長い沈黙を破って口を開いたのは、梓川へ流れ込んでいる小川にかかっている土橋のところへ来た時で、明神岳《みょうじん》を見るにはここが一番いい場所とされていた。

「明神がよく見えるでしょう」

魚津が言うと、かおるは梓川の向うに聳《そび》え立っている山を見上げ、

「まだ随分雪がありますのね」

と言った。中腹の山肌にはまだ雪が多かった。頂上は、かなりの早さで流れているガスのために見えなかった。

明神の少し手前の小さい池のところまで来た時、魚津は思わず立ち停まった。何百という夥《おびただ》しい蛙《かえる》が池の周辺に群がって、鳴き立てていた。

「まあ、たくさんの蛙」

かおるもまた足を停めた。

魚津はふと自分の足許《あしもと》の落葉の散り敷いている地面の一部が持ち上がり、そこから蛙がゆっくりと頭部を先きにして体を出して来るのを見た。注意してみると、蛙はそこら到るところから出ようとしていた。長い冬眠から覚めて、蛙はいっせいにいま地上の春の光を浴びようとしているのであった。あたりに散っている陽の光は弱かったが、しかし、やはりいかにも蛙が地中から飛び出して来るのにふさわしい静かなのどかなものを

持っていた。

蛙はいかにも楽しくてたまらないかのように、そこら一面にはね廻《まわ》っていた。入り乱れ動き廻っていた。

「蛙の運動会ですわね」

かおるは言ったが、魚津は雄という雄の蛙が、はるかに数の少ない雌の蛙を追いかけていることに気付くと、

「遅くなる。行きましょう」

と、かおるを促した。冬眠からさめた無数の蛙たちの生命の饗宴《きょうえん》は、そこにいささかの猥雑《わいざつ》さも感じられなかったが、やはりかおるの眼からは匿《かく》しておきたかった。

徳本峠《とくごう》への岐《わか》れ道まで来た時、こんどは二人は同時に足を停めた。すさまじい羽音がどこか近くの林の中で聞えたからである。

「なんでしょう」

「鷹《たか》じゃあないのかな」

しかし、鳥の姿は見えず、羽音だけがなお暫《しばら》く断続的に聞えていた。

やがて道は梓川の川岸に出た。

「まだここからは見えません？」

かおるは言った。事故の起った前穂東壁のことらしかった。

「徳沢まで行かないと見えませんよ」

魚津は答えた。

暫くすると、かおるは、

「わたし、いま何考えているかわかります？」

と言った。

「判《わか》りませんね」

「なぜ男に生れなかったろうということですわ。男に生れてたら、小さい時から兄とも山へ登れたでしょうし、魚津さんとも登れましたのね。ずっと前から」

かおるはそう言うと、こんどは先きに立って歩き出した。

徳沢小屋の二階建ての建物が樹間から懐《なつか》しく魚津の視野にはいって来た時は六時だった。建物の前の広場は、隅の方だけにところどころに雪が置かれてあったが、建物を取巻く樹木はいずれも青い葉を繁《しげ》らせていた。

小坂の事故の直後、ここで過した何日かの苦しさが、魚津の心に思い出されて来た。こやみなく空間を埋めていた小さい雪片。風の唸《うな》り。そしてきしむように流れていた重く暗い時間。――しかし、そうしたものとは、現在の徳沢小屋は全く無関係に見えた。小屋は五月の白い夕暮の中にただ静かに置かれてあった。

魚津とかおるが、広い土間の中へはいって行くと、すぐ奥の方から小屋番のSさんが、

例の人のいい顔を現わして、

「昨日来なさるかと思ってましたよ」

そんな言葉で二人を迎えた。

魚津がかおるをSさんに紹介すると、

「とんだことでしたな。いい方だったに」

とSさんは小坂の悔みを述べ、かおるの方は、

「その節は大変御厄介になりました」

と礼を言った。

Sさんの話では先発の吉川たちは、上条信一を加えて総勢七人で、一昨夜ここへ泊り、昨日の朝六時にここを出発して第二テラスに向ったということだった。

「ゆうべは又白《またしろ》に泊ったと思いますが、今夜は帰って来なさるんじゃないですかな」

Sさんは言った。

この前の冬の時はこの建物の一部しか使っていなかったが、いまは登山シーズンを目の前に控えて、階下も二階もすっかり掃除が出来ていた。魚津とかおるは二階の隣り合った部屋を取った。二人が入浴をすませて、階下の上がり口の部屋でSさんの給仕で食事を摂《と》っていると、八時半ごろ、急に表の方が騒がしくなり、吉川たちの一行がどやどやと土間へはいって来た。

「御苦労さん、おれたち先刻着いたんだ」

魚津が土間へ降りて行くと、

「昨日第二テラスへ行き、今日もう一度本格的にやったが、駄目だった。雪も深いし、これ以上は無理だ。明日B沢をやろうと思う」

そう言いながら、二日ですっかり雪やけした吉川が、登山家とは見えない小柄な華奢《きゃしゃ》な体から、大きなザックを降ろした。

みんなに少し遅れて、一番あとから上条信一がはいって来た。さして頑丈《がんじょう》な体ではないし、それにもう六十近い年配であるが、この山男の背にくっつくと、ザックがいかにもそこに根を生やしたようにぴたりと定着するから不思議である。

「すまんな」

魚津が言うと、

「なんの。——魚津さん、少し肥《ふと》ったんじゃないか」

と上条信一は言って、それから土間へ降りて来たかおるの方へ、

「小坂さんの妹さんでしょう、よう似とりなさる」

と、いかにも感慨深げな言い方をした。これが穂高の主と言われている山案内人の、魚津とかおるに対する挨拶《あいさつ》であった。

翌日、一行は六時に徳沢小屋を出発して本谷に向った。吉川たち六人と上条信一、それに魚津とかおるの二人が加わっている。吉川たちは捜索に従事してから三日目だったので、かなり疲れていたが、それぞれ勤めを持っている身で、誰も休養に一日をつぶす余裕は持っていなかった。

魚津にはかおるを同行することは少し無理ではないかと思われたが、本人も行きたがったし、それに本谷までならさして危険でもあるまいという声もあったので、思い切って連れて行くことにしたのである。

松高ルンゼの見えるあたりから先きは急に雪が多くなったが、新雪とは違って雪は固くなっていて、靴がもぐることはなかった。中畠新道を避けて、松高ルンゼを登った。

本谷にはいったのは十時、食事を摂って、十一時から本谷の厖大《ぼうだい》な沢の捜索を開始した。持って行った鉄の細い棒を雪面に差し込んだり、スコップで雪をかいたりした。そんな当てのない作業を数時間続け、疲れ切って、捜索を打切って帰途に就いたのは四時であった。

帰りは朝と違って、松高ルンゼを避けて中畠新道を帰った。松高ルンゼの方には途中に三メートル程の滝があって、かおるのために万一の場合を慮《おもんぱか》ったのである。帰途は普通なら一時間半で充分だったが、二時間半の時間をかけてゆっくり下った。それでもかおるは徳沢小屋に帰ると、暫くは身動きができないほど疲れていた。

翌日、こんどは一行はB沢を目指して早朝四時に出発した。B沢となるとかおるには無理だったので、かおる一人が小屋に残ることになった。

一行は昨日と同じ道をとって本谷にはいり、B沢のとっつきに辿《たど》りついたのは八時半。それから約一時間休憩して、九時半にB沢の捜索を開始した。

一同はB沢の狭い沢に散らばった。B沢の真ん中のところには夏なら滝が出ているが、いまは固く雪に覆《おお》われていた。魚津は主として両側のシュルンド（岩と雪の間に雪がとけてできたわれ目）を注意して登って行った。

B沢の上部近くで、一番先頭に立っていた保険会社に勤めている山根が、

「おうい」

と、大きい声を張り上げたのは十二時近い時刻であった。

山根が突立っているところへ、彼から一番近いところにいた魚津は近付いて行った。山根が視線を投げているところに、魚津もまた視線を投げた。真白い雪の斜面に赤い線条様のものが見えている。

「ザイルじゃないか」

「そうらしいな」

二人はそこへ近付いて行った。まさしくナイロン・ザイルだった。

やがて、魚津と山根のところへ、吉川も上条信一も、他の連中も集まって来た。

上条と山根がスコップで固い雪をすくって行った。初め肩先が出、次に右脚が出た。胸部の一部は着衣が全部めくれ上がっていて、むき出しになった肌が、固く凍っている雪層の中から現われた。一同が思わずはっとした程、その肌は、湯上がりのように薄い赤みを帯《お》んだほのぼのとした色を持っていた。

魚津もまたスコップを取って、遺体に傷をつけないように、頭部と思われる部分の周囲の雪を除いていった。

顔が現われた。まぎれもなく小坂乙彦の顔であった。眼は軽くつむられ、真直《まっす》ぐに上を向いていた。顔は、先に出た部分と違って、色が黒くなっていたので、雪の中からブロンズの小坂の頭部が掘り出されたような、妙な錯覚に魚津は陥った。

頭部を見ている限り、死体を掘り出したといった感じはなかった。魚津は自分の足許に転がっているブロンズの小坂の首を上から見降ろしていた。

魚津は膝《ひざ》を折って、小坂の顔を覗《のぞ》き込んだ。それは生きている時の小坂の顔よりむしろ雄々しくさえ見えた。

「ザイルに手を触れるな」

吉川が注意する声で魚津は我に返った。そして改めて、いまはそこに全身を雪の中から露出している小坂の体に眼をやった。さすがに無惨《むざん》だった。魚津はこの世で自分だけ持たねばならぬ苦しい思いに耐えていた。

ザイルは小坂の体にきちんとついていた。そして結びめが脇《わき》の下のところに行っており、アノラックもシャツもずり上がって胸のところにかたまっていた。靴はつけていた。アイゼンの片方が飛んでいる。上条と山根が、小坂の体についていたザイルとは別の、自分たちの持っていたザイルで小坂の体を縛り、岩にハーケンを打って、遺体を確保する作業に取りかかった。そしてこの操作が終ると、直ぐ雪は遺体の上にかけられた。魚津もスコップを持って、もとのように小坂の体を雪の中にしまう作業に従事した。

小坂が再び白い雪の中に匿されてしまうと、その上に一本のスコップを立てた。こんど改めて遺体を収容するために来た時の目印しにするためである。

「とにかく、ここで写真を撮っておこう」

吉川が言ったので、一同はその場で吉川のカメラにおさまった。吉川がシャッターを切ると、こんどは上条が吉川を並ばせ、自分が代って、カメラのシャッターを切る役にまわった。

一同は誰も小坂のために涙は流さなかった。小坂の遺体を漸《ようや》くにして掘り出した興奮が、魚津をも、吉川をも、他の連中をも、ただ無口に、少し物悲しく空虚にしていた。

一行が徳沢小屋に戻りついたのは夕刻六時であった。魚津たちはその晩相談して、一応一方的に検屍《けんし》の日を、間に二日置いて、発見した日から四日目ということに決定した。そして小坂の遺体を麓《ふもと》まで搬出するのはその検屍の当日のこととした。

翌朝まだ薄暗い中を、一行の中の二人が、上高地のホテルの番小屋へ連絡するために徳沢小屋を出て行った。小坂の母と小坂の勤め先に「イタイビーサワデハッケンサル」という電報も打たなければならなかったし、クレさんに検屍の手続きや、小坂を荼毘《だび》に付すために、その燃料にする樹木をきる営林署への交渉をも頼まなければならなかった。

この日は、魚津も、吉川も、上条も、疲労のためにみんな死んだように午後まで眠った。朝から細雨が降っていた。かおるは、Sさんの手伝いをして、やがてやって来る何人かの人たちのために食事の準備の手伝いをした。

夜になって、上高地に使いに行った二人が帰って来た。こちらで予定した日取りに合うように、万事うまくクレさんが取り計らってくれたということであった。

翌日、つまり小坂の遺体が発見された日から三日目の午刻、クレさんが島々の派出所の警官と、医師を連れてやって来た。医師は丁度ホテルの番小屋にたまたまやって来た関西のQ山岳クラブのメンバーの一人で、まだ三十そこそこの若い青年だった。

三時ごろ、営林署の人がやって来た。魚津とクレさんは署員と一緒にすぐ山へ出掛けた。どの樹木を伐るかを決めるためである。

そして結局、松高ルンゼのとりつきから五百メートル程下った樹林地帯の一劃《いっかく》の木を九本伐ることに話は決まった。どれも三十センチから五十センチぐらいの太さの樅《もみ》の木であった。

「九本は贅沢《ぜいたく》ですよ、六本ぐらいでよくはないですか」

そんなことを署員は言ったが、魚津は小坂の遺体を焼く火を強く烈《はげ》しいものにしたかったので、九本伐らせてもらうことにした。樹木を伐る人夫はクレさんの計らいで明日の朝上高地から来ることになっていた。

魚津たちが小屋へ帰った時は夜になっていた。魚津たちと前後して、小坂の勤めていた会社から、この前小坂の遭難の時やって来た宮川、枝松という二人の青年が、頭に電《でん》燈《とう》を点《つ》けたまま小屋へはいって来た。

枝松は大きなザックを背負っていた。そのザックからは、塩、プロピル・アルコール、供物《くもつ》の菓子、酒、線香、蠟燭《ろうそく》など、そんなものが出て来た。宮川の方は、東京の運動具店が小坂のために使ってくれといって寄越したというスノー・ボートを背負って来た。さして重くはないらしかったが担《かつ》ぎにくかったのか、宮川は小屋へついてからも背中を痛がっていた。

小屋は急に大人数になった。かおるだけが階下の狭い一室を占領し、あとの男たちは二、三人ずつ一緒になった。

小坂の遺体搬出の日、吉川等六人と、魚津、上条、それに宮川、枝松の二人の青年も加わって、全部で十人がB沢に向った。一行は四時に徳沢小屋を出た。

クレさんは後に残った。彼は樹木を伐《き》り出す人夫の指揮という大切な仕事を持っていた。かおると小屋番のSさんは午後、樹木が伐られたころを見計らって伐採場所まで出掛けて行き、そこへ祭壇を作る手筈《てはず》になっていた。

魚津たち十人はそれぞれこまごました物を分配してザックに入れていた。ハーケン、カラビナ、シュラフ・ザック（寝袋）、テントのグランド・シート、それからザイルと、遺体搬出に必要なものはかなりの量になっていた。東京から来た二人の青年は交替でスノー・ボートを背負った。

小屋を四時に出発したが、現場についたのは十一時であった。一時間休憩を取って、十二時に再び小坂の死体を覆っている雪の面にスコップが入れられた。

遺体を掘り出すと、それを魚津と吉川と上条の三人がビニールの布の上に置いた。魚津はかおるから預って来た香水を小坂の体の上にまいた。山根がそれに三升ばかりの塩を振りかけ、さらに何本かのプロピル・アルコールをかけ、その上にまた雪を載せた。もちろん腐敗を防ぐためである。

そしてビニールの布で包んだ遺体を、こんどはシュラフ・ザックの中へ入れた。シュラフは上条が用意していたが、魚津は、

「これを使ってくれ」

と言って、自分のこれまで使っていたのを取り出した。

「その代り、おれの方はこれからお前のシュラフを使わせてもらうよ」

口には出さなかったが、魚津は心の中でそう小坂に言った。実際そうするつもりだった。小坂のシュラフは奥又白の池にまだそのままになっているテントの中に置かれてあるはずであった。

シュラフに入れた遺体は、さらに大勢の手でグランド・シートで巻かれ、最後にスノー・ボートに移された。

実際に搬出の作業に取りかかったのは一時を少し過ぎていた。B沢の斜面を降ろすのはなかなか骨の折れる仕事であった。遺体の確保と共に搬出者各自の体も、同時に確保しなければならなかった。そのために次々に何本かのハーケンが打たれた。そしてスノー・ボートは二本のザイルで確保されながら、徐々に雪の急斜面を降ろされて行った。

B沢を終えて本谷へはいると、搬出の作業はずっと楽になった。こんどは十人の一行が、交替で、肩とピッケルで確保しながら降りた。

松高ルンゼを下って、漸くにして樹林地帯の中へ運び終えたのは、予定より二時間も遅れて、もう八時を過ぎていた。すっかり夜になっていた。やがて茂みをすかして、前方にクレさんたちが焚《た》いている火がいやに赤い感じで見えた。星の美しい夜であった。

遺体を載せたスノー・ボートのザイルは魚津、吉川によって前方から、山根、上条によって後方からそれぞれ操作されていた。他の六人の連中はそのあとに一列になって従っていた。

魚津は先頭に立っていた。四辺は立木が茂っていて暗く歩きにくかったが、魚津は樹木をすかして火の見えている方へ一団を先導して行った。

やがて、突然樹木の伐り払われた広い空地へ出た。そこの一郭で十人程の人間が火を焚いていたが、魚津たちが到着したのを知ると、いっせいにそこの人影は動いた。

「御苦労さまでした。いろいろ有難うございました」

かおるの声が聞えた。遺体はひと先《ま》ず自然にそこに整列した一同の前に留められた。

Sさんがもう間もなく月が出るだろうと言ったので、検屍は月の出を待って行われることになった。

魚津たちは一息入れて、それぞれ立ったままで熱い紅茶を飲み、煙草《たばこ》に火を点けた。

やがて、Sさんが言ったように、月が樹林地帯の一郭に青みを帯んだ淡い光を漂わせ始めた。月が出ると、人の顔もはっきりし、そこに積まれてある木の山や祭壇の模様もはっきりした。足もとの地面を覆っている雪も青白く見えた。

いま魚津たちが立っている空地は、昼間クレさんたちが九本の樅の木を伐採したそのきりあとで、鬱蒼《うっそう》と茂っている樹林地帯の中に、そこだけが十坪程の空地を作っていた。そして空地の中央部には、遺体を焼くために一間程の長さに伐られた木がきちんと縦横にそろえられて五尺程の高さに積み上げられてあった。この上に遺体は載せられて焼かれるのである。

そしてその遺体を焼くヤグラの前には小さい卓でもそこへ置いてあるかのような白布で覆われた祭壇が造られて、花が飾られ、焼香する支度が調えられてあった。すぐ検屍が始められた。警官も医師も、長い間ここに待たされていたので、早く自分の仕事を終えて、自由になりたくなっているらしかった。遺体は再び何人かの手で、それが雪の中に埋められてあった時のようにすべての覆いを取り去られた。死因は頭蓋底《ずがいてい》骨折による即死と断定された。

検屍が行われている時、魚津は顔を両手の中に埋めているかおるの体を、背後から支えるように軽く抱いてやっていた。宮川、枝松の二人によってフラッシュが焚かれて、何枚かの写真が撮られ、遺体から取り外されたザイルの切れ端は、吉川の手によって、ナイロンの袋に保管された。

小坂が体につけていた衣類のポケットから手帳が出て来た。それは警官の手からかおるの手に渡された。

検屍がすむと、遺体はかおるが持って来た白衣を掛けられて、樅の木のヤグラの上に載せられた。すぐかおる、魚津、吉川、上条の順で焼香が始められた。読経《どきよう》の声こそなかったが、高山の樹林地帯の中で月光に照らされて行われる焼香はひどく厳粛なものであった。

やがて、上条やクレさんたちの手で、遺体にも、ヤグラにも、石油がかけられた。そしてヤグラの下端からかおるの手で火が点けられた。

一同はそれを取り巻いて、次第に火勢を増して来る樅の木の焼ける火を見守っていた。やがて小坂の好きだった山の歌が小坂の仲間たちによって合唱された。

雪ヨ、氷ヨ
アズサノ青ヨ
フユノ穂高ニ
マタヤッテ来タ

アメリカの民謡の節を取ったという独特の哀調を帯びた歌声は、深夜の高山の静寂を破ってどこまでも響いて行った。この歌を唱《うた》っている時、魚津は初めて、悲しみの気持に堪えることができなくなった。涙はとめどなく眼からあふれ、頬を流れ落ちた。小坂の遺体を焼く光で見ると、かおるも、吉川も、クレさんも、上条も頬を涙で濡《ぬ》らしていた。

合唱が終った時、

「じゃ、私たちはこれで引き取らせていただきましょう」

と、警官が言った。それを合図に、格別用事のない者は引揚げることになった。小坂の体が灰になるのは暁方《あけがた》の四時ごろになるだろうということだった。魚津もまたそれまで全員がここに留《とど》まっている必要はないと思った。昼間搬出の仕事に当った連中は、誰もが立っていられない程ひどく疲れていた。

結局、魚津、かおる、上条、クレさんの四人が残って、あとの者は全部、警官や医師と一緒に徳沢小屋まで引揚げることに決定した。

一同がひと固まりになって林の中にはいって行き、あとに四人だけが残されると、急に辺りは淋《さび》しくなり、樅の木が火で裂ける音だけが高く聞えて来た。地面の雪はほとんど融《と》けていた。四人は空地の一隅に席を造って、そこに腰を降ろした。

十一時頃から月光は物凄《ものすご》いほど冴《さ》えて来た。青白い月光がほとんど真上から深山の焼場を照らした。そしてその月光と競うように、小坂を焼く火もまた烈しくなり、火焔《かえん》は天を焦《こ》がすばかりであった。

十二時頃からヤグラの上部から黄色の火焔が地面に落ち出した。夜空に上がっている赤い焰《ほのお》と、地面に落ちる無数の焰は、それを見詰めている四人の眼には異様な厳粛な妖《あや》しさで映った。

「小坂さんも本望でしょう。こんな豪勢な葬式ができれば。——私なども一生山で暮したから、死んだ時は、こんなにして焼かれたいもんですな」

クレさんはぼそっとした口調で言った。

「ほんとにそうだな」

上条も実感をこめて言った。

魚津もまた同じ思いだった。こうした焼かれ方は、小坂らしいと思った。そして自分もまた、どうせ死ぬのなら、山で死に、こうして焼かれたいと思った。

「男の死というものは、まさにかくあるべきだな」

魚津は誰にともなく呟《つぶや》くように言った。かおるだけは黙っていた。

五時、暁方の白い光の中で四人は小坂の骨を拾った。ひどく寒かった。魚津も、かおるも、上条も、クレさんも、みんな火勢が衰え始めてから寒さのためにじっとしていられなくて、ザックを体につけて、そこらを歩き廻《まわ》っていたが、骨を拾う時も、ザックを背負ったままだった。

六時に四人は焼場をあとにして、徳沢小屋へと向った。落葉松《からまつ》とダケカンバの林の中を、魚津は小坂の骨のはいった壺《つぼ》を持って歩いて行った。小坂乙彦の大きな体がこの小さい壺の中へはいってしまったと思うと奇妙な思いがした。

徳沢小屋へ帰ると、Sさんが用意していてくれた朝食を摂《と》った。熱い味噌汁《みそしる》がうまかった。

警官と登山家の医師と他に三人の人夫が最初の一団として九時頃帰って行った。次に十時頃、宮川と枝松が帰り、十二時頃、吉川たち六人が徳沢小屋を引揚げて行った。

あと徳沢小屋は、魚津とかおると上条とクレさんと小屋番のSさんの五人だけになった。昨夜徹夜した四人は、吉川たちを小屋から送り出すと、すぐ各自部屋へ引取って眠った。魚津は疲れ切っていて眠れそうもなかったので、日本酒をコップで二杯あおって床にはいった。

眼が覚めた時は、窓の外には薄暮が垂れ下がっていた。魚津は床へはいったまま、これからの予定をたてた。明日もう一日ここに留って、上条信一と二人で奥又白の池のところへ出掛け、そこにそのままになっているテントを回収して来なければならぬ。そうなると帰京は明後日になる。そして東京へ帰ったら、できるだけ早くかおると共に酒田へ向うことにする。

階下へ降りて、洗顔し終ると、上条とクレさんがそれぞれ申し合せたように起きて来た。一応みんな寝足りた顔をしている。それまで気付かなかったが、とうに起きていたらしく、かおるが姿を現わして、

「どうぞ、夕食の支度ができていますから」

と言った。小坂の骨の壺の置いてある部屋で、Sさんをも混えて、五人は夕食の膳《ぜん》に向った。茶飲茶碗《ぢゃわん》に酒が注がれた。

「静かなもんだな」

いまさらのように上条信一が言った。実際静かな夜であった。一同は言葉少なに酒を

飲んだ。そして時々小坂の思い出話をした。

魚津はふと不思議な気持がした。小坂の死体を発掘してから今日まで、一度もザイルのことが自分の頭にもよみがえって来なければ、話題にもならなかったと思った。

小坂のためにここに集まった人々の間には、小坂の死についてなんの問題もなかったのだ。小坂はザイルが切れて死に、その死体をみんなで雪の中から掘り出し、それを樹林地帯の一郭で焼いただけの話であった。そしてみんなが持っていたものは、小坂乙彦の死への悲しみだけであった。

魚津は昨夜の小坂の死体を焼いた天を焦がす火のすさまじさを、改めてまた思い出していた。そしてその火の色を眼に浮かべていると、実験だの、新聞記事だのといったあらゆる下界の騒音が、ひどくくだらない愚劣なものに思えて来るのであった。

かおるは途中で座を立つと、小坂の遺体の着衣の中から出て来た手帳を部屋から持って来て、

「朝、お見せしようと思っていたんですけど、みなさんが次々にお発《た》ちになるので取り紛れてしまって――」

そう言って、それを魚津の方へ差し出した。そして、

「おひる頃、一度お部屋へ持って伺ったんですけど、もう寝《やす》んでらっしゃいましたわ」

魚津は手帳を開いてみた。小型のポケット日記だった。一月の初めのところにだけ、

ペンで二つ三つ簡単な言葉が書きつけられてあった。一月一日、二日、三日のところにはいずれも山という字がそれぞれ一字ずつ書き付けられてある。そして四日のところには〝下山帰京〟、五日のところには〝賀状書き〟、六日のところには〝会社仕事始め〟と〝五時社長宅訪問〟と認《したた》められてある。書かれてある文字はそれだけであった。日記ではなくて、メモであった。

魚津はその手帳に、なんの遺書めいた言葉も文字も発見しなかったが、そのために格別に吻《ほっ》ともしなければ、安堵《あんど》もしなかった。そんなものが出て来るはずはなかった。いつか、もし小坂の遺品から遺書めいたものが出て来たら困ると心配したことがあったが、そんな自分をいま振り返ってみると不思議な気持だった。いつか知らず知らずのうちに、自分もまた周囲の人たちの作り出す世俗の渦巻の中に巻き込まれていたのだと思う。明日奥又白のテントへ出掛けて行っても、小坂の遺品の中からは山へ登る必要な品以外何も発見しないだろう。

手帳は上条、クレさん、Sさんと順々にまわされて行った。

「四日に下山、帰京と書いてなさるな。すると三日の晩はここで泊るつもりだったんかな」

Sさんは言った。

「大体、そんなつもりだった」

魚津は答えた。

「すると、四日の午頃《ひるごろ》、ホテルの小屋へ行ってクレさんとこの茶を飲み、夕方は、沢渡《さわんど》のわしの家へ立寄る算段ですな」

上条信一が言った。

「そういうことになったろうね」

魚津は言った。実際に事故がなかったら、いまここで話しているようなことになったのであろう。

酒宴は二時間程で終った。魚津は部屋へ引揚げるつもりで座を立った。そして土間へ降りて戸外をのぞいたが、そのまま戸外へ出た。月光が小屋の前の広場を真昼のように照らしていた。

少し寒かったが、しかし、体にはアルコールがはいっていたので、暫《しばら》く冷たい夜気に当っていたかった。魚津は建物の横の方へ廻って行った。

すると、あとを追いかけるようにして、かおるがやって来た。

「いいお月さまですわね」

「寒いですよ。僕は酒がはいっているが」

魚津が言うと、

「いいえ、大丈夫です」

魚津はかおるが自分の方へ近寄って来るのを見た。

かおるは魚津の傍に来ると、

「こんどは本当に有難うございました。何もかも魚津さんにおすがりして」

と言った。やっと二人きりになれたので、改めてこんどのことの礼を述べるといった
そんなその時のかおるの感じだった。

「疲れたでしょう」

「いいえ、魚津さんこそ」

それから二人は、暫く月光に照らされてそこに立っていた。

「明日は、わたしも連れてっていただけませんかしら」

突然かおるは言った。

「又白ですか、駄目ですよ。雪が深くて」

「そうでしょうか。どんなところか、現場を見たかったんですけど」

「僕は現場には行きませんよ」

魚津は言った。

「又白のテントを撤収して来るだけなんです。現場は来月の終りでないと雪が深くて無
理ですよ。来月改めて来るつもりです」

「その時なら、わたしでも登れます？」

「その時は登れるでしょう」

「じゃ、来月、連れて来ていただこうかしら。よろしい？」

かおるは魚津を見上げた。その見上げ方は、今までになくひどく親しい感じであった。

「帰りましょうか。風邪をひくといけない」

魚津が歩き出すと、「あの」と言って、かおるは二、三歩歩いて、すぐそこに立ち停まった。魚津も立ち停まった。すると、かおるは、

「わたし、やっぱり言ってしまいますわ。変でしょうかしら」

と、そんなことを言い出した。魚津にはかおるの言おうとしていることが判《わか》らなかった。

「ゆうべ兄を焼く火を見ていながら考えたことなんです。本当にわたし、真剣に考えたんです。あの火の色を忘れてしまうと、もう二度と言えなくなりそうですわ」

「何をです」

すると、ちょっと間を置いてから、

「わたし、生れて初めて結婚ということを考えました」

思いきったようにかおるは言った。

「お笑いにならないで！」

「笑いはしませんよ」

魚津は憤《いきどお》ったような口調で言った。

「じゃ、言いますわ。——結婚していただきたいと思ったんです」

「結婚！　僕とですか」

びっくりして魚津は言った。

「ええ。あら、笑ってらっしゃるわ」

「笑ってなんかいませんよ」

魚津は笑っていなかった。笑うどころではなかった。

「本当に、わたし、真剣に考えたんです」

それがただ一つの台詞《せりふ》ででもあるかのように、真剣に考えたということを、またかおるは繰り返した。

「結婚ですか。結婚ということはなかなか重大なことですね」

そんな風にしか、とっさには魚津は口から出せなかった。そして魚津は地面にインキのような真黒い影を落して、冷たく月光の中にさらされている若い女の顔に改めて眼を当てた。

「その話は、僕もよく考えてみましょう。貴女《あなた》ももう一度考えて下さい。いまは貴女も兄さんの遺体を焼いたあとですし、興奮していると思うんです」

魚津はそれから話題を変えて、

「明日は僕の方が一日かかるので、帰るのは明後日になります。明後日の昼の準急で帰ることにしますか」

「ええ」

俯向《うつむ》いたままでかおるは答えた。

「そして、東京へ帰ったら、できるだけ早く兄さんを酒田へ連れて行かなければなりませんね」

「魚津さんも行って下さいますの？」

「もちろん行きますよ」

「電報打ってありますから、きっと、誰か東京まで来ると思いますわ。母は神経痛がひどいので来れないと思いますけど」

「出迎えがあるなしに拘《かかわ》らず、僕は僕の手で兄さんをお母さんの手に渡しますよ。そうしないと、何か気がすまないんです」

二人は小屋の方へ歩き出した。体はかなり冷たくなっていた。冷たいのは夜気のためではなくて、月光が体を貫いているためのような気がした。戸口まで行くと、

「では」

と、かおるは言った。

「入らないんですか」

「はいりますけど、でも――」

　かおるは魚津を見上げると、

「御一緒にはいって行くの厭《いや》なんです」

「どうして」

「どうしてって、わたし、あんなことを言ったあとですもの。お家《うち》の中で顔見られるの厭ですわ」

「じゃあ、先におはいりなさい」

「それでは、おやすみなさいませ」

　言うなり、かおるは建物の中へはいった。

　魚津はもう一度広場の方へ歩き出した。強《あなが》ちかおるのためにそうしたわけではなかった。何か一人で考えてみなければならないことがあるような気がしたからである。

　魚津は広場を斜めに突っ切って歩いて行ったが、そのうちに突然ぎょっとしたように足を停めた。そして深呼吸でもするように胸を反らした。

「ああ」

　呻《うめ》くような短い言葉が魚津の口から出た。かおるに結婚の話を持ち出された瞬間から、魚津は何かひどく落着かない気持になっていたが、その正体がいま判った気持だった。

　いつか小坂が言ったように、魚津は自分もまた八代美那子を連れて落葉松《からまつ》の林を歩きたい同じ思いにもう長い間取り憑《つ》かれていることに気付いたからであった。決してそのことを意識の表面で考えてみたことはなかったが、そうしたひそかな美那子への思慕が、あるかないかの形で、しかし根強く心の底に横たわっていることは否定できないことであった。

八　章

小坂の遺体が発見され、それが現地で荼毘《だび》に付され、魚津とかおるの手でその遺骨が東京へ運ばれるという小さい記事を新聞で読んだ日、常盤大作は、小坂の勤め先であった登高出版社に電話して、魚津たちの新宿に着く日とその時間を訊《き》いた。

常盤は小坂とは一面識もなかったが、自分の会社の魚津が関係しているので、やはり新宿駅までは出迎えておいた方がいいと思った。小坂の遺族や、登高出版社の連中は当然出迎えに出るだろうが、新東亜商事としても一人ぐらいは姿を見せておくべきであろう。

常盤はその役を自分自身で引き受けた。列車は八時三十何分かに新宿へ着くはずであったので、それより二十分ほど前に、常盤は中央線の到着ホームに上着が背広型の略式モーニングの姿を現わした。

ホームには明らかに小坂の遺骨の出迎えと思われる一団が居た。若い女の姿も二、三人見えたが、それらは小坂の勤めていた会社の女事務員たちらしかった。列車のはいる五分程前になると、出迎えは三十人ほどの人数になった。

列車が着く少し前に、常盤は何気なく左手の方へ視線を投げて、そこに喪服ではないが、黒っぽい着物を着て一人離れて立っている八代美那子の姿を発見した。この前会社へ訪ねて来た時の彼女を、常盤は美人だと思ったが、いまの場合もまたなかなか観賞に耐え得る女性だと思った。

常盤は美那子の方へ近寄って行くと、

「やあ、この間は」

と、声をかけた。

「あら」

美那子は顔を上げると、

「いつぞやは失礼いたしました」

と挨拶《あいさつ》をした。

「よかったですね。遺体が出て」

「ほんとに」

「よかったという言い方はおかしいですが、しかし、どうせ出て来なければならんものですから、出るなら早く出た方がいいですよ。出るまではやはり何回も捜しに行かなければなりませんからね。いつでしたか、これはヨーロッパのことですが、やはり遭難者の遺体を発見に行きましてね、遭難者の死体は出ないで、狼《おおかみ》の死体が出て来たことがありましたな。雪の中から動物の死体が出るということはめったにないそうで、これが学界の問題になりましてね。つまり遭難であるか、頓死《とんし》であるか。——おや、列車が着きますな」

列車がホームへはいって来ると、出迎えの人々が動き出したので、常盤は美那子と一緒にそのあとからついて行った。

大部分の乗客が降りてしまったあとから魚津とかおるは降りて来た。魚津は遺骨の箱をちょっと捧《ささ》げるような格好で胸のところに持っていた。

ホームはまだ降車客で混雑を極めていたので、それが静まるのを待つらしく、魚津はホームの端の方に立った。すぐその周囲に出迎えの人は集まっていった。

「僕らも一応ここで頭を下げて来ましょうか。改札口を出ると、すぐ自動車へ乗ってしまうでしょう」

常盤は美那子を促すと、自分はさっさと遺骨を取りまいている人垣の方へ歩いて行き、二、三人の人を押しのけるようにして前へ出た。そして魚津の方へは、御苦労というように眼配せして、彼のささげ持っている白布で包んだ遺骨の箱へ丁寧に頭を下げた。

それからこんどは魚津の傍へ行って、

「ずいぶん疲れたろう」

と労《いたわ》りの声を掛けた。

「ちょっと疲れました」

魚津は素直に言って、

「明日は出社します」

「まだいろいろとごたごたするだろう。二、三日のことはどうでもいいよ」

その時、魚津は美那子の姿を見付けたらしく、

「八代さんの奥さんも来ていますね」

と言った。

「八代さんって!?」

「八代教之助氏夫人です」

「あの美人がかい」

「そうです」

「そうか。こりゃ、驚いた。なるほどね。八代夫人か」

常盤は物には動じない方であったが、この時はすっかり毒気をぬかれてしまった気持だった。

常盤はそこから引きさがると、まだ人の背後に立っている美那子のところへ行って、

「行ってらっしゃい」

と勧めた。

「はあ」

と、美那子は曖昧《あいまい》に返事したが、

「よろしゅうございますわ。ここでお迎えいたしましたから」

常盤の眼には、そんな美那子が奇妙に見えた。

そのうちに、魚津とかおるを真ん中に挟んで、出迎えの一団はホームを階段の方へ移動し始めた。

「もう、僕はここで失礼させてもらいましょう」

常盤が言うと、

「わたしも、そういたしましょう」

と、美那子も言った。

「うっかりしておりましたが、八代さんの奥さんだそうですね」

「はあ、わたしこそ御挨拶もいたしませんで」

二人は改めて頭を下げ合った。

「どっちへお帰りです」

「山手線で渋谷《しぶや》へ参ります」

「じゃ、同じホームですな。方向は反対ですが」

二人は並んで階段を降り、山手線のホームへと上がって行った。

「そうそう、先刻の狼の話ですが――」

常盤が言いかけると、それを遮《さえぎ》るように、

「やはり、ザイルは切れたんでございましょうか」

美那子は言った。

「さあ?!　まだ何も聞いてませんが」

「新聞には、ザイルはきちんと体についていたと書いてありました」

「新聞に出ていましたか」

「はあ、スポーツ新聞ですけど」

「ほう」

「こうなりますと、一層魚津さんの立場は苦しくなるんじゃありませんかしら」

美那子は多少憂《うれ》わしげに言った。

「新聞に遺言のことは書いてありませんでしたか」

「別に」

遺言か遺書めいたものでも出ないとすると、なるほど魚津恭太の立場は苦しくなるだろうと、常盤も思った。

「なにしろ実験の結果が世間に強く響いていますからね」

常盤が言うと、

「そうなんです。主人にあんなことお頼みになった方がいけないんですわ」

美那子は言った。

「八代さんに実験を頼んだのは僕なんですよ」

常盤は大きな眼をむくようにして、正面から美那子に視線を当てた。すると、美那子はどぎまぎして、

「まあ、本当でございますの」

「本当ですよ」

「どうしてお頼みになったんでしょう」

「もちろん、実験したら魚津君の立場がよくなると思ったんです。そしたら、結果が反対に出ちゃった。――弱りましたね、あれには。しかし、もちろん、いささかも、僕は御主人のなさった実験には疑いを持っているわけではありませんよ」

「そんなこと。――それにしても、魚津さんにとっては、主人の実験はずいぶん御迷惑だったと思いますわ。ほんとは主人がいけませんの。――いくら常盤さんがお頼みになったって、引き受けなければいいんですわ。それを――」

「その御主人に対する非難は当りませんな。僕は大体ものを頼んで人に断わられたこと

はないんです。かなり無理なことでも、大抵引き受けさせてしまいます」

「でも、どんな風にお頼みになったにしても、引き受けなければよろしかったんですわ。だって、引き受けなければ何もこんなことにならなかったんですもの。主人は気難しいくせに、妙に変なことを引き受けてしまうところがございますのよ」

依頼者が常盤だと知ると、いつか美那子の非難の矢は、専《もっぱ》ら夫の教之助の方に向けられていた。

そんな美那子の言葉を聞いていて、常盤はおやと思った。美那子の言い方の中に、人を恋している人間が、その恋している人間を外敵から護《まも》る時だけに見せるあの身勝手と錯乱が感じられたからである。

「ふうむ」

思わず常盤は大きい息をすると、美しいが、多少不埒《ふらち》なところを持っているらしい雌《め》豹《ひょう》に改めて眼を当てた。そして煙草《たばこ》に火を点《つ》けながら、自分の直感を信じてさして間違いはなさそうだということに思い当ると、何はともあれ、相手をとっちめるに適当な言葉はないものかと思った。

その時、美那子の乗る電車がホームへ滑り込んで来た。

「では、またお目にかかります。失礼いたしました」

美那子は言った。

「いや、こちらこそ失礼しました。御主人にどうぞよろしくおっしゃって下さい」

「承知いたしました」

美那子が大勢の乗客の間に挟まって電車に乗ってしまうと、常盤大作はもう一度大きい息を吐いた。なんとかして、たとえ一言でもとっちめてやるべき相手に、うまく逃げられてしまった気持だった。

翌日、常盤大作が出社した時、既に魚津は出社して、自分の机の前に坐《すわ》って、何日か留守にした間にたまっている書類に眼を通していた。

「もう出て来ていいのかい」

常盤は魚津の方へ声をかけて、自分の机の方へ歩いて行った。魚津はやって来ると、

「ずいぶん、長く勝手しました」

と、常盤に挨拶し、それから昨日の出迎えの礼を述べた。

「まあ、何にしても、小坂君の遺体が出て来てよかった。出るまでは何回も山へ行かなければならんからな。――ところで、遺書らしいものはでなかったか」

「出ませんでした。遺書どころか、一月六日までのメモを書いたポケット日記が出て来ました。奥又白の池の傍において来たテントもこんど撤収して来ましたが、そこからもなんにも発見されませんでした。彼には自殺の意志なんてみじんもなかったわけです」

「ふうむ」

「それにザイルもきちんと体についていました。ザイルの解けたことを僕がかばったのではないかという一部の疑惑も、これできれいに一掃されたわけです」

「ふうむ、それはよかった」

常盤は言ってから、

「よかったにはよかったが、ザイルが体にちゃんとついていたということはともかくとして、小坂君に自殺する意志がなかったとすると、事件は大分簡単になって来たわけだが、一体、君の立場はどういうことになる？」

魚津は黙っていた。すると常盤は自分で自分の問いに答えるように、

「君の立場は厄介になって来るね。第三者の見方は、いまや、ザイルがそのものの弱点で切れたか、君が切ったか」

「そうです。そのうちの一つです」

魚津は力をこめて言った。

「ところが、八代さんの実験では、たとえ、それが理想的な条件のもとでなかったにしろ、一応ザイルは衝撃反応では切れないという結果が出ている」

「あんな実験は――」

魚津が言いかけると、

「あんなものはと言っても、あの実験の社会的な信用は相当なものだよ」

「でも、間違ってますよ」

「そりゃ、間違っているだろう、君がそう言うのだから。——しかし、君の方に決め手がない限り、世間は実験の結果の方を支持するよ」

「だから困るんです」

「困ってばかりはいられまい。何か君に、これから君に降りかかる疑惑を解く成算があるか」

「成算といってはありませんが、やはりこんどはもっと正確な現場の再現実験をやってみることだと思います。しかし、この方は雪が深くてこんどは現場へ行けず、岩角の型を取って来れませんでした。来月もう一度改めて行ってみるつもりです。従って、再現実験はもう少し先きのことになります」

「——」

「それから、もう一つ、こんど小坂の遺体にくっついていたザイルの切れ端を持って来ました。その切口から何か科学的な結論が出るんじゃないかと思います」

「ふうむ、そんなものを持って来たのか」

常盤はその時だけ、眼を輝かせた。八代教之助に見せたら、あるいはそれから何か新しい事実が見出《みいだ》されるのではないかと思った。

常盤はザイル問題の方は、一応打ちきると、改めて、

「ともかく、これから落着いて仕事をしてもらおう。これで何もかもすんだか」

と訊いた。

「はあ」

魚津は言ったが、すぐ、

「もう一度、小坂の郷里の酒田へ遺骨を持って行かなければなりません」

「いつ」

「まだ決まりませんが、二、三日中だと思うんです。今日、小坂の妹がその打合せにここへ来ます」

「ふうむ、また酒田へ出掛けるのか。行かなければならないんだね」

「ならんと思います。やはり小坂の遺骨は僕の手でお母さんに届けたいんです。その方が気持がいいんです」

「そりゃ、気持はいいだろうが」

常盤としては、もういい加減に落着いて仕事をしてもらわなければ困るといった気持だった。他の社員の手前もあるし、いくら遭難事件だとは言え、そのためにいつまでもそれに引っかかっておられては困ると思った。魚津は正月からほとんど落着いて社の仕事はしていなかった。正月早々事件で何日か仕事はほっぽらかしていたし、それから酒田行きで何日か休んでいる。それからまたこんどの遺体発見で十日程欠勤している。それからいまの話では本人は来月もう一度山へ出掛けて行くつもりらしい。その上、またこれから酒田まで出掛けると言っている。少しは遠慮しろと常盤は言いたかった。ところが、こんな常盤の気持にはお構いなく、魚津は、

「支社長、また言いにくいんですが」

と言った。

「なんだい」

金のことではないかと思ったら、果して魚津の口から出たことはそれだった。

「少々金が足りないんです」

「ふうむ」

「はなはだ申し訳ないんですが、また少々社から借りたいんです」

しかし、社を休む方と違って、金に関する方は常盤はさっぱりしていた。

「よし、金の方は都合してやるが、酒田の方は夜汽車で行って夜汽車で帰れ」

「承知しました。——夜汽車で行って夜汽車で帰って来ます。金さえ都合していただければ」

よほど金のことが気になっていたらしく、魚津はいかにも愁眉《しゅうび》をひらいたといった面持で言った。そんな魚津を見ていると憎めなかった。

常盤はすぐ経理部員から三万八千二百円を出させると、それを魚津に渡した。

「これを持って行きたまえ。これは社から貸すんでなくて上げる金だ」

「いただいていいんですか」

魚津はびっくりして言った。

「遠慮は要らん」

「すみません、慰労金ですか」

「ばかを言ってはいかん。慰労金など出すか、君に。――それは君が一応社を退いた形になったんで退職金が出たんだ。社からの貸出金はみんな引いて、それだけ残ってる」

常盤は言った。

ともかく、魚津は酒田行きの金ができたことでほっとした気持だった。山へ行くまでに用意した金はほとんど費《つか》い果しており、丁度これから小坂の遺骨を持って酒田へ行く分の費用が足りなくなっていたが、退職金のお蔭《かげ》でその問題も片付いたわけだった。退職金というものが案外少く、これで全部なくなったと思うと、そこに多少の感慨はあったが、この際まあ有難いとしなければならなかった。

正午少し過ぎにかおるが訪ねて来たので、魚津は机を離れた。廊下で待っていたかおると一緒にエレベーターで一階へ降りると、そのまま急に夏らしくなった強い光線が降っている鋪道《ほどう》へ出た。

「銀座へでも出てお茶を飲みましょうか」

「時間、構いませんの？」

「大丈夫です、一時間ぐらいは」

「それなら」

二人は肩を並べて日比谷の交叉点《こうさてん》の方へ歩き出した。

「酒田へはいつ出発します？　僕の方はいつでも結構です。ただし、夜汽車で行って夜汽車で帰らなければなりませんが」

「――」

「あんまり社を休んだので、多少支社長の感情を害しましてね。めったに吝《け》ちくさいことは言わない人ですが、こんどは夜汽車で行って、夜汽車で帰れ――」

魚津は笑った。そう言った時の常盤大作の顔を思い出すとおかしかった。魚津は実際に夜汽車で行って、夜汽車で帰って来てやろうと思った。そうしたら常盤は、「ばかなやつだな。夜汽車で行って、夜汽車で帰れと言っても、一晩ぐらいは泊って来るものだ」、そんなことを言いそうであった。

かおるは魚津と並んで歩きながら、

「実は、そのことなんですが」

と言った。この時、魚津は今日のかおるが、昨日までのかおると違って妙に元気のないのを感じた。

「酒田へはわたし一人で行こうかと思います」

「どうして？　僕も一緒に行きますよ。いまの話を気にしてるんですか」

「いいえ。でも、もうお骨を持って行くだけですから、わたし一人でいいと思います」

「よくはありませんよ。兄さん、憤《いきどお》りますよ、薄情なやつだって。——やはり、僕が行かんことには」

するとかおるは足を停めて、

「魚津さんの気持もよく判《わか》りますし、わたしもそうしていただきたいんです。兄だって、そうしていただけたら、どんなに喜ぶかと思いますわ。——でも」

言いかけて、かおるは顔を上げて魚津の眼を見入るようにした。

「気持を悪くなさらないで下さい。実は母から手紙が参りまして、親戚《しんせき》に判らない人が何人か居るんですって」

「判らないって?!」

「魚津さんに対して変な見方をしている人があるようですの。——母はそのことをとても心配して、折角魚津さんに来ていただいて、もし気持でも悪くなさるようなことがあったら——」

魚津の視野の中で、今まで明るい光線に輝いていたあらゆるものが急にその色彩を失って行った。

「僕が自分の生命《いのち》が惜しくて、ザイルでも切ったと思っている人があるんですね」

魚津が言うと、

「はっきりそうとは書いてはありませんけど」

かおるは、すまなさそうに低い声で言った。

「まさか、お母さんがそう考えているんじゃないでしょうね」

「いいえ」

かおるは魚津を見上げて、必死な表情で首を振った。

「母は絶対にそんなことは考えませんわ。天地がひっくり返ってもそんな考えは持たないと思います。田舎のことですし、親戚の人の中にはいろいろ判らずやがおりますの。そんな人がとんでもないことを、母に言ったんじゃないかと思います」

「なるほど」

魚津は言ったが、魚津はその場にいきなり屈《かが》み込んでしまいたいような衝動を感じた。今までこれほど強い打撃を受けたことはなかった。いつかザイルの衝撃反応の実験のあとで、やはり気持がひどく参ったことがあったが、こんどの場合はもっと救えない厭《いや》な気持だった。こんどの事件でいろいろな臆測《おくそく》や見方が、自分に対してなされていることは知っていたが、魚津は今までそれをそれほど気にはかけていなかった。どうとでも考えろといった開き直った気持を心のどこかに持っていた。

しかし、そうした見方をする者が、小坂の郷里の方で、しかも小坂の親戚の中に居ると思うと、いきなり丸太ん棒か何かで脳天を殴りつけられたようなショックを覚えた。

「すみません。大変不愉快なことを申し上げまして」

魚津の心の打撃に気付いたらしく、かおるは急におろおろして言った。

「とにかく、どこかそこらのお店へはいって休みましょう」

二人は日比谷の交叉点を曲ると、最初に眼にはいった階下が洋菓子屋で、二階が喫茶部になっている店へはいって行った。

魚津はかおるのあとから階段を上がって行き、二人は窓際《まどぎわ》の席に就いた。そこに坐ってから、魚津は自分がそこにそのまま横たわりたいほど参っていることに気付いた。腰を降ろしてかおると向い合って坐っていることが、ひどく大儀であった。

「魚津さん、やはり、わたし、魚津さんに一緒に行っていただきますわ。母やわたしの考えがいけなかったと思います」

かおるは言った。すると、魚津は、

「もう、大丈夫です」

体操でもするように首を二つ三つ振ると、

「案外だらしないんですな、僕は」

そんなことを自嘲《じちょう》的に言ってから、

「しかし、やはり、こんどは行くのは見合せましょう。行くのなら改めて出直しますよ」

魚津の顔は蒼《あお》ざめていた。

魚津が酒田行きを中止する気になったのは、自分に対して厭な見方をしている人間を怖《おそ》れたからではなかった。小坂の霊が郷里の母のもとに帰るに当っては、その周囲になんのわだかまりもあってはならないと思ったからである。もし、自分が小坂の遺骨を持って行って、そのために何か釈然としない空気が、出迎える側の方に生れでもしたら、それこそ小坂乙彦にもすまないし、小坂の母親にもすまないと思った。

魚津はかおるの言葉で、一時はひどく気持が参ったが、すぐそうした思いから立ち直ることができた。

「とにかく、こんどは遺骨はあなたに持って行ってもらいましょう。そして少し間をおいてから、改めて出掛けますよ」

魚津は言ったが、かおるの方はそんな魚津の言葉で逆に救いのない気持になっているらしかった。

「改めて出掛けるって、いつのことでしょう？」

「一、二カ月置いてから、お墓参りに行きますよ」

「本当でしょうか」

「本当ですよ。僕だってこのままでは兄さんに対してすまない気持です。遺骨を持って行かなかった代りに、お墓参りだけはしませんとね」

「じゃ、わたし、その時御一緒に行きますわ」

それから急に思い出したように、

「わたしの方も、課長さんが不機嫌なんですの。このところお勤めの方をずいぶん怠けてますから。——でも、その時はどんなことをしても、御一緒に参りますわ、わたしも夜汽車で行って、夜汽車で帰ります」

そして暫《しばら》く何か考えているように黙っていたが、やがて顔を上げると、

「その時にはもう決まりますわね」

と言った。

「何が？」

魚津が訊《き》くと、「あら」とかおるは短い叫びを口から出して、それから気の毒なほど赤い顔になると、

「いいんです」

と、何がいいのか、曖昧《あいまい》なことを言った。魚津はその時初めて、かおるが何を言おうとしているかに気付いた。かおるは徳沢小屋で彼女自身が口に出した結婚問題について言っているに違いなかった。

しかし、魚津はそれには気付かない振りをして、珈琲《コーヒー》の残りを飲むと、

「じゃ、出ましょうか」

と言った。魚津はその店を出たところでかおると別れるつもりだったが、いざ別れようとすると、訊いておかなければならぬことを、まだ何ひとつ訊いていないことに気付いた。魚津は遺骨の出発する日時を確め、その時刻に上野駅まで見送ることをかおるに約束し、それから念のために旅費その他のことで支障のないことを確かめた。

かおると別れて独りになると、一時まぎれていた救いのない気持がまた改めて頭を擡《もた》げて来た。ああ、厭だ、ほかのことを考えようと思った。すると、そんな魚津の心に、昨日新宿駅で出迎えの人たちの間にちらっと見掛けた八代美那子の姿が浮かんで来た。

夕方、会社が退《ひ》ける少し前に、魚津は帰り支度をしている常盤大作の机のところへ行って、

「今晩はお暇でしょうか」

と訊いた。

「別に用事はないがね」

常盤は言って、それがどうした？　というように魚津を見守った。

「もしお暇でしたら付合っていただきたいんですが」

「付合え?!　御馳走《ごちそう》でもしてくれるのか」

「そうです」

「二万六千円ばかりはいったと思って大きな気を起してはいかん」

「三万八千二百円です」

「三万?!　そんなにあったか！　それにしても、酒田へ行くのに相当要るだろう。金があり余ってるようなことを言うなよ」

「酒田行きは取りやめました」

「どうして？」

常盤は大きな眼を光らせた。

「向うの親戚の中に、僕がザイルを切ったんじゃないかと疑っている者があるらしいんです。そんなわけで、遺骨を持って行く役は遠慮することにしたんです。行くには行きますが、もう少し経《た》ってから改めて行った方がいいと思います」

常盤は魚津の言葉を聞くと、ふうむと唸《うな》るように言って、いやにゆっくりした動作でピースの箱を取り出すと、それを口にくわえた。それから魚津がその次に口から言葉を出すのを待つように、魚津の方へ顔を向けた。

「それで金が余ったんで、支社長に御馳走しようかと思ったんです」

「ふうむ」

常盤はちょっと考えるようにしていたが、やがて、

「よし、付合ってやろう」

と言った。

「余り上等なところへは行きません」

魚津がことわると、

「判ってる。たいしたところへ行きたくても行けんじゃないか」

「今日はそうでもありませんが」

「なるべく手軽なところを頼むよ。何分、あとが恐ろしいからな」

常盤はそんなことを言いながら、上着を着、机の上に散らばっているものを片付けると、

「じゃ、おもてで待ってる」

そう言うと、先に出て行った。恐ろしく気が早かった。

魚津は自分の席に帰り、大急ぎで帰り支度をすると、前の席の清水に、

「先に失礼する」

と言った。

「支社長に招《よ》ばれたのか」

「こっちで御馳走するんだ」

「珍しいな。彼は御馳走をするのは好きだが、御馳走されるのは嫌いなんだがな」

そんな清水の言葉をあとに、魚津は事務所を出た。常盤大作と二人きりで酒を飲むのは初めてだったが、常盤の饒舌《じようぜつ》の中に身を置いている以外、魚津はいまの自分の心を支える何ものもないことを知っていた。

魚津は西銀座の浜岸へ常盤を案内した。二階に座敷があったが、

「ここの方がいいじゃないか」

と、常盤が言ったので、かぶりつきに二人は並んで腰をおろした。まだ時刻が早かったので、他に客はなかった。常盤は黒い板へ白い文字で料理名を書き入れてあるメニューを取り上げると、

「イクラと生ウニとシュトウ（酒盗）か、みんなうまそうだな。みんなもらおう。それから刺身は、おれはタイがいいな。カニも結構。エビの鬼ガラヤキもうまそうだな。アユがあるじゃないか。どうせ、沢山はないだろう。他の客が来ないうちに二匹ずつ予約しておくか」

「エビとカニはどうなさいます?」

調理場から若い板前が声をかけた。

「もらうよ。もちろん。――それから松タケがあるな。今頃の松タケはさぞ情けないやつだろうな。温室か。温室の松タケというのも、どんなものか食べてみてもいい。土壜《どびん》

むしにする以外仕方あるまいね。それから鴨《かも》ロースをもらうとして、その前にタイのウシオをくれ」

「支社長」

魚津は声をかけた。ここらで一応打ち切っておかないと、退職金の何分の一かが飛ぶと思った。ここは料理がうまいことで通っているが、値段もまた一流である。魚津は時折ここへ顔を見せるが、料理はせいぜい一品か二品しか取らないことにしている。今日は常盤を案内して来たのであるから、もちろん魚津としても特別に考えているが、それにしてもメニューの料理を片っ端から註文《ちゅうもん》されるとえらいことになると思った。

「ビールにしますか、酒にしますか」

「そうだな。どっちでもいい。君のいい方にし給え。僕はビールにしても、酒にしても一本が適量だ」

「じゃ、酒をもらいましょう」

と、魚津は言った。銚子《ちょうし》が運ばれて来ると、魚津はそれを取り上げて、常盤の方へさそうとした。

「酌は要らんよ。お互いに手酌でやろう。その方が落着く」

「はあ」

言われるままに、魚津は常盤に酌をすることはやめて、自分の杯を充《みた》した。

「話はしてもいいですか」

「話って？」

「口をきくことです。口をきかんとお互いに黙って飲もうなんて言われそうですから」

魚津が笑うと、

「口はきいても構わんさ。構わんどころじゃない、おれはアルコールが一滴でもはいると饒舌になる傾向がある」

「すごいでしょうね」

「何が」

「支社長が饒舌になったら」

「今は君の方が喋《しゃべ》ってるじゃないか。しかし、そのうちにおれが喋りまくるだろう。今夜はそれに少し君に意見してやりたいことがある」

それから常盤は小さい器物に入れて来た酒盗を箸《はし》でつまんで、二口ほどで空にすると、

「これ、なかなかうまいね。お代りをくれ」

と言った。

魚津が自分の前に銚子を三本並べた時、常盤はまだ最初の一本をあけていなかったが、料理の方は片っ端から平らげ、特に酒盗という塩辛を酒で洗ったものが気に入ったらしく、それを入れる小さい器物を三つか四つ空にして前に並べていた。

常盤は彼自身が言うように、確かにアルコールがはいると、平生よりもっと饒舌になったが、専《もっぱ》らその相手をしているのは調理場の白い割烹着《かっぽうぎ》を着た肥《ふと》った主人だった。この同年配の二人の男は初対面だったが気が合うらしく、かぶりつきに並んでいる何人かの客が時々思わず振り向かずにはいられぬような大声で笑ったり、話したりしていた。常盤大作の話し方は多少傍若無人だったが、しかし、不思議にそれを聞いている周囲の者に不愉快さを与えなかった。

この店の主人の郷里が青森県の十和田湖に近い山村だということから、二人の話は十和田湖のことになり、常盤が自分は十和田湖には二回行ったが、二回とも途中の奥入瀬《おいらせ》渓谷というところはバスに揺られながら寝てしまってほとんど覚えていないと言うと、主人がそれは惜しい、美しいのは寧《むし》ろ十和田湖より奥入瀬渓谷だ、そこを寝てしまったのでは、十和田湖へ行ったことにはならないと、そんなことを言った。すると、常盤は、

「僕は十和田湖に限らず景色のいいところへ行くと眠ることにしている。勿体《もったい》ないよ、君、景色のいいところへ行って起きているのは。——大体われわれ庶民の平生の眠りというものは貧相極まるものだ。いかにも一日働き疲れてついに討死したといった感じだね。眠りにはいる時は仕事のことを考えている。夜中に眼がさめると金のことか、家庭内のいざこざのことを考える。そしてやがてまたけだもののように眠るのが落ちだ。——まあ、こんど奥入瀬へ行ったら、バスでも、自動車でもいいから眠ってごらん。

時々車の動揺で眼を覚ます。車窓いっぱいに橅《ぶな》の林が見える。全くの緑の世界だ。またうとうとする。こんど眼を覚ますと、車は大きな栃《とち》の大木の下を通っている。若葉が車の屋根にさわってがさがさ音を立てている。向うに眼をやると奥入瀬の流れが白いしぶきを上げている。また眠る」

ここで常盤は口を切ったが、いかにもいいことを思い出したといったように、

「あんたは能は好きかい」

と、主人に訊いた。

「特に好きじゃありませんが、謡《うたい》を稽古《けいこ》してますんで」

「それじゃ、こんど、能を見に行った時眠ってごらん。これはこれで奥入瀬とは違って、またいい気分なものだ。遠くの方で謡が聞えている。それを聞きながらうとうとしている。なかなか贅沢《ぜいたく》なもんだよ」

魚津はそんな常盤の勝手な話を聞きながら、一人で杯を口に運んでいた。一人ではいられないような今夜の魚津を取り巻く孤独な時間を、常盤大作の饒舌が埋めている。

魚津は独りで酒を飲んでいればよかった。何も常盤と話をしなければならぬことはなかった。常盤が自分の傍に居るということで、不思議に心は何か大きい支えを持っている感じであった。

常盤は主人と喋りながら、時々口を休めたが、口を休める時は料理を口に運んでいる

時であった。

「うまいな、このカニ」

「うまいでしょう」

主人が言うと、

「もう一つもらうか」

実際に傍で見ていても気持いいほど常盤は食べた。そしていかなる食物でも常盤の体内にはいると、それらは片っ端から精力に変って行くかのようであった。

しかし、あとから来た客が二、三組引揚げて行き、主人が何かの用事で調理場から姿を消すと、常盤はそれをしおに魚津の方へ向き直った。そして、

「何だ。しょげてるのか。元気を出せよ」

と言った。

「しょげてなんかいませんよ」

「嘘《うそ》を言え。小坂君の郷里の方のことがこたえてるんだろう。ばかなやつだ。何とでも思うやつには思わせておけばいいんだ。――そうそう、遺体についていたというザイルの切れ端を持って来たと言ったね。それを明日貸してくれないか」

「明後日《あさって》ではいけませんか」

「明後日でもいい」

「吉川という友達が持ってるんです。僕は手を触れてないんです。手を触れて変な誤解を受けると厭《いや》ですからね」

「いやに神経質になったものだな。尤《もっと》もともと神経質でなさすぎるから、少しは神経質になって丁度いいだろうが」

常盤は笑った。そして、

「じゃ、明後日、それを僕の方へ届けてもらいたい。八代さんに頼んで験《しら》べてもらってやろう。そこから何か新しい見方が生れないものでもない」

「生れないでしょうね、あの人では」

「偏見を持ってはいかん。八代教之助は君、ちゃんとした学者だよ」

「それは判《わか》ってます。しかし、私に対してはどうも好意を持ってないと思うんです」

「どうして？」

「なぜか、そんな気がするんです」

「それは、君が好意を持っていないからさ」

「そんなことありません。しかし、まあ、とにかく、私も一緒に行ってみましょう」

魚津が言うと、

「君はいかん」

いきなり常盤は言った。

「君は、八代家には行かん方がいい。二度と行くな」

「はあ」

強い常盤の語調に押されて、魚津は思わず言った。なぜそんなことを言うのかと訊き返したかったが、妙にそれができない気持だった。すると、

「よし、それだけ約束してくれれば」

それから常盤は「勘定をしてくれ」と、調理場の方に言った。

「僕が勘定します」

すると常盤はポケットに手を突込みながら、

「いい、おれがする」

と言った。

＊

教之助は七時に眼覚めたが、いつになく全身に軽い疲労を感じていることに気付いた。両腕もだるかったし、両脚もだるかった。直《す》ぐ体の疲労の原因を考えてみたが、これといって思い当ることはなかった。

一昨夜宴会があって、珍らしく酒の量を過したので、それによる疲労が一日置いて、

いまになって現われて来たのかも知れない。教之助は宴会でもめったに自分で決めている酒量を破ることはなかった。しかし、一昨夜は、自分が主人で相手を招待していたので、客を取りもつ気持もあって、つい自分から進んで杯をあける結果になったのであった。

体がだるいばかりでなく、気のせいか少し熱っぽい感じもする。教之助は今日一日の仕事を考え、自分がどうしても出社しなければならぬことはないことを知ると、久しぶりで今日は一日会社を休んでやろうと思った。この日に限らず、教之助は去年あたりから、体の疲労ということにはひどく神経質になっている。少しでも疲れを感じたら、でき得る限り休養を取ることにしている。

教之助は階下へ降りて行くと、台所から出て来た美那子と廊下でぶつかった。

「今日は会社を休むよ。少し熱があるかも知れない」

教之助が言うと、

「あら」

と、美那子は言ったが、手に新聞を持っていたので、そのまま茶の間にはいって行った。

教之助が洗面所の鏡の前に立った時、美那子はすぐ引き返して来た。

「ほんとに熱がありますの？　風邪かしら」

そう言いながら、美那子は夫の額に手を伸ばして来た。教之助は額に触れた美那子の手がひどく冷たいように思われた。

「少しあるだろう」

「いいえ。多分熱ないと思いますわ。いままで水を使ってて、手が冷たいんで判りませんけど」

その時教之助は何となく鏡の中に映っている自分の顔に眼を遣《や》っていた。自分の額にあたっている美那子の白い手がつと額から離れようとするのを見た。が、次の瞬間、その白い手は額から完全に離れてしまわないで、一瞬躊躇《ためら》うようにしていると思うと、

「ゴミか何かついてますわよ」

と言って、白い指の一本が額の頭髪の生え際《ぎわ》に触れた。

「ゴミじゃないだろう」

教之助は言った。

「いいえ。――取れましたわ」

美那子はすばやく手を引込めると、本当にそこについていたゴミを取り去ってしまいでもしたように、すぐ話をもとに戻して、

「大丈夫、熱はないと思いますわ。でも、会社をお休みになって構わないようでしたら、お休みなさいませよ」

と言った。教之助は、会社のことより、若い妻が鮮やかに話題を転じた額のゴミの方が気になった。ゴミは取れるはずはなかった。なぜならそれはゴミではなかった。教之助自身もつい四、五日前に初めて発見した皮膚のしみであったからである。

教之助は洗面し終ると、新聞を持って縁側へ出た。そして籐椅子《とういす》に腰を降ろしたが、新聞へは眼を通さないで、暫《しばら》くぼんやりしていた。

一体愛情とは何だろう？　そんな問題がふいに教之助の心を襲って来た。愛情というものは何であろうか。愛情が何であるか、そんな問題はとうに何年か昔に自分の心の中で解決のついてしまっているはずであったが、そうした思念がふいに心を襲って来たところを見ると、まだいっこうにそれについて解決はできていなかったのかも知れない。

美那子は洗面所で夫の顔にできたシミを発見した。初めはゴミだと思ったらしかったが、すぐそれがゴミではなく、夫の顔の皮膚に吹き出した老いの現われの一つであることに気付いたはずである。

しかし、若い妻はそれを指摘しなかった。指摘しないということは明らかに不自然なことであり、そこに彼女の意識が働いていたことは否《いな》むことはできない。妻は、自分とは年齢の開きのある夫にそんなことでひけめを感じさせることを避けたのに違いなかった。若い妻の老いた夫に対するエチケットというものであろうか。

しかし、このエチケットは今朝のことばかりではない。彼女はもうかなりはっきりと目立って来ている夫の、銀色に光っている白い頭髪についても、いまだかつて一度も口に出したことはない。白髪という言葉があたかも二人の間での禁句ででもあるかの如《ごと》く、彼女はそれを口から出すことを避けている。

こうした美那子の自分に対する心の姿勢というものは一体いかなる性質のものであろうか。愛情に関するものとも思われるし、また全くそれとは裏腹なものとも考えられる。しかし、いずれにせよ、夫に不快感を感じさせまいとする妻の配慮であることには間違いないし、そう考えればやはりそれはそれで愛情と呼んでいいものであろう。反対に、そうした妻の気持を、他人行儀の冷たい態度とみれば、それは愛情とはかなり違った、むしろ反対のものとなってしまう。

しかし、恐らくこれは愛情と呼んでいいものであろうと、教之助は結論した。ただ多少そこに人工的な匂《にお》いがするだけだ。

「お茶、そちらで召し上がります？」

茶の間から美那子の声が聞えて来た。

「こっちでもらおう」

すると、美那子は縁側へ茶を運んで来た。先刻は気付かなかったが、教之助は美那子の耳に、小さい青い物体がぴったりとくっついているのを見た。イヤリングである。美那子がイヤリングなどというものを着けたのを見るのは、これが初めてのことだった。

耳たぶにくっついている青い物体のせいか、美那子の顔は少し引きしまって見え、多少いつもより若く見えた。

教之助はもともとイヤリングというものはあまり好きではなかった。電車などで両の耳たぶの尖端《せんたん》に、小さい装飾品をぶら下げている若い女を見ると、可愛《かわい》らしいと言えば可愛らしくないこともなかったが、どこかに余分なものを肉体の一部にくっつけているという感じを払拭《ふっしょく》することはできなかった。

それでも二十歳前後の娘の場合はまだよかった。そうしたものを耳にくっつけているということに、年齢相応の稚《おさな》さが感じられ、子供の悪戯《いたずら》でも見ているような面白さがあった。三十歳ぐらいから上の場合は、教之助は義理にもいいと言ってやる気にはならなかった。ひとのことだが、一刻も早くその余計なものを耳たぶから取り去って、耳たぶを自由にらくに解放してやりたい衝動を感じた。

茶碗《ちゃわん》を卓の上に置いた美那子は、教之助の視線が自分の耳たぶに当っていることに気付いたらしく、ちょっと手指を自分の耳のところに持って行ってイヤリングに触り、

「いただいたんですのよ、これ」

と言った。

「誰から」

教之助は言いながら茶碗を取り上げた。そして視線を庭の植込みの方へ投げた。

「吉松様の奥様からです」

吉松というのは大平証券の社長で、この間外国旅行から帰って来たという記事が新聞に載っていたのを教之助も読んでいた。あるいは吉松の外国土産のおすそ分けに美那子もあずかったのかも知れない。美那子はさすがにちょっと気になるのか、

「おかしいですか」

と、顔を夫の方に向けた。イヤリングを着けたためか、唇もいつもより少し赤めに塗っている。これで少し派手な洋服でも着れば、まだ二十代で通らないこともなかろう。

「変ですか」

また美那子は言った。

「いいじゃないか」

教之助は言った。教之助がこんな返事をしたのは、先刻美那子が自分の老いに気付かない顔をしてくれたので、多少その返礼といったようなところがあった。

「耳が痛くはないかい」

「いいえ、少しも、――軽く押えているだけですもの」

「じゃ、直き取れるだろう」

「いいえ、――ほら」

美那子は親指と薬指でイヤリングをつかみ、それを軽く引張り、その物体が耳から離

れないことを教之助に示した。痛くもないし、と言って取れもしないとすると、その小さい装飾品の耳たぶのはさみ方は、なかなか微妙巧妙なものであるらしかった。

「これなら着物でもおかしくないでしょう。ぶらぶらするのと違って——」

「うむ」

「ぶらぶらするのもありますのよ。お洋服の時のが」

そんなのを使われたらごめんだと教之助は思った。しかし、黙っていた。黙っているのも、教之助にしたら、若い妻への愛情以外の何ものでもなかった。が、ここにもまた多少人工的な匂いがするのを、教之助自身感じないわけには行かなかった。

教之助は朝食をすますと、直ぐ二階の自分の書斎にはいった。外国の新刊書で眼を通したいものが十冊程たまっている。今日は会社へ出掛けないで、ベッドへ引っくり返って、気ままにそれらに眼を通そうと思った。

教之助が書棚から書物を抜き出していると、そこへ美那子がはいって来た。

「あら、また、御本お読みになりますの？」

「することがないからね」

「でも、お疲れになって会社をお休みになったんでしょう」

多少非難した口調で言って、

「三村さんからお電話ですの」

「――会社へ行っている」

急に気難しくなって教之助は言った。

「でも、会社の方へお電話して、お休みになっていると聞いて、こちらへ電話なさったんですわ」

「会社へ休むこと知らせたのか」

「ええ」

「病気だって――？」

「そうは言いません。病気なんて言ったら秘書課の方が来ますもの」

「病気でなくて家にいるとすると、電話はみんなこっちへ廻《まわ》って来る」

美那子の処置を非難するような教之助の言い方だった。

「とにかく、気分が悪いので寝《やす》んでいると言ってくれ。――それよりこんど来る時、茶をたのむ」

「はい」

美那子はすぐ部屋を出て行ったが、暫くすると、茶を持って上がって来た。そして、

「こんどは会社の三木さんからお電話ですの。どういたしましょう」

「気分が悪い」

「でも、三木さんですのよ」

「相手が誰でも、気分が悪いものは悪い」

美那子は直ぐ出て行った。その美那子の背へ、

「もっと濃いのをもらおうか」

と、教之助は言った。

美那子はまた茶を持って来た。が、この時もまた電話の用件を持っていた。

「困りましたわ。寝《やす》んでると申しましたのに」

「だれだい」

「吉塚《よしづか》さん」

「吉塚って知らんな」

「貴方《あなた》が会社の方へ今日お招《よ》びになってらしたんですって」

「ああ、その吉塚か」

そう言われてみれば、それに違いなかった。

「寝んでいる」

教之助は言った。

「寝んでお茶ばかり召し上がってる」

美那子は言った。それが教之助には皮肉に聞えた。

「今日は休養なんだ。電話は取次がないでくれ」

教之助は少し憤《いきどお》ったように言った。

電話のベルの音は、時々二階へも聞えて来た。その度に美那子が電話口へ出て応対しているらしかったが、電話は二階へは取り次がれて来なかった。

教之助は時々、書斎を出て、階段の上で手を鳴らした。「はーい」という美那子の声が聞え、やがて美那子は階段の下に姿を現わし、イヤリングをつけた顔を仰向《あおむ》けた。

「お茶をくれ」

「はい」

美那子はすぐ台所へ引返して行く。そんなことを午前中に何回か繰り返した。何回目かの時、階段の下の妻は、階段の上の夫に言った。

「お茶の時は、ベルを鳴らして戴《いただ》けません？　その方が簡単ですわ」

「ベルを鳴らすのか」

「ベルが鳴ったら、お茶だと思って、お茶を持って参りますわ」

なるほど、多い時は一時間に二、三回の割でお茶を請求するのであるから、ベルを鳴らすことを以《もっ》て、お茶の請求の合図にするという取決めは一種の名案であるかも知れなかった。教之助もいちいち書斎を出て、階段の上まで行って、手を鳴らす必要はなくなるし、美那子は美那子で、階段の下まで夫の用件を聞きに来る無駄は省けるというものである。

しかし、教之助がベルを使わないで、わざわざ書斎を出て階段の上まで出向くのは、美那子が階段を上がって、書斎までやって来る労力を省いてやるためである。謂《い》ってみれば、妻に対する労《いたわ》りの気持から出ていることであった。そうしたこっちの労りの気持が全然認められていないような不満を、教之助は美那子の言葉の中に感じた。専《もっぱ》ら彼女自身がここまで出向いて来る手間を省くための措置であるかのような気がした。

「ベルがなったらお茶だと思うと言うんだね」

教之助は多少意地悪く念を押した。

「ええ」

「お茶以外の用事だってあるだろう」

「それはそうでしょうけど」

美那子の表情が少し悲しげに曇るのが、階段の上からでも判《わか》った。

「でも、ほかの用事って、そんなにはありませんわ。大抵お茶ですもの」

「よし。じゃ、ベルを鳴らそう。濃いのをほしい時は、長くでも押すか」

「うふ」

思わず出た笑いらしかったが、教之助にはそれが不快に響いた。人工的な愛情というものの脆《もろ》さが早くも露呈したという気持だった。

その時、女中の春枝がやって来た。

「常盤さんという方が、お電話で、これからお邪魔して宜《よろ》しゅうございましょうか——」

「わたし、出ましょう」

すぐ春枝のあとから美那子は去って行った。常盤の訪問を断わるつもりなのであろう。教之助は常盤と聞いた時、ふと常盤大作に会ってみたくなった。書斎で書物を読んで、時々、ベルを鳴らしてお茶を飲んでいるより、常盤大作と議論でもしていた方が気が利《き》いているような気がした。

教之助が階段を降りて行くと、電話のところで話している美那子の声が聞えて来た。

「——熱もございませんし、どこも悪いところはないようなんですけど、どうも気分がすぐれないらしゅうございますの」

そんなことを言っている美那子の傍へ教之助は近付いて行って、

「僕が出る」

と、声を掛けた。

「あら、——ちょっとお待ち下さいませ」

美那子は受話器の口を押えて、教之助の方に向き直ると、

「寝んでいると申しましたのよ」

声を低くして言った。

「いいよ」

「よくはありませんわ」

必死なものが美那子の眉《まゆ》の間を走った。

「寝んでると言いましたのに、出て来たらおかしいですわ。わたし厭《いや》ですわ」

そう言ったが、すぐ、

「じゃ、来ていただいて構いません？」

「うん」

美那子はちょっと考えているらしかったが、受話器を取り上げると、

「お待たせいたしました」

それからひどく若々しい声で笑っておいてから、

「構いませんの、お越しいただきまして。――どっち道、ひどくはございませんの、人によってお会いしたり、しなかったり。――そうでございますの。わがままなんでございますの、とても。――どうぞお待ち申し上げております。では」

それから受話器をおくと、

「わがまま病ですなって、おっしゃってましたわ。仮病のこと、判っちゃった。辛《つら》いわ、わたし」

しかし、美那子の表情はさして辛そうではなかった。

「一人だろうね」

教之助は言った。

「さあ」

「さあって、他の人間はくっついて来ないだろうね」

「そうと思いますけど」

余り自信なさそうな言い方だった。

「一人だとは言わなかったか」

「なんとも、ただ――」

「じゃ、一人だろう」

「――と思いますわ」

「と思いますわって、何とも言わなければ一人なんだろう」

そう言いながら教之助は美那子の顔に眼を当てていた。一人に決まっていると思い込んで自然なのに、そう思わないところが気に入らなかった。常盤には会いたかったが、一緒に来ないとも限らない魚津という青年には会いたくなかった。別に悪意を持っているわけではなかったが、なんとなく会う気にならなかった。

美那子は茶の間へはいってからも、浮かない顔をしていた。常盤が一人で来るか二人で来るかという問題に、若い妻の気持はひっかかっているようであった。

「イヤリング取っておきなさい。客が来た時にみっともない」

教之助は言った。老いた夫としてのエチケットを、この時、教之助は放棄した。美那子はひどく物憂《ものう》い動作で、片方ずつイヤリングを外した。

それから一時間程すると、玄関で常盤大作の、

「いいお宅ですな」

そんなことを言う大きな声が二階まで聞えて来た。一人で来たらしかった。教之助は春枝に二階へ着物を持って来させて、着替えした。

階下の座敷へはいって行くと、洋服姿の常盤大作が少し窮屈な格好で膝《ひざ》を折って坐《すわ》っていた。そして教之助の顔を見ると、

「お疲れのところをどうも」

と言った。

「いいや、いいんです。もともとたいしたことはないんです。病気にしておきませんと休養が取れませんでしてね」

「そうでしょう。お忙しい体ですから。――わたしも時々仮病を使います。しかし、やはり電話が追いかけて来ましてね」

「そうでしょう」

「僕の友達で、時々仮病を使ってる者がありましたが、それが本当の病気で亡《な》くなりま

してね」

「ほう」

「その亡くなった朝電話がかかって来まして、家の者が昨夜亡くなったと言いますと、相手が言うのに、その術《て》には乗りませんよ——。いや、これは本当の話なんです」

美那子がお茶を持ってはいって来かけたが、直《す》ぐ盆を持ったまま廻れ右して出て行った。間もなく、美那子と春枝の二人が台所で笑っている声が座敷まで聞えて来た。

美那子が二度目に姿を現わし、茶碗を二人の前に並べた時、常盤は初めて用件を切り出した。

「例の事件ですが、遭難者の体についていたザイルを持って来てみたんですが、ひとつ見ていただけませんでしょうか」

「みると言いますと」

「これは素人《しろうと》考えなんですが、ザイルの切口を見ていただいたら、あるいはまた何か新しい発見でもないものかと思いましてね」

「ないでしょうね」

教之助は多少表情を固くして言った。

「切口によって、ザイルがいかにして切れたかという判定はつかんものですかな」

「つかんでしょうな」

「そういうもんですか」

そう言いながらも常盤は座敷まで持ち込んで来た鞄《かばん》を開けて、内部をごそごそやっていたが、やがて小さいナイロンの袋を取り出した。

「これですがね」

「ほう」

教之助もつられた形で、その方へ眼をやった。

「開けてみましょうか」

「折角お持ちになったんですから、拝見するだけしてみましょう」

その時、教之助はふと美那子の方へ眼をやったが、美那子の顔から血の気がひいていることに気付いた。顔が醜く歪《ゆが》んでいる。

「やはりそのままにしておいて下さい。拝見しても同じことですから」

教之助は言った。遺体にくっついていたというザイルの切れ端しは、若い妻には刺戟《しげき》が強いようであった。

「ごらんにならないんですか?」

常盤が驚いて言うと、

「やめておきましょう。やっぱり拝見しても無駄かと思うんです。しまっておいていただきましょう」

教之助は言った。自分でも幾らか命令的な口調であることに気付いたが、かなり強く言わないと、常盤がしまいそうもなかったからである。

「そうですか。残念ですな」

常盤はいかにも残念そうにザイルの切口がはいっているナイロンの袋を再び鞄の中に収めると、こんどはさっぱりした口調で、

「いや、どうも失礼いたしました。素人というものは滑稽《こっけい》なもので、これを顕微鏡ででも見たらたちまちにして何か重大な発見でもあるんじゃないかと、そんな考えを持ちましてね」

それから常盤は笑った。

「もちろん、ザイルの切口をいろんな方面から調べる方法はあります。そこに付いている付着物を検出したり、ザイルの切口の切れ方の状態を調べたり、まだそのほかにもいろいろあるでしょう。そうすればある程度、その切口の持つ意味は解明できるかも知れません。もちろん、ここではどう仕様もありませんが、二、三日お借りして実験室へでも持って行けば。——しかし、それにしてもですね、問題のザイル事件を解く上にはたいして役には立たないと思いますね。この前の実験と同じように、判定の材料を提供するだけの話ですからね。ちょっと考えると、判定の材料は多ければ多い程いいように考えられますが、必ずしもそうとばかりは言えない。材料が多くなればなるほど、判定を

誤らせる不純な材料もまたそこにはいって来ますからね」

「それはそうでしょう。——しかし、そういう考え方をなさると、科学者を廃業しなければならなくなる」

「いや、だからと言って、私たちは何も科学というものを信用していないわけじゃないんです。材料を並べる仕事に結構生甲斐《いきがい》を感じているんです。私たちの提供する材料を生かす人は別にあるんです」

「だれです」

「天才でしょうね。天才がいろいろな材料から真実をつかみます」

「直観的にですか」

「窮極的には直観でしょうね。しかし、天才でない連中に判断されると困ります。材料をこねまわし、勝手な臆測《おくそく》をして、とんでもない結論を引張り出しますからね。私などはそうした過《あやま》ちはおかしたくないので、材料の物語ることしか信用しないことにしているんです。天才でないことを自覚しているので、直観というものは初めから棄《す》てているわけです。——求められれば、ザイルの切口でもなんでも検査して材料は提供しますよ。その材料の物語る意味も説明しますよ。しかし、そこから勝手な結論を引張り出されるのは困りますな」

「あなた」

その時、それまで黙っていた美那子が顔を上げた。

「わたしには難しいことは判りませんけど、実験というものがそのようなものでしたら、この前の時、お引受けにならなかった方がよろしかったんじゃないですか。あの実験のために、ザイルは人間の手で故意に切断されたという考え方が一般には通用してしまったと思いますわ」

美那子は言った。

「そんなことは、ひとつも僕は言わないよ。ただそんな結論を勝手に引張り出す人があるんで困るね。そのことをいま言っていたんだ」

その教之助の言葉は半ば耳に入れない格好で、

「お引受けにならなかったら、よかったんですわ」

と、また美那子は重ねて言った。

「いや、僕が強引に引受けていただいたんですよ」

常盤は言ってから、夫婦の間のそれとない対立に気付いたのか、

「今日はこれで失礼しましょう。折角の休養の日を、お邪魔してしまいまして」

そう言って腰を上げた。

「いいじゃありませんか。ゆっくりしていって下さい。この前のお話の続きもある」

「ああ、金を瓶《かめ》に入れて庭へ埋める話ですか」

「そう、最近とみにそうした心境になりますな」

教之助が言うと、

「なんでございますの、そのお話」

と、美那子が口をさしはさんだ。それに対して常盤はただ大きく笑うと、

「じゃ」

そう言って立ち上がった。

常盤を玄関から送り出すと、教之助と美那子は、あたかも申し合せでもしたように、二人はそのまま座敷へ戻って来て、今まで自分たちが坐っていた場所に坐った。

「常盤さんにお気の毒でしたわ。折角いらしったのに」

「そうでもあるまい。彼はまた他の人に頼むだろう。一応こっちに話を持ち込んで来ただけのことだ」

教之助は言った。実際は美那子が青い顔をしたので、それをかばってやるような気持で常盤にザイルの切口のはいっていた袋をあけさせなかったのだが、教之助はそうは言わなかった。

美那子は黙って考え込んでいる風だったが、やがて、いかにも思い切って訊《き》いてみるといった口調で、

「ザイルはほんとにどうして切れたんでしょう」

と言った。

「この前の実験に関する限りでは、ザイルそのものの弱点では切れないね。こんどの切口の実験をすれば、また異なった結果が出ないとも限らないが」

「じゃ、切口の実験をしてお上げになればよろしいのに」

「誰のために？」

教之助は、この時、自分の眼と美那子の眼がぶつかるのを感じた。そしてそれは教之助自身が奇妙に思うほどの執拗《しつよう》さでそのまま空間で搦《から》み合っていた。

魚津のことで、なんとなく、夫と対立した形になったあと、美那子は一人になると、ひどく物憂い、無気力な気持に襲われた。茶の間に坐っていたが、何をする気にもならなかった。

二階の書斎へ引きあげた教之助も、多少遠慮しているのか、珍らしくベルの鳴り方は間遠である。それでも時々はベルが鳴り、春枝が茶を運んでいる。

美那子は時折、月に一回か二回このように何をするのも厭な空虚な気持に落ち込むが、それでも今日のようにひどいことはない。魚津のことを真ん中に挟んで、珍らしく夫と言い合ったが、弁解も利かず、解決もない問題であるだけに、救われない気持はいつまでもあとを引いているようである。

外出でもして、初夏の陽の照っている街を歩いたら気持は晴れるかも知れないと思う。そして美那子は街に何か用でもないかと思ったが、ふと、銀座の小さい洋裁店で仮縫をしたままにほうってあるワンピースのことを思い出した。値段もはらないし、わざわざ届けてもらうのも悪いような気がして、いつか銀座へ出た時立ち寄るということにして、そのままにしてあるものである。

美那子はそれを理由にして、外出しようと思った。いったん思い立つと、矢も盾《たて》もなく戸外の空気を吸いたかった。美那子は二階へ行くと、

「二時間程銀座へ出て来てよろしいでしょうか。洋服を取って来たいんですの」

と言った。教之助は寝台に仰向《あおむ》けに倒れて書物を読んでいた。よく倦《あ》きないで書物ばかり読んでいられるものだと思う。

「行っておいで」

教之助は言った。書物から眼を離した教之助の顔は、先刻のことは忘れてしまったかのように静かなものになっている。気難しくてやかましいことを言うくせに、すぐそれを忘れてしまうところは教之助のいいところである。しかし、今日の美那子はそんな夫をいい気なものだと思った。

「夕方までには帰って参ります」

「うん」

この時はもう夫の眼は書物の方に投げられていた。

美那子は和服を着ると、夫から一度取ることを命じられたイヤリングを耳につけた。そして鏡を見ながら、自分はまだ若いのだ、イヤリングをつける当然の権利はあるだろうと思った。鏡の中で、暫《しばら》く、美那子は自分の耳たぶについている小さい青い物体を眺めていた。朝まではそうは感じなかったが、いまはそれが何ものかへの小さい反抗のしるしのような気がした。

美那子はそれでもまた思い直してイヤリングを取った。しかし、彼女が立ち上がった時は、再びそれは彼女の耳を飾っていた。

「夕方までには帰ってきます。お二階にはもう煎茶《せんちゃ》を上げないで、お番茶を上げてちょうだい」

美那子は春枝にそう言いおいて玄関を出た。

美那子は郊外電車で目黒へ出ると、国電で新橋まで行き、あとは銀座の方へぶらぶら歩いて行った。街を通っている人たちの服装は急に夏らしく軽やかになっている。少し歩くとすぐ汗ばんで来る。

美那子は新橋から西銀座の洋裁店へ向けて歩いて行く途中、ふと魚津を会社へ訪ねて行ってみたくなった。魚津のことで、夫と争ったあとのこの救えない気持は魚津に会うことによって、さっぱりするのではないかと思った。

美那子は、夫が、自分が魚津に対して特別な感情を持っているような言い方をしたことを思い出した。その時の夫の表情と、そう言った時の夫の口調までが思い出されて来た。

美那子は土橋を渡り、並木通りをはいったところで、ちょっと足を停めた。申し合せたように両腕をあらわにした若い女が二、三人ずつ、はち切れそうな若さを辺《あた》りに撒《ま》き散らしながら歩いている。自分と同年配の女たちも歩いている。年齢は同じくらいだが、まるでいきが違っている感じである。服装も派手であるし、歩き方も活潑《かっぱつ》である。もう二、三年すれば眼尻《めじり》には小皺《こじわ》がよって来るだろう。それまでの最後の若さを、十二分に享楽《きょうらく》しているような、生き生きとした明るいものがある。

美那子は洋品店の磨き立てられたショーウインドーに映っている自分の顔を見詰めていた。青いイヤリングがすぐ眼についた。いかにも慣れないものを両の耳につけたように落着かない感じである。イヤリングだけに若さがあり、服装も顔付きもずっと老《ふ》けている。

みっともない、取りなさい。——夫はこう言った。こう言ったが、私はまだ本当は若いのだ。イヤリングが自分にうつらないのは自分が夫とつり合うように、服装も気持も地味に地味にと心掛けて来たからである。

美那子は自分をまだ若いのだと思ったのは、教之助と結婚してから初めてのことである。これまでは、自分が若いという思いに突き当ると、いつもそれを向うへ押しやって来た。しかし、その抑制がいまは取れてしまった思いであった。誰にも遠慮もなく、自分は若いと思おうと思った。

ショーウインドーを覗《のぞ》いている美那子の横に学生風の青年が三、四人まるで彼女にかぶさるように寄って来た。若い男のむせかえるような体臭が美那子を取りまいた。美那子はそこを離れると魚津を会社へ訪ねて行ってみようと思った。しかし、まだ本当に心が決まったわけではなかった。

美那子は、結局銀座へ出て来た当の目的である洋裁店の前まで行き、そこでまた立ち停まった。店の内部へはいって行こうか、行くまいか心に決めかねていた。店の内部へはいって行けば、当然洋服の包みを受取らなければならない。洋服の包みを持って魚津の会社を訪ねるのも気の利《き》かない話であった。魚津に会うなら、洋裁店へは足を踏み入れない方がいい。

美那子は店の内部へはいるかはいらないか決めかねて洋裁店の前の鋪道《ほどう》に立っていた。ふと気が付くと、自分の右側に一人の若い女が立っている。明らかに誰かを待ち合せている様子で、時々落着かない視線をあたりへ投げ掛けている。

そのうちに女は歩き出した。今年の流行だというぴったりと腰をしめているスカートが、多少窮屈そうに足を運んで行く彼女の体を若々しく引き緊《し》まったものに見せている。

ほどなく女は立ちどまった。三十五、六歳の背の高い男が彼女の前へ現われたと思うと、女はその男を見上げて何かひと言かふた言話している風だったが、やがて連れ立って向うへ歩き出した。拉《らっ》し去られて行くような、その時の若い女の感じであった。そしてその拉し去られて行くような感じの中に、美那子はやはり嫉妬《しっと》と呼んでいい眩《まぶ》ゆいものを感じた。

若い女が人混みの中へ消えた時、美那子は反対の方へ歩き出した。歩き出してから、もう自分は歩き出してしまったのだから仕方ないと思った。

美那子は新橋へ戻り田村町の方へ歩いて行った。美那子は妙にせかせかと歩いていた。あたかも急ぎの用事でもあるかのように前を行く人を追い越したり、人と人との間を抜けたりした。

南方ビルの前まで行くと、美那子は真直ぐに正面の入口をはいり、突き当りのエレベーターに乗り三階で降りた。新東亜商事の扉を押した。そして美那子は部屋の入口近くの卓に対《むか》っている女事務員に魚津の名を言った。

「今日は横浜へ出かけております」

その言葉で、美那子はほっとした。折角意気込んで来たのに軽くうっちゃりを食わせられた気持であった。が、やはりこれでよかったと思った。

南方ビルから鋪道へ吐き出されると、美那子は魚津が留守であることを予想して、自分はここへやって来たのではなかったかといった気持になった。そうでなければ、自分は魚津を訪ねては来なかったであろう。美那子はこんどはいやにのろのろと新橋まで歩き、それから目黒までの乗車券を買った。結果からみると、何のために銀座へ出て来たか判《わか》らなかった。

帰りの電車の中では、美那子はすっかり落着きを取り戻していた。目黒で降りると、わざわざ駅を出て、駅付近の洋菓子屋でシュークリームの箱を買い、それを持って家へ帰るために郊外電車へ乗った。

家へ帰ると、教之助は庭を歩いていた。

「お菓子買って来ました。召しあがる？」

美那子は言った。

「よしておこう。すぐ夕食だろう」

教之助は言って、少し猫背の背を見せて向うへ歩いて行った。

九章

翌日、教之助が出社したあと、美那子は二階の書斎を片付けていたが、その時、階下の電話のベルが鳴るのが聞えた。すぐ春枝が出てくれるものと思って、そのままにしておいたが、いっこうに春枝が受話器を取り上げる気配がしないので、美那子は自分で急いで階下へ降りて行った。

受話器を取り上げると、

「昨日、会社の方へ来ていただいたんじゃないでしょうか」

いきなりそんな挨拶《あいさつ》抜きの魚津の声が聞えて来た。

「ええ、お留守にお伺いいたしました」

少し固い調子で、そう答えてから、美那子はあとの言葉を考えていた。

「御用事だったんですか」

「別に用事というほどのことじゃありませんけど」

それから、

「その後、お元気でいらっしゃいます？」

「まあ、一応元気でやってます。僕も一度お目にかかりたいと思っていたんです」

「いらっしゃいません？　およろしかったら」

そんな言葉がふいに美那子の口から出た。

「はあ」

魚津ははっきりしない返事をしていたが、

「いつか、近くこちらの方へお出掛けになりますか」

と言った。

「どうしても出なければならぬ用事があることはありますの」

美那子は、きのう取って来なかった洋服のことを思った。

「いつでも結構ですが、その時、お目にかかりましょうか」

魚津は言った。

「いつにしましょう」

それから美那子は、

「今日は？」

と訊《き》いた。

「結構ですが、五時ごろまで用事があります」

「では六時」

「会社の方へ来ていただけますか」

「伺います。きっかり六時にお訪ねいたしますわ」

受話器を置いてから、美那子は幾らか上気している自分を感じた。口にすべからざる幾つかの言葉が自分の口から出たような気がした。

しかし、魚津と取り交わした言葉をもう一度思い返してみて、格別蓮葉《はすつぱ》な言葉も、不埒《ふらち》な言葉も自分の口から出ていないことを知ると、美那子は多少ほっとした思いで、自分の頰を両手で挟んで、暫《しばら》くそこに立っていた。そして六時に魚津の会社へ行くとすると、時刻が時刻だけに、何とか口実を考えなければならぬ。学校時代の友達が京都から出て来たということにして、美那子は家を出ようと思った。魚津と六時の約束だから、五時少し前に家を出なければならない。

午後、美那子は夫の書斎の書棚の掃除をした。いつも書棚の掃除をしないので埃《ほこ》りがたまっていた。一段一段書物を抜き出しては、はたきをかけ、それからまたもと通りに書物を収めた。そうした仕事に半日を使った。

五時になっても教之助は帰って来なかった。夫が帰宅したら、一応自分が外出することを断わって、それから家を出るつもりだったが、五時を過ぎても夫の姿が見えないので、美那子は春枝に言いおいて家を出た。

家から電車の停留所へ行く間も、美那子は自動車が来ると、その度に足を停めて、それが教之助の乗っている車ではないかどうかを確めた。そして駅の前へ行くと、教之助の食後の果物がないことに気付いて、果物屋にはいって枇杷《びわ》を買い、それを家へ届けるように頼んだ。

電車へ乗ると、半日夫の書斎の埃りの中で作業していた貞淑な妻は、ひどく落着かない気持になり、発熱でもしたように慄《ふる》えが来た。実際には体が慄えているわけではなかったが、美那子には手も足も慄えているように思われた。そして魚津を会社まで訪ねて行く仕事がひどく割の悪い厭《いや》な仕事に思われて来た。昨日も彼を会社まで訪ねて行ったのに、どうして今日もまた出掛けて行かなければならぬのであろうかと思った。そして自分にこのような作業を強《し》いることにおいて、魚津という青年に反感を覚えた。

渋谷駅のホームへ降り立って、とうとう街へ来てしまったという思いが胸に来ると、美那子の落着かない気持はさらに胸苦しささえ伴って来た。喉《のど》が乾いて軽い吐気を感じた。そんな体を美那子は地下鉄へ運んだ。

美那子のこの気持の悪さは新東亜商事を訪ねて、魚津と顔を合せる瞬間まで続いた。魚津を廊下に呼び出し、彼と顔を合せた瞬間、胸苦しさも吐気も、あたかも魔法にでもかかったようにすうっとなくなった。

美那子は自分から気持の悪さを取り上げてくれた魚津を、久しく会わなかった愛人でも仰ぐように、静かな眼で下から見上げた。今まであんなに気分が悪かったのに、どうしてこの青年に会ったら癒《なお》ってしまったのであろうかと思った。そして美那子は、この誰も応援しない不幸な青年を元気づけてやるために、わざわざ自分はここまで出向いて来たのだということに気付いた。それに違いないと思った。

「御用事って何ですか」

魚津は訊《き》いた。

「いいえ、もうすませましたの」

「いや、昨日僕を訪ねていらしった用事です」

「あら、そのことですか」

美那子はどぎまぎして言った。そしてそんなことを訊く青年を意地悪いと思った。

美那子は、魚津が退社の支度をする間、階下へ降りて、ビルの入口で待つことにした。魚津はすぐ出て来るということだったが、なかなか姿を見せなかった。美那子はビルの入口から少し離れた鋪道《ほどう》の一角に立っていた。丁度会社の退《ひ》け時で、鋪道には一日の仕事から解放された男女の流れが、次から次へ絶えることなく続いていた。

美那子は時々、ビルの入口の方へ視線を投げて魚津の姿を求めた。何度目かに入口の方へ顔を向けた時、丁度そこから出て来た常盤大作と視線を合せた。

おや！　といった顔付きで、常盤はすぐ近付いて来た。

「きのうはどうも失礼いたしました。いかがです、御主人は？」

常盤は上着を脱いで左手に抱え、ワイシャツの袖《そで》は両方ともまくり上げていた。鋪道で対《む》い合《か》って立つと、美那子の眼には、常盤大作はひどく大きく見えた。

「こちらこそ失礼いたしました。主人はお蔭《かげ》さまでたいしたこともなく、今日はもう会社へ出ております」

「そうですか。そりゃ、結構でした」

それから、それはそうと、一体、いま何をしているのかといった表情で、常盤はちょっと美那子の眼を見入るようにしていたが、

「お待ちですか、誰か」

と言った。

「はあ」

美那子は瞬間の判断で、魚津の名を口から出すことを躊躇《ちゅうちょ》した。魚津を待っていると言った方がこの場合自然であったが、何か彼女をそうさせないものがあった。

「ちょっと、人を待っておりますの」

「そうですか」

常盤はハンケチをズボンのポケットから出して顔をふくと、屈託なく、

「暑くなりましたね。もうすっかり夏ですな」

と言った。

「ほんとに」

美那子はこの間も気が気ではなかった。ここへ魚津がやって来たら、変なことになると思った。すると、

「じゃあ、――どうぞ御主人によろしく」

そう言って、いかにも頃合を見はからったといった感じで頭を下げると、常盤はワイシャツの胸を反《そ》らせるようにして、人混みの中を日比谷の方へ向けて歩き出した。大勢の人の流れの中で、常盤の動きだけが調子を破っていた。彼の周囲の人たちの歩き方は、いかにも会社を退けて、電車かバスの乗り場へ急いでいるといった感じであったが、常盤はひとりゆうゆうとして、ゆったりと足を運んでいた。

「お待たせしました」

そこへ魚津が姿を見せた。魚津もまたワイシャツ姿になって、上着を左手に抱えていた。

「いま、常盤さんにお会いしました」

美那子が言うと、

「知ってます。そこで見てましたよ」

魚津は言って、

「何か言ってましたか」

「いいえ」

そう言いながら、二人はどちらからともなく、常盤の歩いて行った方角とは反対の方へ歩き出した。

時刻は六時を過ぎていたが、まだ白っぽい夕明りが鋪道に漂っていた。

「支社長に、僕を待っているとおっしゃいましたか」

気になるのか、歩き出すと間もなく、魚津はこんどははっきりときいた。

「いいえ、そんなこと申しませんわ」

「それならいいんですが」

「だって、言いましたら、変に誤解されますわ」

こんな短い会話を交わしながら、美那子は一歩踏み出してはならぬ地帯へ踏み出している感じであった。自分の右側を歩いている青年が眩《まぶ》しかった。

二人は田村町の交叉点《こうさてん》を越えると真直《まっす》ぐに芝公園の方へ鋪道を歩いて行った。ほとんど言葉を交わさなかった。

美那子は黙って魚津と並んで歩いていると、再び落着かない不安な気持が自分の心を占めて来るのを感じた。美那子はそんな自分の気持を窺《うかが》いみるようにしたが、その落着かない気持がどこからやって来るのか判《わか》らなかった。

美那子は早く魚津がどこかしゃれた明るいレストランへでも自分を連れて行ってくればいいと思った。そこで魚津と対い合ってフォークとナイフを動かす時間の来るのを望んだ。その方が少なくとも、こうして二人で並んで歩いているよりは落着けそうであった。

しかし、いつまで経《た》っても、魚津は黙って先へ先へと歩いて行くばかりだった。仕方ないので、美那子は魚津のあとについて行った。途中で魚津が立ち停まって、煙草《たばこ》に火をつけた時、

「どこへ参りますの」

と、美那子は訊いてみた。

「さあ」

魚津は改めて考えるようにしていたが、

「戻りますか」

と言った。

「戻るってこの道をですか」

「ええ」

「戻ってもようございますわ」

本当に戻ってもよかった。あるいは戻った方が気が利《き》いているかも知れなかった。このまま歩いて行っても、二人がはいって行くのに適当なレストランはありそうもなかった。美那子にとっては、これ以上あてもなく歩くのはあまり有難いことではなかった。

すると、魚津はそんな美那子に気付いたのか、

「疲れましたか」

と訊いた。

「少し」

美那子が答えると、

「くるまを停めましょう」

と魚津は言った。美那子はくるまを停めるという魚津の言葉で動悸《どうき》が烈《はげ》しくなるのを感じた。いつか、このようにして、小坂と二人でくるまに乗り込んだクリスマスの夜のことを思い出した。そしてその夜の自分の気持が現在の自分のそれと同じであることに気付いた。

タクシーが魚津の合図で二人の前へ停まった時、

「歩きたいんです、わたし」

美那子は言った。自分でも自分の顔のゆがんでいることが判った。

美那子はタクシーが自分の前から走り出すと初めてほっとした。そしてあたりを見廻《みまわ》

すような思いで、改めて自分の周囲に視線を投げた。夕明りはまだ漂っていた。そして歩道には相変らず男女の列が続き、車道には次から次へ自動車が疾走していた。

美那子は、自分が疲れていると言っておきながら、急にくるまに乗ることを拒否した態度を、魚津に恥ずかしく思った。

「疲れたらいつでもくるまに乗りますよ」

魚津は言った。こんど歩き出すと、美那子は酔ったような気持になっていた。どうして急にこんな酔ったような気持になったか判らなかった。早くどこかで足を休めたかった。ふらふらと酩酊《めいてい》して歩いているようなそんな頼りない気持であった。そしてもう自分はこのまま魚津の行くところへどこへでもついて行かなければならないのかと思った。どこへ誘われても、それを断わる力はいまの自分にはないような気がした。

幾つ目かの十字路を横切った時、魚津は突然口を開いた。

「僕は先刻、貴女《あなた》へお電話しましたが、あれはお宅へかける最後の電話のつもりでした」

「どうしてでしょう」

美那子は顔を上げた。

「支社長からお宅を二度と訪問してはいけないと言われたんです。そしてそれに従うことを支社長と約束したんです。支社長に言われるまでもなく、自分でもそう思っていましたからね。訪問してはいけないくらいだから、もちろん電話だっていけませんよ。ただ今日は最後のつもりでかけました」

「どうしてでしょう」

また美那子は同じ言葉を口から出した。

「そりゃ、いけませんよ。いけないのは僕という人間の問題なんですが、とにかくいけないことは事実です。で、いけないことはやめるべきだと自分で思ったんです。二人の人間のために」

「二人って？」

「一人は生きている人間で、一人は死んだ人間です。もちろん一人は八代さんで、一人は小坂ですよ」

それから魚津は言いかけたことはみんな言ってしまうといった風に、少し憤《いきどお》ったような口調で、

「僕は小坂が苦しんだ気持がいまよく判りますよ。よく判るんです。あいつの言葉の一つ一つが、いまの僕にはこたえます。小坂は貴女に冬山の氷の壁を見せたいと言いました。実際に彼は心からそう思ったんですよ。僕もいま冬山の氷の壁を見せたい人があるとすれば、失礼な言い種《ぐさ》ですが、貴女だと思うんです」

魚津から全く思いがけず突然愛情を告白されて、美那子は動悸が烈しくなるのを感じ、

顔を上げることができないで、俯向《うつむ》いたままで歩いていた。しかし、魚津の言葉は、愛情の告白であると共に、別れの宣言でもある奇妙なものであった。その二つのものを同時にぶつけられたわけで、美那子は魚津に対して、何と言って応じていいか判らなかった。

いつか、美那子は自分の心がひどく冷酷なものになり、ひっそりと静まっているのを感じていた。魚津が話し出す前、彼女を襲っていた熱に浮かされたような興奮の火はすっかり消えてしまっていた。

「お腹《なか》すきましたか」

「ええ、少し、——でも、構いません」

「じゃ、このままもう少し歩いていていいですか。お家《うち》の方は大丈夫でしょうね」

「家のことは心配ございません。遅くなると言って参りましたから」

美那子は静かな口調で言った。家のことなど少しも気にならなかった。家を出る時、いろいろ気をつかったことがおかしいくらいであった。

二人はそのまま真直ぐに歩いて行った。すると、暫くしてまた魚津は口を開いた。

「貴女は、いつか小坂は自殺したんじゃないかとおっしゃいましたね」

「いまはそうは考えておりませんわ。遺体が発見されるまでは、そう考えたこともありましたけど」

「小坂は死ぬことを考えるどころか、山へ登りたかったんですよ。その小坂の気持がよくいまの僕には判ります。僕だっていまは山へ登りたいと思います。山へ登りたいだけですよ」

「それにしても、主人のザイルの実験では御迷惑をおかけしましたわ」

「しかし、あれは、結果がああ出たんだから仕方ありませんね。僕があの結果に承服するしないは別問題ですが」

「ザイルの切口の実験も、主人はお断わりしましたが、ほんとに申訳ございませんでした」

「いや、あれもあれでいいんです。僕の方で適当な人を探して実験してみます。誤解しないように申上げますが、僕は御主人にはなんの特殊な感情も持っていません。ただ実験の結果には納得できないだけの話です。私があなたにお会いしないと決心したのは、このことのためではありません」

「判っておりますわ」

美那子は眩しい気持で言った。そして美那子は自分もまた自分の魚津に対する気持を、堪《たま》らなく口から出してしまいたい誘惑を感じた。

「戻りましょう」

魚津の言葉で二人は引き返した。いつかとっぷり暮れて、行手のビルの上の広告のネオンが、暗い夜空に少しヒステリックな動き方で、光の文字を移動させていた。

帰りはほとんど二人は口をきかなかった。美那子は生れて初めて、自分が人を恋しているような気持を味わっていた。美那子は魚津に対して自分の気持を言うべきか否《いな》かを思い迷っていた。しかし、言うにしても、いまの自分の気持を表現する適当な言葉は美那子の胸には思い浮かんで来なかった。

美那子は長い間自分が魚津に対して持っていたものが、いま初めて、しっくりした形で自分の心の中に落着いているのを感じた。自分はもう長いこと魚津という人間に特殊な気持を持っていたが、それがいま初めて愛情という形で、自分の胸に落着いたような気持であった。

「じゃ、ここでお別れいたしましょう。今夜は勝手に呼び出して、勝手なことを申上げ、大変失礼しました。気持を悪くなさらないで下さい。私としてはやはり口に出してしまわないと、自分の気持を押え付けることができなかったんです。――でも、これで決まりました。もうお訪ねもしなければ、お電話もしません」

美那子は黙っていた。そして、この人は本当に自分ともう会わないつもりでいるのであろうかと思った。美那子は何か言おうとした。美那子は瞬間、何か言うべからざることを言いそうになっている自分を感じた。

「わたし、――」

美那子が言いかけると、そうした美那子に気付きでもしたように、それを遮《さえぎ》って、

いきなり魚津は言った。そして、

「八代さんによろしくおっしゃって下さい」

「失礼しましょう」

その言葉を残して、魚津は歩き出した。

美那子は自分の心に火をつけて、そのまま自分から離れて行った青年のうしろ姿が人混みの中に消えるまで見送っていた。考えてみると、魚津は自分だけ言いたいことを言って、さっさと引きあげて行ったわけで、そんな自分本位の態度が、美那子には多少腹立たしくないことはなかった。しかし、その腹立たしさは間もなく、美那子の心の中で別のものに変って行った。

美那子は家へ帰るために、一人で田村町の交叉点を曲った。美那子は生れてからこれほど物を考えなければならぬ状態に置かれたことはなかった。美那子は夕方家を出る時とは全く違っていた。家を出る時も同じように魚津に惹《ひ》かれていたが、その惹かれ方は違っていた。そして魚津とは違って、逆に美那子はいま自分が一人の男性を愛しているという新しい世界へ一歩踏み出した気持だった。

美那子は新橋駅へ曲ろうとした時、背後から声を掛けられた。振り返ってみると、思いがけず、そこには小坂かおるが立っていた。

「暫《しばら》くでございました」

かおるは近寄って来ると、

「いつぞやは新宿駅の方へ有難うございました。お見掛けしたんですが、お礼も申し上げませんで」

と言った。

「おくにの方でも大変でございましたでしょう」

美那子は言った。かおるは固い感じの細い体をグレイのワンピースで包んでいた。ひどく地味な感じの服装だが、それがまたかおるの若さに合っていた。

かおるは、何か話でもあるのか、

「いま、おさしつかえないでしょうか。五分ほど」

と言った。

「かまいませんわ」

美那子は言って、すぐ眼で二人がはいって行く喫茶店を探した。

二人は近くの最近出来たばかりらしいレストランの二階へ上がって行った。

「お食事召し上がりました?」

美那子は訊《き》いた。美那子の方は夕食を摂《と》っていなかったので、かおるの方がもし食事をしていないのなら、一緒に食事をしてもいいと思った。いつもなら、かおるは美那子にとってあまり感じのいい相手ではなかったが、今夜は美那子の方が違っていた。どんな相手でも暖かく包んでやれそうであったし、誰に対しても、親切に優しい言葉をかけてやりたくなっていた。

「食事はすみました。わたしジュースでもいただきますわ」

かおるが言ったので、美那子はかおるのためにジュースを、自分のためにアイスクリームを註文《ちゅうもん》した。

「あの、変なお願いなんですが、わたし、八代先生にお目にかからせていただけないでしょうか」

かおるは言った。ちょっと言いにくそうな口調だった。

「八代って、主人でございますか」

「ええ」

かおるは運ばれたジュースには手をつけないで、両手を膝《ひざ》の上に載せてうつむいた姿勢をとっていた。うつむいてはいたが弱々しい感じはなく、むしろ抗議でもしているかのような強い感じだった。

「そりゃ、いつでもお引合せいたしますが、——一体、どういう御用事でございますの」

美那子は言った。

「魚津さんのザイルの切口の実験をお頼みしたいんです」

「そのことで昨日、常盤さんが宅へいらっしゃいましたわ」

「存じております」

かおるは顔を上げた。そしていったん美那子の顔に眼を当てたが、ついとそれを逸《そ》らすと、再びその視線を自分の膝の上に落した。

美那子はこの時初めて相手が自分に敵意を持っていることを感じた。

「今日、わたし、魚津さんの会社へ参りまして、支社長の常盤さんにお目にかかって、昨日常盤さんがお宅へ伺って、実験のことを断わられたことを知りましたの。――でも、もう一度、わたしが八代先生にお目にかかって、わたしからお願いしてみたいんです」

相変らずうつむいたままの姿勢でかおるは言った。言葉もきちんとしているし、口調にも変ったところはなかったが、しかし、かおるの表情はやはり美那子にはひどく冷たく思われた。

もちろん、かおるが小坂と自分との関係を知れば、自分に対していい感情を持ちようはずのものではなかった。しかし、美那子には、自分と小坂との奇妙な関係が、自分が話さない限り、この年若い娘には知られないであろうし、理解されるものでもあるまいと思われた。

「主人には、いつでもお引合せいたしますわ。でも、主人偏屈ですので、一度厭《いや》だと言った以上、なかなか承知しないんじゃないかと思います」

「でも、どうしてお厭なんでしょう」

かおるは顔を上げて言った。いかにも、それが不思議だといった表情だった。

「さあ。——主人は、自分の専門以外のことに、自分が関係するのが厭なんだと思いますわ。こんどのことに限らず、そういうところがありますの」

「でも、前には実験をなさいましたわ」

「あの時は、自分のやった実験の結果が、魚津さんに、あれほど大きい関係を持つとは思っていなかったんだと思いますわ。うっかり引き受けて、いまは後悔しているといったところじゃないでしょうか。とてもエゴイスチックですの、そんなところは——。それより、主人に誰か実験して下さる方を指定してもらいましょうか。主人の会社にも大勢若い方がいらっしゃいますから」

美那子が言うと、

「それでも結構なんですけど。——ただ、できたらこんどの場合も、八代先生にやっていただいて、その結果を先生御自身の口から発表していただいた方が、魚津さんのためにはいいと思ったんです。わたし、よくは知りませんけど、ザイルの切口を見たら、それが人が切ったものか、自然に切れたものかは、すぐ判るんですって。実験といっても簡単なものらしゅうございますわ。——そんなことを、この間、知り合いの大学の講師の方から聞きましたの。魚津さんにしたら、自分が切ったものではないということを発表していただくんなら、他の方より八代先生の方がいいと思うんです。この前のこともありますし、世間の信用からいっても、ずっと違うと思います」

「でも、主人、どうでしょうか」

美那子は言った。かおるの言うとおりに違いなかったが、教之助にもう一度ザイルの切口のことを持ち出す勇気もなかったし、教之助がそれを受け付けようとも思われなかった。

美那子がかおるの申出を半ば拒否するような言い方をしたので、かおるはちょっと表情を固くしたが、すぐ案外あっさりと、

「では、八代先生に会わせていただくのはやめにいたしますわ。魚津さんと相談してほかの方にお願いすることにいたします」

と言った。いかにも自分自身の問題ででもあるかのような言い方だった。

この時、美那子はふいに、いま自分の前に坐《すわ》っているまだ稚《おさな》さと固さを多分に身につけている若い女に、ある不安を感じた。その不安な思いの正体ははっきり判《わか》らなかったが、それは美那子の心の中で急に大きく拡《ひろ》がって行った。

美那子は改めてかおるの顔に視線を当てた。色は黒い方だが、黒いせいか、却《かえ》って二つの眼は生き生きとしており、目鼻立ちは整いすぎるほど整っている。ほとんど化粧は

していないが、化粧をしたら見違えるほど目立つ顔になるだろう。体付きは細いが、どこかに敏捷《びんしょう》なものを匿《かく》している。

服装も地味である。皮膚の色には、いま着ている服の色はどちらかと言えば合っていない。しかし、それでもその合わないはずのグレイが、かおるの持っている若さと清純さに充分奉仕している感じである。美那子は自分がもはや美しさという点では、何から何までこの娘には適《かな》わないだろうと思った。

かおるは魚津と相談して決めると言ったが、その言葉通り、かおるは魚津に会い、魚津と相談し、ザイルの切口の実験を依頼する人物を決めることだろう。

美那子は先刻魚津がこの世で冬山の氷の壁を見せたい人物があるとすれば、それは自分だと言ったことを思い出したが、その魚津の言葉が、いまになってみると、ひどく遠く無力なものに思われて来た。

美那子は、自分の前に坐っている、自分の思ったことなら何でもやりそうな、いまや明らかに魚津に恋しているに違いない羚羊《かもしか》のような若い女に、こんどは自分の方で敵意を感じた。

「魚津さんとは、先刻お別れしたばかりですのよ」

と、果して、

美那子は何でもないことのように言った。一本釘《くぎ》をさしておくといった気持であった。

「あら！」

と、かおるは短い叫びをあげた。

「お会いになりましたの、今日？」

「ええ、つい先刻」

かおるの顔が少し辛《つら》そうに曇るのを美那子は見守っていた。その辛そうな顔は、やがて半ば泣きそうになり、それから急に取り澄ました顔になった。その最後の表情が、また美那子には妬《ねた》ましかった。

「出ましょうか、ここ」

美那子は言った。

＊

六月の終りの土曜日の午後のことであった。会社で魚津は机に対《むか》っていたが、

「おい、魚津君」

と、常盤大作から呼ばれた。常盤はその時まで受話器をとって誰かと話をしていたが、受話器を耳から離して、魚津の方へ声を掛けたのであった。

魚津が常盤の机のところまで出向いて行くと、常盤は、

「君、今日はずっと社にいるか」

と訊《き》いた。魚津は自分が今日外出しなければならぬ仕事を持っていないことを確めると、

「おります」

と答えた。

「夕方まで？」

「はあ」

すると、常盤は受話器を再び取り上げて、

「一日中、社に居るそうです。どうぞ、いつでも電話をいただきましょう。いろいろ有難うございました。本人も喜ぶことでしょう」

それから受話器を置くと、

「ザイルの切口の実験を頼んでおいたが、その結果が一応判ったらしいよ。実験をした人から今日君に電話を掛けて来るそうだ」

と言った。常盤がいつ誰に実験を頼んだか、魚津は全然聞いていなかった。しかし、一応そのことは後廻《あとまわ》しにして、この際一番気がかりなことを口から出した。

「一体、どうだったんでしょう」

「なんでも、君に対する変な誤解だけはこれで解けるだろうと、夫人は言っていた」

「夫人?!」

魚津が思わず口に出すと、

「八代夫人だよ」

至極何でもないことのように常盤は言った。魚津はそれではいまの電話は八代夫人からのものだったかと思った。

「一体、実験は誰がしたんです」

「八代さんの知っているどこかの会社の若い技師らしい。君には黙っていたが、十日ほど前に、夫人が八代教之助氏に頼んで、実験する人を推薦してもらうが、どういうもんだろうと相談して来たんだ。そこで、僕はすぐ結構だという返事をして、早速ザイルの切れっ端を持って行ってもらったんだ」

それから常盤は、まだ納得しないような顔をしている魚津に、

「却って八代さんの知っている人に実験してもらう方がいいんだ。教之助氏は前に自分が実験したからといって、そんなことで、吝《け》ちな考えを持つ人物じゃない。現に、結果は君にとって不利なことではないらしい。八代夫人という、あの女性もなかなかいいと思うね。教之助氏をちゃんと知っている。見るところはちゃんと見ている。夫の人物というものをちゃんと信用している。もっとも細君だから夫を知っているのは当り前だがね」

常盤の八代夫人をほめる口調の中には、魚津に、お前なんぞ割り込む隙《すき》はどこにもないんだぞと言っているようなところがあった。

ザイルの切口の実験をした佐々《さつさ》という若い技術家から常盤のところへ電話がかかって来たのは、午後の四時頃であった。

魚津は、受話器を取り上げて話をしている常盤の話し方で、すぐそれが問題の電話であることに気付いていた。

常盤は長いこと「ええ」とか「なるほど」とか短い言葉をさしはさみながら受話器を耳に当てていたが、そのうちに、

「じゃ、いま、本人と代ります。いろいろ御厄介かけました。有難うございました。いずれ、お目にかかってお礼を申上げますが、いや、本当にどうも、大変お忙しいところを有難うございました」

それから受話器を耳から離して、

「魚津君」

と、大きな声で呼んだ。魚津はすぐ立ち上がって行って、受話器を取り上げた。意外にひどくひっそりした神経質そうな細い声が聞えて来た。

「実験の結果ですが、ただいま常盤さんの方へ御報告しておきましたが、もう一度繰り返して申上げます」

前置きは抜きにして、相手はいきなり言った。何となく華奢《きやしや》な体付きをした眼の冷たい若いエンジニアの姿が魚津の眼に浮かんで来た。

「もちろん、会ってお話した方が一番いいんですが、今夜の汽車で大阪へ発《た》たなければなりませんし、その前に会合が二つありますので、電話で失礼します。お目にかかるのは十日ほど先になりますので、レポートを先程別便でお送りいたしました。これはやや専門的なもので、——必ずしもこんどのザイルだけの実験ではないんですが、——一応御参考までにお送りしてみました。お判りにならないといけませんので、結果だけかいつまんで申上げます」

相手は言わなければならぬ必要なことは全部言っている感じであった。常盤は先刻「はあ」とか「なるほど」を連発していたが、魚津もまた同じ態度を取らなければならなかった。

「大体、ナイロン・ザイルというものは、鋭利な刃物で切りました場合と、それを引きちぎった場合とでは、はっきりとその切口の繊維の切断面が異なるものであります。もちろん顕微鏡で見た場合のことでありますが。——詳しいことはレポートの方を見て戴《いただ》くといたしまして、お預りしたザイルの場合ですが、繊維の切断面の色が変って、水飴《みずあめ》のような伸び方をしています。これはショックに依《よ》って切れた場合の特徴であります」

「なるほど」

魚津は言った。

「すると、あのザイルはナイフのようなもので切断したとか、アイゼンのようなもので擦り切ったとかいうものでないということだけは確かですね」

「それははっきりしています。明らかにショックで切れたものです」

「じゃあ、ザイルが弱くて切れたということになりますか」

「そんなことは言えません。どんな強いザイルでも大きい力が加われば切れるでしょう。それに支点の関係もあります」

「いや、どうも有難うございました。送っていただいた報告を読ませていただきましょう。――それから、念のために伺いますが、その報告の一部を新聞へ発表していいでしょうか」

「そりゃ構いませんが、とても新聞社の方で載せませんよ。専門的なものです」

「じゃ、いまおっしゃった結論だけでも新聞記者に語っていただけますか」

「そりゃ、いくらでも話しますが、いま申上げた程度のことしか話せません」

「結構です。どうも有難うございました」

礼を言って、魚津は受話器を置いた。すると、すぐ常盤大作が口を開いた。

「いいじゃないか！　結果は、少なくとも、君が切ったんじゃないかという疑いはこれで一掃される」

「そうです。それだけは片付くわけです。最も根本的な問題は残りますが」

「どんな問題だい」

「ザイルが切れた原因が、ザイルの性能にあるか、僕たちの技術上の操作の誤りにあるか——」

言いかけると、常盤は少し烈《はげ》しい表情で言った。

「なるほど、君にとってはそれが根本的な問題だろう。しかし、おそらく、その問題は解決すまいね」

と、常盤は言った。

「僕は科学者ではないから詳しいことは判らないが、曾《かつ》て起った過去の事実を知るということは、よほどその事実が単純でない限り難しいんじゃないかと思うんだが、どうだろう。実は昨日、僕は料理屋でウナギを食べたんだ。ところが今朝下痢を起してね。僕は胃腸が丈夫で下痢というものはめったに起さない。原因は何にあるか考えた。昨日食べたものの中で変ったものと言えばウナギしかない。すると、僕としては下痢の原因は店のウナギにあるとしか思えない。ウナギ屋に文句を言いに行く。するとウナギ屋は自分のそちらにあるウナギは非常に吟味してある。めったにあたるウナギは使わない。おそらく原因はそちらにあるだろう。食い合せが悪いとか、胃腸が弱っていたとか——」

「ちょっと待って下さい」

魚津は常盤の言葉を遮って言った。

「それとザイルの問題は違いますよ。ウナギにはいいウナギもあれば、腐りかかったウナギもあるでしょう。ザイルは違いますよ」

「どうして」

常盤はこういう時のくせで、きょとんとした眼付きをして魚津の眼を見入った。

「ザイルは精巧な機械で、全く同じものとは言えないが、大体同じ性能のものが造られる。しかもちゃんと検査して、不良品はオミットされます」

「ウナギだって同じことだろう。同じ池で養殖される。料理する時経験のある料理人がよく吟味する。物体と生きものの違いがあるだけだ」

「そりゃ、暴論です」

「暴論かも知れない。しかし、同じようなことだと言ってみたまでだ。君はいつかザイルの再現実験というようなことを言った。君ばかりでない、八代教之助氏もそんなことを言った。あれを聞いた時、僕は再現ということは先《ま》ず望んで出来ないことだと思ったね。再現実験が可能であれば、それをやってみるのが一番いい。なるほど再現実験をやればある程度真実というものに近寄れるかも知れない。しかし、そこから絶対の真実というものは摑《つか》み取れないだろう。世界中の科学者が実験しても、その結果を僕は信用しないね。再現という言葉を、僕は不遜《ふそん》だと思うがどうだろう。ザイルの問題を徹底的に究明するには、おそらく再現実験によるしかないだろうが、その再現実験というもので万人を承服させることはできないだろうね。再現実験をやってザイルが切れるかどうか、これは判らない。もしザイルが切れなかったら、君の立場は眼も当てられないよ。その時、君は初めて再現ということに疑念を懐《いだ》くだろう。反対にザイルが切れたとする。それをもって君は勝ったと思うか。何回もやってその度にザイルが切れるということは、ちょっと考えられん。試験をしてある製品だろうからね。——いずれにせよ、厳密に言って、再現ということが望めない以上、そうしたことに期待することはくだらないことだと思うんだ」

「じゃ、事件は解決できないじゃありませんか」

「きびしく言えば、できないだろうね。ザイルに欠陥があったか、君たちの方の操作に誤りがあったか、これはまず判らない問題だと思うね」

常盤大作は続けて言った。

「君がザイルを切ったんじゃないかという世間の疑惑が一掃されれば、それでよくはないか。事件の原因がどこにあったか、究明できれば、それに越したことはないが、いま言ったように、僕は不可能だと思うね。これが人間の場合なら、自白するということもある。しかし、何分、片方はザイルで、片方は死者だ。おまけに誰も見ていない山の絶壁に起った事件だ」

すると、

「見ていますよ、神が」

と魚津は言った。

「神が見ている、なるほど」

常盤大作はワイシャツの両腕をまくり上げた。決闘でもしかねない様子だったが、決闘はしないで、給仕に、

「珈琲《コーヒー》を二つ註文《ちゅうもん》してここへ持って来てもらってくれ」

そう言ってから、

「まあ、君、坐り給え」

と、魚津に椅子《いす》を促した。魚津が素直に腰をおろすと、常盤の方は自分は腰をおろさないで、魚津の前を歩き出した。

「——神が見ている！　なんという甘ったれた言葉であることか」

常盤は大きな声で極付《きめつ》けるように言った。憤《いきどお》っているわけではなかった。それは獲物を自分の思うつぼへはめ込んだ時の、やがて来る勝利への雄叫《おたけ》びのようなものであった。

「神が見ている！　何というろくでなしの親の脛《すね》かじりでも言いそうな言葉であるか。——神を引合いに出してはいかん。親戚《しんせき》づらして、神、神と言うな。神が見ていても、神は見ていなかったと言うもんだ。神が見ていたと言うのは、男が死ぬ時言うもんだ。

神よ、おれは嘘《うそ》は言わなかった！——これは男の臨終の言葉だ」

常盤大作は大きい息をすると、ポケットからピースの箱を出し、それがからだと知ると、黙って魚津の方へ手を出した。

魚津はピースの箱にマッチを添えて常盤に差し出してやった。常盤はピースをくわえて、それに火を点《つ》けると、こんどは声を落し、

「君、新聞社へ行って、先刻の、なんと言ったかな」

「佐々さんですか」

「そう佐々氏の談話をとってもらうように頼んで来ることだ。それが、君の先ず最初にやるべきことだろう」

と言った。

「そうしましょう」

魚津は、釈放される好機を逃さないで立ち上がった。

「君、珈琲が来るよ」

「召上がって下さい。僕は今日飲みすぎています」

魚津は常盤の許《もと》を、相手の気の変らぬうちにすぐ離れたが、決して常盤の言うことに感心したわけでも、打ち負かされたわけでもなかった。いまの彼自身の言葉を借りれば、魚津はいま神と二人だけで話したくなったのであった。

常盤の饒舌《じようぜつ》から逃れて、鋪道《ほどう》へ出ると、魚津はK新聞社を訪れるために有楽町の方へ歩いて行った。

佐々というエンジニアから、ザイルが鋭利な刃物で切られたとか、アイゼンでつけた擦り傷で切れたとか、そうしたものでないということを言われたことは、たとえそこから期待していたようなものは得られなかったとしても、まずいままでの状態より一歩前進したと言わなければならなかった。これで自分に対する世間の疑惑だけは一応消し去ることができるわけであった。

それはそれでいいとして、あとに残る問題はザイルがいかにして切れたかである。ザイルそのものがその性能の故《ゆえ》に、当然のこととして切れたのであるか、あるいは技術的操作の拙劣なために、切れなくてもいいザイルを切ったのであるか。——問題はこの二つのケースにしぼられるわけである。

後者の場合には、いろいろのことが考えられる。紫外線との関係も熱との関係も考えなければならない。しかし、このことは考慮してザイルの運搬には万全を期したはずである。それからまたザイルをかけた岩の状態も問題になって来る。支点が一つの場合と二つの場合では力学的に異った力の働き方をするだろう。しかし、小坂があの雪と氷の壁で、瞬間採ったザイルの操作が、登山家として非難さるべきものであったとは考えられない。小坂は岩の状態を手探りもしなければ、前以《まえもつ》て改めもしなかったであろう。だからと言って、それは非難さるべきであろうか。

常盤大作は再現実験を否定していた。現場の再現は不可能だと言った。なるほどそれは厳密に言えば不可能かも知れない。しかし、だからといって、再現実験は無価値であろうか。ザイルの知られない性能のある面は、それによって初めて知られるかも知れないではないか！

常盤は「たとえ勝ったとしても」といった言葉を使った。勝つとはどういうことであるか。自分は一度もこの事件で勝つとか敗《ま》けるとか考えたことはないのだ。非を相手に押し付けようとしているのでもない。

ザイルの性能に、もし今までに知られなかった新しい発見があるとしたら、それに対する新しい取扱い方が考えられなければならぬだろう。そうしたことのために、小坂の死は使われなければならないのだ。

魚津は途中で足を停めた。知らないうちにせかせか忙しく歩いていたので、そんな自分に気付いて、足を停めたのであった。幾分、興奮しているかも知れない。車道をはさんだ向う側の日比谷公園の樹木がざわざわと風に動いている。

魚津は有楽町の新聞社へ行くと、受付で知合の上山という運動部の記者を呼び出した。魚津にとっては、上山は大学の後輩でもあり登山家としても後輩である。

小柄な記者は、編集局から降りて来ると、

「久しぶりですね、魚津さん」

と、持前の人なつっこそうな顔で言った。

「今日、ちょっと頼みたいことがあってね」

魚津が先輩の口調で言うと、

「お茶でも飲みに行きましょうか」

と、若い記者は言った。魚津は喫茶店へ行くより、用件だけを先に話してしまいたかった。

「例の問題だがね」

「なんですか」

「ザイルの切口の実験をあるエンジニアにやってもらって、その結果が出たんだ」

「ああ、あの問題ですか」

「それを記事にしてもらいたいんだ」

「どういう結果なんですか」

若い記者は煙草《たばこ》に火を点けると、急に職業的な眼になって、魚津の方へ顔を向けた。

魚津は佐々からの報告をかいつまんで話してから、

「その佐々という人に会って、その人の話を記事にしてもらえたら有難いんだがね。他の新聞社に話すより、前からのひっかかりで、君の社の方がいいと思ったんだ」

魚津は実際にそう思ってやって来たのだった。

「なるほど」

相手は考えるようにしていたが、

「取り扱えば社会面ですが、おそらく取り扱いにくいでしょうね」

「どうして」

「ちょっとニュースとしては弱いでしょうね」

「弱い?!」

上山の言葉は魚津には意外だった。

「だって、君、この前はザイル事件としてあんなに大きく取り扱ったじゃないか」

「あの時は取り扱いましたが、いまとなっては古いと思うんです」

「古い?!」

「古いというより弱いですよ。もう世の中の人は、魚津さんの事件を忘れていますよ。それにザイルの切口からはっきりした結果でも出ればともかく、刃物で切ったのではないというだけの話でしょう。誰も、いまは魚津さんが刃物で切ったなんて考えていませんよ」

「そうかな」

「そうですよ。あの時は、確かに魚津さんにそういう疑惑もかかったかも知れませんが、いまは自然に消えてしまっていると思うんです。それをわざわざニュースにしてむし返すことは魚津さんとしても損だと思いますし、第一、ニュースになりませんよ。社会面でなくて、運動欄に取り扱うてもありますが、それにしても——」

「なるほどね」

魚津は素直に頷《うなず》くと、

「僕にとっては重大事件なんだが、なるほどニュースとしての価値はないかも知れないね」

と言った。小坂乙彦が雪と氷の壁で死んだ事件は、半歳《はんとし》のうちに、小さく、古くなっている。そうかも知れぬ。そしてその事件のかたみであるザイルの切口からいかなる結果が出ようと、それが魚津個人だけの問題である限り、大勢の人に報道する価値はなくなっている。そうかも知れない。

魚津は相手が差し出してくれたシガレットケースから煙草を一本抜き取ると、ゆっくりと口に持って行った。

魚津はK新聞社を出ると、そこから程遠からぬところにあるQ新聞社まで歩いて行った。朝から風が出ていたが、この頃になってから風は強くなっていた。紙屑《かみくず》が鋪道の上を舞い、歩いて行く女たちは、時々風をやり過すために立ち停まってはうしろ向きになっていた。

魚津はQ新聞社では親しくはないが、何回か会ったことのある運動部長の岡村に面会を求めた。岡村は登山家としては魚津の先輩に当っていた。魚津は直接編集局に上がって来るように言われて、エレベーターで三階に上がって行き、広い編集局の一隅にある運動部の席へ出向いた。

岡村は雑然とした中で、煙草をくわえたまま誰かと話をしていたが、魚津の来たことを知ると、

「やあ」

と言って、魚津の方へ大きな体を運んで来た。二十貫はゆうに越えている堂々たる体格である。昔はともかく、現在は山にも登れないであろうし、登山家とも見えない。

魚津は勧められるままに、運動部の席に腰を降ろし、いま彼が訪ねて来た用件を話した。すると岡村は口からは何の言葉も出さず、いちいち大きく頷いて聞いていたが、

「ニュースにはちょっと使えないですなあ。ニュースには使えないが、貴方《あなた》が何かそのことについて短い文章を書いて下されば、運動欄に使いますよ。ちょうどそういう原稿を載せる小さい欄がありますす」

と言った。

「僕が書くんですか」

魚津は自分が書いては何にもならないと思った。実験者が書くか、実験者が語ること

によって真実性を持って来るので、自分が書いたら却《かえ》って逆効果になってしまう。

「僕じゃ変ですよ」

「構わんでしょう。お書きなさい」

岡村は言ったが、そういうわけには行かなかった。暫《しばら》く間を置いてから、

「やめておきましょう、僕は」

と、魚津は言った。すると相手はそのことをたいして気にとめてはいない風で、もう
そのことは終ってしまったといった顔で、

「どうです、その後、やってますか」

「山ですか、事件以後は全然やってません」

「僕はこの間何年かぶりで穂高へ行きましたよ。驚きましたね。全然体が動かん」

「それはそうでしょう」

「若い連中にピッケルまで持ってもらった。驚きましたね」

それから大きな声で笑った。

魚津は五分程岡村と話して、そこを辞した。近くにP新聞社があったが、もうそこへ
行く元気はなかった。

小坂の死んだ事件は、すでに誰からも忘れられていた。魚津は事件は忘れられても、
問題はそのまま残っていると思った。エレベーターで一階へ吐き出されると、暮方の雑《ざっ》

沓《とう》をみせている鋪道の一部が、ひどく生き生きと見えた。強い風が吹いているためらしかった。

魚津は一度会社へ戻ったが、常盤の姿が見えなかったので、そのまま帰り支度をして社を出た。いつも新橋から電車に乗るが、この日は魚津は田町まで歩いた。歩いていたかった。

救えない絶望的な気持ではなかったが、ひどく孤独な気持だった。魚津は雑沓を極めている暮方の鋪道を歩いていたが、周囲の誰も眼にはいらなかった。穂高の梓川《あずさがわ》に沿った樹林地帯でも一人で歩いているような気持であった。

魚津は交叉点《こうさてん》へ来る度に、足を停め、自分一人の思いから脱《ぬ》け出して、周囲を見廻《みまわ》した。そして自分がいま風のある鋪道に、大勢の通行人の男女の間にはさまって立っていることに気付いた。

魚津は常盤大作も結局は自分より遠い人間のような気がした。K新聞社の上山やQ新聞社の岡村が自分より遠い人間であることはいいとして、常盤までが遠い人間であることは悲しかった。常盤は事件の真相は結局は判《わか》らないだろうと言った。判らないと言ってすませていられるところに常盤の立場があり、そう言ってはすませておけないところに自分の立場があると思う。第三者と当事者の違いである。

麻ザイルが切れない状態でナイロン・ザイルが切れる場合もあるだろうし、その反対にナイロン・ザイルが切れない状態で麻ザイルが切れる場合だってあるだろう。いかなる状態で、いかなる条件のもとにそうなるかを、自分は知りたいだけだ。それが判れば小坂の死は生かされるだろう。魚津にはザイルの切口に関する一つの報告が新聞記事として取扱ってもらえなかったことより、そのことにおいて事件の性質が正しく理解されていないことを知った方が打撃になっていた。小坂の死は僅《わず》か五カ月の間に遠くに押し流され、いまはその事件の意味も性格もひどく小さくなって消えてしまおうとしている。

魚津は田町の駅前で、夕食にライスカレーを食べ、そしてそこから国電に乗った。大森のアパートへ帰ったのは七時であった。二階の自分の部屋の前へ立った時、内部より扉があいて、

「お帰りなさい」

という声と一緒に、かおるが姿を見せた。

「お留守にお邪魔しておりました。来てから五分ほどですけど」

かおるは弁解するように言った。

「いいや、構わんですよ」

魚津は部屋へはいると、開けてある窓の傍に立って、大森の街の灯を見降ろしながら上着を脱いだ。

「また疲れてらっしゃいますのね」

背後からかおるの声が聞えた。

「そんなことはないですよ」

「でも、やっぱり疲れてらっしゃると思うわ。額に二本青い筋が出てますもの」

「青い筋?!」

魚津は思わず窓硝子《まどガラス》の方へ顔を向けた。すると、

「あら、ごめんなさい。間違いました。赤い筋でした」

「赤い筋?!」

魚津は振り返った。少し憤っているような烈《はげ》しいかおるの眼とぶつかった。

魚津は自分を見詰めているかおるの表情がいつもと全く違うのを知った。固く引きしまった細面の顔の中で、二つの眼が烈しく自分に当てられている。やがて、そのかおるの頰の筋肉が動いたと思うと、

「ごめんなさい。赤い筋じゃなくて、黄色い筋です」

それと一緒に、かおるの表情は急に泣き顔に変った。

「どうしたんです? 赤くても、青くても、黄色でも、何でも構わないが」

魚津が言うと、

「だって、そう見えたんですもの。とても冷たく。——あんな魚津さんの顔を見るのは厭《いや》なんです」

そのかおるの言葉で、魚津はなるほど自分がこの部屋へはいって来た態度は冷たかったかも知れないと思った。自分で意識してそうしたわけではなかったが、かおるには冷たく感じられたのに違いない。

そしてその冷たい顔をしなければならなかった理由を、魚津は説明した。魚津が窓際《まどぎわ》に立って二つの新聞社へ行った時のことを喋《しゃべ》っている間、かおるは少し離れたところに同じように立って聞いていたが、魚津が話し終るのを待って、

「新聞に載った方がいいに決まってますが、載らなければ載らないでいいじゃありません？」

と言った。そして、

「でも、それより、わたし、今日のような時、自分が魚津さんにとって、何の力にもなって上げられないのが悲しかったんです。とても悲しいんです。わたし、早く八代さんぐらいの年齢になりたいと思いますわ。そしたら、きっと魚津さんの話相手になれるんじゃないかと思うんです。いまのわたしにはとても八代さんみたいな落着きもありませんし、あんな口もきけません。今日このお部屋に、わたしでなくて、八代さんがいらしったら、魚津さんの態度はきっと違ったと思いますわ。いきなり窓のところへ行って、背中なんか向けないと思うんです」

魚津は、かおるの言葉を聞いていて、その通りだろうと思った。

もし、この部屋に八代美那子がいたら、自分は彼女の前に立っているということだけで、現在の救えない気持は優しく揺すぶられたに違いない。

「そう思いません？」

「そうかも知れない」

「――――」

かおるは恐ろしいものでも見るように、じっと魚津の顔を見守っていたが、やがてそこから一、二歩あとに退《さが》った。顔は醜くなるほどゆがみ、やがてそれは痴呆《ちほう》のような喪神した表情に変った。

かおるはくるりと魚津の方へ背を向けると、一言も言わずに、上り框《かまち》に、身を屈《かが》め、靴をはこうとした。

魚津はそんなかおるを暫く見守っていたが、

「帰るんですか」

と声をかけ、ふと自分に気付いたように、

「僕の言い方が悪かった。憤らないで上がって下さい」

と言った。すると、

「憤ってはいません」

かおるはすっくと立ち上がると、向き直って、正面から魚津に対《む》かい合って立った。そ

して、

「今夜は、いつぞや徳沢でお話した結婚のことの御返事を伺いに来たんです。でも、もうやめました」

案外確《しっか》りした口調で言った。魚津は次の瞬間、かおるの眼から涙が溢《あふ》れて頰を流れ落ちるのを見た。涙は堰《せき》を切ったように、幾条も幾条もあとからあとから頰を伝わって流れた。そして、もう涙を見られてしまったのだから、あとは何を言っても構わないといったように、

「わたし、魚津さんが好きでした。結婚したかったんです。兄がいけないんです。小さい時から、兄は魚津さんのことばかり褒めていました。だから、私は大きくなったら、魚津さんと結婚するんだとばかり思っていましたわ。そう思い込んで大きくなりましたの。――でも、兄がそう言わなくても、わたしはわたしで、やっぱり魚津さんが好きになったと思いますわ。初めてお目にかかった時から、もうどうすることもできない気持になりました。この間、母に手紙を出しましたの。そしたら、母は親戚《しんせき》の人たちは反対だけど、お前の好きなようにしろと言って参りました」

それからかおるは、あとは憑《つ》かれたように、自分の口から言葉を吐き出した。

「兄は自分のやりたいことをやって生命《いのち》を棄《す》てました。わたしも、自分のやりたいことをやろうと思いましたの。でも、もう駄目ですわ。わたし、いま泣いてますけど、魚津

さんのことを諦《あきら》めるのが辛《つら》くて泣いているんではありません。自分が兄のようにやりたいことをやって生命を棄てられないのが悲しいんです」

その時魚津は自分の気持がひどく冷静になるのを感じた。いきなり月光でも頭脳の一部へ射《さ》し込んで来たように、物の考えが冴《さ》え冴《ざ》えして来るのを感じた。

そして魚津は思った。自分はこの娘と、小坂乙彦の妹と結婚すべきだと。

どれだけか時間が過ぎた。

「結婚しますよ、貴女《あなた》と。――僕は長いことそう思っていた。しかし、それがはっきり判ったのは、いまだ」

魚津は言った。そしてゆっくりとかおるに近付いて行くと、それが自分の言葉の証《あかし》でもあるかのように、いきなりかおるの首を仰向《あおむ》け、上向いたかおるの顔の一部に自分の顔を近付けていった。強く、静かに、かおるの唇に自分のそれを捺《お》した。

かおるは魚津の腕の間から脱れると、ちょっとふらふらし、二、三歩向うへ歩いて行ったが、魚津に背を見せたまま立ち停まった。

短い時間が過ぎた。かおるは間の悪そうな顔をして魚津の方へ向き直ると、

「無理に結婚していただかなくてもいいいんです」

と言った。

「無理になんて結婚できますか、結婚したいからするんだ」

魚津が答えると、

「本当でしょうか」

窺《うかが》うように、かおるは魚津の眼を見入った。そしてまた魚津のところへ近寄って来ると、少しきっとした表情になって、

「でも、魚津さんは八代さんが好きなんじゃありません？　八代さんのことが少しでも魚津さんの頭のどこかにあったら、わたし、厭なんです」

「大丈夫」

「本当ですか」

かおるは疑わしげな表情でまた言った。

「僕は人の奥さんは好きにはなりませんよ。好きになっていい人と悪い人とあります。僕は好きになっていけない人は好きにならんでしょう。僕はあの人と二度と口もきかなければ、顔を合せることもないでしょう。そう誓ってるんです」

「だれに」

「自分に」

「自分に?!」

かおるが訊《き》き直したので、

「自分と言っていけなければ、神に」

と言った。そして言ってから、魚津は神という言葉を口にして常盤大作にたしなめられたことを思い出した。そして、

「神に誓うより、自分に誓った方がはっきりしてますね。僕は会うまいと思ったら会いませんよ。口をきくまいと思ったら口をききませんよ」

いままで、どんなに苦しくてもこの山を登ろうと思ったら、必ず登って来たんですと言おうとして、危くその言葉をのみ込むと、

「僕は結婚しようと思ったら、結婚しますよ」

と言った。

「愛そうと思ったら、愛して下さいますのね」

かおるは少し悲しげな表情で言うと、

「結構ですわ、それで」

と言った。その口調にはどこかに取引きの匂《にお》いのようなものがあった。魚津は二人の息苦しい会話に終止符を打つような気持で、もう一度かおるの上半身を抱いた。こんどはかおるは自分から魚津の胸に顔を埋めて、

「構いませんわ、わたし、魚津さんが好きなんですから。でもいまの誓いを破らないで下さい」

魚津は返事の代りに、軽くかおるに接吻《せっぷん》すると、ひどく静かな思いで、そうだ、おれ

はかおるのために山へ登らなければならないと思った。

魚津はかおるを大森駅まで送って行くことにした。アパートの前のだらだら坂を下り、大通りに出て駅の前へ行くまで、二人は肩を並べて歩いたが一言も言葉を交わさなかった。

駅の建物のところで、かおるは、初めて魚津を見上げ、

「では」

と言った。魚津はアパートを出てからここへ来るまでずっと考えていた、その結論だけを口から出した。

「山へ行きませんか、二人で」

「え?!」

かおるは顔を上げ、急に生き生きとした表情を取った。

「貴女はいつが都合いいんです」

「いつでも」

「会社の方は?」

「会社なんて」

そんなものはどうでもいいといった口振りだった。

「山って、どこですの」

「穂高」

「まあ、すばらしい！　わたしたち二人を兄に見てもらいますのね」

「兄さんが立会いですか」

魚津がそう言うと、それをどう取ったのか、かおるは見る見るうちに、気の毒なほど赤い顔になった。そして、

「さようなら」

と言うと、半ば逃げるように、駅の建物へはいり、改札口を抜けて行った。魚津はかおるの姿が階段の方へ消えるまで立って見送っていたが、かおるはそのまま魚津の方へは振り返らなかった。

魚津はアパートへ引き返すために歩きながら、自分が今までとは異った世界へ一歩踏み出しているのを感じた。そして駅へ行く途中考えたことを、帰路もう一度改めて考えてみた。それは穂高の涸沢《からさわ》とは反対の飛驒《ひだ》側の斜面にある滝谷の岩壁を一人で登ってみることであった。もちろんそこへはかおるを同行するわけにはゆかないので、かおるは徳沢小屋で待っていてもらう以外仕方ない。そして自分だけ高山の方からはいって滝谷を登り、穂高小屋へ出て、涸沢に降り、それからかおるの待っている徳沢へ降りて行く。

魚津はこのことを考えている間中、きびしい表情をしていた。徳沢小屋へ降りて、かおるに顔を合せる時の自分は、現在の自分とは全く異った人間になっているはずであっ

た。なぜなら自分は、人間を変えるために、八代美那子への執着を払い落すために、それ以外の何のためでもない、ただそれだけのために、滝谷の大峭壁《だいしょうへき》を登るのである。

それ以外、魚津は自分から美那子の幻影を払い落す方法を知らなかった。人の近付くことを烈しく拒否しているような、穂高の裏側の暗いきびしい岩壁の表情がふいに眼に浮かんで来ると、魚津は恰《あたか》もそこへ登って行くかのように、うつむいて、ゆっくりと、アパートの前の坂を上って行った。

十章

魚津は滝谷から穂高へ登るのを、七月にするか、八月にするか、すぐには決められなかった。

過去に小坂と一緒に二回ここへ挑んだ経験を持っていたが、一回は三月で雪崩《なだれ》が烈《はげ》しくて、途中で目的を放棄した。もう一回は八月中旬で、この時は落石で危険な目には遇《あ》ったが、第四尾根を登った。

魚津はこんどは自分一人で行くという条件を考慮して、結局七月初旬を選ぶことにした。七月ではまだ雪が多く、雪渓の端がシュルンドになっていて危険はあったが、ガラを踏んで行く苦痛は避けられるはずである。滝谷はその名のように滝の多い谷である。八月に比して水量は多いに違いなく、従って落石も多いかも知れないが、ガラ場の急斜面を四つんばいになって長時間登ることの方を避けたかった。

飛騨側の穂高は、長い間、飛ぶ鳥さえ登ることは難しいと言われていたところであり、その中でも滝谷に依《よ》る登頂は最も至難なこととされていた。ここはU字状にえぐられた巨大な暗い谷であり、下部には雄滝《おだき》と雌滝《めだき》の二つの滝があり、上部にも滑滝《なめりだき》があって、いずれも登攀《とうはん》をきびしくはばんでいる。そしてさらにその上部は暗い岩場と深い沢が、不機嫌な表情で立ちはだかっている。

この滝谷が初めて征服されたのは、一九二五年八月十三日であった。この日期せずして二組のパーティーが初登を争い、一つは雄滝の左側を登って滝谷にはいり、Aルンゼをつめ、大キレット（稜線《りようせん》の深い切れ込み）に出て、南岳・槍平《やりだいら》を経て帰った。一つは雄滝の右側のガリー（急峻《きゆうしゆん》な岩溝）を登って滝谷へはいり、D沢をつめて、涸沢岳鞍部《あんぶ》に出た。前者は登山家藤木九三《くぞう》氏等であり、後者は早大山岳部の四ツ谷竜胤、小島六郎氏等であった。

これがきっかけとなって、それから十年間に滝谷はあらゆるルートが完登され、さらにその後早大山岳部に依《よ》って積雪期登攀による完登も記録されるに到った。

それから今日までに大勢の登山家たちに依って、滝谷に依る穂高登攀は試みられているが、しかし、これが人を寄せつけぬきびしい岩場とされていることは昔も現在も少しも変りはない。

現在でもこの穂高の裏側の渓谷にはいって雄滝、雌滝を経て登攀するパーティーは、一夏に一つあるかなしである。

魚津は、現場に行ってみなければ全く予想はつかなかったが、出来たら雄滝の向う側を登り、D沢通しにつめて、涸沢岳のコルに出ようと思った。多少野暮ったくはあったが、どうせ滝谷をやるなら、雄滝、雌滝のある下方から律義《りちぎ》にやってみたかった。D沢をつめて行くのは、単独行の場合、このルートが一番危険が少く、成功率が多いように思われたからである。

魚津は裏穂高登攀のスケジュールを作った。

七月十日夜東京出発。岐阜で高山線に乗り替え、十一日昼古川駅で下車、バスで神岡を経由して栃尾《とちお》に出て、栃尾から三時間程歩いて新穂高温泉に到着。その夜そこに宿泊。十二日朝雌滝、雄滝の下に出、登攀開始。午後登頂、穂高小屋に宿泊。十三日下山、涸沢を経て徳沢小屋に到る。

もちろんこれは大体のスケジュールである。新穂高温泉までは狂いがなく行動できるが、あとは天候次第で雨が降れば十二日の登攀は晴れるまで待たなければならない。滝谷では、降雨時の登攀は絶対不可能である。渓谷の急な流れの中を、体を半ば水に没して登って行く特殊な登攀であるから、水量が増している場合は水に流される心配もあるし、落石の危険も多い。

魚津は、晴天に恵まれ、予定通りの行動でゆけば十三日には徳沢に降《くだ》れるが、かおるには十三日から向う三日間ほど待機する覚悟で来てもらう方がいいと思った。従って、かおるの東京出発は十二日の朝でいい。かおるはその日のうちに上高地に着き、翌日徳沢小屋へ来て待機する。うまくゆけばその日に二人は徳沢で落合えるわけである。

予定が立つと、魚津はそのことを電話でかおるに報《しら》せた。

「魚津さんがお発《た》ちの時、わたし東京駅までお送りします。それまでお目にかからないでおきますわ」

そして今度はいかにも明るい声で、

「わたし、いまとても忙しいんですの。お洋服こしらえたりしなければなりませんし」

「洋服を新調するって、山へ行くんですよ。徳沢までにしたって、山道を二里も歩かなければならない」

魚津が言うと、

「もちろん山支度ですわ。わたし、今度は何もかも新しくして行きたいんです。気持はもちろん、お洋服も」

かおるの弾力のある声が、電話線を響いて来た。

こんどの山行きで、魚津はすくなくとも一週間は休暇をとらなければならなかった。例年の如《ごと》く、今年もまた会社では暑中休暇を、常盤を初め社員が互いに都合をつけ合って六日間ずつとることになっていた。ただそれを一度にとる者はなく、二回か三回に分けて休むのが慣例であった。

魚津は勝手に十一日から固めて一週間とることに決めていたが、このことを何となく常盤に言い出しかねていた。今年はまだ、誰も休んでいないので、結局魚津が真先きに休暇をとることになる。今年になってからただでさえ随分勝手な勤め方をしているし、それに現在は嘱託の身分である。余り大きな顔で休暇を要求できない立場にあった。

列車の乗車券も購入し、用意万端調って、いよいよ明後日の夜出発という時になってから、魚津は初めて、休暇のことを言うために常盤大作の机の前に立った。

「支社長、休暇のことですが」

単刀直入に魚津は切り出した。

「五日間程、休暇をいただいていいでしょうか。固めていただくのはどうかと思うんですが」

「五日間、それでいいかい」

常盤は書類から眼を上げると、少しも動じないで言った。

「多分いいと思いますが、あるいは六日になるかも知れません」

魚津は言った。ちょっとずうずうしいとは思ったが、五日で帰れるはずのものではなかった。

「六日にね」

常盤の表情には何の変化もなかった。

「はあ、七日には多分ならんと思います」

魚津は言ってみた。すると、常盤はぎろりと眼を光らせた。眠れる獅子《しし》が目を覚ましたといった、そんな感じだった。

「七日にならんとも限らんということだね」

常盤の声は幾らか大きかった。

「七日間と言えば一週間だ。一カ月の四分の一だね。それにしても一体どこへ行く？山へ行くことは僕は不賛成だが」

「山へは行きません」

魚津は言った。嘘《うそ》を言うことはめったになかったが、ふしぎにこの時は力をこめて山行きを否定した。

「どこか静かな田舎へ行って、山登りの本を書きたいんです」

登山の書物を書けという依頼のあったことだけは本当の話であった。

「ふうむ。柄にもないことを企《たくら》んだものだな。しかし、それはいいだろう」

「明後日の晩東京を発ちたいと思いますから、十一日から休ませていただきます」

魚津が言うと、

「休みをとるのはいいが、少し早過ぎるじゃないか。もうちょっとあとにできないかね」

「それが、切符を先刻買って来たんです」

すると、常盤は体をのり出すようにして、

「どれ、見せてみたまえ。松本行じゃあるまいね」

魚津は上着の内ポケットから乗車券を取り出すと、それを常盤の机の上に置いた。常盤はそれにちらっと眼を当てたが、

「岐阜か」

と言ったままで、それに対しては何とも反応を示さなかった。常盤は、山と言えば新宿から松本へ出て、上高地から穂高へ登るものとばかり思い込んでいるらしかった。

「岐阜か、岐阜というところには僕もちょっとした関係を持っている。そこの酒造家の娘が僕と結婚をしたがった。大変な美人だった。どうしても、僕でなければならんと言うんだ。これには弱ったね。相手が美人でなければいいが、あいにくすごい美人なんだ。美人というものに追い廻《まわ》された経験は君などにはないだろうが、これは当事者になってみると、なかなか大変なものだ」

いつか常盤の声は大きくなっていたので、二、三カ所からくすりと笑う声が聞えた。

「勿体《もったい》ないですね。結婚なさったらよかったじゃないですか」

「そうはいかん。その時はすでに女房と婚約していた。この方は初めから熱はなかったが、しかし、約束してあったからね。女房はいまでもそのことを感謝している」

ここでぴたりと語調を変えると、

「岐阜へは行って来給《きたま》え。休暇は五日。六日目には社へ出てもらいたい」

鶴《つる》の一声で、休暇は五日となった。

出発の日、魚津は七時にアパートを出た。列車は十一時の急行だったが、その前に、八時に有楽町でかおると会って、夕食を一緒に摂《と》る約束だった。

荷物はできるだけ切りつめた。着替えや直接登攀に必要ないものは、全部かおるに徳沢へ持って来てもらうことにして、それはそれで別に風呂敷《ふろしき》包みにした。魚津自身が持って行くものは小さいザックとピッケルだけである。ザックは滝の下をくぐる場合を予想して、ゴムで防水した内袋のあるものを選んだ。

ザックの中には、洗面具のほかは、毛のシャツ上下、地図、磁石、飯盒《はんごう》、水筒。それに二十メートルのザイル、ハンマー、マウエル・ハーケン二本。

魚津が有楽町で電車を降り、中央口から出ると、すぐかおるは近よって来た。

「まあ、大変な格好ですわね」

登山姿は山では何でもなかったが、都会の雑沓《ざっとう》の中では、ものものしく目立って見えた。

魚津は風呂敷包みの方をかおるに渡し、

「こんな格好で平気で食事のできるのは、この辺では一軒しかないんですよ」

そう言いながら駅の近くの食物屋街の狭い通りへはいり、そこの真ん中頃にある店へはいって行った。

おでんの鍋《なべ》を囲むようにして席が造られてあり、三、四人の客の姿が見えたが、魚津はその背の方を廻って、突き当りの上がり口で靴を脱ぎ、横手の階段を二階へ上がって行った。かおるもそのあとに随《したが》った。

魚津はいつも山へ行く時は、先に栄養を摂っておくような気持で、銀座の浜岸で御馳《ごち》走《そう》を食べることにしていたが、今日は浜岸を敬遠した。いつか浜岸へ常盤を連れて行って以来、時々常盤が一人で出掛けて行く様子なので、万一彼とぶつかっては大変なことになると思った。

二階は六畳間と四畳半の二部屋があり、どちらもこの店の中年者の夫婦と二人の女中の寝室兼居間になっているが、時と場合によっては遠慮の要らない常連の客たちをここに通していた。

通りに面した六畳の部屋には、小さい鏡台と茶簞笥《ちゃだんす》があり、どうしても客間といった感じではなかったが、それでも卓が一つ置かれてあった。かおるはこういう場所へ来たのは初めてなので、落着かない様子で窓際《まどぎわ》に立っていたが、若い女中がビールと枝豆を持ってはいって来ると、卓を隔てて魚津と対《む》い合《か》って坐《すわ》った。

「却《かえ》って、こういうところがいいでしょう」

「はあ」

「僕たちが家を持つと、さし当りこのくらいの部屋でしょう」

かおるは、女中が傍に居るので、少しつんとした表情で改めて部屋を見廻した。電車が通る度に家は揺れていた。

かおるはビールをコップに二杯飲んだ。一杯目の時はなんでもなかったが、二杯目を半分ほど飲むと、顔は真赤になった。

魚津には今夜のかおるはひどく無口に見えた。この前は勇敢にいろいろの言葉を口から出したが、今夜はその同じかおるとは思われなかった。

「少し沈んで見えますね。気分でも悪いんじゃないでしょうね」

と、魚津が訊《き》くと、

「いいえ」

その時だけ、必死といった表情でかおるは首を横に振って、

「わたし、とってもいま仕合せですのよ。人間、仕合せな時には、黙ってじっと静かにしていたいということを、今夜初めて知りました」

そんなことを言った。魚津はこの時、自分はこの可憐《かれん》な美しい生きものを愛すだろう。愛さなければならぬだろうと思った。

焼ブタと、おでんと、とろろといったそんな雑多な料理で、二人は言葉少なく箸《はし》を動

かした。かおるは幸福で無口になり、魚津は幸福になることを誓う思いで無口になっていた。

二人は十時半を過ぎると、卓の前から立ち上がった。立ち上がった時、かおるは体を少し引くようにして、二本の手だけを握手を求めるように魚津の方へ差し出した。魚津は求められるままに、自分もまた両の腕を伸ばし、相手のやわらかな細い手を握った。

「十三日に徳沢小屋で待っておりますわ。元気で降りてらしって！　その時はどんなに嬉《うれ》しいでしょう。わたし、新調のお洋服着ておりますわ。少し派手なのでおいやに思われるかしら」

そう言うと、階段の音に怯《おび》えたように、かおるは手を引込め、

「さ、参りましょう、おくれたら大変！」

と言った。それを合図に魚津は部屋の隅に置いてあったザックを取り上げた。

二人は有楽町からタクシーで東京駅へ向った。

ホームにはすでに列車がはいっていた。二人は列車の前よりについている三等寝台の車輛《しゃりょう》の方へ歩いて行った。

魚津は車内へはいって行くと、直《す》ぐまたホームへ降りて来た。ここでまたかおるは魚津の方へ両手を伸ばした。魚津にはこんどのかおるの仕種《しぐさ》は少し大胆に見えた。二人の周囲には乗客や見送りの人々が大勢いた。

魚津は、彼もまた強いられた大胆さでかおるの両の手を自分の二つの手の中へおさめた。そしてこんどは二人は何も言わないで手をはなした。

発車の時、魚津は車窓から顔を出した。かおるはホームを暫《しばら》く列車と一緒に歩き、

「では、十三日にね」

と言うと、足を停め、右手を上げて、魚津の方に烈しく手を振った。

魚津は古川駅からバスで栃尾に出た。栃尾から三時間歩いて、蒲田《がまだ》川《がわ》に沿った山間《やまあい》の一軒家である新穂高温泉に到着したのは十一日の暮方だった。川べりに湧《わ》いている温泉に体を浸し、その晩はすぐ床にはいった。泊客は魚津以外誰もいなかった。

翌日魚津は五時に目を覚ました。渓流の音に混って何種かの鳥の鳴声が聞えてくる。直ぐ床を離れて、建物の外に出て、冷たい蒲田川の流れで洗顔した。そして大急ぎで朝食をすませ、支度をして、土間に降り立って靴の紐《ひも》をしめる。五時五十分である。

ザックを肩にかけた時、この宿の主人が顔を出した。滝谷を最初に藤木九三氏と一緒に登った人で当時は壮年であったが、いまはもう六十歳近くなっている。かつての精悍《せいかん》な山案内人は、多くの山案内人がそうであるように、いまは苦渋に満ちた表情と二つの優しい小さい眼を持っている。

「気を付けて行って下さいよ。魚津さんは三度目だから心配あるまいが」

その主人の声に送られて、魚津は戸外に出た。空は気持よく晴れている。ここから雄滝、雌滝の下の出合《であい》まで、だらだらの登り四時間の行程だが、魚津は今日は三時間で歩くつもりであった。

蒲田川に沿って、左岸の樹林地帯の道を行く。考えてみると、小坂の事件があってから最初の山行きである。いつかあれから半年の日が流れている。小坂が生きているなら当然二人で行くところだが、こんどは単独行である。

出合に到着、ザックを肩からおろして、ひと休みする。九時である。煙草《たばこ》を一本のみ、直ぐまた立ち上がる。

こんどは流れの右に沿って進む。急な傾斜のガラ場が続く。暫くすると雪渓になる。ところどころにクレバスが口を開けている。いつ陥没するか判《わか》らぬ雪渓の上を不安な気持で歩いて行く。雪渓の下を流れている川の音が不気味に聞えている。

出合からピッチを早め三十分程で雄滝の下に辿《たど》りつく。六十メートル程の滝がいっきに落ちていて壮観である。水量はかなり多い。滝の前面には雪渓がアーチ型のスノー・ブリッジを架けている。

ここで滝のごうごうたる響きに包まれながら、小休止を取る。昼食を摂るつもりだったが、食慾《しょくよく》がないので、水筒につめてきたココアを一口飲み、あとは煙草一本。

雄滝の征服には、この前の二回の経験では一時間は充分かかるものとみなければならぬ。この前と同様に初め左の雌滝側から取り付いて、雄滝の右岸を登るべきだと思う。ダケカンバが岩壁を覆《おお》っているが、しかし、あまり信頼はできないだろう。

魚津は腰を上げて、ちょっとの間、これから登攀《とうはん》する水に濡《ぬ》れ光った大岩壁の肌を見上げて立っていた。いつも仕事にかかる前、じいんと痺《しび》れるような興奮が体全体を押し包んで来て多少饒舌《じょうぜつ》になるが、今日の魚津には話相手がなかった。最後の煙草の煙りをゆっくりと吸い込む。

時計を見ると九時四十分である。魚津は注意しながら、岩と雪渓のシュルンドの間に体を落して行った。そして危険な作業の果に、やっとのことで向う側の岩壁に取り付く。そしてあとは、ゆっくりと、足場を求めて攀《よ》じ登って行った。

二十分程すると、魚津は全身びしょ濡れになってしまった。苔《こけ》つきのスラブ（一枚岩）にナナカマドが根を張っているが、引張るとすぐ抜けて来て頼りにはならない。苔も一尺四方ぐらいの大きさで剝《は》がれて来る。

雄滝のしぶきが終始雨のように降りかかっている。何よりも雪を溶かした水の冷たさが、半ば流れの中に身をさらして、流れの中に手を浸している魚津にはやりきれなかった。
三、四十メートル程の水の流れている岩壁を攀じ登ると、小さいテラスへ出た。やれやれといった思いで、そこでひと休みする。丁度雄滝の岩肌の中腹である。しかし、長く休んではいることができなかった。全身が氷のように冷たい。

魚津は再び登り始めた。あとは右にトラバース（横断）ぎみに大きなダケカンバに頼って登って行く。そして三十分後にようやくにして雄滝の上に出る。

出たところは胸を没するぐらいの草つきの場所で、やや平坦《へいたん》になっている。一段落ついた思いでほっとする。予定通り十時四十分である。しかし、次の滑滝の状態が心配になり、のんきに休んではいられなかった。魚津はここで草鞋《わらじ》に履きかえ、ベルトにカラビナをかけ、それにハーケンを三本通し、ハンマーを肩にかけた。

草付《くさつき》から沢へ降り立つと、雪が沢全体を埋めている。谷筋はますます狭くなり、仰ぐと、雪渓はカーブを描きながら上に伸びている。

雪渓を二十分ほど歩く。やがて滑滝の下に出る。滑滝は幾つかの滝が続いている感じで、むしろ滝というより、流れが急傾斜の岩壁の肌をすごい勢いで走り落ちていると言った方がいい。両岸の岩は黒く、水は白煙をあげて走っている。小さい黒い蝶《ちょう》が無数に沢筋一面に飛んでいる。おびただしい数である。

魚津はここでひと休みしながら作戦を練った。この滝は上部で左にカーブしており、最後の二十メートル程の傾斜が急で一番の難場をなしている。しかも岩質はもろい。魚津は三年前の八月小坂と一緒に登ったことがあるので、最後の急傾斜を征服しさえすれば急に前方が明るくなることを知っている。狭い谷はそこで終り、合流点はそこからもう一息のところにある。

魚津は十分程休んで立ち上がった。初め滝の右岸を三分の一ほど高巻きする作戦をとり、沢身に降り立つ。

沢身に降り立った時、魚津はふと赤さびたハーケンが水際に落ちているのを発見した。拾い上げて手に取ってみる。型の大きいところからみると随分古いものである。

魚津はしぶきを浴びながら再び沢沿いに上がった。暫くすると、魚津は全然手懸りがなく二進《にっち》も三進《さっち》もできない場所に行き当った。滝の中段である。ここで彼もまた一本新しいハーケンを打ち、それを足場にして登った。この前困難した最後の二十メートル程の急斜面を征服し、滑滝の上に出たのはきっかり十二時である。

滑滝の上に出ると、ここで自然の表情は一変する。視野は大きく開け、雪に覆われた台地が前方に扇状に拡《ひろ》がっている。これで一応困難な場所は終り、これからあと踏み込んで行くところは危険な地帯である。

魚津は合流点で初めて大休止を取った。握飯一個と牛缶、小さい桃の缶詰、ココア一杯、それから煙草を一本。

時計の針が一時を示した時、魚津は腰を上げた。草鞋を脱ぎ、靴に履きかえる。これからD沢をつめるわけである。第四尾根の末端が猫の尻尾《しっぽ》のように曲って伸びている、その右側のガラ場を登って行く。

ガラ場を一時間余り登り、再び雪渓になるところで、魚津はひと息入れた。あたりに淡くガスが流れ始めている。まだ先きが長いので急いだ方が安全である。雪渓を越すのに一時間はかかると見なければならぬ。

最初の二十分程、魚津は雪渓に沿った左側のガラ場を歩いて行った。やがてガラ場は尽きて、雪渓しか歩けなくなった。ここでまたひと息入れる。二時四十分である。ガスは流れたり、切れたりしている。急がなければならない。

雪渓の雪は固く凍っている。魚津は何も考えず足を動かしている。人っ子一人居ない裏穂高の山中を、魚津はいま一人で漸《よう》く《や》この頃になって重くなりかけた足を運んでいる。

雪渓を登りつめる。三時三十分である。ガスは先刻よりずっと濃くなっている。魚津は休憩をとらずに、雪渓の行きづまりを右手に上り、そこをまた登る。やがて登りつめると、行手にルンゼが開けて来た。

ここでまた谷の様相は一変する。魚津は腰をおろさないで、これから自分が登って行く最後のコースであるD沢の長い不機嫌な姿態に眼を投げていた。

ガスは相変らず流れたり、切れたりしている。ガスが切れると、右手に迫っている涸沢岳の西尾根と、左手に迫っている第五尾根の、何とも言えない気難しい表情の山容が、少し青味を帯びた色彩で聳《そび》え立っているのが見える。これから踏み込もうとするD沢はこの二つの、それぞれ岩石を積み上げたような巨大な岩山の間に、細く狭く伸びているのである。

D沢をつめるのに一時間半はみなければならぬ。魚津はここで煙草を二本喫《の》んだ。そしてザックを肩にして、二本目の煙草の吸殻を棄《す》てて、靴でそれを踏んだ時、この日最初の落石の音が、無気味に魚津の耳にはいって来た。

魚津は大きな石がごろごろしている狭いルンゼを歩き始めた。間もなく、また遠くの落石の音が魚津の耳にはいって来た。右手の涸沢岳の西尾根の斜面を石が転げ落ちているのである。

落石の音は、ちょっと形容できない独特な音である。自分の身に危険のない場合は、山にこだまするカラ、カラ、カラという音は一種異様な明るさを持った透明な音であるが、自分自身がその危険地帯にある時は堪《たま》らなく暗い厭《いや》な音である。

落石の音は続いてまた聞えた。

ガスはかなり深くなっている。自分の足許《あしもと》は見えるが、一、二間先きになると全く視野は鎖《とざ》されている。魚津は石を一つ二つ拾って歩いている。ひどく歩きにくい。

二十分ほど歩いた時、魚津はぎょっとして足を停めた。地鳴りのような重苦しい音が聞えて来たと思うと、やがてそれは地軸でも揺り動かすように轟然《ごうぜん》たる音に変った。それは一つや二つの石の落ちる音ではなかった。ガスのために見通しは利《き》かないが、さほど遠いところではない。この時、魚津を初めて大きな不安が見舞った。

魚津はまた歩き出した。

もう当分ガスは晴れそうもなかった。魚津はガスの中を、足許の石ばかりを見詰めて歩いた。相変らず時折遠くで落石の音が聞えていたが、しかし、魚津の足を停めさせるほどの大きいものはなかった。

更に十分ほど歩いた時、魚津はまたその場に立ちすくんだ。かなり近くで落石の音が連続的に起ったからである。音の方向は前方とも後方とも判らない。何十もの大きな石が次から次へと際限なく落ちている感じである。

やがて、その厭な音は停まったが、魚津はそのままその場に立ち尽していた。この分で行くと、いつ大きな落石に見舞われないとも限らない。ここは一時間半の行程の沢である。歩き出してから四十分は経《た》っていないからまだ半分は来ていないはずである。この危険地帯から身をひくには、ここから引き返す方が早い。

しかし、魚津はこの時、ふとかおるのことを思い出した。かおるは今頃上高地へ着いたか、あるいは上高地から徳沢小屋への樹林地帯を一人で歩いているのではないか。丁度そんな時刻である。かおるのことを思うと、魚津は歩き出した。ふしぎに魚津は大胆に勇敢になった。かおるも歩いている。自分も歩かなければならぬ。そんな気持であった。

足許の石は、大きいのや小さいのが入り混っていて、一つの石から他の石へと足を運ぶのがひどく困難であった。石はどの石も、足を載せる度に魚津の体重でぐらぐらと動いた。

魚津は歩いた。絶えず遠く近くに小さい落石の音を聞きながら歩いた。前方のガスの中に、かおるの痩身《そうしん》が、すっくと立って自分の方を向いているような気がした。かおるが見守っていてくれる。――そんな気持で魚津はひたすら足を交互に運び続けた。

魚津はいつか夜の闇《やみ》の中を一人で歩いているような気持になっていた。しかし、足許の石の白さが見えることだけが、夜とは違っていた。

魚津はまた何度目かに、ぎょっとして立ち停まった。こんどはこれまでの二回のような夥《おびただ》しい石の転落する音ではなかったが、ひどく近いところを小さい石が落ちて来る音であった。音はまたたく間に大きくなり、あたかもそれは魚津をめがけて落ちて来るかのようであった。やがて二十メートル程先きで石が沢に突き当る音がした。

魚津は身を固くしていた。そしてそこに突立ったまま、これ以上進んでは危いと思った。

魚津は方向を変え、いきなりもと来た道を引き返し出した。そして歩きながら、いま自分が後退していることを思った時、なぜか後退してはいけないという思いが突然魚津の心の一部に頭をもたげて来た。

魚津は立ち停まった。自分がここから戻って行くことは、なぜか八代美那子のもとへ返って行くことを意味しているような気がした。ここから引返すそのことには、危険地帯から身を引くという以外、何の意味もあろうはずはなかったが、しかし、いまの魚津にはそうは思われなかった。

ガスの流れの中に魚津は立ちつくしていた。後方には美那子がいる。前方にはかおるがいる。そう魚津は思った。そう思うと、実際、そのように魚津には信じられて来た。前へ進むべきだ。進まなければならぬと魚津は思った。自分はかおるのところへ行かなければならぬ。美那子の幻影を払いすてるために、自分はこの困難な危険の多い山行きを思い立ったのではないか。

それに後退しようと、前進しようと、落石の危険は同じことである。

魚津は鼻をくんくんさせた。この時気付いたのだが、ガスの中を硝煙臭い匂《にお》いが流れている。大きい山崩れのあと、その地帯に長いこと匂っているあの一種独特な焦《こ》げ臭い臭気である。

魚津は再び向きを変えて、前へ歩き出した。かおるが待っている。かおるのところへ一刻も早く行ってやらなければならぬ。

魚津は五分程歩いた。もう後退することは考えなかった。

突如大きい地鳴りの音がどこからともなく聞えて来た。それははてしなく遠いところから、次第に高く盛り上って、津波のようにこちらに襲いかかって来るかのようであった。大きい石なだれの前触れの、無数の小さい石の転落が魚津の歩いている直ぐ右手の山の斜面に起った。

雨のように小石が魚津の周囲に落ちて来た。かおる！　魚津は叫んだ。そのかおるに近付くために、そのかおるの方へと魚津は駈《か》けた。駈けたと思ったが、そう思っただけで、実際には駈けているわけではなかった。小石の雨の中を、轟然たる大落石の音を近くに感じながら、魚津はこの時、重い足をむしろのろのろと動かしていた。

＊

十二日の朝、かおるは午前八時十分の新宿発の松本行準急に乗った。上高地から徳沢小屋まで、梓川《あずさがわ》に沿った二里程の道を歩くだけで、山に登るわけではなかったので、特に登山の支度はしなかった。

黒のスラックスに白いシャツ、それにキャラバン・シューズを履き、リュックサックを持った。

リュックサックの中には、魚津から預った魚津の着替えの衣類と、自分の、こんど新調したワンピース、薄い毛糸のセーター、サンダルシューズ。あとは食料品をたくさん詰め込んだ。

松本から電車で島々《しましま》へ、島々からバスで上高地へ向った。この道はかおるにとっては三回目であった。最初は兄の乙彦の遭難の報を受けて急行した時で、その時はバスは沢渡《さわんど》までしか行かなかったので、沢渡の西岡屋に泊って、毎日のように降り積む雪を見ながら、不安な数日を送ったものであった。この時の旅は暗い悲しいものであった。しかし、魚津と初めて会ったのは、この時であった。かおるは、兄が自分に魚津を引き合せてくれたような気がしてならなかった。

二度目は兄の遺体の捜索に魚津と一緒に出掛けた時である。この時は徳沢小屋に何日か泊った。深夜森林の中で兄の遺体を焼いた炎の色を見詰めながら、自分は魚津と結婚することを決心したのであった。

そして、こんどは三度目である。世の中の誰もが知らない魚津との約束を果すために、自分はいまバスに乗っているのである。

バスが上高地の河童橋《かっぱ》のところへ到着したのは四時半であった。

かおるはリュックサックを背負うと、直《す》ぐ徳沢を目指して歩き出した。バスから降りた乗客はみな五千尺旅館の売店へはいるか、その付近でひと休みしたが、かおるだけは直ぐ歩き出した。

かおるは一刻も早く徳沢小屋へ着きたかった。順調に行っても、魚津は今日滝谷を登攀し、穂高小屋に泊る予定で、徳沢小屋にやって来ようはずのものではなかったが、それでもやがて魚津の現われる場所へ、かおるは一刻も早く着いていたい気持だった。

梓川は、この前の春の時とは少し異った感じだった。梅雨がまだ上がり切らず、雨が多いためか、水量はずっと多く、少し濁った水が狭くなった磧《かわら》を洗って滔々《とうとう》と流れている。

かおるは、この前冬眠から覚めたおびただしい蛙《かえる》の群れを見た池の傍を通る時、注意してあたりを見廻《みまわ》したが、どこへ行ったのか、いまはその一匹をも見出《みいだ》すことはできなかった。

梓川に沿った道を歩いて行くと、対岸の緑が美しかった。ケショウヤナギの緑はもくもくと盛り上がっている感じで、ハンの木の緑はそれに較《くら》べると、ずっと浅かった。ケショウヤナギもハンの木も、どちらもこの前、魚津から教わったものだった。

そろそろあたりが暗くなり始めた七時頃、かおるは徳沢小屋に着いた。登山の時期に少し早いためか、泊り客は少ないらしく、小屋の内部は閑散としていた。

「いらっしゃい」

Sさんがすぐ奥から例の人のいい顔を出した。そしてかおるの他に誰もはいって来ないのを見ると、

「ひとりですか」

と、不審そうな顔をして言った。

「一人で参りました」

そんな風にかおるは言った。魚津とここで会うことになっているということは、今までそのことを何とも思っていなかったが、いざ徳沢小屋にやって来てみると、妙に口から出しにくかった。

かおるはこの前いろいろ厄介になった礼を述べ、東京で買って来た土産ものを出し、すぐ二階の一番奥の部屋へ案内してもらった。

ランプに灯がはいると、かおるはようやく都会から遠く離れた場所へやって来た気持になった。窓の外には夜の深い闇が立ち籠《こめ》ており、物音ひとつ聞えない気の遠くなるほどの夜の静けさであった。足は脹脛《ふくらはぎ》のところが幾らか疲れている。

すぐ風呂《ふろ》にはいり、Sさんの親戚《しんせき》の者だという娘さんの持って来てくれた食卓に向った。蕨《わらび》を煮たのが美味《おい》しかった。

かおるは夕食後、日記をつけると、直ぐ床にはいった。魚津と会える明日という日が早く来るためには、早く眠るに限ると思った。

暁方《あけがた》四時に眼覚めた。戸外は明るくなっており、二、三種類の小鳥が鳴いている。その一つはキョ、チョッチョッ、キョ、チョッ、チョッレイと聞える。

かおるは、いま頃魚津は穂高小屋に眠っているのであろうと思った。もちろん穂高小屋というところがいかなるところか想像はできなかったが、この徳沢小屋などとは違った本当の高山の頂に建っている山小屋であろうと思った。そこで魚津は登山の服装のまままで、顔を上に向けて健やかな寝息を立てているであろう。そんな魚津の寝姿を眼に浮かべていると、かおるはいつまでも倦《あ》きなかった。

五時半に、かおるは床を離れ、小屋の横手の小川で洗面するために階下へ降りて行った。建物を出たところで、いま起きたばかりらしい娘さんと顔を合せた。かおるはキョ、チョッチョッ、キョ、チョッ、チョッレイと鳴く鳥が何であるかたずねてみた。

「ほら、聞えるでしょう、ね」

娘さんはちょっと耳を傾けるようにしていたが、

「ああ、チロリン、チロリン、リンリンリンですか」

と言った。なるほどそう言われてみると、そう聞える。そして、かおるはそれがミヤマという鳥であることを教えてもらった。ミヤマのほかにシジュウカラも鳴いていた。この方はチイ、チイ、チイ、とやかましく鳴き立てている。

小川の水は手が凍るほど冷たかった。顔を洗い終えて、真正面に明神岳が、青く晴れ渡った空にくっきりと浮かび上がっているのを見ている時、突然、かおるの頭の中に一つの新しい考えが浮かんで来た。それは魚津の来るまでここにこうして待っているより、いっそう魚津を途中まで迎えに出掛けて行ってみようかという考えであった。

かおるは朝食をすますと、階下へ降りて行って、Sさんに涸沢《からさわ》へ行ってみたいが一人で行けるだろうかと訊《き》いてみた。魚津のことは話さなかった。

「さあね」

Sさんははっきりした返事をしなかった。この場合に限らず、山のこととなると、いつもSさんは考え深そうな表情をして、はっきりした返事をしないのが常である。そして大分経ってから、

「ボッカ（荷物運搬人）の幸さんが、今朝横尾から降りて来るはずだから、幸さんが来たら頼んで、一緒に行ってもらうんですな」

と言った。幸さんは荷物の運搬をしたり、山の案内をしたりしている五十五、六歳の人物で、昨日ここから二里程奥の横尾の小屋に材木を運んで行ったが、今朝降りて来るはずになっているということだった。

「一体、涸沢までは一本道なんでしょうか」

かおるは訊いてみた。魚津と行き違いになるようなことがあったら大変だと思ったからである。

「一本道というわけではないが、まあ、特別の事情がない限り、ここと涸沢の往復の道はきまってますよ」

「向うから来る人と行き違いになるようなことはないでしょうね」

「だれか来なさるか」

Sさんは訊いた。

「もしかしたら、知っている人が今日涸沢から降りて来るかも知れないんです」

かおるは答えた。こんどもまた魚津の名を口から出すことはできなかった。

「まあ、めったに行き違いになることはないでしょう。折角ここまで来なさったんだから涸沢へ行って来るのもいいでしょう。今夜涸沢のヒュッテに泊って、明日降りて来なされ」

それからSさんは立ち上がって土間へ降り、戸外へ出て行ったが、すぐ戻って来ると、

「天気は大丈夫でしょうが、でも、ひょっとすると午後は雨になるかも知れない。ゆうべ、月が暈《かさ》をかぶっていた」

Sさんはそんなことを言ったが、かおるには午後雨が来ようとは思われなかった。空は青く澄み渡っているし、朝の陽が細かい光の粒子を小屋の前の広庭一面に美しく降り注いでいる。

かおるが二階へ引き上げて、涸沢行きの支度を整えていると、ボッカの幸さんがやって来たと、娘さんが報《しら》せて来た。

かおるが幸さんと徳沢小屋を出たのは八時五十分だった。

秋晴れのような上天気で、明神岳の頂きからは白い雲が湧《わ》き起っている。幸さんは五

十六歳だというが、とてもそんな年齢には見えなかった。まだ青年のような艶々《つやつや》した皮膚を持ち、体付きは痩《や》せているが、それだけにいかにも軽そうで、幾ら歩いても疲れというものを知らなそうだった。

十五分ほど、樹林地帯を歩いて、新村橋のところへ出る。ここまでは兄の遺体捜索の時通った道である。その時は新村橋を渡って対岸へ出たが、今日は橋は渡らないで、梓川の左岸に沿ってどこまでも上流に溯《さかのぼ》って行くのである。

前穂の頂きの一部が見え、橋の下には梓川の流れが淙々《そうそう》と音立てて流れている。昨日は濁っていたが、今日は川の水はきれいに澄んでいて、河底の小石の一つ一つがはっきりとその形を見せている。対岸の山裾《やますそ》一帯は夏の木々の濃い緑の茂りで包まれている。

新村橋からなおしばらく樹林地帯を歩き、そこを脱《ぬ》けて河岸の押出しに出る。一面の石の原である。ここで小休止。

「疲れないうちに、度々休んだ方がいいですよ」

幸さんは言って、かおるにようやく前面に近く迫って来た山を説明した。ここからは前穂の全貌《ぜんぼう》が見え、明神岳はすでに後方に去って、その一部だけを覗《のぞ》かせている。対岸の山の襞々《ひだひだ》には雪渓が白い裾を長く曳《ひ》いている。

ここから暫《しば》らく断崖《だんがい》の横腹に造られてある桟道《さんどう》を通る。そしてそこを脱けて再び磧に出ると、前穂のほかに北尾根の末端が前面に見えて来た。ここでまた小休止。かおるは果物の缶詰を一個流れの水で冷やし、それをあけて、幸さんと半分ずつ食べた。

ここから二十分ほど歩いて横尾の出合に出る。広い磧でまた休憩。十時二十分である。

更に三十分、樹林地帯を歩く。いつか梓川は岩を嚙《か》んで走り流れる渓流に変り、対岸には屛風《びょうぶ》岩の大岩壁がすっかりその偉容を現わしている。

更に三十分で本谷の出合に到着。大きな石がごろごろしている磧で、すぐ眼の前にそそり立っている裏屛風の岩壁を仰ぎながら食事をとる。

幸さんの話だと、これから涸沢まで、かなり急な登りで、自分一人なら一時間半ぐらいで登れるが、かおるの足では三時間はかかるだろうということだった。かおるはその三時間のうちに、おそらく上から降りて来る魚津と会えるだろうと思った。道の途中でばったり顔を合せたら、魚津はどんなに驚くことだろう。

十二時三十分に出発。川を渡ると、すぐ道は登りになる。かおるはなるほどこれは堪《たま》らないと思った。石のごろごろした急傾斜の道がどこまでも続いている。

リュックサックは幸さんに持ってもらってあり、かおるはから身だったが、二、三分歩くとすぐ息が切れて来た。そんなかおるを労《いたわ》るように、幸さんは少し登っては休み、また少し登っては足を停めた。

細い道はどこまでも山の斜面を、上へ上へと伸びていた。右側は断崖をなしており、その遥《はる》か下に本谷が荒涼とした感じで、河床を露出して長い身を横たえている。

幸さんは、几帳面《きちょうめん》に五分ごとに足を停めては、その度にキヌガサ草だとか、蕨だとか、足許《あしもと》の小さい植物をかおるに示した。山桜が新芽を出している。都会は夏だというのに、ここはまだ春の初めである。

小休止を取る度に、かおるは魚津のことを思った。昨夜予定通り穂高小屋に泊ったとすれば、午前中に涸沢に降り、そこでたっぷり休憩をとったとしても、もうこの辺へ降りて来ていいはずである。

丁度出合を出て一時間半ばかり登った時、かおるは急に魚津のことを口に出さずにはいられない気持に襲われた。それは不安な気持ではなかったが、口に出さないでいると、いつまでも魚津に会えないのではないかといった、一種名状し難い焦燥感であった。

「魚津さんという山へ登る人を知っていませんか」

かおるは、小休止を取った時、こう幸さんに訊《き》いてみた。

「魚津さんって、魚津恭太さんですか」

すぐ幸さんは訊き返して来た。

「そうです。ご存じですのね」

「そりゃ、知ってますよ。小坂さんの事件の時、私は盲腸やっていてお手伝いしなかったが、魚津さんとも小坂さんともよく知ってます。小坂さんもいい人でしたが、惜しいことをしました。魚津さんには去年の春以来会っていないので、会いたいですよ」

「今日会えますわ。きっと」

「ほんとですか」

「ゆうべ穂高小屋へ泊って、今日、徳沢へ降りることになってますの。わたし、魚津さんをお迎えに来ましたのよ」

「へえ、魚津さんを！」

「それにしても、遅いんじゃないでしょうか、少し」

かおるが言うと、幸さんはそれは受け付けないで、

「そうですか、魚津さんに会えるんですか。そりゃあ有難いですね」

「もう、ここらでぶつかっていいと思うんですけど」

「涸沢小屋で待ってなさるんでしょう」

「でも、わたしが涸沢へ行くことは知ってませんもの」

「それじゃあ、涸沢のヒュッテで駄弁《だべ》ってでもいるんでしょう。昼寝でもしてるかも知れませんよ。あの人のことだから」

その幸さんの言葉で、何となくかおるは安心した。本当に、魚津は昼寝でもしているのかも知れないと思った。

かおるはスキーではかなりの山へ登っていたが、こうした本当の山登りは初めてだった。もうあと半時間ほどで涸沢へ着くというあたりから、疲労が重くかおるの全身を襲

って来た。

「雨が来ますよ。涸沢のヒュッテまでもてばいいが」

幸さんが言ったので、空を仰ぐと、なるほどいつか空は一面に暗くなっており、山の斜面を埋めている雑木が風に揺らいでいる。

涸沢のヒュッテの建物の一部が行手の丘の上に見え始めた時、細かい雨の最初の一滴がかおるの頬に冷たく触れた。

ヒュッテはすぐそこに見えたが、それから道は最後の急坂になり、やがて沢一面を雪が埋めているところへ出、そこを越すとガラ場が続いた。かおるは細雨に濡《ぬ》れながら、何回も休んでは登った。

涸沢のヒュッテの前に辿《たど》り着いた時、時計を見ると、丁度三時であった。

ヒュッテは、北穂、奥穂、前穂のきびしい山々に取り囲まれた盆地の、丁度その真ん中に建っていた。山々はどれも雪渓の白い裳裾《もすそ》を長く重くひいていた。

かおるは極く短い時間、その峻厳《しゅんげん》な穂高連峰に見惚《みと》れたが、魚津のことが気になっているので、すぐヒュッテの扉を開けて、内部へはいって行った。入口は土間になっていて、そこにあるストーブを囲むようにして、四、五人の若い登山者たちが椅子《いす》に腰を降ろしていた。

このヒュッテの番人の六十年配の甚さんが、

「いらっしゃい」

と、無表情な顔をかおるの方へ向けた。頭に毛糸の正ちゃん帽を載せた小柄な人物である。

かおるは内部を見廻して、魚津の姿の見えないのを知ると、

「魚津さんは？」

と訊いた。

「魚津さん！　魚津さんは来なさることになってるのか」

甚さんは言った。

「今日穂高小屋からここへ降りて来ることになってるんです」

「ほう。まだ見えませんじゃ」

「午前中に降りて来るはずなんですが。ここへ寄らなかったでしょうか」

「そんなことは考えられんよ。——降りて来れば必ず寄りますよ」

「でも」

かおるは急に不安な思いに閉ざされた。

そこへ洗顔したのか、手拭《てぬぐい》で顔をふきながら幸さんがはいって来て、

「なあに、心配するにはあたりませんよ。ここに待っててみましょう。いまに降りて来ますよ」

そんな幸さんの言い方が、かおるには不服だった。かおるは甚さんが盆に載せて運んで来た番茶の茶碗《ちゃわん》を受け取ると、それを一口飲んでから、

「いまから穂高小屋へ登れます？」

と訊いてみた。

「登れるには登れますが」

「何時間かかりますかしら」

「ゆっくり登って三時間ですか。――でも、今日はもう貴女《あなた》には無理ですよ」

幸さんは言った。かおるは急に雨の音が烈《はげ》しくなった戸外を、半ば不安な気持で窓越しに眺めていた。

かおるはストーブの傍を離れると、入口の扉を開けた。雨はかなりの烈しさで降っている。幸さんがかおるの背後へやって来て、

「雨はたいしたことないでしょうが、それにしても今日は無理ですよ。九時前から今まで歩きづめでしたから。――随分疲れたでしょう」

その幸さんの言葉には答えないで、

「おじさん、疲れました？」

と、逆にかおるは訊いた。

「私ですか。私は疲れませんよ。いつも十貫以上の荷物を背負って往復してますからね。

今日などはほんとの遊びです」

「じゃあ、穂高小屋まで連れて行って下さいません？」

かおるの言葉が真剣だったので、幸さんは驚いてかおるの顔を見守ったが、

「本当に行きたいんですか」

幸さんはしばらく黙っていたが、雨の中へ出て行って、空を仰いで、

「雨はすぐやむでしょう。雲が切れてる」

それからかおるのところへ戻って来ると、

「よし、じゃあ、行くとしますか。だが、相当疲れますよ」

「ええ、大丈夫です」

「いま何時です」

「三時半」

かおるは腕時計を見て言った。

「行くんなら、すぐ出発しましょう。そしてゆっくり登りましょう」

二人はすぐまたヒュッテの内部へはいった。

それから二十分ほど休憩し、かおると幸さんはヒュッテを出た。幸さんの言ったように、雨は殆《ほとん》どあがって、空の半分を青空が占めていた。

甚さんがおもてまで送って来た。

「帰りに泊んなされ」

「ええ、明日の晩、多分御厄介になるでしょう」

その言葉を残して、かおるは幸さんのあとに随《したが》って、ヒュッテのある台地から、その背後の広い雪渓の上へ降り立った。真向いに奥穂が聳《そび》え立ち、穂高小屋のある稜線《りようせん》が、少しそこだけ低くなって見えている。穂高連峰の大斜面の殆ど全部がまだ雪に覆《おお》われていて、ところどころに岩石の露出したガラ場が小さく黒く見えている。

かおるは幸さんの説明で、自分たちが少し北穂よりに迂回《うかい》して雪渓を上り、そこから方向を変えて、重太郎尾根と呼ばれているガラ場に取りつき、そこを真直《まっす》ぐに上に登って、もう一つ雪渓を横切って、穂高小屋へ辿り着くのだということを知った。ちょっと見ると、三時間もかかりそうには思えなかった。

幸さんはヒュッテの裏の雪渓を横切り、道が最初のガラ場にはいると、また二、三分ごとに足を停めた。かおるは気が張っているせいか、疲れは殆ど感じなかった。

「きれいでしょう」

幸さんは足を停める度に言った。かおるには初めて眼にする穂高の白くすさまじい姿が雄大には見えたが、美しくは見えなかった。大自然の中の人間がひどく小さく思われ、それがかおるのいま持っている不安を、刻々色濃いものにしつつあった。

最初のガラ場にはハイマツが多かった。そこから雪渓へ出て、そこを横切って重太郎尾根に取りつく。ここは岩石が積み重なっている場所で、かおるは幸さんの踏んだ岩をあとから間違いなく踏んで行った。すぐ息切れがしたが、幸さんは少し登っては休んだ。岩の上には背の低いダケカンバが生えており、岩と岩との間の僅《わず》かな土にはナナカマドやハンノキが新芽を出していた。

コバイケイ草、キバナシャクナゲ、ハクサンイチゲ、シナノキンバイ、ショウジョウバカマ——そんな小さい高山植物の名が次々に幸さんの口から洩《も》れた。かおるはどれがどれに相当するか知ろうとする気持もなく、小さい紫の花や、黄色の花に、ただちょっと眼を当てるだけで、息を切らしながら足を運んでいた。

「雷鳥ですよ」

幸さんがそう叫んだ時だけ、かおるは立ち停まって、その方を見た。半分黒く半分白い小さい鳥が岩から岩へ矢のように飛ぶのが見えた。

「岩ヒバリですよ」

次に幸さんが言った時は、かおるはその方へ眼を向けなかった。

重太郎尾根のガラ場を脱けて、再び雪渓へ降り立った時は六時を少し廻《まわ》っていた。

幸さんは雪渓を降りたところで、ゆっくりと休憩を取った。かおるの方は気持がせいていたが、幸さんはなかなか出発しなかった。こんどの雪渓は急傾斜で足を滑らせると大変なことになるので、充分かおるの足を休ませるつもりらしかった。

しかし、かおるは雪渓を怖いとは思わなかった。スキーをやっていたせいか、体の平均を取ることには慣れており、初めから怖いという気持はなかった。それでも、幸さんの命令通り、幸さんが一歩一歩慎重に雪の面につけた足跡を踏んで行った。

同じようにして雪渓を二つ越した。二つ目の雪渓を越した時、ぽっかりと眼の前に穂高小屋の、ずんぐりとした頑丈な姿が浮かんで来た。

かおるは小屋の前に立ち停まると、

「おじさん、先きにはいって下さい」

と言った。自分が先きにはいって行く勇気はなかった。

幸さんははいって行ったが、すぐ出て来ると、

「魚津さんは見えていなさりませんが」

と言った。かおるは急に眼の前が暗くなるのを感じた。自分がいま登って来た大斜面の雪が急にぐらぐらと揺れているように思われ、風景全体が薄い紫色をかけられたように暗く陰気に見えた。

幸さんのあとから、すぐこの小屋の主人で、昔有名な山案内人で鳴らしたJさんが、岩のようながっちりした体を、いかにも山男らしい素朴な服装で包んで現われた。

「魚津さんがここへ来なさることになっていたんですか」

Jさんは言った。

「そうです」

「いつ」

「予定では昨日の朝、新穂高温泉を出て、雌滝、雄滝という滝を上り、それからD沢というところを登って、昨夜はここへ泊ると言っていました」

かおるは言って、瞬《まばた》きもしないでJさんの顔を見守っていた。Jさんのいかなる表情の変化も見逃すまいとするように。

Jさんは一言も口をきかなかった。何を考えているのか、気難しい顔をして、眼を地面の一点に置いていたが、そのうちに、

「まあ、おはいんなさい」

と言った。

内部は暗かった。土間の真ん中に大きい長方形の机が置いてあり、幾つかの木の椅子がその周囲に配されて、ここにも学生らしい四、五人の一団が煙草《たばこ》をくゆらせていた。そして入口の右手の方に小さい売店があって、二十歳前後の娘さんが立ったまま所在なさそうに雑誌をひろげていた。売っている品は少なく、売店の台の上に幾つかのスタンプが雑然と置かれてあった。

かおるは椅子の一つに腰を降ろしたが、落着かなかった。そして娘さんからお茶を一杯もらうと、それを飲んで、再び小屋のおもてへ出た。

小屋の前は狭い台地になっており、片方はいまかおるが登って来た涸沢側の斜面で、反対側は魚津が登って来るはずになっている飛驒側の斜面である。

かおるは台地の端へ行って、飛驒側の斜面を覗《のぞ》いてみた。涸沢側とは違って俯瞰《ふかん》は利かなかった。すさまじい風の音がごうごうと聞えている。風の音はいかにも下から吹き上げて来て、斜面の中腹で渦を巻いているといった感じであった。

かおるは落着かない気持で風の音を聞いていた。もはや、魚津の身の上に何かあったということを疑わないわけにはゆかなかった。

かおるは風景のどこをも見ていなかった。風の音ばかりを聞いていた。台地の上には風がないのに、飛驒側の斜面だけで唸《うな》っているのが、かおるには何百の悪魔が叫び罵《のの》しっているような気がした。

どのくらいそこに立っていたことであろう。幸さんが小屋の戸口から顔をのぞかせ、

「風呂《ふろ》がわいてますよ」

と言った。かおるは風呂どころではなかったが、体が氷のように冷えていることに気付いて、小屋の方へ引き返した。

小屋の内部へはいると、かおるははっとして、その場の光景を見守った。Jさんも、学生たちも、それから幸さんも、それぞれ鋲靴《びょうぐつ》の紐《ひも》を結んだり、ザイルを巻いたり、懐中電燈《でんとう》を頭に点《つ》けたりして、出発の準備をしていた。緊迫した空気が小屋の内部を充《み》た

している。魚津を捜索するために、一同は小屋を出て行こうとしているのであった。

「すみません」

かおるはそう短く言っただけで、あとは言葉が口から出なかった。Jさんも、幸さんも、学生たちも、口数少なく、きびきびした動作で支度をすると、一人ずつ小屋を出て行った。

かおるには、幸さんも、先刻自分を案内して来てくれた幸さんとは全く別の人物に見えた。細い体にぴいんと筋金がはいった感じで、表情も引き緊《し》まっていた。

「風呂へはいって、御飯をたべて、寝ていらっしゃい。何かで魚津さんは新穂高温泉から山へははいらなかったのだろうと思いますよ。しかし、念のために、D沢の途中まででも行ってみます。――なあに、魚津さんのこった、心配ありませんよ。心配あってたまりますか」

そう言って、幸さんは一番最後に小屋を出て行った。

かおるは、小屋の娘さんと一緒に、一同を小屋の外に送った。いつか、あたりはとっぷりと暮れ、空には少ない星が、あちこちにまたたき始めている。

一同は小屋から、涸沢岳の方へ、真直ぐに斜面を登って行った。懐中電燈の光が一つ二つちらちらして遠のいて行ったが、やがて間もなく漆黒の闇《やみ》にのまれた。そしてかおるの耳には再び飛驒側の斜面の音がごうごうと聞えて来た。

「しばらく暗いですが、そのうちに月が出ますよ。昨夜も八時ごろ月が出ました」

娘さんは言った。そして娘さんは魚津のことについては一言も触れなかった。この事件からかおるの関心を他に逸《そ》らせようとつとめているようなところがあった。かおるもまた魚津のことは口から出さなかった。口に出せば、それがきっかけとなって、居ても立っても居られないような気持になることが判《わか》っていたからである。

雨水を沸かしたという風呂にはいり、娘さんの作ってくれた夕食を土間の卓の上で食べた。ランプの光で、土間に投げられる自分の影が、かおるには不気味であった。

娘さんの言ったように、八時に屏風《びょうぶ》の頭のあたりから月が出た。月光のために黒い大きな山塊がはっきりとその姿を現わし、山々は黒く、雪渓は青く鋭く見えた。

「二階にお床とってあります。お寝《やす》みになりましたら？」

何回となく、娘さんに勧められたが、かおるは眠くないから、この土間に起きていると言った。そして逆に娘さんに寝ることを勧めた。

十時に娘さんが奥の部屋へ退《さ》がると、かおるは土間の部屋に一人になった。

いつか知らない間に眠ったのであろうか、かおるははっとして眼を覚ました。ランプの光が暗くなっている。時計を見ると二時である。かおるは外に出た。月は真上に来ていた。高山の山巓《さんてん》の深夜の静けさが、かおるの魂をいきなり鷲摑《わしづか》みにして来た。

かおるは二時に眼覚めると、あとは一睡もしないで、土間の卓にもたれて起きていた。

寒気がきびしく襲って来たが、寒さが何であろうかと思った。それでも寒さに体を震わせている自分に気付くと、卓の周囲を歩き廻った。

リュックサックの中へ詰めて来た衣類という衣類はみな体に着けたので、かおるの影はいかにも着ぶくれて不格好に見えた。

昨夜捜索に出て行った学生の一人が帰って来たのは、暁方の白い光が、そろそろあたりに漂い始めようとしている四時であった。

かおるは扉を押す人の気配で立ち上がった。学生は部屋へはいって来ると、入口に立ったまま、

「いま帰りましたよ」

と言った。静かな口調だった。その口調の静けさが、かおるの顔から血を奪った。

「みなさんは？」

「少し遅くなります」

「どうして？」

それには、相手は答えなかった。そして、部屋の内部へ進み、アノラックの頭巾《ずきん》をうしろにはねて、煙草を一本口にくわえてから、アノラックの胸のポケットから一冊のノートを取り出した。そしてそれを黙ってかおるの方へ差し出した。

かおるは震える手でそれを受け取った。ノートは濡《ぬ》れていた。

「煙草の箱がはさんであるでしょう。そこが開いてあったんです」

ノートには、なるほどピースの空箱がはさまれてあった。そこを開けた。ノートは半分程雨に濡れていたが、鉛筆で書かれてある大きな文字ははっきりと読むことができた。

D沢ニ三時半ニハイル。落石頻々《ヒンピン》、ガス深シ。

四時三十五分グライ、ツルム（塔状岩峰）付近ニテ大落石ニ遇《ア》ッテ負傷。涸沢岳ヨリ派出セル無名尾根ノ露石ノ蔭《カゲ》ニ退避、失神。

意識ヲ取リ戻ス、七時ナリ。大腿部《ダイタイブ》ノ出血多量。

下半身痺《シビ》レテ、苦痛ナシ。

ガス相変ラズ深シ。

意識間歇的《カンケツ》ニモウロウトスル。

コノ遭難ノ原因ハ明ラカナリ。――ガス深キヲ敢《ア》エテススミシコト。落石頻々、異常ナルヲ顧ミザリシコト。一言ニテ言エバ無謀ノ一語ニツク。

高名ナ登山家デ避ケ得ラレル遭難ニオイテ一命ヲ棄《ス》テシモノコレマデニ多シ。自分自身マタソノ轍《テツ》ヲ踏ムコトニナッタ。

ガス全クナク、月光コウコウ。二時十五分ナリ。
苦痛全クナク、寒気ヲ感ゼズ。
静カナリ。限リナク静カナリ。

手記はこれで終っていた。

十一章

午頃《ひるごろ》事務所を出て行ったまま姿を見せなかった常盤大作が、再び事務所へ戻って来たのは、もうそろそろ退社時刻の五時に近い頃であった。

常盤は手に抱えて来た背広の上着を自分の椅子《いす》の背にかけると、ワイシャツの腕を一つずつまくり上げながら、

「みんな、ちょっと仕事をやめてくれ給え」

と言った。例のずしりと重い常盤の低声《バス》だった。

その時、事務所に居合せた社員は、内勤、外勤併《あわ》せて二十名程だったが、鶴《つる》の一声で、一瞬しんとして、みんな常盤の方へ顔を向けた。常盤は一同を見廻すと、自分の事務机の前へ出て、ちょっと改まった口調で、

「みんな新聞ですでに御承知のことと思うが、僕たちのよき友達であった魚津君が穂高のD沢で遭難した。新聞には出たが、真偽のほどが判らなかったので、いままで公表を

差し控えていた。昨日の朝、取りあえず山谷、佐伯《さえき》の両君に急行してもらったが、先刻両君から連絡があって、間違いなく魚津君が遭難し、死体となって発見されたことが判った。魚津君のために黙禱《もくとう》してやっていただきたい」

それから常盤は、一同が起立するのを待ってから、

「黙禱！」

と言った。その声でみんな頭を垂れた。暫《しばら》くすると、常盤は一同が席に着くのを待って、また喋《しゃべ》り出した。

「僕は魚津君は、立派な社員であったかと言われると、無条件で優秀な社員だったと答えることには躊躇《ちゅうちょ》する。少なくとも、僕にとって理想的ないい部下だったとは言えない。彼は休養のために旅行するのだと言って夏休暇をとった。そして山へ登った。僕に嘘《うそ》を言って、山へ登った。そんなに山が大切だったのか。会社より、僕より、山が大切だったのか。そんなに山が大切だったのなら、なぜそう言わんのか。そうじゃないか。そこが彼の到らぬ、まだできていない、青二才の、半かじりの――」

常盤大作は喋りながら、ハンケチでしきりに顔や首すじの汗を拭《ふ》いていた。拭きづめに拭いていた。また実際にそうせずにはいられないほど、彼の顔と首すじから玉のような汗が吹き出していた。感情が激したのか、彼は途中で言葉を切ったが、やがてまた続けた。

「なぜ――、この僕にそう言わんのか。いつ、僕は、僕に言えぬような態度をとったことがあるか！」

　こんどはまるで呶鳴《どな》り声だった。が、すぐ調子を変えると、

「まあ、いい。それは許してやろう。死者に鞭《むち》うつことは避けるべきことである。魚津君は登山家としてはいい登山家だった。立派な登山家であった。新東亜商事の仕事は決してあと始末したとは言えないが、登山家としては、几帳面《きちようめん》にきちんとあと始末をした。彼は死の直前まで、遭難の模様を詳しく、正確にメモした。これは恐らく、君たちも、僕も真似《まね》てできぬことだろう」

　汗はまた常盤の皮膚のあらゆる部分から吹き出していた。

　丁度西陽が窓から事務所の内部へはいり込み、それが常盤の上半身を、背後から襲っていたので、見るからに常盤は暑そうであった。

「魚津恭太君はなぜ遭難したか？　それは彼が彼自身でメモに記している。僕は先刻電話で聞いただけで、それを間違いなく報告できぬので、いまお伝えすることを差し控えるが、日ならず、諸君もそれを読むことだろう。

　僕のいま言おうとしていることはそれとは少し違う。魚津君はなぜ死んだか？　それははっきりしている。彼が勇敢な登山家だったからだ。勇敢な登山家という奴《やつ》は、極言すればみんな死ぬと、僕は考える。死んで当り前じゃないか。最も死ぬ確率の多い場所

へ身を挺《てい》するのだから、これは死ななかったらむしろ不思議である。

魚津君はこんどたとえ無事だったとしても、彼が現在持っている勇敢さを失わない限り、必ずいつかは死んだことだろう。死が充満している場所へ、自然が人間を拒否している場所へ、技術と意志を武器にして闘いを挑む。それは確かに人間が人間の可能性を験《ため》す立派な仕事だ。往古から人類は常にこのようにして自然を征服して来た。科学も文化もこのようにして進歩して来た。人類の幸福はこのようにして獲得されて来た。その意味では登山は立派なことである。しかし、その仕事は常に死と裏腹なのだ。——魚津恭太君が会社員になりきっていたら、たとえ山へ行っても死なないですんだろう。山を愛し、山を楽しみ、冒険は避けたろう。ところが残念なことに、彼は新東亜商事から月給をもらって生きていたくせに、会社員ではなくて、まだ登山家だった。彼は山を愛し、山を楽しむために、山へ行ったのではない。山を征服しに、あるいは自分という人間の持つ何ものかを験すために、一人の登山家として山へ行ったのだ」

それから常盤は、女の従業員の一人に、

「君、水！」

と言った。そして、水が運ばれて来るまでひと息入れるといった格好で、

「まだ、言うことがある」

と、むっつりと言った。その言葉は恰《あたか》もそこに魚津がいて、魚津に対《むか》って吐き出され

たものであるかのようであった。常盤は女従業員の持って来たコップの水を飲むと、改めてまたハンケチで首すじの汗を拭き、

「大体、登山というものは、そんな死を賭《か》けたものではなく一種の近代的なスポーツだと言う人もあろうが、僕は反対する。登山の本質は決してスポーツではない。人間がヒマラヤを征服したのは、スポーツではあるまい。スポーツではないはずだ。——大体、登山をスポーツと思うのが間違いのもとである。毎年のように大勢の生命が山で失われる。あれは登山をスポーツと考えるところから起る悲劇である。そうじゃないか。あらゆるスポーツにはルールがある。登山をスポーツにするなら、よろしく登山にもルールを作れ。ルールができたら少しは遭難が少なくなるだろう。ルールのないスポーツなどあってたまるか。それから、もう一つ、あらゆるスポーツにアマチュアとプロの区別がある。登山にはそれがない。アマチュアが一、二度山へ登ると、みんなプロになったつもりになる。——プロというのは、魚津恭太のような登山家のことだ。そのプロの魚津君さえ死んだではないか」

長い演説とも咆哮《ほうこう》ともつかぬものを、常盤大作は最後に、

「ばかめが！」

という言葉で打ち切った。その「ばかめが！」という言葉は、それを聞いていた二十余人の従業員たちにはすこぶる異様なものに聞えた。自分たちが「ばかめが！」と罵ら

れたようでもあり、そうでないようにも思えた。

従業員たちは判らなかったはずである。その言葉を口から出した当の本人である常盤自身が、なぜ自分が演説の最後を、そんな言葉で結んだか、よく判っていなかった。それは、山などで棄てなくてもいい生命を棄てた魚津恭太にぶつけたものか、あるいはまた魚津の死からちょっと譬《たと》えようもない痛烈な打撃を受けているわれとわが心にぶつけたものか、その点ははっきりしていなかった。ただ、そんな罵言《ばげん》を口から出さずにはいられない感情に襲われていたことだけは確かである。

喋り終ると、常盤大作はそのまま、口を固く結び、眼を大きく見開いた表情で、自分の眼より少し高い空間の一点を見据えたまま立っていた。相変らず、この大入道の顔からも、首すじからも、そしてまたまくり上げられたワイシャツの袖《そで》から露出している逞《たくま》しい腕からも、汗は吹き出していた。

もう何も喋ることがなくなると、常盤の心に急に空虚なものが押し寄せて来た。ああ、魚津が居たらと思った。魚津がもし生きて、この場に居たら、彼はいま自分が喋ったことに対して、彼一流のねっちりした言い方で直ちに反駁《はんばく》して来るに違いない。

――なるほど、ですが、支社長。

こう魚津は言うだろう。

――登山にはルールはちゃんとありますよ。一見、ルールなどはないように見える。

しかし、ちゃんとあるんです。

それから魚津は、自分をやっつけるために、ゆっくりとあのいつも見せる自信に満ちた二つの眼を自分の方へ向けるだろう。ばかめが！

「ばかめが！」という言葉を、再び心の中で繰り返すと、常盤は、それにしても魚津恭太はなんというい眼をした奴だったろうと思いながら、自分の机の前に帰って来た。

そして彼は、二、三冊の新書版を引出しの中にしまうと、椅子から背広の上着を取り上げ、それを左手に抱え、少しそり身になって、傲然《ごうぜん》といまは沙漠のように荒れた事務所を出た。魚津の居ない事務所の内部は、常盤大作には真実沙漠のように荒れたものに見えたのである。

鋪道《ほどう》には、落日真際《まぎわ》の弱い陽が落ちていた。常盤大作は、さてこれから何処《どこ》へ行こうかと思った。行くべき何処もない気持だった。喉《のど》が乾いていた。

常盤大作はなんとなく有楽町から電車へ乗るようなつもりで、暮方の雑沓《ざっとう》している鋪道を、日比《ひ》谷の交叉点《こうさてん》の方へ歩いて行った。

今までに会社を退けてから、こんなに空虚な気持で鋪道を歩いたことはなかった。子供でも亡《な》くした父親の気持というものは、こんなものかも知れない。いま自分は、家へ帰るために、電車の乗り場の方へ歩いている。そのことに間違いはなかったが、しかし、それでいて、どこへも行き場のないこの気持は何であろう。

日比谷の交叉点を突切って、Nビル側の鋪道を曲り、Nビルの前まで来た時、常盤はおやっと思った。白い麻の服で痩身《そうしん》を包んだ八代教之助が、自動車でも待っているのか、鋪道の端に立っているのが見えたからである。

常盤は足早やにその方へ近寄って行き、背後から、

「八代さん」

と、声をかけた。教之助はすぐ振り向くと、

「やあ」

と言って笑顔を作ったが、すぐ表情を固くすると、

「大変なことになってますね。新聞を読みましたよ。――あれは、やはり事実ですか」

「先程、現地へ派遣した会社の者から連絡がありまして、魚津君の死が確認されたそうです」

「ほう」

教之助は暗い顔をした。

そこへ、八代の会社のものらしい新型の高級車が一台滑って来た。

「会社へお帰りですか」

「いや、もう家へ帰ろうと思っているんですが、――貴方《あなた》は？」

「僕ですか、僕も家へ帰ろうと思ってるんですが、魚津君のことで、気持がくしゃくし

ゃするんで、歩いているところです」

それから常盤は、

「御迷惑でなかったら、どこかで暫くお話しませんか」

と言った。

「承知しました」

そう言って、教之助はちょっと考える風をしていたが、扉を開けて待っている運転手の方に、

「君、帰ってもらおう。帰りはタクシーを拾うからいい」

と言った。それから、常盤と八代教之助は並んで鋪道を歩き出した。

「ビールでもあがりますか」

常盤はこの贅沢《ぜいたく》好きであるらしい紳士をどこへ連れて行こうかと思い迷いながら訊《き》いた。

「結構ですな」

「ビヤホールへいらしったことありますか」

「ありませんが、お供しますよ」

「大衆的なところですから、がやがやしてますよ」

「結構です。そういうところの方が、却《かえ》っていいでしょう」

教之助は言った。常盤もそう思っていた。なぜか、今日はとりすました雰囲気を持った静かな場所より、やたらにがやがやしたところに身を置いていたかった。そしてそこで八代教之助と話したかった。

常盤自身、この何年かビヤホールなどへ足を踏み入れたことがなかったので、そういう場所がどこにあるかよくは知らなかったが、有楽町の駅の付近にそれらしいところがあったような気がして、その方へ歩いて行った。

店はあった。そこの前で、

「ここですが、よろしいですか」

常盤は教之助に改めて念をおすように訊いた。

「結構です」

二人は店の内部へはいり、空いている真ん中の卓に就いた。店はかなり広く、十幾つかの卓が配されてあったが、どの卓も、ワイシャツ姿の若い連中に占められていた。何人かの女給仕が幾つかのビールのジョッキを器用に持って、卓と卓との間を駈《か》けるように歩いている。コップの触れ合う音、遠慮のない大きな話声、それにおもての自動車の音が混って、喧噪《けんそう》が店全体を充《み》たしている。

常盤と教之助は対い合って、運ばれて来たジョッキをそれぞれ黙って口に持って行った。

「いい青年でしたが、惜しいことをしました。死なれてみると、急に淋《さび》しくなりましてね」

常盤は素直に言った。そして言ってから、いま魚津のことを話す相手としては、自分には八代教之助が一番いいような気がした。ザイルの問題で、教之助は魚津という人間に、ある関係を持っており、その関係の仕方は、魚津にとっては必ずしも好もしいものではなかったが、それでいて、常盤はなぜか、魚津の遭難の確報がはいった今日、この気難しい人物と一緒にこうして対い合って坐《すわ》っていることが、自分にとっては一番望ましいことのような気がした。考えてみれば、教之助は魚津にとっては手厳しい相手であった。そのために、魚津はかなり大きい打撃を受けている。にも拘《かかわ》らず、自分がこうした気持になるのは、どういうわけであろうか。

「いや、魚津君に死なれて、わたしもひどく参りましたよ。わたしは魚津君とは二回しか会っていません。最初はNホテルのロビーで貴方に紹介された時、二回目は例のザイルの実験をやって、その結果について、その翌日でしたか、会社に捻《ね》じこまれたことがあります。この二回ですよ。二回しか会っていないが、私は魚津君という青年は好きでした。私は自分が好きだと思われる人間には、却ってどうも妥協できないところがありましてね。これは私のいかんところです。三回目に会ったら、恐らく二人とも仲よくなっていたんじゃないかと思います。実際にまた、私は近く魚津君と会いたいと思っていたんです。もっと早く会うようにしたらよかったんですが、つい仕事の方に追われておりましてね。そしたら、こんなことになってしまいました」

「そりゃ、惜しいことをした。会っていただきたかったですな」

「僕の家内などは、あの青年の大のファンらしかったんですが、無理はないと思いますね」

「ほう」

合槌《あいづち》を打つことが適当かどうか判《わか》らなかったので、
常盤は三分の一ほどあったジョッキのビールを飲みほした。

常盤は、教之助の言葉の中に美那子のことが出て来たので、この際話題を他に転換させる方がいいことだと思った。

「いまお話に出たザイルの実験ですが、あれは私が貴方にお願いしてやっていただいたものでしたが、どうも失敗でした。貴方にはお願いしない方がよかった」

「そうです。私にとっても、魚津君にとってもあれはやるべきではなかったと思います。先刻、魚津君に一度会っておきたかったと言いましたが、それは、あの実験についてもう一度、魚津君と話し合っておきたいと思ったんです。私もエンジニアの端くれとして、自分のやった実験の結果を、自分で否定することはできません。あの実験では結果があぁ出た。それから判断すれば、ナイロン・ザイルの方が麻ザイルより、衝撃に対して強い、――こう言うよりほかはなかったんです。

ただ、大切なことは、あの実験が事件の原因追及の実験ではなかったということです。ザイルの性能の実験なんです。そして性能実験の結果をすぐ事件と結びつけてしまった。これは新聞の取扱い方も悪かったし、魚津君の受取り方の誤りもあります。それから私の言葉の不足もあったと思います。

あの実験の翌日、魚津君はあの実験には誤りがあると全面的に否定して来られた。正直のところ、その時は腹を立てましてね、こちらも実験には絶対に誤りはないと言いました。もう少し、私も魚津君の実験に対する考え方を是正するように努力すべきだったんですが、それができなかった。ただ、ひどく不快で憂鬱《ゆううつ》になりましてね」

「なるほど」

「しかし、その後、魚津君がザイルの問題について、一言半句も意見を発表しないので、だんだん魚津君に対する不快感が薄らいで来たわけです。年が若いのに、よくできた人物だと思って来たんです。実際は血の気の多い若い者がああはできないと思います」

ここで教之助は言葉を切って、喉でもしめすような感じで、ビールを一口だけ飲んだ。そして、ちょっと考えるように視線を硝子窓《ガラスまど》を通して戸外へ投げていたが、

「僕も、あの実験以後、一応ザイルというものを験《しら》べてみたんです。現在登山綱のことをザイルと呼んでいますが、これは昔の高等学校の山岳部あたりから出た言葉でしょう

ね、ドイツ語ですから。――英語ではクライミング・ロープです。クライミング・ロープについてお話する前に、ロープの一般論を申上げておきますが、大体ロープというものは、私の知ったところでは、使用しているうちに、だんだん質が低下して行くものなんです。すべてのものに生命があるように、ロープにも生命がある。そのロープの生命、つまり使用時間を決定するものは、三つあります。一つは、ロープと接するものの材質の形、その粗度、二つは荷重の大小、第三はロープの取扱い方、――この三つです。これによって、ロープは短命だったり、長命だったりします」

常盤は、飲み干した自分の分だけ、ビールを註文《ちゅうもん》した。

「ロープと接する材質の形・粗度、荷重の大小、ロープの取扱い方、――この三つがロープの生命を決定します。この三つのうち、最後の取扱い方の問題ですが、ワイヤロープであれ、マニラロープであれ、合成繊維のロープであれ、ロープの種類を問わず、キンク（縒《よ》りを戻すこと）を起すようなロープの扱い方は禁物です。それからショックをかけてはいけない。大体ロープの本質は静かに引張るものですからね。次は小さい半径で曲げてはいかん。専門的になりますから数字は挙げませんが、曲げの半径にある関係があり、小さい半径で曲げるとロープはこわれます。以上三つが取扱い上避けなければならぬことです。ところがクライミング・ロープの場合を考えてみると、いま申し上げたロープの本性上避けなければならぬ条件が全部働きかけて来る」

「なるほど」

常盤は合槌を打った。

「いずれにしてもですね、クライミング・ロープというものは、ロープの本性から考察すると、大体避けなければならぬ使い方を強要されているところに成立しているものです。ですから、当然、そこに、その無理をカバーするための技術というものが大きくものを言ってくると思うんです。キンクを起さないような解き方を考える。カラビナを通して、小さい半径で曲げないようにする。粗い岩の面に当てる時は当てものをする。――まあ、そういったいろいろなことがあるでしょう」

「なるほど、厄介なものですな」

「ところで、問題のナイロン・ロープと麻ロープを比較した場合ですが、ナイロンはナイロン、麻は麻で、それぞれ長所と欠点があるようですね。ナイロンのいいところは軽いこと。抗張力が大きいこと。それから低温になっても強度は麻ほど落ちない。高温高温は摂氏十五度ぐらいまでは関係がないようです。欠点は溶融点が麻より低い。ということはロープにショックがかかった時溶断をし易《やす》い、ということになります。それから紫外線に弱い。紫外線に当ると強度が減ります。それから単純な剪断《せんだん》力に弱い」

「ほう」

「まあ、長所、欠点をひとロにいえば、こうしたことになりましょう。最近ナイロン・

ザイルと麻ザイルの比較を力学的に研究した論文が二つほど出ています。しかし、それもかいつまんで言えば、いま私の申上げたようなことです」

「とすると、ナイロンと麻では、ザイルとしてどちらがいいんです？」

「それは私には判りませんね」

「しかし、例の事件の場合ですが、小坂君という一人の登山家の死の意味を生かすことはできないですか。なぜザイルは切れたかという——」

常盤は思わず烈《はげ》しい口調で言いかけたが、すぐ言葉をやわらげて、

「魚津君が切ったのではないということは判っていただけたでしょうか」

「それは判りましたよ。魚津君が持って来た例のザイルの切口の実験をやった技師から詳しく聞いています。ナイロンの纖維の切断面からみると、はっきりとショックで切れているそうです」

教之助は言った。

「判っていることは、魚津君が切ったのでもなければ、小坂君が切ったのでもない。ザイルがショックで切れたということです」

「ザイルはショックで切れた。——しかし、ザイルというものは登山家が生命を託するものですから、やたらに切れたら困るでしょう」

「そう。——それが問題です。いかなる理由によって切れたか。確かにこの事件の中に

は、つまりザイルが切れたということの中には、実際にザイルを使う登山家が一番知りたがっている問題があるわけです。しかし、私としては、先刻申上げたようにそれを麻とナイロンの性能の比較においてしか言えませんよ。事件の発生した状態は、厳密には再現できません。その意味ではその事件の原因は、厳密には事件そのものからは追及は難しいと思います」

「なるほど」

「事件によって問題を提起したということで、私は小坂君という犠牲者の死は立派に生きると思いますね。そしてこの事件において、ザイルはどうして切れたかということは、まわり遠い話ですが、純学問的立場から、研究して行かなければならぬでしょう。ナイロン・ザイルが一九五六年一月何日かに前穂東壁で切れたということは、これは事実ですからね。あの事件のあと、いろいろの人が、いろいろの立場から、登山関係の書物や山岳会の会報で、ナイロン・ザイルの是非を論じています。私もこの間一応、それらのものを集めてもらって、眼を通してみました。鋭い岩角に対してナイロン・ザイルは弱点を持つといった意見は幾つかの登山団体によって強く主張されている。また外国でも、同じ警告を発表している登山家もあります。またこれに対して、ある人は、その欠点を補うテクニックがあればナイロンを使用して構わないと言っています。また、ある人はヒマラヤ登山隊がナイロンを持参したことをあげ、これは恐らくナイロンが軽量なことと、その低温性能のよいことが買われて、ヒマラヤに持って行かれたのでしょうが、とにかくナイロンを擁護しています。またある技術者は、現在より、より高性能な合成繊維が発見されるまでは、ナイロンとテリレンがこの十年ぐらい使用されるのではないかというような意見を吐いています」

「――――」

「いずれにしても厄介なことは、先きにお話したようなクライミング・ロープというものの性格上、その性能と技術とが搦《から》み合っていて、その上からでないと物が言えないということです。しかし、いずれにしても、事件を生かすのは、学者と登山家とメーカーとが集まって、それぞれの立場から、クライミング・ロープとしてのナイロン・ロープを研究することだと思います。私はそれを魚津君に中心になってやってもらいたかったんです。一番の適任者だと思ったんです。事件の関係者であるし、現役の登山家ではあるし、そして何より山を生命《いのち》がけで愛した青年でしたからね」

「そうです。本当に、山を生命がけで――」

常盤を、急に激情が襲って来た。八代教之助からそう言われると、常盤は言葉を続けられなかった。獣でも低く吠《ほ》えるような低い嗚咽《おえつ》が、常盤の口からもれ出した。

周囲の人たちがいっせいに常盤の方を見た。

魚津の遭難が新聞に報ぜられてから、一週間経《た》った日、R新聞社から発行されている週刊誌に「ザイル事件の結末」という二ページの記事が掲載された。それには、

今年の一月前穂東壁でザイルが切断して登山家小坂乙彦氏が墜落した事件をめぐって、果してザイルがその性能の弱点によって切れたか、あるいは他の理由によって切れたか、世間の視聴を集めたが、それが結論を得ないうちに、渦中《かちゅう》の人物魚津恭太氏が裏穂高D沢において遭難するという結果になった。魚津氏がザイル事件で苦しい立場にあったことと、今回の遭難が前回の事件からわずか半歳《はんとし》しか経ないうちに相次いで起ったことのために、魚津氏の遭難事件に対しては、一部ではとかくの見方がなされている。この事件を生前の氏と親しかった人々に訊《き》いてみる。

——こういったような前書きが一ページにわたって書かれて、次に、登山家や魚津の友達たちの短い談話が掲載されてあった。

A氏。——魚津君の死が自殺だという何の確証もないが、自分にはなんとなくそんな風に思われてならない。未解決の事件の渦中にあって、世間から疑惑的な眼を向けられていたので、彼は随分苦しかったのではないか。

B氏。——魚津君ともあろう人物がD沢の落石で倒れるというのはおかしいと思う。自殺であったかどうかは判らないが、自殺的行動であったことは疑わないわけにはゆかない。

C氏。――魚津君が死の直前綴《つづ》ったメモは立派であった。彼の死はもちろん遭難だ。ただ疑問に思うのは、いかなる理由で雄滝、雌滝を上ったり、落石頻々《ひんぴん》たるD沢を危険を冒してまでも登ったのか。

その他二人の人物が、魚津の遭難について語っていたが、大体同様な意見であった。

八代美那子はこの記事を、田園調布の家の茶の間で読んだ。その日近くの書店から配達された週刊誌を、夕食後何気なく開いて、そこにこの記事を見出《みいだ》したのであった。

美那子は卓の前に坐って、案外冷静にこの記事の全部を読んだ。

美那子は魚津と最後に会った時のことを思い出した。もう決して電話もかけなければ、会いもしないだろうと言った魚津の言葉が、なるほどある意味をもって考えれば考えられぬこともないと思った。

しかし、いまの美那子は魚津の死が自殺であったか、どうかということにはたいして関心はなかった。問題はただ、魚津がこの世に居ないということであった。魚津がもうこの世の中に居ないということが、日に何回か、それを思い出す度に、心の中を、小さい、しかしいつまでも後をひく痛みとなって走った。美那子はこの一週間、その痛みと闘って生きて来たようなものであった。

美那子が週刊誌を膝《ひざ》の上に置いたまま、この一週間彼女をはなれない喪神したような空虚な表情で坐っている時、二階から降りて来た教之助が部屋へはいって来た。

教之助は、部屋の入口に立ったまま、

「忘れていたが、今日常盤さんから電話があった。魚津君の遺骨が明日二時の急行で郷里の浜松へ向うそうだ。君、行ってくれるか」

と言った。魚津の遭難事件が自分の妻に与えた打撃に気付かないはずはなかったが、教之助はそれには全く無関心な表情だった。

「参ります」

美那子は言った。美那子の方は美那子の方で、そうした夫の心の内部の動きに気を配る程の余裕は持っていなかった。余りに疲れていた。魚津の遺骨という言葉が、また美那子の胸に痛みを走らせた。

教之助はそのまま二階へ引き返しかけたが、再び部屋へ戻って来ると、同じ表情で、

「八月の初めに、五日ほど志賀高原のホテルに行く。急ぎの仕事がたまったんで、片付けて来る」

志賀高原という言葉で、はっとしたように美那子は顔を上げた。そしてちょっと間をおいてから、

「わたしも行って構いません？」

と言った。去年夫と一緒に行った志賀高原の澄んだ陽の光と、早い秋の風の肌ざわりを思い出すと、堪《たま》らなくその中に立ってみたかった。

「もちろん行ってもいいが、僕の方は仕事だよ」

「お邪魔しませんわ。仕事部屋別にお取りになったら？」

「うん」

ちょっと考えていたが、美那子にこう言われた以上、仕方がないと観念したのか、

「じゃ、家の留守番を誰か考えておくんだね。春枝一人では不用心だ」

教之助はそのまま出て行った。美那子はいまの二人の会話は、去年の、やはり今頃交わされたものと、全く同じものではなかったかと思った。

教之助はなるべくは自分一人で出掛けて行って、誰にも邪魔されず、何冊かの横文字の書物を相手に過したいのである。その夫の気持は手に取るように判っていたが、美那子は、去年と同じように、今年もまた自分もついて行きたかった。

ただ去年は、なるべく自分から離れたがっている夫に腹を立て、多少そんな夫に執着する気持があったが、今年は違っていた。夫の教之助が若さを失ってしまっている如《ごと》く、妻の自分もまた、いまは全く若さというものを失ってしまっていると思った。夫は年齢によって失ったが、自分は魚津の死によって、自分の若さにとどめを刺したのである。もう自分の若さは自分の中で死んだのだ。

魚津という青年によって、自分の女としての新しい人生が開けようとした。そのためには、何を犠牲にしてもいいとさえ思った。しかし、それも束《つか》の間《ま》のことで、魚津の死

が一切を変えてしまった。もう自分には何も残っていないのだ。

翌日の午後、美那子は郷里へ向う魚津の遺骨を送るために東京駅へ出向いた。列車はすでにホームにはいっており、近親者らしい人が、車内で、魚津の遺骨の箱を手に捧《ささ》げて窓際《まどぎわ》に立っていた。美那子は魚津の遺骨がかおるの手で東京へ帰って来た時は駅へ出迎えなかったので、遺骨となった魚津との対面は、いまが初めてであった。

周囲には三十人ほどの人が居たが、それには構わず、美那子は窓の傍へ近寄って行くと、遺骨の箱に向って、そこで丁寧に頭を下げ、そしてすぐ引き返した。魚津には何も話すことはなかった。この一週間、魚津と話しづめに話し、もう話すことは何もなくなっていた。

美那子は列車が発車するまでの長い、落着かない、悲しい時間を、見送りの人たちの後方に立ってうつむいたままで過した。発車のベルが鳴った時も、彼女は視線を上げなかった。うつむいた頭を更に深く下げただけであった。

列車がホームから見えなくなり、見送りの人たちが動き出した時、初めて美那子は顔を上げた。列車もなく、魚津の遺骨の箱もなく、むこう側のホームを白い紙片が転がって行くのが見えた。風が吹いているらしかった。

美那子は、ふと、一間ほど離れたところで、誰か二、三人の人たちと喋《しゃべ》っている常盤の姿を眼にとめた。モーニング姿がいかにも暑そうに見えた。美那子は何となくその方へ近寄って行った。

――結局は、人間を信じるか信じないかですよ。僕は魚津君が自殺するような人間でないことを信じているだけです。貴方《あなた》がたは魚津君と学生時代からの友達だというが、魚津君を知っていないと思う。魚津君の人となりについては何も知っていないというほかはない。だから、自殺じゃないかというような考え方が起るんです。彼は登山家ですよ。山で自分の意志を鍛えて来た青年です。第一、小坂君の場合にだって、彼は言っている。小坂は自殺ではない。登山家が自殺して堪るかと言っている。そんな魚津君自身が自殺しようはずはない。

相手の青年たちは常盤の剣幕に押されて、誰も一言も口から出さず、ひどく恐縮した態度を取っていた。

――いや、どうも失礼しました。とにかく、御参考までに、私の考えを申上げてみました。

それから常盤はそこを離れた。そして美那子が近くにいることに気付くと、自分の方から近寄って来て、挨拶《あいさつ》ぬきに、

「かおる君はどうしました？」

と言って、かおるの姿を探すようにした。美那子もあたりに眼を遣《や》った。

かおるは五、六間離れたところに一人で立っていた。すっくりとした感じの立ち方で、

列車の消えたホームの先の方へ視線を投げたまま、まだ立っていた。美那子にはそんなかおるの姿が、なぜか鋭い刃物でも見るようなきらりとした冷たさで見えた。

こちらを向いたかおるは、しかし、案外明るい顔をしていた。美那子は近付いて来るかおるを見て、かおるが急に大人っぽくなっていることに驚いた。これが同じかおるであろうかと思うほど、表情は静かで落着いていた。

かおると美那子が挨拶し終るのを待って、常盤はかおるに、

「どうです？　疲れたでしょう。しかし、これでどうにか一段落ですね。貴女《あなた》が何もかもやって上げたので、魚津君もさぞ喜んでいることと思います」

と言った。

「兄の時、魚津さんにやって戴《いただ》きましたので、こんどはわたしが致しました。――でも、まだアパートの方がそのままになっていますので、もう二、三日ごたごた致します」

「お家《うち》の方は来ないんですか」

「いいえ、魚津さんのお母さんが参りますの。それまでに、大体、わたしが片付けておくということになっております」

「そりゃ、大変だ。――会社の者を、いくらでもお手伝いに差し出しますよ」

「でも、もう、あとはわたし一人でできると思います」

それから三人は、何となく常盤を真ん中にしてホームを降り口の方へ歩き出した。

「いや、どうも、驚きましたよ。昨日の週刊雑誌をごらんになりましたか。魚津君の遭難を、自殺じゃないかと言った奴《やつ》がある。いま、その連中の一人を摑《つか》まえたんで、少しやっつけてやりました。魚津君のあのメモを素直に信じられないんですかね。そりゃ、人間疑ってかかれば、みんな疑わなければならない。人間と人間との交渉は結局信じるか、信じないかですよ。僕は魚津君という人間を信じます。──ところが、魚津君を信じられぬ人間がいっぱいいる。驚きましたね。そんな吝《け》ちな人間がいっぱいいる」

その吝ちな人間というのが、いま自分たちの周囲を歩いている大勢の人間ででもあるかのように、常盤大作はあたりをねめ廻《まわ》すようにして、ふうっと大きく息を吐いた。先刻、青年たちを極付《きめつ》けていた時の激情が、再び常盤大作を捉《とら》えているようでもあった。

常盤につられたように、美那子もあたりを見廻した。しかし、美那子は少し別のことを考えていた。──誰も知ってはいないのだ。魚津が自分を愛していたことを、そしてまた自分が魚津を愛していたことを。魚津は常盤の言うように自殺ではないかも知れないし、そしてまた常盤の軽蔑《けいべつ》するおびただしい他の多くの眼が見るように、魚津は自殺であるかも知れない。そんなことは、しかし、今となればどちらでも同じではないか。魚津恭太はもうこの世には居ないのだ。わたしと魚津が、そっと最後に見せあったあのきらきらした美しいものは、あの瞬間だけの生命で、いまはもうどこにもないのだ。

この時、かおるはかおるで、美那子を驚かせたあの静かに落着いた目差《まなざし》で、全く別のことを考えていた。

かおるは、魚津の死が自殺であるとかないとかいったことを問題にしている常盤の気持が解《げ》せなかった。そんなことは問題にするに足らないたわいのないことに思えた。なぜなら、かおるはいまでも魚津恭太が自分の方へやって来つつあるという気持をどうしても消すことはできなかった。魚津は自分に会うために徳沢小屋に来ようとしていたのである。そしてその途中不幸にも彼の行動は中断させられるの已《や》むなきに到ったが、彼の意志はそのまま依然として、この宇宙の中に生きているはずであった。かおるは、誰からも魚津の倒れていた姿勢について聞かなかったが、魚津は自分の方へ頭を向け、自分の方へ手を伸ばしていたに違いないと思った。

かおるの心の中で、魚津の死というものは動かすべからざることとして固定していたが、それでいて、かおるは魚津がいまも自分の方へ向って歩いて来つつあるという思いを消すことはできなかった。

こうした決して実現しない期待の中に、かおるはもう十何日か生きていた。だからかおるの心はいつも充実していた。静かに、落着いて、自分の方へ来ようとしている魚津恭太を見守っているといったようなところがあった。

三人はホームの階段を降り、乗降客の人波を縫って、改札口を出たところで立ち停まった。

「いつか、われわれだけで食事をしませんか。席はどこか涼しいところを僕が作ります」

常盤は二人の女性の方に、等分に視線を投げながら言った。

「彼を素直に信じられる、われわれだけで彼を偲《しの》びましょう」

「結構でございます」

美那子は言った。

「承知いたしました」

同じようにかおるも言ったが、かおるは常盤の言った偲ぶという言葉がしっくりとは胸に来なかった。魚津は日一日、よりはっきりと彼女の心の中に生きていた。

「では」

常盤はモーニングの上着を脱ぎ、それを片手で持つと、二人の女性と別れて歩き出した。傲然《ごうぜん》と胸を張って人波の中を歩いて行く常盤大作の背後《うしろ》姿は、かおるにも、美那子にも心なし老いて見えた。

「では、わたしも失礼いたします。お暇の折に、宅の方へも是非――」

こんどは美那子がかおるに挨拶して、歩き出した。もう魚津は居ない。魚津が居ないということは、自分もまた居ないことである。八代美那子は駅の広場の陽の輝いている空虚な風景の方へ、自分もまたその中の空虚な一点となるために歩いて行った。

常盤と美那子が行ってしまうと、かおるはそこにそのまま立ち停まっていた。そして彼女はどこで花を買おうかと、眼を少しきらきらさせた表情で考えた。魚津恭太は居ないが、彼のアパートの一室を、美しい花で飾り、その中で彼の遺品を整理することが、今日これからの小坂かおるの仕事であった。

かおるにはしなければならぬ仕事はまだ沢山あった。明日も明後日もアパートの片付けで忙しかった。遺品が整理できたら、魚津の郷里へも行かなければならない。そして少し落着いたら、もう一度穂高へも登らなければならなかった。穂高へ登ることは多少無理でも、この秋のうちに実現したかった。デュブラの詩にあるように、美しいフェースを探し、そこへ小さなケルンを作って、その上に魚津恭太と兄小坂乙彦の二本のピッケルを差し込むために——。

井上靖　人と作品

福田宏年

井上靖の幼年時代、少年時代を見る時、それは世間一般と較べてかなり特殊で風変りなものと言わねばならない。両親もあり、弟妹もいながら、一人だけ父母の許《もと》を離れて、血の繋《つな》がらぬ祖母と二人きりで土蔵の中で暮すという幼年時代を持った。また少年時代も、軍医で任地を転々とする父母と離れて、孤独かつ自由な中学時代を送った。この時期のことは、井上自身、『しろばんば』『幼き日のこと』『あすなろ物語』『夏草冬濤《なつぐさふゆなみ》』などの、自伝ないしは自伝的作品で描いている。これらの作品を読み、井上の幼少年時代を辿《たど》るとき、後年の小説家井上靖を成立せしめているファクターのほとんどはそこに見出すことが可能であり、いわばその特殊な幼少年時代が小説家井上靖を生み出したと言っても過言ではない。

井上靖は明治四十年五月六日、北海道旭川で隼雄《はやお》の長男として生れた。これは父の隼雄がその頃旭川第七師団の軍医部に勤務していたためである。原籍は静岡県田方《たがた》郡上狩野《かみかの》村湯ケ島である。父の隼雄は上狩野村門野原《かどのはら》の石渡《いしわた》家の出で、金沢医学専門学校を出て軍医となり、井上家の長女八重《やえ》と結婚して井上家に入った。井上家は明和年間以来続いた伊豆の医家で、初代は四国から流れて来た流人と言われ、母を連れて湯ケ島に草鞋《わらじ》を脱ぎ、里人の脈を取ったという。井上家の先祖のうちで、靖が最も尊敬するのは第五代に当る曽祖父の潔《きよし》である。潔は初代軍医総監、松本順の門に学び、若くして県立三島病院長を勤めた。中年から郷里湯ケ島に退いたが、当時は伊豆一円に知られた名医で、沼津や下田まで駕籠《かご》で診察に出かけたという。

靖が五歳になった時、父母の許を離れて郷里湯ケ島に帰り、曽祖父潔の妾《めかけ》であったかのの手で育てられることになった。かのは潔の妾として長く仕えたが、その労に報いるために潔はかのを八重の養母として入籍した。従ってかのは靖の戸籍上の祖母となる。靖がかのに預けられたのは、恐らく弟妹が生れたために一時的にかのに託したのが、いつの間にかずるずる続いたというのが実情のようである。またかのの方も、井上家の長男の靖を謂《い》わば人質として手許に置くことによって精神的な保証を感じ、手放そうとはしなかったのであろう。靖はかのと一緒に土蔵の二階で暮し、日夜松本順や潔のことを聞かされて過した。井上は、『私の自己形成史』の中で、血の繋がらぬ祖母との間柄を「同盟関係」という言葉で表現しているが、幼時の特殊な環境は少年に現実への眼を開かせ、後年の作家井上靖を成立させる土台となっていると言ってもよかろう。

大正三年、靖は湯ケ島小学校に入るが、当時この小学校は、石渡家の当主であり、父隼雄の兄である伯父の盛雄《もりお》が校長を勤めていた。靖が小学校二年の時、沼津の女学校に行っていた母の妹のまちが卒業して郷里に帰り、請われて小学校の代用教員になった。まちは姉の八重に似て美しい人であった。まちは靖をよく可愛がり、靖も若く美しい叔母を慕った。恐らく靖は知らず知らずのうちに、離れて暮す母親の面影を叔母の中に見て、母親への想いを若い叔母に寄せたのであろう。

まちはやがて同僚の若い教師と恋におち、妊娠して学校を退いた。身ふたつになったまちが、夜人目をしのんで人力車で婚家に嫁いで行くところは、『しろばんば』の中でも一番美しい描写である。まちは嫁ぐと間もなく胸の病を得て死んだ。若くして死んだこの美しい叔母のイメージは、靖の胸の中で育《はぐく》まれ、昇華し、一種の永遠の女性像へと発展して行ったものと思われる。若い叔母へ寄せた母性思慕は、後年作品の中に生き続け、理想の女性像への憧憬《どうけい》となってあらわれている。『射程』の三石多津子も、『氷壁』の美那子《みなこ》も、『風林火山』の由布姫《ゆうひめ》も、『蒼《あお》き狼《おおかみ》』の忽蘭《クラン》も、すべて若く美しい叔母の化身と言ってよかろう。

小学校六年生の終りに祖母かのの死に遭い、その直後中学受験のため父の任地の浜松に移った。浜松一中の入学試験には失敗したが、これは祖母の死や環境の変化が幼い心に動揺を与えたせいであろう。翌年の四月には首席で合格し、入学後間もなく静岡県下の優等生を集めた選抜試験では一等賞を取っている。しかし二年生の四月には、父が台北衛戍病院《たいほくえいじゅ》長に転任したため、沼津中学に転校し、三島の伯母の家に預けられて、一里の道を徒歩通学した。だが親許を離れた自由さからか、靖の成績は下がる一方で、四年生の四月からは沼津の妙覚寺に預けられることとなった。怠惰はますます昂《こう》じ、この頃から文学好きのグループと交わり、飲酒や喫煙も覚えたが、同時に文学への芽もきざしている。

沼津中学時代のことを描いたのが『夏草冬濤』である。『夏草冬濤』では、性のめざめと文学の芽生えと並んで、モチーフのひとつとなっているのが劣等感情である。作品の至るところに、田舎育ちの少年の都会風に対する劣等感について触れられている。特に親類の「かみき」の美しい姉妹に対して示す、少年の異性への興味と田舎者の気後《きおく》れの混り合った感情は印象的である。

劣等感情は、母性思慕と並んで、井上靖の文学を支える重要なファクターのひとつとなっている。この劣等感は田舎者の気後れに発したものかもしれないが、それに更に拍車をかけたと思われるのが、相次ぐ受験の失敗であろう。普通に入学したのは小学校だけで、あとは中学、高等学校、大学いずれも忠実に廻り道をして、大学を卒業した時には、二十八歳の妻帯の身であった。これが少年の鋭い感受性に及ぼした影響は計り知れないものがあろう。井上自身『私の自己形成史』の中で劣等感に触れ、「そしてこの劣等感は、いろいろな形を変えてかなり後年まで私という人間を支配した」と言っている。

自伝的小説『あすなろ物語』は、明日は檜《ひのき》になろうと思いつつ永遠に檜にはなれないという悲しい説話を背負った木に託して、自分自身の半生を、劣等感というひとつのモチーフで貫いて小説的に構成したものである。その他、高野山の破戒僧を描いた『澄賢房覚書《ちようけんぼう》』や、日本画の贋作《がんさく》を描く画家の足跡を拾った『ある偽作家《ぎさくか》の生涯』も劣等感を軸としており、また、うたた寝をして進士の試験の機会を逃す『敦煌《とんこう》』の趙行徳《ちようぎようとく》の姿には、作者自身の姿をも重ね合わすことができよう。

昭和二年四月、第四高等学校理科に入学し、入学と同時に柔道部に入部して、それまでの怠惰な生活とは打って変った、禁欲的な練習生活に明け暮れる。三年生になった時、柔道の練習時間のことで先輩と衝突し、責任を取って柔道部を退部する。この頃から井上は詩作を始め、富山県高岡市の「日本海詩人」に詩を投稿したり、高岡の若い詩人たちと同人雑誌「北冠《ほっかん》」を創刊したりする。こうして井上靖の文学放浪時代が始まる。

昭和五年、九州帝大法文学部英文学科に入学するが、間もなく登校の興味を失って上京し、駒込《こまごめ》の植木屋の二階に下宿して、文学書を耽読《たんどく》して日を送った。ただ漫然と怠惰な日を送るだけではなく、友人と同人雑誌「文学ＡＢＣ」を創刊する他方で、福田正夫の主宰する詩誌「焰《ほのお》」の同人となり、京王線の笹塚にあった福田の家へ駒込から通って詩の勉強に専心した。

昭和七年四月、九州帝大を退学して、京都帝大文学部哲学科に入学し、美学を専攻して植田壽藏《じゅぞう》博士の教えを受けた。京大に入ったといっても、授業にはほとんど出ず、毎晩のように吉田山の下宿の近くのおでん屋で酒を飲んで日を送った。哲学科の友人と同人雑誌「聖《せい》餐《さん》」を創刊したのもこの頃である。昭和十年十一月には、在学中のままで、京都帝大名誉教授、足立文太郎の長女ふみと結婚した。足立家も伊豆の出で、井上家とは親戚《しんせき》に当る。靖の岳父文太郎は、解剖学者として世界の学界に名を知られた人で、『比良《ひら》のシャクナゲ』の老解剖学者三池俊太郎のモデルである。

京大時代、井上は余程小遣いに不自由していたらしく、「サンデー毎日」で募集していた懸賞小説に応募しては、応募のたびに入選して賞金をせしめている。そして昭和十一年、大学卒業の年に応募した『流転』が入選して、第一回千葉亀雄賞を受賞し、これが機縁となって毎日新聞大阪本社に入社する。

井上にとって新聞記者時代は、一種の沈潜期であり、醸成期であった。最初井上は宗教記者を勤め、後には美術欄を担当するようになった。宗教記者として学芸欄に執筆した経典の解説記事は、後の『天平の甍《いらか》』や『敦煌』に見られる経典に関する該博な知識の基礎となっている。また井上の作品は本来絵画的性格が強く、美術への眼はもともと優れたものを持っていたと思われるが、十年以上に及ぶ美術記者の経験が、井上の絵画的資質をますますとぎすましたことも否めない事実であろう。かたわら井上はこの時期、安西冬衛、竹中郁《いく》、小野十三郎、野間宏など、関西の詩人たちと交遊を深めている。

昭和二十年、終戦を迎えるとともに、井上はさながら堰《せき》を切ったように、関西の詩誌や新聞に詩を発表しはじめた。それは、二十年に及ぶ長い文学放浪時代と醸成期に抱き温めてきたものが、突如形を求めて溢《あふ》れ出して来たという趣がある。それらの詩のほとんどは、詩集『北国』に収められているが、これらの詩によって井上靖の文学の基礎は定められたと見ていいであろう。その基礎の上に構築されたのが『猟銃』と『闘牛』であり、『闘牛』によって井上は、昭和二十五年二月、第二十二回芥川賞を受賞して文壇に登場した。

これまで私は、井上靖の文学を支える重要なファクターとして、母性思慕と劣等感情を指摘したが、今ひとつ重要なファクターは、絵画的性格ということである。この絵画的性格は『北国』の中の詩にもはっきり認めることができる。それらの詩はほとんどが、中心に静かな絵画的風景を抱いている。しかもこの絵画的イメージは常に輪郭鮮やかで、澄明である。

たとえば、『比良のシャクナゲ』の中心には、比良山の斜面を蔽《おお》う白いシャクナゲの群落というイメージが据えられている。『記憶』には、どこかの駅の柵《さく》のそばの暗がりに佇《たたず》む父母の姿がある。『渦』には、熊野灘《くまのなだ》の鬼ヶ城の岩礁の間の渦が明確なイメージを結んでいる。重要なことは、それらの明確なイメージが、単なる絵画的イメージではなく、作者のポエジーを籠《こ》めた心象風景となっているということである。それらの心象風景に一貫して流れているものは孤独の影である。

井上は詩集『北国』の「あとがき」で、「私はこんど改めてノートを読み返してみて、自分の作品が詩というより、詩を逃げないように閉じ込めてある小さい箱のような気がした」と言っている。もちろんこれは、自作に対する極めて謙虚な注釈であるが、このなにげない言葉が、井上の詩から小説への筋道の秘密を説き明かしてくれるように思う。井上靖の詩は小説のパン種だということがよく言われる。事実井上の小説には、『猟銃』『比良のシャクナゲ』『渦』など、詩と同じ題名を持ったものが多い。言ってみれば井上は、文学のエッセンスとしての詩をまず散文詩という形で捉《とら》え、閉じこめ、やがてそれを小説という形で肉付けしたということができる。『北国』の詩が井上靖の文学の基礎となったと言ったのはそういう意味である。

従って井上の小説、特に短編には、詩と同じように絵画的イメージを抱いたものが多い。『グウドル氏の手套《てぶくろ》』の大きい革の手袋とか、『湖上の兎』の冬の猪苗代湖《いなわしろこ》の湖面に騒ぐ白い波頭などである。これらのイメージはそのまま作品のモチーフとなり、そのまま一人の人間の姿を象徴し、それぞれ、周囲の白眼に耐える老いた妾、吝嗇《りんしょく》で狷介《けんかい》なオールドミスの姿と重なり合う。

これらの絵画的イメージの中で代表的なものは、やはり詩『猟銃』に出てくる「白い河床」というイメージであろう。

「私はいまでも都会の雑沓《ざっとう》の中にある時、ふと、あの猟人《ひと》のように歩きたいと思うことがある。ゆっくりと、静かに、つめたく——。そして、人生の白い河床をのぞき見た中年の孤独なる精神と肉体の双方に、同時にしみ入るような重量感を捺印《スタンプ》するものは、やはりあの磨き光れる一箇の猟銃をおいてはないかと思うのだ」

人生を水の涸《か》れた白い川筋と見る見方は、井上靖の文学に終始一貫して流れており、「白い河床」はいわば井上の文学の原像だと言っても過言ではない。

それでは「白い河床」に代表される井上靖の孤独感は、いったいどこに由来しているのであろうか。井上に『姨捨《おばすて》』という短編があるが、これは一族の中に世襲の血として流れている「遁世《とんせい》の志」ともいうべき、現実離脱の心を探ったものである。姨捨山に捨てられたいと洩らす母親、結婚して二児までなしながら婚家を一人でとび出した妹、新聞社の出世コースに乗りながら突然退職して田舎に引っこんだ弟など、ほとんど事実に即している。この他にも、三十代で田舎に退いた曽祖父潔、五十歳にならぬうちに軍医を退いて郷里の田舎にこもり、ほとんど家からも出ず三十年の余生を送った父隼雄など、井上家の家系を辿《たど》るとこうした人物が多い。井上靖の中を流れる『姨捨』の血がいかに濃いかが、窺《うかが》えるであろう。

井上は『私の自己形成史』の中で、新聞記者時代を回顧して、こんな風に言っている。「新聞社という職場は競争心を持った人たちと、全く競争心を放棄し、麻雀《マージャン》で言えばおりている人たちの二つの型が雑居しているところである。私は新聞社に入社した第一日から、好むと好まざるに拘《かかわ》らず、おりざるを得なかったのである」

「おりる」という言葉は、「遁世の志」の井上的表現であろう。『ある偽作家の生涯』や『澄賢房覚書』の主人公たちも、『敦煌』の趙行徳も、いわば人生をおりた人たちである。ところが他方で井上は、「私は父と母の退嬰的《たいえいてき》な生き方を敵として、ずっとそれと闘って来た筈であった」（『私の自己形成史』）とも言っている。そういう激しさは『闘牛』『黒い蝶』『射程』などの作品に表われているが、それもただ行動的というのではなく、それぞれに深い虚無の翳《かげ》を背負っている。これらの人物の行動性が無償の情熱という形を取るのもそのためである。

井上の作品はよく、二つの処女作に従って、『猟銃』系統と『闘牛』系統の二つに分類して論じられることが多いが、それもつまりは一枚の盾の裏表のようなものであって、『猟銃』の孤独な世界と『闘牛』の行動的な世界は、遁世の血とそれに反抗する行動の激しさという、井上靖内部の緊張対立を極めて暗示的に示している。

人生を水の涸れた一本の川筋と見る考え方は、やがて発展深化して、『天平の甍』をはじめとする一連の歴史小説の中で生き続けて行く。井上靖の歴史小説の底を流れている思想は、悠久な時の流れの中で翻弄《ほんろう》される人間の頼りなさ、はかなさの中に人間の運命相を見るという考え方である。これら歴史小説の先駆をなす作品としては、『異域の人』『僧行賀《ぎょうが》の涙』

『玉碗記《ぎよくわんき》』などの短編があるが、「白い河床」から歴史的運命観への飛躍にとって過渡的な意味を持つのが、『澄賢房覚書』『ある偽作家の生涯』の二作品である。人生を水の涸れた川筋と見るという意味では、この二作品はまさに「白い河床」をそのまま具現していると言っていいであろう。

『天平の甍』は、日本に戒律をもたらすために、唐の高僧鑒真《がんじん》を招こうと、遣唐船で唐に渡った四人の留学僧の物語である。それは個人の意志や情熱を越えて、自然及び時間と戦う人間の運命的な姿である。ここに脈打っているものは、歴史そのものの鼓動であり、運命の鼓動である。ここでも絵画的手法は生かされ、登場人物の心事の忖度《そんたく》は厳しく排除され、明確な形象だけが積み上げられて行く。するとその背後に、どうしようもない運命の姿が浮び上がってくる。それは「白い河床」の発展深化した叙事詩の世界である。

『楼蘭《ろうらん》』になると、この手法はさらに徹底して行われる。千五百年の周期で沙漠のなかを移動する湖。丁度その移動に当って、水の引いて行くロブ湖のほとりで砂に埋もれて行く一小国。このイメージ自体が既に歴史と自然の持つ壮大なポエジーである。ここでは登場人物は遥《はる》かな遠景の中の点と化し、歴史そのもの、運命そのものの顔が大写しにされる。

これ以後、敦煌千仏洞成立の由来を作家的空想で埋めた『敦煌』、ジンギス汗を描いた『蒼き狼』、元寇《げんこう》を朝鮮側から描いた『風濤《ふうとう》』、大黒屋光太夫の漂流と流浪の生涯を辿った『おろしや国酔夢譚《すいむたん》』と、歴史小説の大作が相ついで発表される。『天平の甍』から『おろしや国酔夢譚』に至る歴史小説の展開において、ひとつ指摘しうることは、『敦煌』や『蒼き狼』で多少の偏向と振幅を示しながらも、井上が次第に年代記的、記録的手法を固めて行っていることである。これには『蒼き狼』をめぐる大岡昇平との論争も影響を与えているかもしれない。特に『風濤』と『おろしや国酔夢譚』では、さながら煉瓦をひとつひとつ積み上げて外壁を築き上げるように、正確な史実と明確なイメージが丹念に積み上げられ、その背後に言わず語らずの間に運命の姿を浮び上がらせている。それは「白い河床」の極まった姿と言っていいであろう。

井上はまた、『額田女王《ぬかたのおおきみ》』や『後白河院《ごしらかわいん》』などの歴史小説で、日本の古い時代にも照明を当てている。『額田女王』は、巫女《みこ》であり、同時に歌人でもあった額田女王を描いて、呪術《じゆじゆつ》と芸術が分ち難く結びついていた時代にさかのぼり、芸術の本然の姿と、古代人の心を探っている。

今ひとつ指摘しておかねばならないことは、井上靖が象徴的な意味で現代の作家だということである。井上が芥川賞を得て文壇に登場した昭和二十五年は、中間小説と新聞小説の勃《ぼつ》興期《こうき》に当る。幸か不幸か井上はそういう時期に文壇に出たのである。中間小説と新聞小説は昭和三十年頃に最盛期を迎えるが、井上もまた昭和三十年を中心とするほぼ十年間に、これが一人の人間に書き得るかと思われるほど多くの作品を発表している。

『あした来る人』『氷壁』『満ちて来る潮』『憂愁平野』などの恋愛小説も、『風林火山』『戦国無頼』などの時代小説も、すべてこの時期に発表されたものである。井上の恋愛小説が多くの人に迎えられた原因は、井上の描く恋愛が常に、功利とか金銭とか名誉心などの世俗的要素を除外した場所で、純粋に恋愛感情そのものとして取扱われているからである。従ってその恋愛は必然的に、男女が互いに愛を確認し合った時に終るという形を取る。これを私は「恋愛純粋培養」と呼んだことがあるが、これが読む者に一種の清潔さと爽涼《そうりよう》の気を感じさせるのであろう。そういう視点を取らせるものは、もちろん井上の詩人の眼である。いずれにせよ井上は、『あした来る人』『氷壁』によって第一線作家の地位を揺るがぬものとした。

現代のように巨大化したジャーナリズム機構の中では、小説家は納得の行く作品を細々と書いて次第に忘れられて行くか、多作に自滅するか、いずれかの道を取りがちである。その中で考えられる唯一の可能性は、時代のジャーナリズムの要請に応えながら、同時に作家的にも脱皮成長して行く道である。これは言うに易く、行うに難い道であるが、井上靖はこれを実行した最初の作家と言ってよかろう。新聞小説によって自らの地歩を揺るがぬものとした井上は、徐々に歴史小説への脱皮をはかり、見事にこれを実現した。井上が象徴的な意味で現代の作家だというのは、そういう意味である。

現在の井上靖は、短編集『月の光』『桃李記《とうりき》』に見られるように、小説とも随筆ともつかぬ形で身辺や肉親知友を描きながら、そこに個性を越えた人間の原存在を見ようとしている。物の表面の奥にあるものを見ようとするのは、もちろん、長い間物の形とイメージを見つめ続けてきた井上の視線の深まりである。

（昭和四十九年十一月、文芸評論家）

『氷壁』について

佐　伯　彰　一

『氷壁』は、一見いかにもドラマチックな小説だ。前穂高の難所に挑む若い登山家という設定自体が、ドラマチックであるばかりでなく、友人の不慮の事故死をめぐる社会的スキャンダルとの戦い、さらには、男性同士の友情と恋愛とのからみ合い、といった工合に、さまざまな劇的な契機が、この小説の中には投げこまれている。

作者がせっかく一つの有機的な全体に織り合せ、ねり上げた諸契機を、今さら解きほごして、腑《ふ》分《わ》けしようとするのは、心ない仕業には違いない。しかし、一見いかにもドラマチックなこの小説の真の劇的な基軸が、ではどこに存するかと問いかけて見ると、これに答えることは、意外に困難である。この作家らしい丹念さで、広い画面に、手を抜くことなく一々律義につき合い、ほとんど余す所なく、丁寧に塗り上げてあるので、中核をなす劇的な基軸は、かえって見えにくくなっている。にぎやかな道具立ての影におおわれかけているのだ。

ぼくは、まずこの小説の冒頭の場面に読者の注意を求めたい。主人公の魚津恭太は、いま中央線の列車の中で眼を覚ます。奥穂高に登っての帰途、汽車はもう新宿駅の構内に入ろうとしている。そこを作者は次のように書く。「おびただしいネオンサインが明滅し、新宿の空は赤くただれている。いつも山から帰って来て、東京の夜景を眼にした時感ずる戸惑いに似た気持が、この時もまた魚津の心をとらえた。暫《しばら》く山の静けさの中に浸っていた精神が、再び都会の喧噪《けんそう》の中に引き戻される時の、それはいわば一種の身もだえのようなものだ、ただそれが今日は特にひどかった」(傍点佐伯)これが、この長編の発端であり、開幕の合図だ。自然の中からの新帰還者の、覚えざるを得ぬ「戸惑い」と「身もだえ」——これが、『氷壁』を押し進める第一の劇的な動力である。自然の側に身をおいた人の眼には、都会の夜空は当然「赤くただれ」たものにうつる他はない。彼はホームに降り立っても、すぐには歩き出すことも出来ぬ。「さあ、歩いて行け、人のむらがっている方へ。さあ、踏み出せ、大勢の人間が生き、うごめいている世俗の渦巻きの中へ」と、自らに向って呟《つぶや》かざるを得ぬのである。その上、こんどは「山でかけられた呪文《じゆもん》」が、常にまして強かった。

「都会生活者の慣習」に従って、タクシーに乗りこんだ後も、「山の夜の暗さと静けさ」は、依然として尾をひくのだし、魚津がやがて親友の小坂乙彦に逢い、さらには小坂の恋人八代美那子との最初の宿命的な出会いが起るのも、山でかけられた呪文の輪の中での出来事である。始めて会った人妻らしい女性に、奇妙に「直接的」な動揺をおぼえる魚津の瞼《まぶた》に穂高で仰いだ「星の冷たいきらめき」がよみがえり、「おれはどうかしているな……自分だけが見た穂高の星の美しさがまだその呪文から完全に自分を解いていない」と彼は考えるのだ。

魚津の美那子に対する思慕は、かくてそもそもの最初から、いわば自然そのものによる浄《きよ》めの刻印を押されている。人妻であって、しかも親友の恋人でもある女性への愛情という、それこそ「余りに人間的な」いささか生ぐさすぎる筈の関係が、終始幼い初恋人同士のような清潔さを失わぬというのも、この当初の刻印のせいに違いない。

もっとも用心深い作者は、過度の神秘化から身を守ることを忘れてはいないのだし、この自然の刻印も、人妻にして親友の恋人という女性との恋愛という反自然性を浄め去るほどに強力なものではない。一体美那子は、自然の化身といった存在ではない。彼女の風貌を、自然のイメージによって描き出すことを作者はむしろ潔癖に避けている。彼女は、魚津にとって、ある意味では、わずらわしく人工的な都会の象徴ともいえるので、小坂の方に近づいてくる彼女の姿を始めて見かけた時、「山から降りて、どれ程もしないうちに、早くも人事関係の渦の中へ足を一歩踏み入れてしまった」と魚津は感ぜざるを得ない。彼の心に「穂高の夜の暗さと静けさが再び戻って来た」のは、彼女と別れた後のことである。美那子に、どのような魅力がひそんでいようと、たしかに彼女は、自然の根元的な生命力とは縁がない。彼女は、むしろ自然を汚し、ゆがめずにはおかぬ破壊的な都会の人工性につながれた存在である。

というのは、ぼくの勝手な裁断ではない。美那子によって拒まれたために、小坂は死んだ、とまではいうまい。だが、少なくとも、彼女から絶交の宣告を言い渡された後に、小坂は死んでいる。そして魚津もまた——落石の多い危険地帯にふみこんでゆく時、彼は考える。「自分がここから戻って行くことは、なぜか八代美那子のもとへ返って行くことを意味しているような気がした。……前へ進むべきだ。進まなければならぬと魚津は思った。……美那子の幻影を払いすてるために、自分はこの困難な危険の多い山行きを思い立ったのではないか」そして、その直後に、魚津は、落石に打たれて死ぬ。実際美那子については、作者は不吉な役割を最後まで、執拗《しつよう》に一貫させようと望んでいるとすら、いえるのだ。山という自然に憑《つ》かれた二人の若者は、いずれも彼女との接触、交渉をきっかけとして、死の中に誘いこまれる。

もっとも、この点では、作者が美那子のこうした一面——危険な誘惑者としての面、自然の中で生きる純潔な若者たちを、よどんだ汚濁の中に誘いこみ、堕落させずにはおかぬ魔女的な面を、徹底させなかったことを、ぼくは残念に思う。八代美那子のうちに、もっと暗い情念と衝動とのうごめきが感じとられ、不吉な底深い官能性が息づいていたならば、『氷壁』のドラマは、一層根源的な深さと強烈さを加えたに違いない。ある読者は、これを勝手な言い掛りだと受けとられるかも知れぬ。だが、ぼくは、ヘンリー・ジェームズの好んで描く女性人物——暗く古い、よどんだヨーロッパを一身に体現したような、不思議な魅力と邪悪さをかねそなえたような女性たちを、思い浮べながら、言っているのだ。彼女たちは、アメリカから訪れて来た「無垢」な新大陸人たちに対して、しばしば魅力的な案内者と、不吉な誘惑者という二役を同時に演ずる。ヨーロッパ的な伝統や文化の世界に、彼らの無知な眼を開いてやると同時に、暗い破滅の淵《ふち》の岸べまで誘いこまずにおかぬのである。

つまり、ぼくは、『氷壁』の世界から、一切の悪が、あまりに完全に閉め出されていることに、不満をおぼえているのだ。そして、彼女をとりまく状況や、その果す劇的な役割からして、一番悪と血縁が深くて然るべき美那子すらもが、あまりにロマンチックに「永遠の美女」としてのみ描かれている、といいたかったのである。もちろん、夜空まで「赤くただれている」ような、都会の人工的な悪意は、ここから閉め出されていない。魚津と小坂の、友情に支えられた、高峻《こうしゅん》な大気の中での登攀《とうはん》の試みすらも、「大勢の人間が生き、うごめいている世俗の渦巻き」の中では、たちまちにして社会的スキャンダルに引きずり落されてしまう。魚津は、一身の安全のためにザイルを切断したという嫌疑までかけられかねぬ。そして、肝心のザイルの切れ口の実物が探り当てられた時、人々の示すのは、冷たい無関心の表情にすぎない。しかし、実の所、ジャーナリズムの動きは、悪とよぶには、あまりに移り気で、一貫性を欠いている。浮気女の薄情さのうちに、悪をみとめるのは、よほど涙っぽく弱気な男性に限られるだろう。

しかしその反面、たとえば「三章」における、魚津と小坂の登攀を描いた部分は、いかにも張りつめて美しい。作者は、ここではしばしば描写することを拒んで、魚津の日記の、簡潔な記述体を採り用いている。「八時きっかりに、魔法壜の口より茶を一杯ずつ飲んでザイルをつける。長さ三十メートル。ナイロン・ザイルは初めてなり。……急な雪の斜面で、雪をかくと体も一緒に下がる。ピッケルを突きさして、体をせり上げるのが精いっぱい」こうしたそっけない、ザッハリッヒな文体が、登攀者の緊張と喘《あえ》ぎと疲労とを、かえって生ま生ましく読者に体感させるのだ。そして又、二人の若者の自然の中での全身的な行動の、張りつめた見事さの後景に、「赤くただれた」都会の夜空がかかっていることを言わぬのは、公平ではあるまい。「世俗の渦巻き」や、ややこしい「人事関係」やスキャンダルと対立し、またそれら一切の上に立ちこえている故にこそ、登攀行為の孤独さと生命感が、鮮やかに浮び上がるのである。彼らの味わう張りつめた生命感は、下なる「都会の喧噪」の中では、到底そのまま持続することが許されない。彼らは、たちまち「人事関係の渦」の中にまきこまれてしまうだろう。このはかなさの意識、あるいは断絶感、対立感がさらに鋭くえぐり出されていたら、という気持も浮ばぬではないが、自然対都会、孤独な全身的行動対無意味に錯雑した「人事関係」という対立が、結局のところこの小説をつらぬく劇的な基軸なのである。

さて、この劇的な基軸は、さらに一般化すれば、自然対人間、永遠対歴史あるいは一国の運命といった形に広げて考えることが出来るものであり、事実井上氏の諸作をつらぬく根本的な主題は、これ以外のものではない。自然と人間との、また永遠と個人の生命との触れ合いの緊迫した一瞬を、描きとめることに、この作家のたゆまぬ多産な制作行為の中核が存する。これは、実の所、小説家としては、危険な魔女の誘惑というに近いものであり、この危うい誘惑に身を委ねかけながら、抵抗をつづけて止まぬ所に、井上氏の小説的世界が成り立っている。『氷壁』もまた、こうした抵抗の産物といっていいだろう。

（昭和三十八年九月、文芸評論家）

この作品は昭和三十二年十月新潮社より刊行された。

井上靖著

敦煌（とんこう）

毎日芸術賞受賞

無数の宝典をその砂中に秘した辺境の要衝の町敦煌——西域に惹かれた一人の若者のあとを追いながら、中国の秘史を綴る歴史大作。

井上靖著

蒼き狼

全蒙古を統一し、ヨーロッパへの大遠征をも企てたアジアの英雄チンギスカン。闘争に明け暮れた彼のあくなき征服欲の秘密を探る。

井上靖著

楼蘭（ろうらん）

朔風吹き荒れ流砂舞う中国の辺境西域——その湖のほとりに忽然と消え去った一小国の運命を探る「楼蘭」等12編を収めた歴史小説。

井上靖著

風濤（ふうとう）

読売文学賞受賞

朝鮮半島を蹂躙してはるかに日本をうかがう強大国元の帝フビライ。その強力な膝下に隠忍する高麗の苦難の歴史を重厚な筆に描く。

井上靖著

額《ぬか》田《たの》女《おお》王《きみ》

天智、天武両帝の愛をうけ、〝紫草《むらさき》のにほへる妹〟とうたわれた万葉随一の才媛、額田女王の劇的な生涯を綴り、古代人の心を探る。

井上靖著

孔子

野間文芸賞受賞

戦乱の春秋末期に生きた孔子の人間像を描く。現代にも通ずる「乱世を生きる知恵」を提示した著者最後の歴史長編。野間文芸賞受賞作。

井上靖著　猟銃・闘牛　芥川賞受賞

ひとりの男の十三年間にわたる不倫の恋を、妻・愛人・愛人の娘の三通の手紙によって浮彫りにした「猟銃」、芥川賞の「闘牛」等、3編。

井上靖著　あすなろ物語

あすは檜になろうと念願しながら、永遠に檜にはなれない〝あすなろ〟の木に託して、幼年期から壮年までの感受性の劇を謳った長編。

井上靖著　しろばんば

野草の匂いと陽光のみなぎる、伊豆湯ヶ島の自然のなかで幼い魂はいかに成長していったか。著者自身の少年時代を描いた自伝小説。

井上靖著　風林火山

知略縦横の軍師として信玄に仕える山本勘助が、秘かに慕う信玄の側室由布姫。風林火山の旗のもと、川中島の合戦は目前に迫る……。

井上靖著　夏《なつ》草《ぐさ》冬《ふゆ》濤《なみ》（上・下）

両親と離れて暮す洪作が友達や上級生との友情の中で明るく成長する青春の姿を体験をもとに描く、『しろばんば』につづく自伝的長編。

井上靖著　天平の甍　芸術選奨受賞

天平の昔、荒れ狂う大海を越えて唐に留学した五人の若い僧――鑒真来朝を中心に歴史の大きなうねりに巻きこまれる人間を描く名作。

新潮文庫の新刊

梓澤要著
あかあかや月
―明恵上人伝―
鎌倉初期、日本仏教史に刻まれたひとりの僧がいた――。その烈しく一徹な生涯を、従者イサの眼を通して描ききった傑作歴史長編。

橋本長道著
銀将の奇跡
―覇王の譜2―
北神四冠の絶対王政に終止符を打つのは誰だ？　師村と直江、最強の師弟が向かうは修羅の道――。絶賛を浴びた将棋三国志第二章。

L.マレ
田中裕子訳
探偵はパリへ還る
「伝えてくれ、駅前通り120番地……」死に際の言葉が指すものは？　フランス初のハードボイルド小説にして、色褪せない名作！

コクトー
村松潔訳
恐るべきこどもたち
美しい姉と弟。あまりにも親密すぎるふたりの結末は？　フランス20世紀の古典として輝きを放ち続ける天才コクトーの衝撃的代表作。

乃南アサ著
殺意はないけど
穴だらけの写真、ガラス片――次々に送られてくる、「贈り物」の先に待っていたのは!?　女性同士の「友情」を描く傑作サスペンス。

水生欅著
僕の青春をクイズに捧ぐ
クイズ大会中に殺人事件発生!?　死体に隠された過去。凸凹高校生コンビが謎多き殺人事件に挑む青春率100％のクイズミステリ！

新潮文庫の新刊

藤石波矢著
美しい探偵に必要な殺人
ずっと美しい探偵を側で支えていたかった。探偵と助手の雨の夜の長い電話が終わる時、すべてが反転する驚愕のラストが読者を襲う。

企画・デザイン 大貫卓也
マイブック
—2026年の記録—
これは日付と曜日が入っているだけの真っ白い本。著者は「あなた」。2026年の出来事を綴り、オリジナルの一冊を作りませんか？

永井紗耶子著
木挽町のあだ討ち
直木賞・山本周五郎賞受賞
「あれは立派な仇討だった」と語られる、あだ討ちの真実とは。人の情けと驚愕の結末が感動を呼ぶ。直木賞・山本周五郎賞受賞作。

平松洋子著
筋肉と脂肪 身体の声をきく
筋肉は効く。悩みに、不調に、人生に。アスリートや栄養士、サプリや体脂肪計の開発者に取材し身体と食の関係に迫るルポ&エッセイ。

藤野千夜著
ネバーランド
同棲中の恋人がいるのに、ミサの家に居候を始めた隆文。出禁を言い渡されても隆文は態度を改めず……。普通の二人の歪な恋愛物語。

M・エンリケス 宮﨑真紀訳
秘儀（上・下）
〈闇〉の力を求める〈教団〉に追われる、異能をもつ父子。対決の時は近づいていた——。ラテンアメリカ文壇を席巻した、一大絵巻！

氷《ひょう》　壁《へき》

新潮文庫　い－7－10

昭和三十八年十一月五日　発行
平成十四年六月二十日　八十四刷改版
令和七年十月十五日　百十五刷

著者　井《いの》上《うえ》靖《やすし》
発行者　佐藤隆信
発行所　株式会社新潮社

郵便番号　一六二―八七一一
東京都新宿区矢来町七一
電話　編集部(〇三)三二六六―五四四〇
読者係(〇三)三二六六―五一一一
https://www.shinchosha.co.jp

価格はカバーに表示してあります。

乱丁・落丁本は、ご面倒ですが小社読者係宛ご送付ください。送料小社負担にてお取替えいたします。

印刷・株式会社光邦　製本・株式会社大進堂

ISBN978-4-10-106310-2 C0193